# Irène

# Pierre Lemaitre

# Irène

Traducción del francés de Juan Carlos Durán Romero

**Irène**
Título original: *Travail soigné*

Primera edición en España: mayo de 2015
Primera edición en México: agosto de 2015

D. R. © 2006, Pierre Lemaitre y Éditions du Masque

D. R. © Juan Carlos Durán Romero, por la traducción
D. R. © diseño: proyecto de Enric Satué
D. R. © imagen de cubierta: Lara Kiosses

D. R. © 2015, de la presente edición en castellano para todo el mundo:
      Penguin Random House Grupo Editorial, S. A. U.
      Travessera de Gràcia, 47-49, 08021, Barcelona

D. R. © 2015, derechos de edición mundiales en lengua castellana:
      Penguin Random House Grupo Editorial, S.A. de C.V.
      Miguel de Cervantes Saavedra núm. 301, 1er piso,
      colonia Granada, delegación Miguel Hidalgo, C.P. 11520,
      México, D.F.

Comentarios sobre la edición y el contenido de este libro a:
megustaleer@penguinrandomhouse.com

ISBN 978-607-313-239-8

Impreso en México/ *Printed in Mexico*

*A Pascaline*

*A mi padre*

El escritor es una persona que encadena citas quitando las comillas.

ROLAND BARTHES

# Primera parte

# Lunes, 7 de abril de 2003

## 1.

—Alice... —dijo mirando lo que cualquiera, excepto él, habría considerado una chica.

Había pronunciado su nombre para ganarse su complicidad, pero no había conseguido que aquello surtiera el menor efecto. Bajó la mirada hacia las notas a vuela pluma que había tomado Armand durante el primer interrogatorio: Alice Vandenbosch, veinticuatro años. Intentó imaginar qué aspecto podría tener normalmente una Alice Vandenbosch de veinticuatro años. Debía de ser una chica joven, con el rostro alargado, el cabello castaño claro y una mirada firme. Levantó la vista y lo que observó le resultó del todo improbable. Esa chica no se parecía a sí misma: el pelo, antaño rubio, pegado al cráneo y con largas raíces oscuras, una palidez enfermiza, un gran hematoma violáceo en el pómulo izquierdo, un hilillo de sangre seca en la comisura del labio... y, en cuanto a los ojos, aterrados y huidizos. Ningún signo de humanidad, salvo el miedo, un miedo terrible que hacía que todavía temblara, como si hubiese salido sin abrigo un día de nevada. Sostenía el vasito de café con las dos manos, como la superviviente de un naufragio.

Normalmente, la simple aparición de Camille Verhoeven perturbaba incluso a los más impasibles. Pero con Alice, nada. Alice permanecía encerrada en sí misma, temblorosa.

Eran las ocho y media de la mañana.

Desde su llegada a la Brigada Criminal, unos minutos antes, Camille se había notado cansado. La cena de la víspera había terminado cerca de la una de la mañana. Gente que no conocía, amigos de Irène. Hablaron de la televisión, contaron anécdotas que, en otro contexto, a Camille le hubiesen parecido más bien divertidas, si frente a él no se hubiera sentado una mujer que le recordaba muchísimo a su madre. Durante toda la comida había luchado para librarse de esa imagen, pero le parecían de verdad la misma mirada, la misma boca y los mismos cigarrillos, encadenados uno tras otro. Camille se había sentido transportado veinte años atrás en el tiempo, a la bendita época en que su madre todavía salía del taller con la bata maculada de colores, el pitillo en los labios y el pelo revuelto. A la época en la que todavía iba a verla trabajar. Mujer fuerte. Sólida y concentrada, con una pincelada algo rabiosa. Tan inmersa en sus pensamientos que a veces Camille tenía la impresión de que no percibía su presencia. Momentos largos y silenciosos en los que adoraba la pintura y durante los cuales observaba cada gesto como si fuese la llave de un misterio que le hubiese afectado personalmente. Eso era antes. Antes de que los miles de cigarrillos que consumía su madre le declararan una guerra abierta, pero mucho después de que acarrearan la hipotrofia fetal que había marcado el nacimiento de Camille. Desde lo alto de su definitivo metro cuarenta y cinco, Camille no sabía, en aquella época, a quién odiaba más, a esa madre envenenadora que le había fabricado como una pálida copia de Toulouse-Lautrec solo que menos deforme, a ese padre tranquilo e impotente que miraba a su mujer con la fascinación de los débiles, o a su propio reflejo en el espejo: a los dieciséis años, todo un hombre que se había quedado a medio hacer. Mientras su madre apilaba lienzos en el taller y su padre, eternamente silencioso, dirigía su oficina, Camille completaba su aprendizaje de bajito envejeciendo como los demás, dejaba de obstinarse en ponerse de puntillas, se acostumbraba a mirar al resto desde abajo, renunciaba a alcanzar los estantes sin acercar primero una silla, y construía su espacio personal con las medidas de una casita de muñecas. Y esa miniatura de hombre contemplaba, sin comprenderlos realmente, los inmensos lienzos que su madre debía sacar enrollados para poder transportarlos a las galerías. A veces, su madre decía: «Camille, ven aquí...». Sentada en el taburete, le acariciaba el pelo con la mano, sin decir nada, y Camille sabía que la quería, pensaba incluso que nunca querría a nadie más.

Aquellos eran todavía los buenos tiempos, pensaba Camille durante la cena, mientras observaba a la mujer que tenía enfrente y se reía a carcajadas, bebía poco y fumaba por cuatro. Antes de que su madre se pasase el día de rodillas al pie de la cama, con la mejilla apoyada en las mantas, en la única posición en la que el cáncer le concedía algo de tregua. La enfermedad la había obligado a arrodillarse. Esos momentos fueron los primeros en que sus miradas, que se habían vuelto impenetrables la una para la otra, pudieron cruzarse a la misma altura. En aquella época, Camille dibujaba mucho. Pasaba muchas horas en el taller de su madre, entonces vacío. Cuando por fin se decidía a entrar en su habitación, encontraba allí a su padre, que pasaba la otra mitad de su vida también arrodillado, acurrucado contra su mujer, sosteniéndola por los hombros, sin decir nada, respirando al mismo ritmo que ella. Camille estaba solo. Camille dibujaba. Camille pasaba el tiempo y esperaba.

Al ingresar en la facultad de Derecho, su madre pesaba lo que uno de sus pinceles. Cuando volvía a casa, su padre parecía envuelto en el pesado silencio del dolor. Todo aquello se había alargado en el tiempo. Y Camille inclinaba su cuerpo de eterno niño sobre los libros de leyes, esperando el final.

Llegó un día cualquiera, en mayo. Como una llamada anónima. Su padre dijo simplemente: «Deberías volver», y Camille tuvo de pronto la certeza de que a partir de entonces debería vivir solo consigo mismo, que ya no habría nadie más.

A los cuarenta, ese hombrecillo de rostro largo y marcado, calvo como una bola de billar, sabía que no era así, desde que Irène había entrado en su vida. Pero con tantas visiones del pasado, aquella velada le había resultado realmente agotadora.

Y además, no digería bien la carne de caza.

Poco después de la hora en que le estaba llevando a Irène la bandeja del desayuno, Alice fue recogida en el boulevard Bonne-Nouvelle por una patrulla de barrio.

Camille se despegó de la silla y entró en el despacho de Armand, un hombre delgado que destacaba por sus grandes orejas y su antológica tacañería.

—Dentro de diez minutos —dijo Camille—, vienes a anunciarme que hemos encontrado a Marco. En un estado lamentable.

—¿Encontrado? ¿Dónde? —preguntó Armand.

—Ni idea. Arréglatelas.

Camille volvió a su despacho dando pequeñas zancadas apresuradas.

—Bueno —prosiguió acercándose a Alice—. Vamos a retomar todo con calma, desde el principio.

Estaba de pie, frente a ella, sus miradas casi a la misma altura. Alice parecía salir de su sopor. Lo miraba como si lo viera por primera vez y debía de sentir, con más claridad que nunca, lo absurdo que era el mundo al darse cuenta de que ella, Alice, molida a golpes dos horas antes, se encontraba de pronto en la Brigada Criminal frente a un hombre de un metro cuarenta y cinco que le proponía empezar todo desde cero, como si ella no estuviese ya a cero.

Camille rodeó su mesa y cogió maquinalmente un lápiz de entre la decena que se apiñaban en un bote de vidrio fundido, regalo de Irène. Levantó la mirada hacia Alice. No era nada fea. Más bien guapa. Rasgos finos algo inciertos, que los excesos de las noches en blanco habían arruinado en parte. Una *pietà*. Parecía una falsa reliquia.

—¿Desde cuándo trabajas para Santeny? —preguntó mientras esbozaba el perfil de su cara sobre un cuaderno.

—¡No trabajo para él!

—Vale, digamos desde hace dos años. Trabajas para él y te suministra, ¿verdad?

—No.

—¿Tú crees que se trata de amor? ¿Es lo que piensas?

Le miró fijamente. Él le sonrió y después se concentró de nuevo en el dibujo. Hubo un largo silencio. Camille recordó una frase que decía su madre: «Siempre es el corazón del artista el que late en el cuerpo del modelo».

Sobre el cuaderno, otra Alice fue surgiendo poco a poco en unos trazos de lápiz, más joven aún que esta, igual de dolorosa pero sin equimosis. Camille levantó los ojos hacia ella y pareció tomar una decisión. Alice le vio acercar una silla y encaramarse de un salto como un niño, con los pies colgando a treinta centímetros del suelo.

—¿Puedo fumar? —preguntó Alice.

—Santeny se ha metido en un buen lío —dijo Camille como si no la hubiese oído—. Todo el mundo lo está buscando. Tú eres la más indicada para saberlo —añadió señalando los moretones—. Molestan, ¿verdad? Sería mejor encontrarle primero, ¿no crees?

Alice parecía hipnotizada por los pies de Camille, que se balanceaban como un péndulo.

—No tiene suficientes contactos para librarse. Le doy dos días, en el mejor de los casos. Pero tú tampoco tienes suficientes contactos, y te van a encontrar... ¿Dónde está Santeny?

Un airecito terco, como esos niños que saben que están haciendo algo malo y lo hacen a pesar de todo.

—Bueno, vale, te voy a soltar —dijo Camille como si hablase consigo mismo—. La próxima vez que te vea, espero que no estés en el fondo de un cubo de basura.

En ese momento Armand se decidió a entrar.

—Acabamos de encontrar a Marco. Tenía razón, está en un estado lamentable.

Camille, fingiendo sorpresa, miró a Armand.

—¿Dónde?

—En su casa.

Camille miró a su compañero con lástima: Armand ahorraba hasta en imaginación.

—Bueno. Entonces podemos liberar a la niña —concluyó saltando de la silla.

Una ligera expresión de pánico, y después:

—Está en Rambouillet —soltó Alice en un suspiro.

—Ah —dijo Camille con voz neutra.

—Boulevard Delagrange. En el número 18.

—En el 18 —repitió Camille, como si el hecho de pronunciar ese simple número le dispensara de dar las gracias a la joven.

Sin que nadie la autorizase, Alice sacó de su bolsillo un paquete de cigarrillos arrugado y encendió uno.

—Fumar es malo —dijo Camille.


2.


Camille estaba ordenando a Armand que enviara rápidamente un equipo al lugar cuando sonó el teléfono.

Al otro lado de la línea, Louis parecía sin aliento. Corto de voz.

—Estamos en Courbevoie...

—Cuenta... —le pidió lacónicamente Camille mientras tomaba un bolígrafo.

—Esta mañana recibimos una llamada anónima. Estoy aquí. Es..., no sé cómo explicarlo...

—Inténtalo, y ya veremos —cortó Camille, algo molesto.

—Es horrible —exclamó Louis. Su voz sonaba alterada—. Es una carnicería. Nada de lo habitual, si entiende lo que quiero decir...

—No muy bien, Louis, no muy bien...

—No se parece a nada que yo haya visto antes...


3.


Como la línea estaba ocupada, Camille se desplazó hasta el despacho del comisario Le Guen. Dio un pequeño golpe con el nudillo en la puerta y no esperó respuesta. Solía entrar de esa manera.

Le Guen era un tipo grandote que, como llevaba veinte años a régimen sin haber perdido un solo gramo, había adquirido por ello un fatalismo vagamente exhausto que se leía en su rostro y en toda su persona. Camille le había visto adoptar poco a poco, en el transcurso de los años, la actitud de una especie de rey destronado, una expresión apesadumbrada y una mirada fundamentalmente pesimista que arrojaba sobre el mundo. Por costumbre, Le Guen interrumpía a Camille a mitad de su primera frase con la excusa inalterable de que «no tenía tiempo». Pero vistos los primeros elementos que le expuso Camille, decidió moverse a pesar de todo.

4.

Por teléfono, Louis había dicho: «No se parece a nada que yo haya visto antes...», y a Camille no le gustaba eso, porque su ayudante no solía ser catastrofista. Llegaba a ser incluso de un optimismo incómodo, así que Camille no esperaba nada bueno de aquel desplazamiento imprevisto. Mientras desfilaban ante sus ojos las carreteras de circunvalación, Camille Verhoeven no pudo evitar sonreír pensando en Louis.

Louis era rubio, peinado con raya a un lado y ese mechón algo rebelde que se aparta con un movimiento de cabeza o una mano negligente pero experta, y que pertenece genéticamente a los hijos de las clases privilegiadas. Con el tiempo, Camille había aprendido a distinguir los diferentes mensajes que transmitía el gesto de colocarse el mechón, auténtico barómetro del estado de ánimo de Louis. En su versión «mano derecha», el gesto cubría la gama que iba del «Seamos correctos» al «Eso no se hace». En la versión «mano izquierda», significaba incomodidad, molestia, timidez, confusión. Cuando se observaba a Louis con detenimiento, no era nada difícil imaginárselo haciendo la primera comunión. Conservaba toda la juventud, toda la gracia, toda la fragilidad. En resumen, físicamente Louis era alguien elegante, delgado, delicado, profundamente irritante.

Pero, sobre todo, Louis era rico. Con todo lo que conlleva ser rico de verdad: una cierta manera de comportarse, una cierta manera de hablar, de articular, de elegir las palabras, en fin, con todo lo que sale del molde de la estantería superior, en la que pone «niño rico». Antes que nada, Louis había hecho una carrera brillante (un poco de derecho, de economía, de historia del arte, de diseño, de psicología), dejándose llevar por sus deseos, y siempre había destacado, cultivando el trabajo universitario como un arte del placer. Y después había sucedido algo. Por lo que le parecía a Camille, había tenido que ver con la noche de Descartes y el olfato histórico, una mezcla de intuición razonable y whisky de malta. Louis se había visto a sí mismo viviendo en su soberbio piso de seis habitaciones del distrito IX, con toneladas de libros de arte en las estanterías, vajilla de porcelana en el aparador de marquetería, los alquileres de otros pisos entrando en su cuenta cada mes con más seguridad incluso que un salario de alto funcionario, estancias en Vichy en casa de mamá, cuenta en todos los restaurantes del barrio y, por encima de todo, una contradicción interna tan extraña como repentina, una auténtica duda existencial que cualquiera, salvo Louis, habría resumido en una frase: «Pero ¿qué demonios estoy haciendo aquí?».

Según Camille, treinta años antes Louis se habría convertido en un revolucionario de extrema izquierda. Pero en aquel momento la ideología había dejado de ser una alternativa. Louis odiaba la religiosidad y por ende el voluntariado y la caridad. Se preguntó qué podría hacer, buscó un lugar miserable. Y de pronto lo vio todo claro: ingresaría en la policía. En la Brigada Criminal. Louis no dudaba jamás —esa cualidad no figuraba en su herencia familiar—, y tenía el talento suficiente para que la realidad no le desmintiese demasiado a menudo. Pasó la oposición y entró en la policía. Su decisión se basaba a la vez en las ganas de servir (no de Servir, no, simplemente de servir para algo), en el temor a una vida que pronto viraría hacia la monomanía, y quizás en el pago de la deuda imaginaria que pensaba haber contraído con las clases populares por no pertenecer a ellas. Aprobados los exámenes, Louis se encontró inmerso en un universo muy alejado de lo que había imaginado: nada de la pulcritud inglesa de Agatha Christie, de la reflexión metódica de Conan Doyle, sino cuchitriles mugrientos con chicas apaleadas, pequeños traficantes desangrados en los contenedores de basura de Barbès, cuchilladas entre drogadictos, váteres apestosos donde encontraban a los que habían escapado de la navaja automática, chaperos que vendían a sus clientes por una raya y clientes que cotizaban la mamada a cinco euros después de las dos de la mañana. Al principio, para Camille había sido un auténtico espectáculo ver a Louis, con su flequillo rubio, la mirada loca pero la mente clara, su vocabulario cerrado hasta el cuello, redactando informes, informes y más informes; a Louis, que continuaba, flemático, escuchando declaraciones espontáneas en huecos de escaleras llenos de gritos y olor a orín, junto al cadáver de un chulo de trece años cosido a machetazos delante de su madre; a Louis, que volvía a las dos de la mañana a su piso de ciento cincuenta metros cuadrados de la rue Notre-Dame-de-Lorette y se derrumbaba completamente vestido sobre el sofá de terciopelo, bajo un aguafuerte de Pavel, entre su biblioteca de libros dedicados y la colección de amatistas de su difunto padre.

A su llegada a la Brigada Criminal, el comandante Verhoeven no había sentido una simpatía espontánea por ese joven coqueto, lampiño, de cadencia afectada y que no se asombraba de nada. Los otros oficiales del grupo, que apreciaban más bien poco compartir su día a día con un pijo, no le habían ahorrado prácticamente de nada. En menos de dos meses, Louis había sido víctima de casi todas las jugarretas que formaban parte del inventario de novatadas que todos los grupos gremiales cultivan para vengarse de no tener ni voz ni voto en las contrataciones. Louis había pasado por aquello con sonrisa torpe, sin quejarse una sola vez.

Camille Verhoeven había sabido distinguir antes que los demás el germen del buen policía en ese chico imprevisible e inteligente, pero, sin duda por un acto de fe en la selección darwiniana, había decidido no intervenir. Louis, con flema bastante británica, se lo había agradecido. Una noche, al terminar, Camille le había visto salir corriendo, entrar en el bar de enfrente y beberse de un trago dos o tres pelotazos, y había recordado la escena en la que Luke Mano Fría, completamente sonado, incapaz de boxear, ebrio de golpes, continúa levantándose una y otra vez, hasta aburrir al público y agotar incluso la energía de su adversario. De hecho, sus compañeros terminaron por rendirse ante el empeño que Louis ponía en su trabajo y ese algo asombroso que había en él y que podría calificarse de bondad o algo parecido. Al cabo de los años, Louis y Camille se habían sentido reconocidos de alguna manera en sus diferencias, y como el comandante disfrutaba de una autoridad moral incontestable en su grupo, nadie se extrañó de que el niño rico se convirtiese progresivamente en su colaborador más cercano. Camille había tuteado siempre a Louis, como tuteaba a todo su equipo. Pero con el paso del tiempo y con los cambios de destino, Camille se había dado cuenta de que solo los más antiguos continuaban tuteándole. Y ahora que los más jóvenes se habían vuelto mayoría, Camille se sentía a veces como el usurpador de un papel de patriarca que nunca había reclamado. Le llamaban de usted como a un comisario y sabía muy bien que no se debía a su posición en la jerarquía. Más bien a la incomodidad espontánea que muchos sentían ante su baja estatura, como una forma de compensación. Louis también le llamaba de usted, pero Camille sabía que su motivación era distinta: era un reflejo de clase. Los dos hombres no habían forjado nunca una amistad, pero se estimaban, lo que para ambos constituía la mejor garantía de una colaboración eficaz.

5.

Camille y Armand, seguidos por Le Guen, llegaron al número 17 de la rue Félix-Faure, en Courbevoie, poco después de las diez. Un baldío industrial.

Una pequeña fábrica abandonada ocupaba el centro del terreno, como un insecto muerto, y lo que habían sido talleres estaba siendo reformado. Cuatro de ellos, ahora terminados, parecían fuera de lugar, como bungalós tropicales en un paisaje nevado. Los cuatro estaban enlucidos de blanco, con techos acristalados y ventanas de aluminio con paneles deslizantes que dejaban adivinar espacios inmensos. El conjunto conservaba cierto aire de abandono. No había coche alguno salvo los policiales.

Se accedía a la vivienda subiendo dos escalones. Camille vio a Louis de espaldas, apoyado en la pared con una mano, inclinado sobre una bolsa de plástico que sostenía cerca de su boca. Pasó por delante de él seguido de Le Guen y otros dos oficiales del grupo, y entró en la habitación, ampliamente iluminada por focos. Cuando llegaban a la escena de un crimen, inconscientemente, los más jóvenes buscaban con la mirada el lugar donde se encontraba la muerte. Los más curtidos buscaban la vida. Pero allí no se podía. La muerte lo había invadido todo, hasta la mirada de los vivos, llena de incomprensión. Camille no tuvo tiempo de preguntarse sobre esa curiosa atmósfera, su campo de visión fue ocupado inmediatamente por la cabeza de una mujer clavada a la pared.

No había dado tres pasos dentro de la habitación y su mirada ya estaba inmersa en un espectáculo que la peor de sus pesadillas hubiese sido incapaz de inventar: dedos arrancados, charcos de sangre coagulada, todo ello envuelto en un olor a excrementos, sangre seca y entrañas vacías. Le vino de inmediato el recuerdo de *Saturno devorando a sus hijos,* de Goya, y volvió a ver durante un instante el rostro enloquecido, los ojos desorbitados, la boca escarlata, la locura, la locura absoluta. Aunque era uno de los más experimentados entre los hombres que se encontraban allí, sintió unas repentinas ganas de dar media vuelta hacia el descansillo donde Louis, sin mirar a nadie, sostenía en la mano la bolsa de plástico como un mendigo que afirma su hostilidad hacia el mundo.

—Qué es esta mierda...

El comisario Le Guen había dicho aquello para sí mismo, y la frase había caído en un vacío total.

Solo Louis la había oído. Se acercó secándose los ojos.

—No tengo ni idea —dijo—. He entrado y he salido inmediatamente... Ahora vuelvo...

Armand, desde el centro de la habitación, se volvió hacia los dos hombres con aire alelado. Se secó las manos sudorosas en el pantalón para recuperar la compostura.

Bergeret, el responsable de la policía científica, llegó a la altura de Le Guen.

—Necesito dos equipos. Esto va para largo.

Y añadió, cosa que no era su costumbre:

—Esto está fuera de lo común...

Estaba fuera de lo común.

—Bueno, te dejo —dijo Le Guen al cruzarse con Maleval, que acababa de llegar y que salió al instante tapándose la boca con las dos manos.

Camille hizo entonces una señal al resto del equipo para que supiesen que había llegado la hora de los valientes.

Era difícil hacerse una idea exacta de la vivienda antes de... todo eso. Porque «eso» había invadido la escena y no se sabía dónde posar la mirada. En el suelo, a la derecha, yacían los restos de un cuerpo destripado y decapitado cuyas costillas rotas atravesaban una bolsa roja y blanca, sin duda un estómago, y un seno, el que no había sido arrancado, aunque era bastante difícil distinguirlo, ya que ese cuerpo de mujer —en ese punto no había dudas— estaba cubierto de excrementos que ocultaban en parte innumerables marcas de mordeduras. Justo enfrente, sobre la cómoda, se encontraba una cabeza con los ojos quemados y el cuello extrañamente corto, como si la cabeza se hubiese incrustado en los hombros. La boca abierta desbordaba de tubos blancos y rosas de la tráquea y venas que una mano tenía que haber ido a buscar al fondo de la garganta para extirpar. Frente a ellos yacía un cuerpo despedazado en parte por cortes profundos realizados en la piel y cuyo vientre (al igual que la vagina) presentaba agujeros profundos, muy marcados, sin duda practicados con ayuda de un ácido líquido. La cabeza de la segunda víctima había sido clavada a la pared, por las mejillas. Camille pasó revista a esos detalles y sacó un cuadernillo de su bolsillo, pero lo volvió a guardar inmediatamente, como si la tarea fuese tan monstruosa que hiciera inútil cualquier método y condenara al fracaso todo plan. No hay estrategia frente a la crueldad. Y sin embargo, por eso estaba allí, frente a ese espectáculo sin nombre.

Habían utilizado la sangre todavía líquida de una de las víctimas para escribir en letras enormes sobre la pared: HE VUELTO. Para ello había sido necesaria mucha sangre, los largos regueros al pie de cada letra lo atestiguaban. Las letras se habían escrito con varios dedos, a veces juntos, otras separados, y la inscripción, por ello, parecía borrosa. Camille pasó por encima de medio cuerpo de mujer y se acercó a la pared. Al final de la inscripción habían estampado un dedo sobre el muro, con esmero. Cada detalle de la huella era claro, perfectamente marcado, una huella idéntica a la de un antiguo carné de identidad cuando el policía de servicio te aplastaba el dedo sobre el cartón ya amarillento haciéndolo girar en todos los sentidos.

Un raudal de sangre había salpicado las paredes hasta el techo.

Camille necesitó varios minutos para recuperarse. Le sería imposible pensar mientras permaneciese en aquel escenario, porque todo lo que veía representaba un desafío al pensamiento.

Una decena de personas trabajaba ahora en la casa. Como en un quirófano, a menudo reina en el lugar del crimen una atmósfera que podría calificarse de distendida. Las bromas son bienvenidas. Camille odiaba eso. Algunos técnicos agotaban su mundo a base de chistes, en general de carácter sexual, como si así pudieran demostrar su indiferencia. Esa actitud es propia de las profesiones donde impera una mayoría de hombres. Un cuerpo de mujer, incluso muerta, evoca siempre un cuerpo de mujer, y a los ojos de un técnico acostumbrado a despojar de drama la realidad, una suicida sigue siendo «una chica guapa» aunque su cara esté hinchada como un odre. Pero ese día reinaba en el loft de Courbevoie una atmósfera distinta. Ni de recogimiento ni de compasión; inmóvil y pesada como si hubiese pillado desprevenidos a los más listillos, preguntándose qué gracia podrían hacer acerca de un cuerpo destripado bajo la mirada ausente de una cabeza clavada en la pared. Así que se tomaban medidas sin decir palabra, se recogían muestras con delicadeza, se disponían focos para tomar fotos en un silencio vagamente religioso. Armand, a pesar de su experiencia, enarbolaba un rostro de una palidez casi sobrenatural, pasaba por encima de las cintas colocadas por la policía científica con ceremoniosa lentitud y parecía temer que uno de sus gestos despertase repentinamente la furia que bañaba todavía el lugar. En cuanto a Maleval, continuaba vomitando hasta las tripas en su bolsa de plástico entre tentativa y tentativa de unirse al equipo, para volver inmediatamente sobre sus pasos, sofocado, literalmente asfixiado por el olor a excrementos y carne despedazada.

El piso era muy amplio. A pesar del desorden, se veía que la decoración había sido estudiada. Como en muchos otros lofts, la entrada daba directamente al salón, una estancia inmensa con muros de cemento pintados de blanco. El de la derecha estaba cubierto por una reproducción fotográfica de dimensiones gigantescas. Era necesario alejarse mucho para tener una visión de conjunto. Era una foto que Camille ya había visto antes en algún lugar.

Intentó recordar, con la espalda pegada a la puerta de entrada.

—Un genoma humano —dijo Louis.

Eso. Una reproducción de la espiral de un genoma humano, retocada por un artista, realzada con tinta china y carboncillo.

Una ancha cristalera daba al suburbio urbanizado, a lo lejos, detrás de una hilera de árboles que todavía no habían tenido tiempo de crecer. Una falsa piel de vaca colgaba de un muro, una larga banda de cuero rectangular con manchas negras y blancas. Bajo la piel de vaca, un sofá de cuero negro de dimensiones extraordinarias, un sofá fuera de serie, quizás hasta fabricado a la medida exacta de la pared, cualquiera sabe, tratándose no de tu casa sino de otro mundo en el que se cuelgan fotografías gigantes del genoma humano o se corta a chicas en pedazos después de haberles vaciado el vientre... En el suelo, delante del sofá, un número de una revista llamada *GQ*. A la derecha, un bar bastante bien provisto. A la izquierda, en una mesa baja, un teléfono con contestador. Al lado, sobre una consola de cristal ahumado, una gran pantalla de televisión.

Armand estaba arrodillado delante del aparato. Camille, que debido a su altura nunca había tenido la ocasión, le puso la mano en el hombro y dijo:

—Pon eso en marcha —y señaló el aparato de vídeo.

La cinta estaba rebobinada. Apareció un perro, un pastor alemán, tocado con una gorra de béisbol, pelando una naranja mientras la sostenía con las patas y comiéndose los gajos. Parecía uno de esos programas estúpidos de vídeos divertidos, con planos muy caseros, encuadres previsibles y brutales. En la esquina inferior derecha, el logo «US-gag» con una minúscula cámara dibujada sonriendo con todos los dientes.

Camille dijo:

—Déjalo puesto, nunca se sabe...

Y se interesó por el contestador. La música que precedía al mensaje parecía elegida en función de los gustos del momento. Unos años antes, hubiese sido el *Canon* de Pachelbel. Camille creyó reconocer *La primavera* de Vivaldi.

—*El otoño*—murmuró Louis, concentrado, la mirada pegada al suelo.

Y después: «¡Buenas noches! (voz de hombre, tono culto, articulación cuidada, quizás unos cuarenta años, dicción extraña). Lo siento pero a estas horas estoy en Londres (recita de corrido, una voz algo alta, nasal). Deje un mensaje después de la señal (algo alta, sofisticada, ¿homosexual?), devolveré la llamada a mi vuelta. Hasta pronto».

—Utiliza un distorsionador de voz —soltó Camille.

Y avanzó hacia el dormitorio.

Un vasto ropero forrado de espejos ocupaba toda la pared del fondo. La cama también estaba cubierta de sangre y excrementos. Habían quitado la sábana bajera, escarlata, y hecho una bola con ella. Una botella vacía de Corona yacía al pie de la cama. En el cabecero, un enorme lector de CD portátil y unos dedos cortados colocados en círculo. Cerca del lector, aplastada sin duda de un taconazo, la caja que había contenido un CD de los Traveling Wilburys. Encima de la cama japonesa, muy baja y sin duda muy dura, se desplegaba una pintura en seda cuyos géiseres rojos iban muy bien con la escena. No había más ropa que unos pares de tirantes curiosamente anudados entre sí. Camille echó una mirada de soslayo al ropero que la policía científica había dejado entreabierto: nada más que una maleta.

—¿Alguien ha mirado dentro? —interrogó a la galería.

Le respondieron «Todavía no» con un tono desprovisto de emoción. «Está claro que les toco los cojones», pensó Camille.

Se inclinó cerca de la cama para descifrar la inscripción impresa en una caja de cerillas caída en el suelo: Palio's, en letras cursivas, rojas sobre fondo negro.

—¿Te suena de algo?
—No, de nada.

Camille se dirigía a Maleval, pero al ver el rostro descompuesto del joven dibujarse tímidamente en el marco de la puerta de entrada le hizo una seña para que se quedase fuera. Podía esperar.

El cuarto de baño era uniformemente blanco, a excepción de una pared empapelada con un diseño dálmata. La bañera estaba, también, repleta de huellas de sangre. Al menos una de las chicas había, o bien entrado, o bien salido en un estado lamentable. El lavabo parecía haber sido utilizado para lavar algo, las manos de los asesinos quizás.

Envió a Maleval a buscar al propietario de la vivienda y después, acompañado de Louis y Armand, Camille salió, dejando a los técnicos terminar de tomar sus notas y sus medidas. Louis sacó uno de los pequeños cigarros que en presencia de Camille se prohibía encender en la oficina, en el coche, en el restaurante, en fin, en casi todas partes salvo en el exterior.

Hombro con hombro, los tres hombres miraron en silencio aquella zona residencial. Fuera del horror por un momento, parecían encontrar en el siniestro decorado del lugar algo tranquilizador, vagamente humano.

—Armand, vas a empezar trabajando los alrededores —dijo por fin Camille—. Te envío a Maleval en cuanto regrese. Sed discretos, ¿eh?... Ya tenemos bastantes marrones.

Armand hizo un gesto de asentimiento, pero sus ojos estaban clavados en el paquete de cigarros de Louis. Ya estaba gorroneándole el primer pitillo de la jornada cuando Bergeret salió a su encuentro.

—Necesitaremos tiempo.

Después se giró sobre sus talones. Bergeret había empezado su carrera en el ejército. Estilo directo.

—¡Jean! —llamó Camille.

Bergeret se volvió. Bonito rostro obtuso, aspecto del que sabe mantenerse firme en sus posiciones e inclinarse ante lo absurdo del mundo.

—Prioridad absoluta —dijo Camille—. Dos días.

—¡Delo por hecho! —exclamó el otro dándole resueltamente la espalda.

Camille se giró hacia Louis e hizo un gesto de resignación.

—A veces funciona...

6.

El loft de la rue Félix-Faure había sido reformado por una sociedad especializada en inversiones inmobiliarias, la Sogefi.

Once y media de la mañana, Quai de Valmy. Bonito edificio, frente al canal, moqueta jaspeada por todas partes, cristal por todas partes y recepcionistas de pechos grandes por todas partes. La placa de la policía judicial, algo de nerviosismo, y después el ascensor, moqueta jaspeada (colores invertidos), puerta de doble hoja de un despacho inmenso, tipo con cara de zapato llamado Cottet, siéntese, seguro de sí mismo, está usted en mi territorio, en qué puedo servirle aunque no puedo dedicarle mucho tiempo.

En realidad, Cottet parecía un castillo de naipes. Era de esos hombres a los que cualquier cosa puede derrumbar. Alto, daba la impresión de habitar una carcasa prestada. Se notaba a la legua que le vestía su mujer, que tenía una idea muy concreta sobre el sujeto y no precisamente la mejor. Se lo imaginaba como jefe de empresa dominador (traje gris claro), responsable (camisa de rayas azules finas) y con prisa (zapatos italianos puntiagudos), pero concedía que, en suma, no era más que un directivo un poco petulante (corbata chillona) y aceptablemente vulgar (sello de oro y gemelos a juego). Cuando vio a Camille aparecer en su despacho, suspendió lamentablemente su examen al izar las cejas con aspecto sorprendido, para recuperarse después y hacer como si no pasara nada. La peor reacción, según Camille, que las conocía todas.

Cottet era de esos que ven la vida como un negocio serio. Estaban los negocios de los que podía decirse «está chupado», los que declaraba «espinosos» y por fin los «asuntos feos». Con solo mirar la cara de Camille, comprendió que la circunstancia presente escapaba a esas categorías.

A menudo era Louis, en esos casos, el que tomaba la iniciativa. Louis era paciente. Louis a veces era muy pedagógico.

—Necesitamos saber quién ocupaba esa vivienda y en qué condiciones. Y es bastante urgente, evidentemente.

—Evidentemente. ¿De qué vivienda se trata?

—Rue Félix-Faure, 17, en Courbevoie.

Cottet palideció.

—Ah...

Y después el silencio. Cottet miraba su cartapacio como un pez, con aspecto aterrado.

—Señor Cottet —prosiguió entonces Louis con su tono más tranquilo y aplicado—, creo que sería mejor, para usted y su empresa, explicarnos todo esto, muy tranquilamente y de forma muy completa... Tómese su tiempo.

—Sí, claro —respondió Cottet.

Después levantó hacia ellos una mirada de náufrago.

—Ese asunto no se llevó a cabo..., quiero decir..., por los cauces habituales, ¿comprenden?...

—No muy bien, no —respondió Louis.

—Nos llamaron en abril del año pasado. La persona...

—¿Quién?

Cottet alzó la vista hacia Camille, su mirada pareció perderse un instante por la ventana en busca de ayuda, de consuelo.

—Haynal. Se llamaba Haynal. Jean. Creo...

—¿Lo cree?

—Eso es, Jean Haynal. Estaba interesado en ese loft de Courbevoie. Para ser sinceros —prosiguió Cottet recuperando la seguridad—, rentabilizar ese plan no es tarea fácil... Hemos invertido mucho, y en el conjunto de la antigua zona industrial, donde hemos puesto en marcha cuatro proyectos individuales, los resultados no son todavía lo bastante convincentes. Tampoco es nada alarmante, pero...

Sus circunloquios molestaban a Camille.

—Hablando claro, ¿cuántos han vendido? —cortó.

—Ninguno.

Cottet le miraba fijamente como si esa palabra, «ninguno», se convirtiese, para él, en una condena a muerte. Camille apostaba a que esa aventura inmobiliaria los había puesto, a él y a su empresa, en una situación pero que muy comprometida.

—Se lo ruego... —le animó Louis—, continúe...

—Ese caballero no deseaba comprar, quería alquilar por un período de tres meses. Decía representar a una empresa de producción cinematográfica. Me negué. Es algo que no hacemos. Demasiado riesgo de impago, demasiados gastos y para demasiado poco tiempo, entiéndanlo. Y además, nuestro trabajo es vender promociones, no jugar a agencia inmobiliaria.

Cottet había soltado eso con un tono de desprecio que decía mucho sobre la dificultad de la situación, que le había obligado a transformarse él mismo en agente inmobiliario.

—Comprendo —dijo Louis.

—Pero estamos sometidos a las leyes del realismo, ¿verdad? —añadió como si esa agudeza demostrase que también tenía cultura—. Y ese caballero...

—¿Pagaba en efectivo? —preguntó Louis.

—Sí, en efectivo, y...

—Y estaba dispuesto a pagar caro —añadió Camille.

—El triple del precio de mercado.

—¿Cómo era ese hombre?

—No lo sé —dijo Cottet—, solo hablé con él por teléfono.

—¿Y su voz? —preguntó Louis.

—Una voz clara.

—¿Y después?

—Pidió visitar el loft. Quería hacer algunas fotos. Fijamos una cita. Fui yo el que acudió. Ahí debí sospechar algo...

—¿Qué? —preguntó Louis.

—El fotógrafo... no parecía, cómo decirlo..., muy profesional. Apareció con una especie de Polaroid. Colocaba en el suelo cada foto que hacía, en fila, bien ordenadas, como si temiese mezclarlas. Consultaba un papel antes de cada toma, como si siguiese unas instrucciones sin comprenderlas. Pensé que ese tipo era tan fotógrafo como yo...

—¿... agente inmobiliario? —tentó Camille.

—Si quiere —dijo Cottet fusilándolo con la mirada.

—¿Y podría describirlo? —prosiguió Louis para asegurarse de que se cambiaba de tema.

—Vagamente. No me quedé mucho tiempo. Allí no tenía nada que hacer, y perder dos horas en un local vacío mirando a un tipo haciendo fotos... Le abrí, le observé trabajar un momento y me fui. Cuando terminó, dejó las llaves en el buzón, eran una copia y no corría prisa recuperarlas.

—¿Cómo era?

—Mediano...

—¿Qué quiere decir? —insistió Louis.

—¡Mediano! —se encrespó Cottet—. ¿Qué quiere que le diga? Mediana estatura... Mediana edad... ¡Mediano!

Siguió entonces un silencio durante el que cada uno de los tres hombres pareció meditar sobre la desesperante medianía del mundo.

—Y el hecho de que ese fotógrafo fuese tan poco profesional —preguntó Camille— le pareció una garantía más, ¿verdad?

—Sí, lo confieso —respondió Cottet—. Pagaban en efectivo, sin contrato, y pensé que una película..., bueno..., que con ese tipo de película no tendríamos problemas con el arrendatario.

Camille se levantó el primero. Cottet los acompañó hasta el ascensor.

—Deberá firmar una declaración, por supuesto —le explicó Louis, como si hablase con un niño—, quizás se vea obligado también a comparecer, así que...

Camille le interrumpió.

—Así que no toque nada. Ni sus libros, ni nada de nada. Tendrá que arreglárselas con Hacienda solo. Por ahora tenemos dos chicas troceadas. Así que, en este momento, eso es lo más importante, incluso para usted.

Cottet tenía la mirada perdida, como si intentase medir las consecuencias y se presentaran catastróficas, y su corbata multicolor pareciera de pronto una chalina sobre el pecho de un condenado a muerte.

—¿Tiene usted fotografías, o planos? —preguntó Camille.

—Hemos realizado un bonito folleto promocional... —empezó a decir Cottet con una larga sonrisa de ejecutivo comercial, pero se dio cuenta de la incongruencia de su satisfacción y envió de inmediato su sonrisa a la cuenta de pérdidas y ganancias.

—Envíeme todo eso cuanto antes —dijo Camille tendiéndole su tarjeta.

Cottet la cogió como si temiese quemarse.

Al bajar, Louis evocó brevemente las «ventajas» de la recepcionista. Camille respondió que no se había fijado.


7.


Incluso con dos equipos, la policía científica tendría que pasar una gran parte de la jornada en el lugar de los hechos. El inevitable ballet de coches, motos y furgonetas provocó una primera aglomeración al final de la mañana. Cabía preguntarse cómo la gente había tenido la idea de desplazarse hasta allí. Aquello parecía la ascensión de los muertos vivientes en una película de serie B. La prensa apareció media hora más tarde. Evidentemente nada de fotos del interior, evidentemente nada de declaraciones, pero con las primeras filtraciones, al filo de las dos de la tarde, cundió la sensación de que era mejor decir algo que dejar a la prensa a su libre albedrío. Desde el móvil, Camille llamó a Le Guen y compartió con él su preocupación.

—Aquí también está empezando a resonar... —exclamó Le Guen.

Camille salió del piso con un único deseo: decir lo menos posible.

No había tanta gente, algunas decenas de curiosos, una decena corta de reporteros y a primera vista ninguna celebridad, solo becarios y figurantes, una ocasión inesperada para desactivar la situación y ganar algunos preciosos días.

Camille tenía dos buenas razones para ser conocido y reconocido. Su buen hacer le había aportado una sólida reputación que su metro cuarenta y cinco había transformado en una pequeña notoriedad. Por muy difícil que fuese el encuadre del plano, los periodistas estaban bien dispuestos a interrogar a ese hombrecillo de voz seca y cortante. Le encontraban poco locuaz pero «recto».

En algunas ocasiones —pequeña ventaja comparada con los inconvenientes— su físico le había sido útil. Una vez que se le vislumbraba, no se le olvidaba nunca. Ya había rechazado acudir a varios programas de televisión, a sabiendas de que era invitado con la esperanza de que contara la historia deliciosamente emotiva de quien «ha sabido sobreponerse de un modo magnífico a la minusvalía». Estaba claro que a los presentadores se les hacía la boca agua imaginándose un reportaje impactante en el que se mostraba a Camille en su coche de discapacitado, con todos los mandos en el volante y el faro giratorio en el techo. Camille no lo deseaba en absoluto, y no solo porque odiaba conducir. Sus superiores se lo agradecían. Sin embargo, una vez, una sola, había dudado. Un día de oscura tormenta. Y de cólera. Un día en el que había tenido que realizar un trayecto en metro demasiado largo, entre miradas huidizas o burlonas. Le habían propuesto una intervención en France 3. Tras el énfasis habitual sobre el pretendido interés público que él representaba, su interlocutor le había dado a entender con medias palabras que no perdería nada en el intento, creyendo sin duda que todo el planeta estaba obsesionado con ser famoso. No, fue el día en que se partió la cara en la bañera. Un día maldito para los enanos. Había dicho que sí, y sus superiores habían fingido dar su consentimiento de buena gana.

Al llegar a los estudios, medianamente deprimido por ceder a lo que ni siquiera era ya una tentación, había tenido que subir en el ascensor. La mujer que había entrado con él, los brazos llenos de bobinas y papeles, le había preguntado a qué piso iba. Camille había señalado, con aire de derrota, el botón del decimoquinto, que estaba a una altura vertiginosa. Ella le había dedicado una sonrisa muy bonita pero, en su esfuerzo por alcanzar el botón, había soltado las bobinas. Cuando el ascensor llegó a su destino, todavía estaban a cuatro patas recogiendo cajas abiertas y reuniendo papeles. Ella le había dado las gracias.

—Me pasa lo mismo cuando quiero cambiar el papel pintado —la había tranquilizado Camille—. Se convierte de inmediato en una pesadilla...

La mujer se había reído. Tenía una sonrisa muy bonita.

Era una historia sencilla. Se casó con Irène seis meses más tarde.

8.

Los periodistas tenían prisa.

Camille soltó:

—Dos víctimas.

—¿Quiénes?

—No sabemos nada. Mujeres. Jóvenes...

—¿Qué edad?

—Unos veinticinco años. Es todo lo que podemos decir por ahora.

—¿Cuándo salen los cuerpos? —preguntó un fotógrafo.

—Están en ello, llevamos algo de retraso. Hay problemas técnicos...

Un silencio entre preguntas, una buena ocasión para añadir:

—No hay gran cosa que decir, honestamente. No tenemos muchos elementos, eso es todo. Deberíamos tener listo un balance para mañana a última hora. Hasta entonces, sería mejor dejar trabajar a los chicos del laboratorio...

—¿Qué se comenta? —preguntó un joven con mirada de alcohólico.

—Se comenta: dos mujeres, todavía no sabemos quiénes. Se comenta: asesinadas, hace uno o dos días, no sabemos por quién y todavía no sabemos cómo ni por qué.

—¡Poca cosa!

—Es lo que intento decir.

Difícilmente se podía decir menos. Hubo un instante de perplejidad entre los asistentes.

Y ocurrió, en ese preciso momento, lo que Camille menos deseaba. La furgoneta de la policía científica había dado marcha atrás pero no había podido acercarse lo suficiente a la entrada del loft por culpa de una jardinera de hormigón colocada allí por alguna misteriosa razón. El conductor descendió entonces para abrir de par en par las dos puertas traseras y, tras unos segundos, dos técnicos más salieron uno detrás de otro. La atención, hasta entonces distraída, de los reporteros se convirtió repentinamente en un interés apasionado cuando la puerta del loft dejó ver con claridad una pared del salón cubierta por un inmenso chorro de sangre, lanzado sin esmero como sobre un lienzo de Pollock. Como si aquella visión necesitara todavía de confirmación, los dos tipos de la científica empezaron a cargar concienzudamente en la furgoneta bolsas de plástico cuidadosamente cerradas con las etiquetas del Instituto Médico Forense.

Ahora bien, los periodistas son en cierto modo como los empleados de pompas fúnebres: calculan la longitud de un cuerpo al primer vistazo. Y al ver salir las bolsas, todo el mundo adivinó que aquello eran trozos.

—¡Joder! —exclamaron a coro los reporteros.

En el tiempo necesario para ampliar el perímetro de seguridad con el cordón policial, los fotógrafos habían ametrallado la primera salida. El pequeño grupo se dividió espontáneamente en dos como una célula cancerígena: unos disparaban a la camioneta gritando: «¡Aquí!», para atraer la mirada de los macabros transportistas y obligarles a marcar una pausa; otros empuñaban sus teléfonos móviles para pedir refuerzos.

—¡Joder! —confirmó Camille.

Una auténtica chapuza de aficionado. Sacó el móvil a su vez y realizó las inevitables llamadas que firmaban su entrada en el ojo del huracán.

9.

La policía científica había hecho un buen trabajo. Habían entreabierto dos ventanas para provocar una corriente de aire, y el olor de por la mañana se había dispersado lo suficiente como para que ya no fuesen necesarios pañuelos y mascarillas.

Las escenas de un crimen son a veces más angustiosas en esa fase que en presencia de los cadáveres, porque parece que la muerte ha golpeado por segunda vez haciéndolos desaparecer.

Allí era peor aún. Solo se habían quedado los del laboratorio, con sus cámaras, sus metros electrónicos, sus pinzas, frascos, bolsas de plástico, productos de revelado..., y ahora era como si nunca hubiese habido cuerpos o la muerte les hubiera negado su última dignidad de encarnarse en algo antaño vivo. Los transportistas habían recogido y se habían llevado los trozos de dedos, las cabezas y los vientres abiertos. No quedaban ya más que restos de sangre y mierda, y libre del horror desnudo, el piso adoptaba ahora un aspecto completamente distinto. E incluso, en opinión de Camille, un aspecto realmente extraño. Louis miró a su jefe con prudencia, le parecía que tenía una expresión curiosa, como si buscase la solución a un crucigrama, con una gran arruga en la frente y las cejas en tensión.

Avanzó por la habitación, caminó hasta el mueble del televisor y el teléfono, mientras Camille daba una vuelta por la estancia. Deambularon por la pieza como dos visitantes en un museo, deseosos de descubrir aquí y allá un nuevo detalle que hubiese pasado desapercibido hasta entonces. Algo más tarde, se cruzaron en el cuarto de baño, todavía pensativos. Louis fue a inspeccionar el dormitorio a su vez, Camille miraba por la ventana mientras los técnicos desconectaban los proyectores, enrollaban plásticos y cables, cerraban uno por uno maletines y cajas. A medida que vagaba por el decorado, Louis, con los sentidos alerta por la inquietud de Camille, hacía funcionar sus neuronas. Y, poco a poco, comenzó a adoptar él también una expresión más seria aún que de costumbre, como si efectuase mentalmente una operación de ocho cifras.

Se unió de nuevo a Camille en el salón. En el suelo estaba la maleta encontrada en el guardarropa (cuero beis, buena calidad, con el interior tapizado y esquinas metálicas como las *fly cases*), que los técnicos no se habían llevado todavía. Contenía un traje, un calzador, una maquinilla de afeitar eléctrica, una billetera, un reloj deportivo y una fotocopiadora de bolsillo.

Un técnico que había tenido que salir un momento volvió y le anunció a Camille:

—Un día duro, Camille, acaba de llegar la tele...

Después, siguiendo con la mirada las enormes manchas de sangre que cubrían la estancia, añadió:

—Con esto, vas a tener telediario durante algún tiempo.

10.

—Bonita puesta en escena —dijo Louis.

—Para mí que es algo más complicado. Y, ya que estamos, hay algo que no cuadra.

—¿Que no cuadra?

—No —dijo Camille—. Todo lo que hay aquí es casi nuevo. Sofá, cama, tapicería..., todo. No puedo creer que se gaste tanto con el único fin de rodar una peli porno. Se utilizan muebles de segunda mano. O se alquila un piso amueblado. De hecho, generalmente ni se alquila. Se usa lo que hay gratis por ahí.

—¿Una *snuff movie*? —preguntó Louis.

El joven se refería a una de esas películas pornográficas en las que, al final, se asesina de verdad. A mujeres, por supuesto.

—Ya he pensado en ello —dijo Camille—. Sí, es posible...

Pero los dos sabían que la moda de esas producciones había pasado. Y la puesta en escena meticulosa y cara que tenían ante ellos casaba mal con esa hipótesis.

Camille continuó deambulando en silencio por la habitación.

—La huella del dedo, allí, en la pared, es demasiado perfecta para ser involuntaria —prosiguió.

—No se puede ver nada desde el exterior —apuntó Louis—. La puerta estaba cerrada, al igual que las ventanas. Nadie ha descubierto el crimen. Así que, con toda seguridad, fue uno de los asesinos quien nos avisó. A la vez premeditado y reivindicado. Pero no puedo imaginar a un hombre solo realizando una carnicería como esta.

—Eso lo veremos. No, a mí —dijo Camille— lo que más me intriga es por qué hay un mensaje en el contestador.

Louis le miró un instante, sorprendido de haber perdido el hilo tan pronto.

—¿Por qué? —preguntó.

—Lo que me inquieta es que hay todo lo necesario, teléfono, contestador, salvo lo esencial: no hay línea...

—¿Qué?

Louis se levantó de un salto, tiró del cable del teléfono y después miró detrás del mueble. Solo había una toma eléctrica, el teléfono no estaba enchufado a nada.

—La premeditación no ha sido camuflada. No han hecho nada para disimularla. Al contrario, parecería que todo ha sido dispuesto para ponerla en evidencia... Esto es demasiado.

Camille dio algunos pasos más por la habitación, con las manos en los bolsillos, y se plantó de nuevo delante de la cartografía del genoma.

—Sí —concluyó—. Esto es demasiado.

11.

Louis llegó el primero, seguido de Armand. Y cuando Maleval, que terminaba una conversación por su móvil, se reunió con ellos, todo el equipo de Camille —lo que algunos, por respeto o burla, llamaban la «brigada Verhoeven»— se encontró al completo. Camille repasó rápidamente sus notas y después miró a sus colaboradores.

—¿Vuestra opinión?

Los tres hombres se miraron.

—Habría que saber primero cuántos son —se arriesgó a decir Armand—. Cuanto más numerosos sean, más oportunidades tendremos de encontrarlos.

—Un tipo solo no ha podido hacer algo así —dijo Maleval—, no es posible.

—Para estar seguros habrá que esperar los resultados de la científica y de la autopsia. Louis, resúmenos lo del alquiler del loft.

Louis relató brevemente la visita a la Sogefi. Camille aprovechó para observar a Armand y Maleval.

Los dos hombres eran la antítesis el uno del otro, uno el exceso y el otro el defecto. Jean-Claude Maleval tenía veintiséis años y un encanto del que abusaba como abusaba de todo, de la noche, de las chicas, del cuerpo. El tipo de hombre que no se esconde. Exhibía, sistemáticamente, un rostro agotado. Cuando pensaba en Maleval, Camille se sentía algo inquieto y se preguntaba si las correrías de su ayudante serían muy caras. Maleval tenía el perfil de un futuro corrupto, al igual que algunos niños tienen cara de mal estudiante desde el parvulario. De hecho, era difícil saber si dilapidaba su vida de soltero como otros su herencia o si estaba ya en el resbaladizo camino de las necesidades excesivas. En dos ocasiones durante los últimos meses había sorprendido a Maleval en compañía de Louis. En cada ocasión, los dos hombres se habían mostrado incómodos, como pillados in fraganti, y Camille estaba seguro de que Maleval sableaba a Louis. Quizás no con regularidad. No había querido entrometerse y había simulado no darse cuenta de nada.

Maleval fumaba muchos cigarrillos rubios, disfrutaba de algo de suerte en las carreras y tenía una predilección marcada por el Bowmore. Pero en la lista de sus valores colocaba a las mujeres en el lugar más alto. Es cierto que Maleval era guapo. Alto, moreno, una mirada que rezumaba astucia, y todavía el físico del campeón de Francia júnior de judo que había sido.

Camille contempló un instante a su antítesis, Armand. Pobre Armand: inspector de la Brigada Criminal desde hacía casi veinte años, y desde hacía por lo menos diecinueve y medio con la reputación del rácano más sórdido que jamás hubiese pertenecido a la policía. Era un hombre sin edad, largo como un día sin pan, de facciones marcadas, delgado e inquieto. Todo lo que podía definir a Armand se situaba en el lado de la escasez. Ese hombre era la encarnación de la penuria. Su avaricia no tenía el encanto de un rasgo de carácter. Era una patología pesada, muy pesada, infranqueable, y que nunca había hecho gracia a Camille. En el fondo, a Camille, Armand le importaba un comino, pero, a fuerza de trabajar tantos años con él, sufría siempre al ver al «pobre Armand» cometiendo, a su pesar, increíbles bajezas para no gastar un céntimo y adoptando estrategias extraordinariamente complicadas solo para evitar pagar una maldita taza de café. Quizás por herencia de su propia minusvalía, Camille sufría a veces con esas humillaciones como si fuesen suyas. Lo más patético era la conciencia real que tenía Armand de su estado. Padecía por ello, y por esa causa se había convertido en un hombre triste. Armand trabajaba en silencio. Armand trabajaba bien. A su manera, era quizás el mejor de los agentes de la Brigada Criminal. Su avaricia había hecho de él un policía meticuloso, puntilloso, escrupuloso, capaz de desmenuzar una guía telefónica durante días enteros, de esperar horas interminables dentro de un coche con la calefacción estropeada, de interrogar calles enteras, gremios al completo, de encontrar, en el sentido estricto de la frase, una aguja en un pajar. Si se le diese un puzle de un millón de piezas, Armand no haría otra cosa que entrar en su despacho y dedicar, con su escrupulosa integridad, sus horas de servicio a reconstruirlo. Poco importaba de hecho el motivo de la búsqueda. El tema no tenía ninguna importancia. Su obsesión por la acumulación excluía toda preferencia. A menudo había conseguido maravillas, y a pesar de que todos consideraban a Armand insoportable en el trato cotidiano, admitían sin reparo alguno que ese policía obstinado, rastreador, tenía una ventaja sobre los demás, algo intemporal que mostraba admirablemente hasta qué punto, llevada a su límite extremo, una tarea sin interés podía esconder genialidad. Tras haberle gastado casi todas las bromas posibles sobre su avaricia, sus compañeros habían acabado renunciando a burlarse de él. Nadie se reía a sus espaldas. Todo el mundo le tenía un poco de miedo.

—Bien —concluyó Camille cuando Louis terminó su exposición—. A la espera de los primeros elementos, vamos a tomar las cosas como van llegando. Armand y Maleval, empezad por seguir la pista de los indicios materiales, de todo lo que hayamos encontrado en el lugar, la procedencia de los muebles, de los objetos, complementos, ropa, lencería, etcétera. Louis, tú encárgate de la cinta de vídeo, de la revista americana, en fin, de todo lo exótico, pero no te disperses. Si aparece algo nuevo, Louis se ocupará de la comunicación. ¿Alguna pregunta?

No había preguntas. O había demasiadas, lo que venía a ser lo mismo.

## 12.

La policía de Courbevoie había sido informada del crimen por la mañana a través de una llamada anónima. Camille bajó a escuchar la grabación.

«Ha habido un asesinato. Rue Félix-Faure, número 17.»

Era seguramente la misma voz que la del contestador telefónico, con la misma distorsión, debida sin duda al mismo aparato.

Camille pasó las dos horas siguientes rellenando formularios, partes, cuestionarios, completando los espacios en blanco del texto con las incógnitas de la investigación, sin dejar de preguntarse de qué iba todo aquello.

A la hora de cumplir con las exigencias de la vida administrativa, le asaltaba a menudo una especie de estrabismo mental. Con su ojo derecho, cumplimentaba los formularios, se plegaba a las necesidades de la estadística local y redactaba, en el estilo reglamentario, las actas y los informes, mientras que en la retina de su ojo izquierdo permanecían grabadas las imágenes de los cuerpos inertes sobre el suelo, las heridas negras de sangre coagulada, los rostros arrasados por el dolor y la lucha desesperada por seguir vivo, la última mirada de incomprensión ante la evidencia de una muerte cierta, siempre sorprendente.

Y a veces todo aquello se solapaba. Camille descubrió de repente la imagen de los dedos de mujer cortados, dispuestos en círculo en el logotipo de la policía judicial... Dejó las gafas sobre la mesa y se masajeó lentamente las cejas.


13.


Bergeret, el responsable de la policía científica, como buen militar que había sido, no era un hombre que se precipitase ni que, consciente de su cargo, cediese ante las urgencias de nadie. Pero sin duda Le Guen había echado mano de su influencia (lucha de titanes entre los dos hombres, dos inercias enfrentándose en un cuerpo a cuerpo patético, como en un combate de sumo grabado a cámara lenta). Como resultado, al final de la tarde Camille disponía ya de las primeras conclusiones relativas a la identificación.

Dos mujeres jóvenes, pues, entre veinte y treinta años. Las dos rubias. Una de 1,65 metros, 50 kilos, mancha de vino en la rodilla (interior izquierda), buena dentadura, pecho abundante; la otra, aproximadamente la misma talla, aproximadamente el mismo peso, también buena dentadura, sin señas particulares, también bastante pecho. Ambas víctimas habían comido entre tres y cinco horas antes de su muerte: *crudités,* carpaccio y vino tinto. Una de las víctimas había elegido de postre fresas con azúcar, la otra un sorbete de limón. Las dos habían bebido además champán. Una botella de Moët Hennessy brut y dos copas halladas bajo la cama llevaban sus huellas. La marca sangrienta de la pared había sido realizada con un ramillete de dedos cortados. La reconstrucción del modus operandi, expresión por la que se pirran todos los que nunca han estudiado latín, iba a llevar evidentemente más tiempo. ¿En qué orden habían sido troceadas? ¿De qué forma y con qué? ¿Se habían necesitado uno o varios hombres (o mujeres)? ¿Habían sido violadas, y cómo (o con qué)? Tantas incógnitas en esa macabra ecuación que Camille tenía por misión resolver.

Un detalle más extraño si cabe: la nítida huella de un dedo corazón que habían encontrado estampada en un muro no era real, sino que había sido hecha con un tampón de tinta.

Camille nunca había anidado sospechas particulares respecto a la informática, pero algunos días no podía evitar pensar que esas máquinas tenían una verdadera alma malvada. Nada más recibir los primeros elementos de la científica, el ordenador del registro central le envió una confirmación y le dio a elegir entre una buena y una mala noticia. La buena noticia era que se había verificado la identidad de una de las víctimas a partir de sus huellas. Una tal Évelyne Rouvray, de veintitrés años, domiciliada en Bobigny, fichada por la policía por prostitución. La mala suponía una bofetada que le devolvió de golpe a la cabeza lo que minutos antes había intentado alejar torpemente. La falsa huella encontrada en la pared correspondía a otro caso, que se remontaba al 21 de noviembre de 2001 y cuyo informe le fue enviado de inmediato.

14.

Aquel informe también tenía un fondo malvado. Todo el mundo estaba de acuerdo en ese punto. Solo un policía suicida habría podido desear hacerse cargo de un asunto que ya había hecho tanto ruido. En su momento, la prensa había hablado sin descanso de la falsa huella de un dedo embadurnado de tinta negra impresa en uno de los dedos del pie de una víctima. Durante varias semanas, los periódicos le habían dado al caso varios nombres. Se había hablado del «crimen de Tremblay» o del «vertedero trágico», pero el que se había llevado la palma, como acostumbraba, había sido *Le Matin,* que había cubierto el tema bajo el título de «la joven segada por la muerte».

Camille conocía el caso como todo el mundo, ni más ni menos, pero su aire espectacular le hizo pensar que el ojo del huracán había reducido bruscamente su diámetro.

La reaparición del caso de Tremblay modificaba la situación. Si aquel individuo se dedicaba a cortar chicas en trozos a lo largo de la periferia parisina, era de esperar que no dejaran de encontrarlas hasta que no lo detuvieran. ¿A qué tipo de cliente se enfrentaban? Camille descolgó el teléfono, llamó a Le Guen y le informó de la novedad.

—Joder —exclamó sobriamente Le Guen.

—Es una forma de decirlo, sí.

—A la prensa le va a encantar.

—Estoy seguro de que ya está encantada.

—¿Cómo que ya?

—Qué quieres —explicó Camille—, esta Casa es un auténtico coladero. Los becarios llegaron a Courbevoie una hora después que nosotros...

—¿Y...? —preguntó Le Guen, inquieto.

—Y la tele justo a continuación —concedió Camille con desgana.

Le Guen guardó unos segundos de silencio que Camille aprovechó inmediatamente.

—Quiero un perfil psicológico de esos tipos —pidió.

—¿Por qué esos tipos? ¿Tienes varias huellas?

—Ese tipo, esos tipos... ¡A mí qué me cuentas!

—Vale. Le han dado el caso a la jueza Deschamps. Voy a llamarla para pedirle un experto.

Camille, que nunca había trabajado con esa jueza, recordaba, por habérsela cruzado alguna vez, a una mujer de unos cincuenta años, delgada, elegante y de una fealdad desorbitada. El tipo de mujer que desafía toda descripción y a la que le gustan las joyas de oro.

—La autopsia tendrá lugar mañana por la mañana. Si puede asignar el experto rápidamente, te lo enviaré allí a esperar las primeras conclusiones.

Camille dejó para más tarde la lectura del informe de Tremblay. Se lo llevaría a casa. Por el momento, era mejor concentrarse en el presente.


15.


Informe de Évelyne Rouvray.

Nacida el 16 de marzo de 1980 en Bobigny, de Françoise Rouvray y padre desconocido. Deja los estudios tras terminar tercero. Sin empleo conocido. Primer rastro en noviembre de 1996: flagrante delito de prostitución en un coche en Porte de la Chapelle. Detenida por atentar contra las buenas costumbres pero no por prostitución. La chica es todavía menor, por lo que el asunto conlleva algo más de lío y de todas formas no tiene pinta de ser el último. Como efectivamente se demuestra. Tres meses más tarde, bingo, la pequeña Rouvray es pillada de nuevo en los bulevares de Maréchaux, de nuevo en un coche y en la misma posición. Esta vez pasa al tribunal, el juez sabe que la va a ver regularmente, y como regalo de bienvenida de la justicia francesa para una pequeña delincuente que se hará mayor, le impone ocho días de condicional. Curiosamente, desde ese momento se le pierde la pista. El hecho es bastante poco común. En general, la lista de arrestos por delitos menores se va ampliando a lo largo de los años, a veces a los pocos meses si la chica es muy activa, se droga o pilla el sida, en fin, si necesita dinero y hace la calle día y noche. Pero en este caso nada. Évelyne cumple sus ocho días de condicional y desaparece de los archivos. Al menos hasta que la encuentran troceada en un loft de Courbevoie.

## 16.

Último domicilio conocido: Bobigny, barriada Marcel Cachin.

Una hilera de edificios de los años setenta, puertas desfondadas, buzones reventados, pintadas del suelo al techo; en el tercero una puerta con mirilla y, tras el «¡Abran, policía!», un rostro arrasado, el de la madre, de edad avanzada.

—¿La señora Rouvray?

—Nos gustaría hablarle de su hija Évelyne.

—Ya no vive aquí.

—¿Dónde vivía..., dónde vive ahora?

—No sé. No soy policía.

—Nosotros sí, y sería mejor que nos ayudara... Évelyne se ha metido en problemas, grandes problemas.

Intrigada.

—¿Qué tipo de problemas?

—Necesitamos su dirección...

Dubitativa. Camille y Louis permanecen en el descansillo, prudentes. Y experimentados.

—Es importante...

—Está en casa de José. En la rue Fremontel.

La puerta se va a cerrar.

—¿José qué más?

—No lo sé. José sin más.

Esta vez, Camille bloquea la puerta con el pie. La madre no quiere saber nada de los problemas de su hija. Manifiestamente, tiene los suyos propios.

—Évelyne ha muerto, señora Rouvray.

En ese momento, la metamorfosis. La boca se abre, los ojos se entrecierran en lágrimas, ni un grito, ni un suspiro, solo lágrimas que empiezan a brotar, y Camille de pronto la encuentra bella, inexplicablemente, ve algo en su rostro similar a lo que había visto en la pequeña Alice esa mañana, aunque con menos moratones, excepto en el alma. Mira a Louis, y después se vuelve de nuevo hacia ella, que sigue sosteniendo la puerta, la mirada en el suelo. Y ni una palabra, ni una pregunta, solo silencio y lágrimas.

—Tendrá que venir a reconocer el cuerpo...

Ya no escucha. Ha levantado la cabeza. Hace un gesto para indicar que ha comprendido, siempre sin pronunciar palabra. La puerta se cierra muy lentamente. Camille y Louis se alegran de haberse quedado en el descansillo, listos para marcharse, ya fuera, sembradores de dramas.


17.

José, según el registro, es José Riveiro. Veinticuatro años. Carrera precoz, robo de coches, violencia, detenido en tres ocasiones. Algunos meses de calabozo por participar en el atraco de una joyería en Pantin. En la calle desde hacía seis meses, todavía no había vuelto a dar señales de vida. Con un poco de suerte no está en casa, con un poco más, se ha fugado y es el culpable. Ni Louis ni Camille lo creen por un instante. Según su ficha, José Riveiro no tiene el perfil de un asesino loco con grandes medios económicos. De hecho, allí está, en vaqueros y zapatillas, no muy alto, bonita cara sombría pero expresión inquieta.

—Hola, José. No nos conocíamos.

Entre Camille y él saltan chispas de inmediato. José es un tío de verdad. Mira al engendro como a una mierda sobre la acera.

Esta vez entran directamente. José no pregunta nada, les deja pasar, sin duda está estrujándose el cerebro en busca de las razones que puede tener la policía para entrar en su casa así, sin avisar. Y no deben de faltarle. El salón es muy pequeño, organizado alrededor de un sofá y una televisión. Dos botellas de cerveza vacías sobre una mesita baja, un cuadro horroroso en la pared y un olor a calcetín sudado, más bien del tipo soltero. Camille avanza hasta el dormitorio. Un auténtico delirio, ropa por todas partes, de hombre, de mujer, interior siniestro con colcha de felpa fluorescente.

José se apoya en el quicio de la puerta, tenso, taciturno, sin querer decir nada pero con pinta de ir a cantar más pronto que tarde.

—¿Vives solo, José?

—¿Por qué lo preguntan?

—Aquí las preguntas las hacemos nosotros, José. Y bien, ¿solo?

—No. Con Évelyne. Pero no está.

—¿Y a qué se dedica Évelyne?

—Está buscando trabajo.

—Ah... Y no lo encuentra, ¿verdad?

—Todavía no.

Louis no dice nada, espera a saber qué estrategia va a adoptar Camille. Pero a Camille le invade una inmensa pesadez porque le parece que todo eso es previsible, que está escrito, y que en su oficio hasta los marrones se convierten en una formalidad. Opta por lo más rápido, para quitárselo de encima.

—¿Desde cuándo no la ves?

—Se marchó el sábado.

—¿Y es normal que se marche así?

—Pues no, la verdad —dice José.

Y en ese momento, José comprende que saben más que él, que lo peor no ha llegado todavía y no tardará en llegar. Mira a Louis y después a Camille, una mirada al frente y otra hacia abajo. De pronto, Camille deja de ser un enano. Es la figura abominable de la fatalidad, a la que le dan igual las consecuencias.

—Ustedes saben dónde está... —dice José.

—La han matado, José. La hemos encontrado esta mañana en un piso en Courbevoie.

Solo en ese instante comprenden que el pequeño José está triste de verdad. Que Évelyne, cuando estaba entera, vivía allí con él, y que por muy puta que fuese, la apreciaba, era allí donde dormía, allí, con él, y Camille mira entonces su rostro hundido, marcado por una incomprensión total y por el golpe de las verdaderas catástrofes.

—¿Quién ha sido? —pregunta José.

—No sabemos nada. Precisamente por eso estamos aquí, José. Queremos saber qué estaba haciendo allí.

José niega con la cabeza. No sabe nada. Una hora más tarde, Camille sabe todo lo que tiene que saber sobre José, Évelyne y el pequeño negocio privado que ha llevado a esa chica, a pesar de ser lista, a acabar troceada por un loco anónimo.

18.

Évelyne Rouvray no se había caído de un guindo. Arrestada una primera vez, comprende de inmediato que ha tomado una senda resbaladiza y que su vida va a degenerar a marchas forzadas; le basta con mirar a su madre. En cuanto a las drogas, se limita a un consumo elevado pero sostenible, se gana la vida en Porte de la Chapelle y manda a tomar por culo a todo el que propone pagarle el doble si no hay preservativo. Unas semanas después de su condena, José aparece en su vida. Se instalan en la rue Fremontel y se abonan a Wanadoo. Évelyne pasa dos horas diarias buscando clientes y luego acude a las citas. José siempre la lleva y la trae, y mientras la espera se entretiene jugando al flíper en el café más cercano. No es un chulo de verdad. En esta historia es consciente de que no es él el que piensa, la que piensa es Évelyne, organizada, prudente. Hasta ahora. Muchos clientes la reciben en un hotel. Fue lo que pasó la semana anterior. Un cliente la recibió en un Mercure. Al salir, dijo pocas cosas sobre el tipo, nada vicioso, más bien simpático, con pasta. Pero Évelyne salió con una proposición. Una fiestecita para tres dos días después, con la condición de llevar a una amiga. La única exigencia del tipo es que sean aproximadamente de la misma talla, aproximadamente de la misma edad. Quiere pechos grandes, eso es todo. Entonces Évelyne llama a Josiane Debeuf, una chica que ha conocido en Porte de la Chapelle, será de noche, el tipo estará solo y ofrece un montón de pasta, el equivalente a dos días de trabajo sin gasto alguno. Ha dado la dirección de Courbevoie. Es José el que lleva a las dos. Llegan a esa barriada desierta y se inquietan un poco. Por si se trata de un asunto turbio, acuerdan que José se quede en el coche hasta que una de las chicas le haga una señal de que todo va bien. Permanece pues en su coche un buen rato después de que el cliente les abra la puerta. Solo distingue su silueta a través de la iluminación procedente del interior. El hombre da la mano a las dos chicas. José se queda veinte minutos en el coche, hasta que Évelyne aparece en la ventana y le hace la señal convenida. José se marcha contento, tenía pensado ver el partido del PSG en Canal Plus.

Cuando dejan el piso de José Riveiro, Camille encarga a Louis que recoja las primeras informaciones sobre la segunda víctima, Josiane Debeuf, veintiún años. La pista no debería ser difícil de seguir. Es poco común que las habituales de los bulevares de las afueras sean unas desconocidas para la policía.

### 19.

Al encontrarse a Irène tan tranquila, recostada sobre el sofá frente a la televisión, con las dos manos apoyadas en su vientre y una hermosa sonrisa en los labios, Camille se dio cuenta de que, desde esa mañana, tenía la cabeza llena de trozos de mujer.

—¿Va todo bien? —dijo ella al verle entrar con un grueso informe bajo el brazo.

—Sí..., muy bien.

Para cambiar de tema, puso una mano sobre su vientre y preguntó:

—¿Qué tal? ¿Hay mucho movimiento ahí dentro?

Apenas terminada la frase, el telediario de las ocho daba comienzo mostrando la imagen de una furgoneta de la policía judicial que abandonaba lentamente la rue Félix-Faure en Courbevoie.

Evidentemente, a la hora a la que habían llegado, los cámaras no habían tenido gran cosa que llevarse a la boca. Las imágenes mostraban bajo todos los ángulos la entrada del loft, puertas cerradas, algunas idas y venidas de los últimos técnicos de la científica, un primer plano de las ventanas también cerradas. El relato sonaba con voz grave, como a la hora de las grandes catástrofes. Ese único indicio bastaba a Camille para comprender que la prensa contaba con sacar mucho jugo del suceso y que no lo soltaría sin una razón sólida. Por un instante, esperó que no tardaran en acusar a un ministro.

La aparición de las bolsas de plástico era objeto de un tratamiento especial. No todos los días se ven tantas bolsas de plástico. El locutor subrayaba lo poco que se sabía del «terrible drama de Courbevoie».

Irène no decía nada. Miraba a su marido, que acababa de aparecer en pantalla. Al salir del loft al final de la jornada, Camille se había limitado a repetir lo que había dicho horas antes. Pero esta vez había imágenes. En medio de un círculo de micrófonos que colgaban de los extremos de las pértigas, había sido grabado en plano picado, como para subrayar lo incongruente de la situación. Por suerte, el tema había llegado bastante tarde a las redacciones.

—No han tenido mucho tiempo para hacer el montaje —comentó profesionalmente Irène.

Las imágenes confirmaban su diagnóstico. El resumen de Camille era discontinuo. Solo habían conservado lo mejor.

—Dos mujeres jóvenes, de identidad desconocida, asesinadas. Se trata de un crimen... particularmente salvaje —«¿Cómo se me ocurrió decir algo así?», se preguntó Camille—. La jueza Deschamps se hará cargo de la investigación. Es todo lo que podemos decirles por ahora. Deben dejarnos trabajar...

—Mi pobre amorcito... —dijo Irène al final de la noticia.

Después de cenar, Camille hizo ademán de ver algo en la tele, pero prefirió hojear una revista o dos, y después sacó algunos papeles del secreter que recorrió con la mirada, bolígrafo en mano, hasta que Irène le dijo:

—Harías mejor en trabajar un poco. Eso te relajaría...

Irène sonreía.

—¿Vas a acostarte tarde? —preguntó.

—No —replicó Camille—. Le echo un vistazo por encima y voy.


20.

Eran las once de la noche cuando Camille dejó sobre su mesa el informe «01/12587». Informe grueso. Se quitó las gafas y se masajeó lentamente los párpados. Le gustaba ese gesto. Él, que siempre había tenido una vista excelente, a veces había esperado impaciente que le llegase el momento de ponerlo en práctica a él también. De hecho, había dos gestos. El primero consistía en retirar las gafas con un movimiento amplio de la mano derecha, girando ligeramente la cabeza para acompañar el gesto, para envolverlo, por así decirlo. Al segundo, que era una versión refinada, añadía una sonrisa algo enigmática, y cuando salía redondo, las gafas pasaban, con discreta torpeza, a la mano izquierda para que la otra pudiese tenderse hacia el visitante al que se dedicaba el gesto, como una ofrenda estética al placer de encontrarle. En el segundo gesto se retiraban las gafas con la mano izquierda, cerrando los párpados, se dejaban al alcance de la mano y después se masajeaba el puente de la nariz con el pulgar y el corazón, con lo que el índice quedaba apoyado en la frente. En esta versión, los ojos permanecían cerrados. Con ese gesto se pretendía alcanzar la relajación tras un esfuerzo o un excesivo período de concentración (podía acompañarse también de un profundo suspiro, si se deseaba). Era un gesto de intelectual ligeramente, muy ligeramente, envejecedor.

La larga experiencia en informes, actas y atestados de todo tipo le había enseñado a moverse rápidamente por expedientes voluminosos.

El caso había empezado con una llamada anónima. Camille buscó el parte: «Ha habido un asesinato en Tremblay-en-France. Vertedero de la rue Garnier». No había dudas de que el asesino tenía su método. Hay que ver qué rápido se adoptan las costumbres.

Esta repetición tenía evidentemente tanto sentido como las mismas frases. La fórmula elegida era sencilla, estudiada, nada más que informativa. Dejaba ver a las claras que no había ni emoción ni pánico, ni el más mínimo afecto. Y la repetición idéntica de la fórmula no se debía en ningún caso al azar. Decía en sí misma mucho sobre la maestría, real o supuesta, del asesino, que se convertía en mensajero de sus propios crímenes.

La víctima había sido identificada rápidamente como Manuela Constanza, joven prostituta de veinticuatro años, de origen español, que prestaba sus servicios en un hotel infecto en una esquina de la rue Blondel. Su amigo, Henri Lambert, llamado «el gordo Lambert» —cincuenta y un años, diecisiete arrestos, cuatro condenas, dos de ellas por proxenetismo con agravante—, había sido detenido inmediatamente. El gordo Lambert hizo un cálculo rápido y prefirió confesar su participación, el 21 de noviembre de 2001, en el atraco a un centro comercial de Toulouse, lo que le valió una condena de dieciocho meses de prisión, pero le evitó la acusación de asesinato. Camille prosiguió la lectura del dosier.

Fotos en blanco y negro de una precisión asombrosa. Y luego esto: un cuerpo de mujer partido en dos a la altura de la cintura.

—Pero bueno... —dejó escapar Camille—. Pero ¿qué clase de tipo...?

Primera foto: una de las mitades del cuerpo desnuda, la parte inferior. Las piernas muy abiertas. Habían arrancado un gran trozo de carne del muslo izquierdo, y una larga cicatriz, ya ennegrecida, revelaba una herida profunda que iba de la cintura hasta el sexo. En esa postura se adivina que las dos piernas han sido quebradas a la altura de las rodillas. La ampliación de la foto de una falange del pie muestra la huella estampada de un dedo, hecha con un tampón de tinta. La firma. La misma que encontraron en la pared del loft de Courbevoie.

Segunda foto: la otra mitad del cuerpo. Los senos acribillados a quemaduras de cigarrillo. El derecho seccionado. Solo unido al resto del cuerpo por unos jirones de carne y piel. El izquierdo desgarrado. Sobre cada seno las heridas son profundas, y llegan hasta los huesos. Sin duda la joven fue atada. Todavía se percibe la marca intensa, como de quemadura, causada posiblemente por cuerdas de un diámetro respetable.

Tercera foto: primer plano de la cabeza. El horror. El rostro no es más que una herida. La nariz está profundamente hundida en la cabeza. La boca ha sido agrandada con una cuchilla de oreja a oreja. El rostro parece mirarte con una repugnante mueca sonriente. Insoportable. La joven tenía el pelo muy negro, de ese color que los escritores llaman «negro azabache».

A Camille le falta el aliento. Le entran náuseas. Levanta los ojos, mira la habitación y se sumerge de nuevo en la foto. Vuelve a sentir, frente a esa joven cortada en dos, cierta familiaridad. Recuerda la expresión de un periodista: «Ese rictus es la atrocidad total». Los dos cortes con la cuchilla comienzan exactamente en la comisura de los labios y ascienden en curva hasta justo debajo de los lóbulos de las orejas.

Camille deja las fotos, abre la ventana y mira la calle y los tejados durante unos instantes. El crimen de Tremblay-en-France se remontaba a diecisiete meses atrás, pero nada probaba que hubiera sido el primero. Ni el último. La cuestión podría ser ahora saber con cuántos iban a encontrarse. Camille se columpiaba entre el alivio y la inquietud.

Técnicamente, había algo esperanzador en la forma en que las víctimas habían sido ejecutadas. Se correspondía con un perfil de psicópata bastante conocido, lo que suponía una ventaja para la investigación. El aspecto preocupante lo constituía la escena del crimen de Courbevoie. Más allá de la premeditación, existían demasiados elementos incoherentes, objetos lujosos abandonados en la escena, decorado extraño, signos de exotismo americano, teléfono sin línea... Rebuscó en los informes de la investigación. Una hora más tarde, su inquietud había encontrado donde campar a sus anchas. El crimen de Tremblay-en-France también estaba salpicado de numerosas zonas oscuras, cuya lista empezó a confeccionar en su mente.

Los hechos curiosos tampoco faltaban en ese caso. Primero, la víctima, Manuela Constanza, tenía el pelo extrañamente limpio. Un informe pericial subrayaba que se lo habían lavado con un champú corriente con olor a manzana horas antes del descubrimiento del crimen, quizás después de la muerte de la joven, que se calculaba en unas ocho horas antes. Era difícil imaginar a un asesino que desfiguraba a una mujer y le cortaba el cuerpo en dos tomándose luego la molestia de lavarle el pelo... Curiosamente, algunas vísceras habían desaparecido. No había rastro de intestinos, ni de hígado, ni de estómago, ni de vesícula biliar.

De nuevo, pensaba Camille, el carácter sin duda fetichista del asesino que conserva tales trofeos casaba mal con el perfil del psicópata que parecía definirse a primera vista. En todo caso, sería necesario esperar al día siguiente los resultados de la autopsia para saber si en el caso que les ocupaba faltaba alguna víscera.

Las dos víctimas de Courbevoie y la de Tremblay habían conocido con toda probabilidad al mismo hombre, la presencia de la falsa huella dactilar no dejaba duda alguna sobre ese punto.

Hecho diferencial: en la víctima de Tremblay, ni el menor rastro de violación. El informe de la autopsia confirmaba relaciones sexuales consentidas en los ocho días que precedían a la muerte, pero los restos de esperma no permitían saber, por supuesto, si se trataba de relaciones con el asesino.

La víctima de Tremblay-en-France había recibido latigazos, algo que en principio era común a ambos crímenes, pero el informe calificaba esos golpes de «benignos», al estilo de los que pueden intercambiar las parejas fetichistas sin mayores consecuencias.

Coincidencia: la joven había sido asesinada de una forma que varios informes calificaban de «brutal» (le habían roto las piernas con algo similar a un bate de béisbol, la tortura que había sufrido podía haber durado casi cuarenta y ocho horas, el cuerpo había sido partido en dos con un cuchillo de carnicero), pero la dedicación con la que el asesino parecía haber vaciado el cuerpo de sangre, lavado con abundante agua y devuelto limpio como una patena a la sociedad no tenía nada que ver con la morbosidad con la que en Courbevoie había regado de sangre las paredes, obteniendo un evidente placer en verterla y observarla.

Camille volvió a mirar las fotos. Estaba claro que nadie podría acostumbrarse nunca a esa sonrisa repugnante que sin embargo recordaba, a todas luces, la cabeza clavada en la pared del piso de Courbevoie...

Ya de madrugada, Camille sintió un ataque de vértigo provocado por el cansancio. Cerró el dosier, apagó la luz y se metió en la cama donde dormía Irène.

Hacia las dos y media de la mañana, seguía sin dormir. Acariciaba pensativo el vientre de Irène con su manita redonda. El vientre de Irène era un milagro. Velaba el sueño de esa mujer cuyo olor le llenaba, como parecía llenar también toda la habitación y toda su vida. A veces el amor era así de simple.

A veces, como esa noche, la miraba y una terrible sensación de milagro le encogía el corazón. Pensaba que Irène era increíblemente hermosa. ¿Lo era realmente? Se había hecho esa misma pregunta en otras dos ocasiones.

La primera cuando cenaron juntos, tres años atrás. Irène llevaba ese día un vestido azul oscuro, cerrado por una fila de botones de arriba abajo, el tipo de vestido que los hombres se imaginan desabotonando enseguida, y que las mujeres llevan precisamente para eso. En su escote, un sencillo colgante de oro.

Había recordado una frase que había leído mucho tiempo antes, que hablaba de la «ridícula prevención de los hombres sobre el recato de las rubias». Irène tenía un aire sensual que desmentía aquel juicio. ¿Irène era hermosa? La respuesta era «sí».

La segunda vez que se había hecho la pregunta había sido siete meses antes: Irène llevaba el mismo vestido, solo que el colgante había cambiado, ahora llevaba el que Camille le había regalado el día de su boda. Se había maquillado.

—Sales... —había preguntado Camille al llegar.

De hecho, no era una pregunta, más bien una especie de constatación interrogativa, de su propia cosecha, heredada de la época en que pensaba que Irène era uno de esos paréntesis que a veces la vida tiene el buen gusto de ofrecerte y la lucidez de quitarte.

—No —respondió ella—, no salgo.

Su trabajo en los estudios de montaje le dejaba poco tiempo para preparar la comida. En cuanto a Camille, sus horarios dependían directamente de la miseria del mundo, así que llegaba tarde y se marchaba temprano.

Esa noche, sin embargo, la mesa estaba puesta. Camille respiró cerrando los ojos. Salsa bordelesa. Ella se inclinó para besarle. Camille sonrió.

—Está usted muy guapa, señora Verhoeven —dijo acercando su mano a su pecho.

—Primero el aperitivo —respondió Irène esquivándole.

—Por supuesto. ¿Qué se celebra? —preguntó él mientras se encaramaba en el sofá.

—Una noticia.

—¿Una noticia de qué?

—Una noticia sin más.

Irène se sentó a su lado y le agarró de la mano.

—A priori, parece más bien una buena noticia —dijo Camille.

—Eso espero.

—¿No estás segura?

—No del todo. Hubiese preferido que la noticia llegase un día en el que estuvieras menos preocupado.

—No, solo estoy cansado —protestó Camille acariciándole la mano para disculparse—. Necesito dormir.

—La buena noticia es que yo no estoy cansada y que también me gustaría irme a la cama.

Camille sonrió. La jornada había estado marcada por apuñalamientos, detenciones problemáticas, gritos en los locales de la Brigada..., una auténtica herida vital, completamente abierta.

Pero Irène conocía el arte de la transición. Era de esas personas que generan confianza, de esas que saben manejar las situaciones. Habló del estudio, de la película en la que trabajaba («una gilipollez, ni te imaginas...»). La conversación, el calor del apartamento, el cansancio de la jornada ya pasada. Camille sintió ascender dentro de él un bienestar que le arrastraba al letargo. Ya no escuchaba. Su voz le bastaba. La voz de Irène.

—Bueno —dijo ella—. Vamos a comer.

Iba a levantarse cuando pareció que acababa de recordar algo.

—Oye, ahora que lo pienso, tengo dos cosas que decirte. No, tres.

—Venga —dijo Camille apurando su vaso.

—Cenamos en casa de Françoise el 13. ¿Puedes o no puedes?

—Puedo —respondió él tras un instante de reflexión.

—Vale. Segunda cosa. Tengo que echar cuentas, dame los recibos de tu tarjeta de crédito.

Camille bajó del sofá, sacó la cartera de su bolsa de mano, rebuscó y extrajo un montón de tiques arrugados.

—No vas a ponerte a hacer cuentas esta noche —añadió dejando el montón sobre la mesita baja—. Ya ha sido un día bastante duro.

—Claro —dijo Irène dirigiéndose a la cocina—. Vamos, a la mesa.

—¿No habías mencionado tres cosas?

Irène se detuvo, se volvió y fingió recordar.

—¡Ah, sí! Esto... ¿Te gustaría ser papá?

Irène estaba de pie cerca de la puerta de la cocina. Camille la miró con cara de estúpido. En un acto reflejo, su mirada descendió hasta su vientre, perfectamente plano sin embargo, y subió hasta su rostro. Vio que sus ojos reían. La idea de un hijo había sido objeto de largas discusiones entre ellos. Un auténtico desacuerdo. Al principio Camille había intentado ganar tiempo, pero Irène había seguido insistiendo. Camille se había escudado prudentemente en la genética, Irène había sorteado prudentemente el obstáculo mediante un chequeo en profundidad. Camille había utilizado su mejor carta: la negación. Irène la suya: tengo treinta años. La suerte estaba echada. Y la partida terminada. Entonces se preguntó por segunda vez si Irène era hermosa. La respuesta fue «sí». Tuvo la sensación absurda de que nunca volvería a plantearse la cuestión. Y, por primera vez desde la Edad Media, sintió brotar las lágrimas, un auténtico llanto de felicidad, algo así como si la existencia te explotase en plena cara.

## 21.

Ahora estaba allí, en la cama, con una mano bien apoyada sobre su vientre repleto. Y bajo su mano, sintió un golpe, brutal y algodonado. Completamente despierto, sin mover un solo músculo, esperó. Irène, en su sueño, lanzó un pequeño gruñido. Pasó un minuto, luego otro. Paciente como un gato, Camille acechaba, y llegó un segundo golpe, justo bajo su mano, algo diferente, una especie de movimiento aterciopelado, como una caricia. Era lo habitual. No podía decir más que la feliz estupidez: «La patadita», como si en su propia vida todo hubiese empezado de pronto a dar paraditas. La vida estaba allí. Sin embargo, durante un instante, se interpuso en ella la cabeza de una chica clavada en la pared. Apartó la imagen e intentó concentrarse en el vientre de Irène, en toda la felicidad del mundo, pero el mal estaba hecho.

Ahora la realidad había vencido al sueño, y comenzaron a desfilar las imágenes, primero lentamente. Un bebé, el vientre de Irène, después un grito de lactante de una presencia casi palpable. La máquina empezó a acelerar el ritmo, el hermoso rostro de Irène cuando hacía el amor, y sus manos, después dedos cortados, los ojos de Irène, y la horrible sonrisa de otra mujer, una sonrisa abierta de oreja a oreja... El tráiler de la película se convertía en una locura.

Camille se sentía inmerso en una lucidez asombrosa. La vida y él llevaban riñendo un tiempo. De pronto pensó que esas dos chicas cortadas en pedazos transformaban, inexplicablemente, la riña en combate. Dos chicas como la que él acariciaba en ese momento, dotadas también de un par de nalgas redondas y blancas, carne firme de mujer joven, dotadas también de un rostro como aquel, de nadadora boca abajo en el instante del sueño, con su respiración lenta y pesada, el ligero ronquido, las apneas inquietantes para el hombre que las ama y las observa dormir, y de cabellos como aquellos, que serpentean sobre una nuca conmovedora. Esas chicas eran exactamente como esa mujer, la que ahora amaba. Y un buen día habían llegado..., ¿cómo?, ¿invitadas?, ¿contratadas?, ¿obligadas?, ¿secuestradas?, ¿pagadas? Lo cierto es que habían terminado seccionadas, troceadas por unos tipos que simplemente tenían ganas de cortar en pedazos a chicas de traseros pálidos y apetecibles, que ninguno de ellos se había sentido conmovido por una sola de sus suplicantes miradas cuando comprendieron que iban a morir, las mismas miradas que les habían podido excitar, y que aquellas chicas hechas para el amor, para la vida, habían ido a morir, ni siquiera se sabía cómo, en aquel piso, en aquella ciudad, en aquel siglo en que él, Camille Verhoeven, policía de lo más ordinario, gnomo de la policía judicial, pequeño trol pretencioso y enamorado, en que él, Camille, acariciaba el vientre sublime de una mujer que era siempre la novedad absoluta, el auténtico milagro del mundo. Había algo que no cuadraba. En un último destello agotado, se vio volcando toda su energía en esas dos metas absolutamente supremas, definitivas: en primer lugar, amar tanto como le fuera posible ese cuerpo que estaba acariciando y del que iba a surgir el más inesperado de los regalos; en segundo lugar, buscar, acorralar y encontrar a aquellos que se habían cargado a esas chicas, las habían follado, violado, asesinado, cortado en pedazos y estampado contra la pared.

Justo antes de dormirse, Camille tuvo tiempo de emitir una última apreciación:

—Estoy realmente cansado.

# Martes, 8 de abril de 2003

1.

Había ido leyendo la prensa en el metro. Su temor, que era lo mismo que decir —como todos los pesimistas— su diagnóstico, se había confirmado. Los periódicos ya se habían enterado de la relación establecida con el caso de Tremblay-en-France. La rapidez con la que este tipo de información llegaba a sus manos era tan fulgurante como lógica. Los redactores *free lance* se dedicaban a pulular por las comisarías y era sabido que muchos policías trabajaban como informadores para ciertas redacciones. A pesar de todo, Camille intentó reflexionar un instante sobre el recorrido que habría seguido esa información desde el final de la tarde del día anterior, pero la tarea era realmente imposible. El hecho estaba allí. Los periódicos anunciaban que la policía había descubierto coincidencias significativas entre el crimen de Courbevoie, del que solo tenían unos pocos datos, y el de Tremblay, sobre el que, por el contrario, disponían de informes muy detallados. Los ladillos rezumaban sensacionalismo, los redactores habían puesto toda la carne en el asador con titulares como «El destripador de la periferia», «El asesino de Tremblay reincide en Courbevoie» o «Después de Tremblay, carnicería en Courbevoie».

Entró en el Instituto Médico Forense y se dirigió a la sala que le habían indicado.

Maleval, con su simplismo a veces fructífero, consideraba que el mundo estaba dividido en dos categorías diferentes: indios y vaqueros. Era una forma de modernizar, en un estilo primario, la distinción tradicional que, burdamente, mucha gente hace entre introvertidos y extrovertidos. El doctor N'Guyen y Camille eran ambos indios: silenciosos, pacientes, observadores y atentos. Nunca les había hecho falta pronunciar muchas palabras y se comprendían tan solo con la mirada.

Había quizás entre el hijo de un refugiado vietnamita y el policía en miniatura una solidaridad secreta forjada por la adversidad.

En cuanto a la madre de Évelyne Rouvray, parecía una provinciana de visita en la capital. Embutida de arriba abajo en una ropa que vagamente habría sido de su talla, le pareció entonces más pequeña que la víspera. El dolor, sin duda. Olía a alcohol.

—No tardaremos mucho —dijo Camille.

Entraron en la sala. Sobre la mesa yacía ahora una forma que podía recordar ligeramente a un cuerpo entero. El conjunto había sido cubierto con esmero. Camille ayudó a la mujer a acercarse hasta allí e hizo una seña al tipo de la bata, que descubrió cuidadosamente la cabeza, sin ir más lejos, sin pasar del cuello, bajo el que no había nada.

La mujer miró sin comprender. Su mirada no decía nada. La cabeza sobre la mesa era como un objeto de atrezo que llevaba la muerte dentro. Aquella cabeza no se parecía a nada ni a nadie y la mujer dijo sí, nada más que sí, alelada. Fue necesario agarrarla para que no se derrumbara.

2.

En el pasillo esperaba un hombre.

Camille, como todo el mundo, juzgaba a los hombres según su propia medida. Para él, este no era demasiado alto, un metro setenta quizás. Lo que más le llamó la atención fue su mirada. Aquel hombre era ante todo una mirada. Podía tener unos cincuenta años, el tipo de personas que se cuida, que lleva una vida ordenada y corre veinticinco kilómetros los domingos por la mañana, tanto en invierno como en verano. De los que permanecen alerta. Bien vestido, sin pasarse, mantenía sobriamente en la mano una cartera de cuero clara y esperaba con paciencia.

—Doctor Édouard Crest —anunció tendiendo su mano—. Me envía la jueza Deschamps.

—Gracias por acudir tan pronto —dijo Camille mientras se la estrechaba—. He pedido que viniese porque necesitamos un perfil de esos tipos, de sus posibles motivaciones... Tengo una copia para usted de los informes preliminares —añadió tendiéndole una carpeta de cartón.

Camille le miró con más atención mientras recorría con la vista las primeras hojas. «Un tipo guapo», se dijo, y esa reflexión le condujo a Irène, inexplicablemente. Aparecieron unos celos fugitivos que rechazó al momento.

—¿Cuánto tiempo necesita? —preguntó.

—Se lo diré después de la autopsia —respondió Crest—, en función de los elementos que pueda utilizar.

3.

Al primer vistazo, Camille se dio cuenta de lo diferente que resultaba el asunto. Una cosa había sido contemplar la abominable cabeza —o lo que habían hecho con ella— de Évelyne Rouvray. Otra muy distinta practicar una autopsia que además parecía un puzle macabro.

Normalmente los cuerpos extraídos de las cámaras refrigeradas sugerían una terrible miseria, pero la miseria en sí tenía algo de vivo. Para sufrir, hay que vivir. Pero esta vez el cuerpo daba la impresión de haberse disuelto. Llegaba simplemente por paquetes, como trozos de atún al peso en una lonja marítima.

En la sala de autopsias, sobre las mesas de acero inoxidable, bajo las protecciones, se distinguían masas algo vagas, de tamaños diferentes. Aunque no habían sacado todo, ya se hacía difícil imaginar que aquellos fragmentos hubiesen podido formar uno o dos cuerpos. Delante del mostrador de un carnicero, a nadie se le ocurre recomponer mentalmente el animal entero.

Los doctores Crest y N'Guyen se dieron la mano como si se hubieran encontrado en un congreso. El representante de la locura saludó dignamente al de la atrocidad.

A continuación, N'Guyen se ajustó las gafas, se aseguró de que la grabadora estaba en marcha y decidió empezar por un vientre.

—Nos encontramos ante una mujer de tipo europeo, de una edad aproximada...


4.


Philippe Buisson quizás no era el mejor, pero estaba entre los más tenaces. El mensaje «El comandante Verhoeven no desea hablar con la prensa a estas alturas de la investigación» no provocaba en él emoción alguna.

—No le pido que haga una declaración. Solo quiero hablar con él un momento.

Había empezado a llamar el día anterior al final de la jornada. A las once, la recepcionista comunicaba a Camille que era la decimotercera vez que le llamaba. Se lo comunicó con cierto hartazgo.

Buisson no era una estrella. Le faltaba lo esencial para ser un gran periodista, pero era un buen periodista, porque su temible intuición era perfecta para su campo de acción profesional. Consciente sin duda de sus límites y sus cualidades, Buisson había elegido los sucesos y esa opción se había revelado juiciosa. No destacaba por su estilo precisamente, pero su pluma era eficaz. Había ganado notoriedad cubriendo algunos casos espectaculares en los que había sabido descubrir algunos elementos nuevos. Un poco de novedad y mucho de efectismo. Buisson, periodista sin genio, había explotado con diligencia el cóctel clásico. Solo le faltaba encontrar la suerte que, según parece, sirve ciegamente a los héroes y a los crápulas. Buisson se había dado de bruces con el caso de Tremblay y, quizás antes que nadie, había comprendido que tenía premio: muchos lectores. Había cubierto el suceso de principio a fin. Así que verle aparecer en la investigación de Courbevoie cuando los dos casos se cruzaban no constituía sorpresa alguna.

Al salir del metro, Camille le reconoció enseguida. Un tipo alto, de unos treinta años, vestido a la moda. Bonita voz de la que abusaba un poco. Demasiado encanto. Retorcido. Inteligente.

Camille bajó inmediatamente la cabeza y aceleró el paso.

—Solo le pido dos minutos... —dijo abordando al detective.

Camille caminaba deprisa, pero caminar deprisa, para él, era el ritmo normal de un hombre de la talla de Buisson.

—Inspector, es mejor que hable. Si no, la prensa va a empezar a inventarse cosas...

Camille se detuvo.

—Está usted desfasado, Buisson. Hace lustros que nadie dice «inspector». En cuanto a inventarse cosas, ¿cómo me lo tomo?, ¿como argumento o como amenaza?

—Nada de eso —respondió Buisson sonriendo.

Camille se detuvo y eso fue un error. Primer set para Buisson. Camille se dio cuenta. Se miraron un instante.

—Ya sabe cómo es esto —prosiguió Buisson—: sin información, los periodistas empezarán a fantasear...

Buisson tenía una forma particular de excluirse de los defectos con los que etiquetaba a los demás. Su mirada hizo suponer a Camille que era capaz de todo, de lo peor y quizás de mucho más. Lo que diferencia a las buenas rapaces de las grandes rapaces es el instinto. Visiblemente, Buisson se beneficiaba de una genética excepcional para su profesión.

—Ahora que la historia de Tremblay ha vuelto a surgir...

—Las noticias vuelan... —cortó Camille.

—Fui yo quien cubrió ese caso, así que, forzosamente, me interesa...

Camille levantó la cabeza. «No me gusta este tipo», se dijo. Y tuvo la inmediata sensación de que esa antipatía era mutua, de que se había instalado entre ellos, a sus espaldas, una sorda repulsión de la que no se librarían.

—No tendrá más que los demás —exclamó Camille—. Si desea algún comentario, diríjase a otra persona.

—¿A alguien de más altura? —preguntó Buisson bajando la mirada hacia él.

Los dos hombres se observaron durante un breve instante, pasmados de repente ante la falla que acababa de abrirse entre ellos.

—Perdone... —exclamó Buisson.

Camille, sin embargo, se sintió extrañamente aliviado. A veces, el desprecio es un consuelo.

—Escuche —continuó el periodista—, lo siento, ha sido una torpeza...

—No lo he notado —cortó Camille.

Y retomó su camino, con Buisson todavía en sus talones. La atmósfera entre los dos hombres se había alterado visiblemente.

—Podría al menos decirme algo. ¿En qué punto se encuentran?

—No hay comentarios. Seguimos buscando. Para más información, vaya a ver al comisario Le Guen. O directamente al fiscal.

—Señor Verhoeven... Estos asuntos empiezan a hacer mucho ruido. Las redacciones están que hierven. No va a pasar ni una semana antes de que los tabloides y la prensa amarilla empiecen a encontrar sospechosos muy razonables y propongan retratos robot en los que la mitad de Francia podrá reconocer a la otra mitad. Si no me da algunas pistas serias, creará psicosis.

—Si hubiese dependido solo de mí —explicó Camille con voz seca—, los diarios no habrían sido informados antes de la detención del asesino.

—¿Pretendía amordazar a la prensa?

Camille se detuvo de nuevo. Aquello había dejado de ser una cuestión de ventaja relativa o de estrategia.

—Hubiese evitado que se «creara la psicosis». O, por decirlo de otro modo, que se dijesen estupideces.

—¿Así que no podemos esperar nada de la Brigada Criminal?

—Sí, que detenga al asesino.

—¿Eso quiere decir que no necesita a la prensa?

—Sí, por el momento es lo que quiere decir.

—¿Por el momento? ¡Eso es cinismo!

—Espontaneidad.

Buisson pareció reflexionar por un instante.

—Escuche, creo que puedo hacer algo por usted, si quiere. Algo personal, completamente personal.

—Me extrañaría.

—Sí, puedo hacerle publicidad. Esta semana me han encargado el «Retrato» de la contraportada, con la foto en medio y toda la pesca. He empezado algo sobre un tipo y tal..., pero puede esperar. Así que, si le tienta...

—Déjelo, Buisson...

—¡No, en serio! Es un regalo, eso no se rechaza. Solo necesito tres o cuatro cosas un poco personales. Le haré un retrato sensacional, se lo aseguro... A cambio, me informará un poco sobre estos casos, nada comprometedor.

—Le he dicho que lo deje, Buisson.

—Qué difícil es trabajar con usted, Verhoeven...

—¡Señor Verhoeven!

—De todas formas, le aconsejo que no se lo tome así, «señor Verhoeven».

—¡Comandante Verhoeven!

—Está bien —exclamó Buisson con un tono frío que hizo dudar a Camille—. Como quiera.

Buisson dio media vuelta y se marchó como había llegado, con su amplio paso decidido. Si Camille había podido pasar en alguna ocasión por un hombre mediático, estaba claro que no tenía nada que ver con sus cualidades como negociador o diplomático.


5.


Debido a su altura, Camille permaneció de pie. Y debido al hecho de que no se sentaba, nadie se sentía autorizado a sentarse y todo el que llegaba adoptaba ese código implícito: aquí las reuniones se hacían de pie.

El día antes, Maleval y Armand habían pasado bastante tiempo intentando recoger las declaraciones de los vecinos. Sin gran convicción, puesto que no había ningún vecino. Sobre todo por la noche, cuando el barrio debía de estar más o menos tan frecuentado como un burdel en el paraíso. José Riveiro, mientras esperaba la señal de las chicas, no había visto a nadie circular por la zona, pero quizás había pasado alguien después. Tuvieron que caminar más de dos kilómetros para encontrar los primeros signos de vida, algunos comerciantes aislados en un suburbio de casas prefabricadas, completamente incapaces de aportar la menor información sobre hipotéticas idas y venidas. Nadie había visto nada anormal, ningún camión, ni furgonetas, ni repartidores. Ni habitantes. Por los resultados que arrojaban esas primeras pesquisas, las dos víctimas bien podían haber llegado allí por mediación del Espíritu Santo.

—Evidentemente, el tipo eligió bien el lugar —dijo Maleval.

Camille se puso a mirar a Maleval con atención sostenida. Un ejercicio comparativo: ¿qué diferencia había entre Maleval, de pie cerca de la puerta, que sacaba de su chaqueta un cuaderno ajado, y Louis, de pie cerca de la mesa, que sostenía el suyo entre sus manos cruzadas?

Ambos eran elegantes; los dos, a su manera, querían seducir. La diferencia era sexual. Camille se detuvo un instante en esa curiosa idea. Maleval quería mujeres. Y las tenía. Nunca suficientes. Parecía guiado por su sexualidad. Todo él transpiraba el deseo de seducir, de conquistar. «No es que quiera siempre más —pensó entonces Camille—, sobre todo es que siempre hay otra a la que desear». De hecho, a Maleval no le gustaban las mujeres, iba detrás de las chicas. Estaba preparado para seguir la primera pista que apareciese, ropa ligera, o de campaña, eficaz, siempre listo, disponible. Iba de *prêt-à-porter*. Los amores de Louis, como su ropa, debían estar hechos a medida. Ese día, con los primeros rayos de sol de la estación, Louis llevaba un bonito traje claro, una excelente camisa azul cielo, corbata a rayas, y en cuanto a los zapatos... *La crème de la crème,* pensó Camille. De su sexualidad, en cambio, Camille no sabía gran cosa. Que era como decir que no sabía nada.

El detective se preguntó sobre la relación que mantenían los dos hombres. Cordial. Maleval había llegado unas semanas antes que Louis. Entre ellos la corriente pasaba con facilidad. Habían llegado incluso a salir juntos, al principio. Camille lo recordaba porque al día siguiente de una salida, Maleval había dicho: «Louis tiene siempre aspecto de niño bueno, pero esconde su juego. La aristocracia, cuando se suelta la melena, llega enseguida al exceso». Louis no había dicho nada. Se había colocado el mechón. Camille no recordaba con qué mano.

La voz de Maleval sacó a Camille de su ejercicio comparativo.

—La foto del genoma humano —dijo Maleval— ha sido reproducida por todo tipo de medios y editada en un montón de sitios, en fin, que está en todas partes. Y de la falsa piel de vaca, mejor ni hablar. Hoy ya no está muy de moda, pero hubo una época en la que se vendieron como rosquillas. Como para averiguar de dónde viene esta... El papel blanco y negro del cuarto de baño parece reciente, pero nada permite, por el momento, comprobar su procedencia. Habrá que consultar a los fabricantes de papel pintado...

—Es una perspectiva bastante descorazonadora —tentó Louis.

—Más bien sí... En cuanto al equipo de alta fidelidad, se han vendido millones iguales. Los números de serie han sido borrados. Lo he mandado todo al laboratorio, pero creen que lo han hecho con ácido. Vamos, que hay pocas posibilidades.

Maleval miró a Armand para cederle la palabra.

—Yo tampoco tengo gran cosa...

—Gracias, Armand —cortó Camille—. Apreciamos mucho tus aportaciones. Son muy constructivas. Nos ayudan mucho.

—Pero Camille... —empezó a decir Armand enrojeciendo.

—Estoy bromeando, Armand, bromeando.

Se conocían desde hacía más de quince años y, como habían empezado su carrera juntos, siempre se habían tuteado. Armand era un compañero; Maleval, una especie de hijo pródigo; Louis, algo así como el delfín. «¿Qué soy yo para ellos?», se preguntaba a veces Camille.

Armand se había puesto rojo. Sus manos temblaban con facilidad. En ocasiones, Camille sentía hacia él un impulso de simpatía dolorosa.

—¿Entonces? ¿Tú tampoco tienes nada? —preguntó con mirada de ánimo.

—Bueno, sí —respondió Armand, ligeramente aliviado—, pero es poco. La ropa de cama es muy corriente, de una marca que está a la venta en todas partes. Lo mismo en cuanto a los tirantes. En cambio, la cama japonesa...

—¿Sí? —dijo Camille.

—Es lo que se llama un fotón.

—Un futón, quizás... —propuso con gentileza Louis.

Armand consultó sus notas, lentamente. La operación duró cierto tiempo, pero ponía de manifiesto todas las cualidades del personaje. No podía dar nada por válido si no lo verificaba escrupulosamente. Cartesiano.

—Sí —dijo por fin levantando la cabeza y mirando a Louis con vaga admiración—. Eso es, un futón.

—Y bien, ¿qué pasa con ese futón? —preguntó Camille.

—Pues que viene directo de Japón.

—Ah..., de Japón. Es bastante normal, sabes, que las cosas japonesas procedan precisamente de Japón.

—Pues claro —dijo Armand—, podría ser normal...

El silencio inundó la habitación. Todo el mundo conocía a Armand. Su solidez no tenía parangón. Un punto suspensivo en su discurso podía equivaler a doscientas horas de trabajo.

—Explícanos bien eso, Armand.

—Podría ser normal, pero esta viene de una fábrica en Kioto. Hacen sobre todo muebles, y entre esos muebles, principalmente cosas para sentarse o acostarse...

—Ah —exclamó Camille.

—Así que el... —Armand consultó sus notas— el futón procede de allí. Pero lo más interesante es que el gran sofá... también viene de allí.

De nuevo se hizo el silencio.

—Es de un tamaño enorme. No se venden mucho. Este fue fabricado en enero. Han vendido treinta y siete. Nuestro sofá de Courbevoie forma parte de ese lote de treinta y siete. Tengo la lista de clientes.

—Joder, Armand, ¿no podías haberlo dicho antes?

—Espera, Camille, espera. De los treinta y siete vendidos, veintiséis siguen en poder de los distribuidores. Once se compraron en Japón. Seis por japoneses. Los demás fueron vendidos por correo. Tres desde Francia. El primero fue encargado por un distribuidor parisino por encargo de uno de sus clientes, Sylvain Siegel. Es este...

Armand sacó del bolsillo la foto digital de un sofá muy parecido al del loft de Courbevoie.

—El mismo señor Siegel me ha mandado una foto. De todas formas iré a verificarlo personalmente, pero creo que, por ese lado, está limpio...

—¿Y los otros dos? —preguntó Camille.

—Esa parte es un poco más interesante. Los dos últimos fueron comprados directamente por internet. Cuando se trata de pedidos de particulares, es más farragoso localizar pistas virtuales. Todo pasa a través de ordenadores, hay que encontrar los buenos contactos, conocer a tipos competentes, consultar ficheros... El primero fue encargado por un tal Crespy; el segundo, por un tipo llamado Dunford. Ambos parisinos. No he conseguido ponerme en contacto con Crespy, le he dejado dos mensajes pero no me devuelve la llamada. Si no tengo nada mañana por la mañana, me pasaré por allí. Pero no obtendremos gran cosa por ese camino, si queréis mi opinión...

—¿Una opinión gratuita? —preguntó Maleval, riéndose.

Armand, inmerso en sus notas o sus reflexiones, no reaccionó. Camille miró a Maleval con expresión cansada. Era el mejor momento para bromear.

—Me respondió la asistenta. Dice que el sofá está en casa. Queda el último, Dunford. Este —añadió levantando la cabeza— creo que es nuestro hombre. Imposible hallar su rastro. Pagó por giro postal, en efectivo, tendré el comprobante mañana. Mandó que le enviaran el sofá a un guardamuebles de Gennevilliers. Según el dueño, fue un tipo a buscarlo al día siguiente con una furgoneta. No recuerda nada particular pero por la mañana iré a tomarle declaración, veremos si recupera la memoria.

—Nada nos indica que sea él —comentó Maleval.

—Tienes razón, pero al menos es un hilo de donde seguir tirando. Maleval, mañana te vas con Armand a Gennevilliers.

Los cuatro hombres permanecieron en silencio un instante, pero estaba claro que cada uno de ellos pensaba lo mismo: todo aquello era muy débil. Todas las pistas conducían a la misma cosa, casi nada. Ese crimen era más que premeditado. Había sido preparado con extremo cuidado, no se había dejado nada al azar.

—Vamos a agotar los detalles, porque no podemos hacer otra cosa, porque son las reglas del juego. Pero con todo lo que estamos obligados a hacer corremos el riesgo de alejarnos de lo esencial. Y lo esencial no es «cómo», sino en primer lugar «por qué». ¿Algo más? —preguntó tras reflexionar unos segundos.

—Josiane Debeuf, la segunda víctima, vivía en Pantin —dijo entonces Louis, consultando sus notas—. Nos hemos pasado por allí, el piso está vacío. Trabajaba por lo general en Porte de la Chapelle, y alguna vez en Porte de Vincennes. Desapareció hace unos días. Nadie sabe nada. No tiene chulo conocido. No obtendremos gran cosa por ese lado.

Louis tendió una hoja a Camille.

—Ah, sí. Y también esto —dijo pensativamente Camille mientras se ponía las gafas—. Lo necesario para el perfecto hombre de negocios que viaja mucho —añadió mientras ojeaba la lista que detallaba el contenido de la maleta que el asesino había dejado en el lugar.

—Y, sobre todo, todo esto es muy elegante —dijo Louis.

—¿Ah, sí? —exclamó prudentemente Camille.

—Eso me parece... —prosiguió Louis—. De hecho, lo confirma lo que acaba de decirnos Armand. Pedir un sofá de tamaño excepcional a Japón con el único objeto de cortar a dos chicas en pedazos es cuando menos extraño. Pero dejar en el lugar de los hechos una maleta de Ralph Lauren que debe de costar unos trescientos euros no lo es menos. Al igual que el contenido de la maleta. El traje Brooks Brothers, el calzador Barney's, la fotocopiadora de bolsillo Sharp... no son baratijas. Maquinilla de afeitar recargable, reloj deportivo, billetera de piel, secador de lujo... Dentro hay una pequeña fortuna...

—Bien —dijo por fin Camille tras un largo silencio—. Por si fuera poco, hay que añadir la historia de la huella. Incluso si se ha realizado con un tampón..., es una pista bastante diferencial. Louis, verifica que ha sido enviada al registro europeo, nunca se sabe.

—Está hecho —respondió Louis, consultando sus notas—. El 4 de diciembre de 2001, durante la investigación de Tremblay. No dio nada.

—Bien. Sería preferible actualizar el dato. Transmite de nuevo todos los elementos al registro europeo, ¿vale?

—Es que... —empezó a decir Louis.

—¿Qué?

—Necesito una orden judicial.

—Lo sé. Por el momento, actualiza el dato. Yo me encargaré más tarde de regularizarlo.

Camille distribuyó un corto memorando, redactado por la noche, que resumía los principales elementos del caso de Tremblay-en-France. A Louis le asignó la tarea de seguir recogiendo declaraciones, con la esperanza de reconstruir los últimos días de la joven prostituta y encontrar la pista de posibles clientes habituales. A Camille siempre le parecía muy pintoresco enviar a Louis a sitios sórdidos. No le costaba imaginarle subiendo escaleras mugrientas con sus zapatos impolutos y entrando en habitaciones de paso de atmósfera pesada vestido con su bonito traje de Armani. Una delicia.

—No es que seamos un batallón para todo esto...

—Louis, siento gran admiración por tu sentido del eufemismo.

Y mientras Louis se colocaba el mechón con la mano derecha, él prosiguió, pensativo:

—Ahora bien, tienes razón.

Consultó su reloj.

—Bien. N'Guyen me prometió que dispondría de los primeros elementos al final de la jornada. Debo decir que nos vendrá bien. Desde que la televisión difundió imágenes de mi jeta en las noticias de las ocho, y tras los artículos de esta mañana, la jueza se está impacientando un poco.

—¿Qué significa eso? —preguntó Maleval.

—Significa que estamos convocados a las cinco en su despacho para informarle de nuestros progresos.

—Ah —dijo Armand—, los progresos... Y... ¿qué le decimos?

—Pues ese es en cierto modo el problema. No tenemos gran cosa que decir y lo poco que podría decirse no es muy brillante. Por esta vez, nos beneficiaremos de una distracción. El doctor Crest propondrá un perfil psicológico de nuestro hombre y N'Guyen presentará sus primeras conclusiones. Pero de todas maneras habrá que encontrar un hilo del que tirar...

—¿Tienes alguna idea? —preguntó Armand.

El corto silencio que siguió no era de la misma naturaleza que los precedentes. Camille parecía de repente tan alelado como un caminante perdido.

—No tengo la menor idea, Armand. Ni la más mínima. Creo que coincidimos todos al menos en un punto. Estamos de mierda hasta el cuello.

La expresión, así de golpe, no era muy elegante. Pero se correspondía exactamente con el estado de ánimo de todos.

6.

Camille hizo el trayecto hasta el despacho de la jueza con Armand; Louis y Maleval debían reunirse con ellos allí.

—¿Conoces a la jueza Deschamps...? —preguntó Camille.

—No la recuerdo.

—Eso significa que no la has visto nunca.

El coche serpenteaba entre el tráfico, y pasaba por los carriles reservados a los autobuses.

—¿Y tú? —preguntó Armand.

—¡Claro que la recuerdo!

La jueza Deschamps hacía gala de una reputación sin altibajos, lo cual era más bien buena señal. Camille recordaba a una mujer más o menos de su edad, delgada hasta el límite de la escualidez, de rostro asimétrico en el que todas las facciones, nariz, boca, ojos, pómulos, tomadas por separado podían resultar normales, pero que parecían haber sido ensambladas en un orden insensato, dando al conjunto un aspecto a la vez inteligente y directamente caótico. Vestía ropa cara.

Le Guen ya estaba sentado en su despacho cuando llegó Camille con Armand y el médico forense. Maleval y Louis aparecieron justo después. Firmemente instalada a los mandos tras su mesa, la jueza se correspondía con el recuerdo que Camille tenía de ella, aunque al final fuese más joven que él, más menuda aún de lo que pensaba, su rostro evocara más su cultura y su inteligencia, y su ropa no fuese cara, sino literalmente prohibitiva.

El doctor Crest llegó minutos después. Tendió a Camille una mano seca, le dedicó una vaga sonrisa y se instaló cerca de la puerta como alguien que no tiene la intención de quedarse más tiempo del previsto.

—Vamos a necesitar que cada uno dé lo mejor de sí mismo —dijo la jueza—. Ya han visto la televisión, ya han leído la prensa, este asunto saltará a los titulares. Así que tenemos que actuar deprisa. No me hago ilusiones y no les estoy pidiendo lo imposible. Pero necesito estar informada puntualmente y les ruego que guarden la discreción más absoluta sobre el desarrollo de esta investigación. Los periodistas los perseguirán, pero seré intransigente en cuanto al secreto de sumario. Espero haber sido clara... Todo indica que me estarán esperando a la salida del despacho y que voy a tener que soltar alguna información. Confío en que puedan decirme algo para decidir qué vamos a ofrecer a la prensa. Con la esperanza, además, de que así se calme un poco...

Le Guen asintió ostentosamente con la cabeza, como si fuese el portavoz del grupo.

—Bien —prosiguió la jueza—. Doctor N'Guyen, le escuchamos.

El joven forense se aclaró la voz.

—El resultado de los análisis tardará varios días. De todos modos, la autopsia nos permite avanzar algunas conclusiones. En contra de las apariencias y la importancia de los daños, me parece que nos enfrentamos a un único asesino.

A esa primera conclusión siguió un silencio nervioso.

—Probablemente un hombre —prosiguió N'Guyen—. Utilizó bastante material: al principio un taladro eléctrico, provisto de una broca para hormigón de gran diámetro, ácido clorhídrico, una sierra mecánica, una pistola de clavos, cuchillos y un mechero. Evidentemente es difícil establecer una cronología exacta de los hechos, las cosas parecen a veces, digamos..., bastante confusas. En términos generales, las dos víctimas presentan huellas de relaciones sexuales orales, anales y vaginales, que mantuvieron por un lado entre ellas, y por otro con un hombre del que puede suponerse que se trate del asesino. A pesar del carácter bastante... desbocado de esas relaciones, existen sorprendentemente restos de preservativo en la vagina de una de las víctimas. También se utilizó un consolador de caucho. Para los crímenes propiamente dichos, todavía no sabemos en qué orden poner lo poco que tenemos. Por supuesto, nos dan pistas ciertas imposibilidades. El asesino no pudo eyacular dentro de una cabeza antes de habérsela cortado a su víctima, por ejemplo...

El silencio empezaba a hacerse pesado. N'Guyen levantó los ojos un instante y después se ajustó de nuevo las gafas para continuar:

—Las víctimas fueron sin duda rociadas en varias ocasiones con un gas asfixiante. Fueron golpeadas con la empuñadura de la taladradora o de la pistola de clavos, no es más que una suposición; en todo caso, con el mismo instrumento. El golpe fue igual en ambos casos, pero no lo suficientemente violento para que las víctimas perdieran el conocimiento durante mucho tiempo. En otras palabras, debemos suponer que fueron aturdidas, asfixiadas, golpeadas, pero que fueron conscientes de lo que les sucedía hasta el último segundo.

N'Guyen retomó sus notas, dudó un instante y dijo:

—Encontrarán los detalles en mi informe. El sexo de la primera víctima fue arrancado a dentelladas. La hemorragia debió de ser muy violenta. En lo referente a la cabeza, a Évelyne Rouvray le cortaron los labios, sin duda con un cortaúñas. Sufrió incisiones profundas en el vientre y en las piernas. Le agujerearon el vientre y la vagina con ácido clorhídrico puro. La cabeza fue clavada a la pared por las mejillas con la pistola eléctrica. Tenía restos de esperma en la boca, cuyo análisis confirmará que son posteriores a la muerte. Antes de pasar a la muerte de Josiane Debeuf, algunos detalles...

—¿Te queda mucho? —preguntó Camille.

—Todavía un poco, sí —siguió el forense—. Josiane Debeuf fue atada a un lado de la cama con ayuda de seis pares de tirantes encontrados en la casa. El asesino le quemó primero las cejas y las pestañas con cerillas. Un consolador de caucho, el mismo que sirvió durante los actos sexuales, le fue introducido por el ano con ayuda de la pistola de clavos. Les ahorro algunos detalles escabrosos... Digamos que el asesino hundió la mano en la garganta, agarró el conjunto de venas y arterias que pasan por allí y tiró de ello hacia fuera... Luego trazó sobre la pared la inscripción «he vuelto» en letras mayúsculas con la sangre de esa víctima. Encontraron la cabeza cortada de la víctima colocada sobre una cómoda de la habitación.

Silencio. Le Guen:

—¿Alguna pregunta?

—¿Qué hay de la relación con el asunto de Tremblay-en-France? —preguntó la jueza mirando a Camille.

—He estudiado el informe ayer noche. Nos faltan todavía bastantes puntos en común. No existen dudas sobre el hecho de que, en los dos casos, la huella del dedo realizada con tampón es rigurosamente la misma. Y en ambas ocasiones es exhibida como una firma.

—Es evidente que eso no es buena señal —dijo la jueza—. Quiere decir que el tipo trata de hacerse famoso.

—Hasta ahí, es bastante clásico —dijo entonces el doctor Crest.

Era la primera vez que tomaba parte en la conversación y todo el mundo se volvió hacia él.

—Disculpen... —añadió.

Se notaba sin embargo, en su voz y en la seguridad con la que presentaba esa excusa, que en realidad la tenía ya pensada y que no solicitaba la indulgencia de nadie.

—Adelante —le animó la jueza Deschamps como si, aunque ya hubiera tomado la palabra, fuese a ella a quien correspondiera, por jerarquía, concedérsela.

Crest llevaba un traje gris, con chaleco. Elegante. No era difícil imaginar que ese hombre se llamase Édouard, pensó Camille mientras le veía avanzar de un paso hasta el centro de la estancia. En verdad hay padres que saben lo que hacen.

El doctor se aclaró la garganta mientras consultaba sus notas.

—En el plano psicológico, estamos ante un caso clásico en su estructura aunque poco banal en su modalidad —comenzó—. Estructuralmente, es un obseso. A pesar de las apariencias, no hay duda de que no está afectado por un delirio destructivo. Más bien por un delirio posesivo que lleva a la destrucción, pero no constituye la parte más importante de su búsqueda. Quiere poseer mujeres, pero esa posesión no le aporta tranquilidad. Entonces las tortura. Pero esa tortura tampoco le tranquiliza, por lo cual las mata. Sin embargo, el asesinato no tiene ningún efecto. Puede poseerlas, violarlas, torturarlas, descuartizarlas o ensañarse con ellas, la cosa no tiene solución. Lo que busca no es de este mundo. Sabe confusamente que nunca encontrará descanso. No se detendrá nunca porque su búsqueda no tiene fin. Ha adquirido, al cabo de los años, un auténtico odio por las mujeres. No por lo que son, sino porque son incapaces de aportarle consuelo. Ese hombre vive, en el fondo, un drama de soledad. Es capaz de gozar, en el sentido más común del término, es decir, no es impotente, tiene erecciones, puede eyacular, pero sabemos que todo eso nada tiene que ver con el goce que conlleva una realización a otro nivel. Y ese individuo nunca ha alcanzado dicho nivel. O si lo alcanzó un día, es como una puerta cerrada cuya llave hubiese perdido. Y desde entonces, la busca. No es un monstruo frío, insensible al dolor humano, un sádico, si prefieren. Es un infeliz que se ensaña con las mujeres porque se ensaña consigo mismo.

El doctor Crest tenía un hablar lento y estudiado y confiaba manifiestamente en sus cualidades pedagógicas. Camille observó su cabellera, desguarnecida por cada lado hasta la cima del cráneo, y tuvo la brusca convicción de que aquel hombre nunca había sido tan seductor como a partir de los cuarenta.

—Mi primer interrogante se ha centrado evidentemente (y creo que también es el caso de los demás) en la extrema meticulosidad con la que realizó la puesta en escena. De ordinario se encuentran, en este tipo de criminales, señales, en el sentido estricto del término, destinadas, si se me permite, a «marcar» su obra. Siempre ligadas a sus fantasmas, e incluso, en la mayoría de los casos, al fantasma original. Es de hecho lo que me ha parecido leer en la huella estampada en la pared y, con más seguridad aún, en las palabras «he vuelto» que firman el crimen sin duda alguna. Pero según las primeras conclusiones que me ha enviado —añadió, volviéndose a Camille—, precisamente hay demasiadas señales. Demasiadas. Los objetos, el lugar, la puesta en escena desentonan con mucha claridad con la teoría de *la* huella simplemente destinada a «firmar» un crimen. Creo que debemos orientarnos en otro sentido. Algo que queda claro es que prepara su material con cuidado, que tiene un proyecto bien madurado y meditado. Cada detalle ostenta, a sus ojos, su propia importancia, una importancia capital, pero sería vano buscar a qué puede corresponderse la presencia de tal o cual objeto. No se trata siquiera de buscar, como en otros crímenes semejantes, qué lugar ocupa cada objeto preciso en su vida personal. Porque cada objeto en sí no tiene, en cierto sentido, ningún interés. Lo que cuenta es el conjunto. Agotarse tratando de entender lo que puede significar cada señal no servirá de nada. Es como si buscásemos el sentido de cada frase en una obra de Shakespeare. De esa forma sería imposible comprender *El rey Lear*. Lo que debemos explorar es el sentido global. Pero... —añadió volviéndose de nuevo hacia Camille—, yo, mi ciencia, se detiene aquí...

—Socialmente —preguntó Camille—, ¿qué tipo de hombre es?

—Europeo. Culto. No a la fuerza un intelectual, pero en todo caso cerebral. Entre treinta y cuarenta años. Vive solo. Puede ser viudo o divorciado... Creo más bien que vive solo.

—¿En qué tipo de patrón cabe pensar?

—Es un punto delicado. En mi opinión, no es su primer crimen. Diría que actúa por capilaridad o, más concretamente, por círculos concéntricos, del núcleo hacia el exterior. Es posible que haya comenzado violando mujeres. Después torturándolas, y después matándolas. Ese es el esquema previsible. Sus constantes no son quizás tan numerosas. De lo que podemos estar seguros es de esto: prostitutas, jóvenes, las tortura, las mata. Más allá...

—¿Puede tener antecedentes psiquiátricos? —preguntó Armand.

—Es posible. Por trastornos leves de conducta. Pero es un hombre inteligente, tan acostumbrado a engañarse a sí mismo que engaña sin dificultad a los demás. Nadie puede hacer nada para ayudarle. Su última esperanza son las mujeres. Se ensaña exigiendo lo que no pueden darle y está inmerso en una escalada que solo tendrá fin si consiguen detenerle. Ha encontrado una lógica a sus pulsiones. Esa lógica, precisamente, acabo de evocarla, esa compleja puesta en escena... Es gracias a ella como las pulsiones pueden convertirse en actos. Pero esa lógica, en mi opinión, no tiene fin. Es el caso de todos los asesinos en serie, me dirán. Pero él es algo diferente. La meticulosidad de la que hace gala demuestra que aprecia mucho lo que hace. No estoy hablando de una misión superior, no..., pero, en fin, es algo de ese tipo. Mientras se sienta investido de esa misión, hay dos cosas prácticamente seguras. La primera es que continuará; la segunda, que sus actos, de alguna manera, crecerán en intensidad.

Crest miró a la jueza y después a Camille y a Le Guen, y barriendo por fin a todo el grupo con una mirada incómoda dijo:

—Ese tipo es capaz de hacer un daño que nos cuesta imaginar..., si es que no lo ha hecho ya —concluyó.

Silencio.

—¿Alguna otra cosa? —preguntó la jueza, con las palmas de las manos apoyadas en su mesa.

## 7.

—¡Un loco!

Por la noche, Irène. Cena en el restaurante.

Desde el anuncio del embarazo de Irène, el tiempo había pasado diabólicamente deprisa. Primero su vientre y después su cara se habían redondeado, su silueta, sus caderas, su caminar, todo se había vuelto distinto, más pesado, más lento. Y esas transformaciones, desde el punto de vista de Camille, no habían sido tan progresivas como cabía prever. Habían llegado por repentinas oleadas, por lotes. Un día, al volver, se dio cuenta de que las pecas se habían multiplicado. Se lo dijo, amablemente porque le parecían bonitas, pero también asombrado. Irène sonrió y le acarició la mejilla.

—Cariño... No ha sido tan de golpe. Es quizás porque hace diez días que no cenamos juntos...

No le había gustado. Irène le devolvía una imagen tópica. El hombre trabaja, la mujer espera, y él no sabía qué le dolía más, si la situación o su banalidad. Irène ocupaba su pensamiento, hasta su vida; cien veces al día pensaba en ella, cien veces le deslumbraba la perspectiva de ese nacimiento, interrumpiendo su trabajo, haciéndole ver toda su vida de forma nueva, como si saliese de una operación de cataratas. Así que no, la acusación de tenerla abandonada.. Pero en su fuero interno, por mucho que lo negase, sabía que se había perdido algo. Los primeros meses no habían supuesto problema alguno. Irène también trabajaba mucho, a veces hasta tarde, y hacía tiempo que habían organizado sus vidas sacando provecho de esa desventaja. Sin

premeditación, se encontraban algunas noches en un restaurante situado a medio camino de sus respectivos trabajos, se llamaban, asombrados los dos de que ya fuesen casi
las diez, y corrían a atrapar una última sesión en un cine
del barrio. Era una época sencilla, hecha de placeres fáciles. En suma, se divertían. Las cosas habían cambiado desde que Irène había tenido que dejar de trabajar. Jornadas
enteras en casa... «Me hace compañía —decía acariciando su vientre—, pero no me da mucha conversación». Y
ahí era donde Camille se había perdido algo. Había continuado trabajando como antes, volviendo tarde, sin darse cuenta de que sus vidas ya no estaban tan sincronizadas. Así que, esta vez, ni hablar de fallar el tiro. Al final
de la jornada, y tras un buen rato de incertidumbre, se
decidió a interrogar a Louis, que sabía mucho de buenas
maneras.

—Necesito un restaurante bueno, ¿entiendes? Algo
muy bueno. Es nuestro aniversario de boda.

—Le aconsejo Chez Michel —aseguró Louis—,
es absolutamente perfecto.

Camille iba a informarse del precio cuando el intermitente de su amor propio le advirtió que no hiciera
nada.

—También está L'Assiette... —añadió Louis.

—Gracias, Louis, Chez Michel estará muy bien.
Estoy seguro. Gracias.


8.


Irène estaba tan lista que se notaba que llevaba preparada largo rato. Él reprimió el gesto de mirar el reloj:

—No pasa nada —le interrumpió ella con una sonrisa—. Retraso indiscutible pero aceptable.

Mientras se dirigían al coche, a Camille le preocupó la marcha de Irène. El paso más pesado, sus andares de pato, la curva de la espalda más pronunciada y el vientre más bajo, todo en ella parecía más cansado. Le preguntó:

—¿Estás bien?

Ella se detuvo un instante, apoyó la mano en su brazo y respondió con una media sonrisa:

—Estoy muy bien, Camille.

No hubiera sabido decir por qué, pero había, en el tono de su respuesta y en el propio gesto, un ligero enfado, como si ya hubiese hecho la pregunta y no hubiera prestado atención a la respuesta. Se reprochó no interesarse nunca lo suficiente por ella. Sintió una sorda irritación. Amaba a esa mujer, pero quizás no estaba siendo un buen marido. Caminaron así unos centenares de metros, callados los dos, sintiendo ese silencio como un inexplicable reproche. Faltaban las palabras. Al pasar delante del cine, Camille se fijó fugazmente en el nombre de una actriz, Gwendolyn Playne. Mientras abría la puerta del coche, trató de descifrar qué le recordaba aquel nombre, pero no lo supo decir.

Irène se sentó en el vehículo sin decir palabra y Camille se preguntó qué tipo de lazo habían conseguido fabricar. Irène debía de estar también preguntándose lo mismo, pero se mostró más inteligente que él. En el momento en que se disponía a arrancar, le agarró la mano y la puso sobre su muslo, muy arriba, justo debajo del vientre tenso, y, tomándolo bruscamente de la nuca, le atrajo hacia sí y le dio un largo beso. Después se miraron, asombrados de haber salido tan deprisa de la maléfica burbuja de silencio en la que se habían adentrado.

—Le quiero, ¿sabe? —dijo Irène.

—Yo también la quiero —dijo Camille mirándola fijamente.

Pasó lentamente sus dedos por su frente, alrededor de sus ojos, sobre sus labios.

—Yo también la quiero, señora Verhoeven...

Chez Michel. Muy bueno, en efecto. Parisino hasta la médula, espejos por todas partes, camareros en pantalón negro y chaqueta blanca, un guirigay de estación ferroviaria y el Muscadet casi helado. Irène llevaba un vestido de flores amarillas y rojas. Aunque lo había elegido porque era ancho, la tela, a causa del embarazo, parecía haber encogido, y cuando se sentó los botones notaron la tensión.

Había mucha gente, el ruido les proporcionaba la intimidad perfecta. Hablaron de la película que Irène había tenido que abandonar en pleno montaje, pero de la que se mantenía informada, y de algunos amigos, e Irène le preguntó a Camille si tenía noticias de su padre.

Cuando Irène había ido de visita por primera vez, el padre de Camille la había recibido como si se conociesen desde siempre. Al final de la comida, le había hecho un regalo, un libro de Basquiat. Su padre tenía dinero. Se había retirado bastante pronto y había vendido su laboratorio por una fuerte suma cuyo montante Camille, sin duda, desconocía, pero que le permitía mantener un piso demasiado grande, una asistenta que no necesitaba realmente, comprar más libros de los que leía, tanta música como podía escuchar y, desde hacía un año o dos, hacer algunos viajes. En una ocasión había pedido autorización a su hijo para vender algunos cuadros de su madre que los galeristas codiciaban desde el cierre del taller.

«Están hechos para ser contemplados», había respondido Camille.

Él mismo no había conservado más que algunas telas. Su padre solo se había quedado con dos. La primera y la última.

«El dinero será para ti», había asegurado su padre hablando de los lienzos que deseaba vender.

«Gástatelo», había respondido Camille, esperando con cierto pudor que su padre no hiciese nada.

—He hablado con él por teléfono —dijo Camille—. Está bien.

Irène devoraba. Camille devoraba a Irène con los ojos.

—Dile a Louis que todo estaba muy rico —dijo ella, apartando ligeramente su plato.

—También le pasaré la cuenta.

—Tacaño.

—Te quiero.

—Eso espero.

Llegados al postre, Irène preguntó:

—¿Qué tal va el caso? Esta tarde oí a la jueza, en la radio... ¿Cómo se llamaba? Deschamps, ¿no?

—Sí. ¿Qué dijo?

—No mucho, pero me pareció que era bastante sórdido.

Y como Camille la interrogaba con la mirada, prosiguió:

—Habló del asesinato de dos chicas, prostitutas, en una vivienda en Courbevoie. No entró en detalles, pero me pareció horrible...

—Sí, en efecto.

—Dijo que el caso estaba ligado a otro anterior. Tremblay-en-France. ¿Era tuyo?

—No, ese caso no era mío. Pero ahora lo es.

No tenía muchas ganas de hablar de ello. Estaba confuso. Uno no habla de jóvenes muertas con su mujer embarazada durante una velada de aniversario de boda. Pero quizás Irène se había dado cuenta de que aquellas jóvenes muertas invadían su mente sin cesar y de que, cuando conseguía sacarlas, algo las hacía volver. Camille le expuso los hechos superficialmente, zigzagueando con torpeza a través de las palabras que no quería pronunciar, los detalles que no quería evocar y las imágenes de las que no quería hablar. Todo ello hacía que su discurso estuviera atestado de silencios embarazosos, dudas sintácticas y miradas en círculo al resto del restaurante, como si esperase encontrar allí las palabras que le faltaban. Por lo cual, después de haber comenzado con una cuidada prudencia pedagógica, todo comenzó a fallarle al mismo tiempo, las frases primero y después las palabras, y al final acabó levantando las manos en un gesto de impotencia. Irène comprendió que lo que no podía explicar era completamente inexplicable.

—Ese tipo está loco... —concluyó basándose en lo que había entendido.

Camille explicó que a una historia como aquella solo se enfrentaba un policía de entre cien en toda su carrera, y que ni a un policía entre mil le hubiese gustado estar en su lugar. Como la mayoría de la gente, Irène se hacía una idea de su profesión que a Camille le parecía sacada directamente de las novelas policiacas que había leído. Al comentárselo, Irène contestó:

—¿Acaso me has visto leer alguna vez una novela policiaca? Es un género que odio.

—¡Pero sí que leíste...!

—¡*Diez negritos!* Me iba de viaje a Wyoming y mi padre pensó que era la mejor manera de prepararme para la mentalidad americana. La geografía nunca fue su fuerte.

—Al final —dijo Camille—, se parece algo a mí, que leo poco.

—Yo prefiero el cine... —dijo ella con una sonrisa felina.

—Lo sé —respondió él con una sonrisa filosófica.

El reproche olía descaradamente a pareja que se conoce demasiado. Camille dibujaba la silueta de un árbol sobre el mantel con la punta del cuchillo. A continuación la miró y sacó del bolsillo un paquetito cuadrado.

—Feliz aniversario.

Irène debía de pensar que ese marido suyo estaba realmente desprovisto de imaginación. Le había regalado una joya el día de su boda y otra cuando le anunció el embarazo. Y ahora, apenas unos meses más tarde, elegía lo mismo. No se ofuscó. Era muy consciente de sus privilegios frente a mujeres que no reciben de sus maridos más que los homenajes de fin de semana. Ella tenía más imaginación. Sacó un regalo de grandes dimensiones que Camille le había visto colocar bajo la silla cuando se habían sentado.

—Feliz aniversario para ti también...

Camille se acordaba de todos los regalos de Irène, todos diferentes, y sintió un poco de vergüenza. Lo desenvolvió ante la mirada intrigada de las mesas vecinas y sacó un libro: *El misterio Caravaggio*. En la portada, un detalle de *Los tramposos* mostraba dos manos sosteniendo naipes. Camille conocía ese cuadro y recompuso mentalmente el conjunto. Regalar a un marido policía las obras de un pintor asesino definía muy bien a Irène.

—¿Te gusta?

—Mucho...

A su madre también le gustaba Caravaggio. Recordaba sus comentarios a propósito del *David vencedor de Goliat*. Mientras hojeaba el libro, cayó exactamente sobre ese cuadro. Su mirada se detuvo en Goliat. Un día cargado de cabezas cortadas, sin duda.

«Parece un combate entre el bien y el mal —decía su madre—. Mira a David, sus ojos de loco, y a Goliat, la calma del dolor. ¿Dónde está el bien y dónde está el mal? Esa es la gran cuestión...».

9.

Pasearon un poco tras salir del restaurante, llegaron a los grandes bulevares agarrados de la mano. Fuera o en público, Camille nunca había podido ir con Irène de otra manera que no fuera de la mano. A él le hubiese gustado también rodear sus hombros o su cintura, no para hacer como los demás, sino porque echaba de menos ese símbolo de propiedad. Con el paso del tiempo esa decepción había terminado por borrarse. Sujetarla simplemente de la mano reflejaba una forma de posesión más discreta, que ahora le convenía. De manera casi imperceptible, Irène ralentizó el paso.

—¿Estás cansada?

—Bastante, sí —resopló sonriendo.

Y pasó la mano por su vientre, como si alisara una arruga imaginaria.

—Voy a buscar el coche —propuso Camille.

—No, no vale la pena.

Pero al final fue necesario.

Era tarde. Los bulevares estaban todavía llenos de gente. Acordaron que Irène le esperaría en la terraza de un café mientras él iba a buscar el coche.

A la altura de la esquina del bulevar, Camille se volvió para mirarla. Su rostro también había cambiado, y su corazón se encogió bruscamente porque tenía la sensación de que los separaba una distancia infranqueable. Las manos sobre el vientre, y a pesar de la mirada curiosa aquí y allá hacia los peatones nocturnos, Irène vivía en su mundo, en su vientre, y Camille se sentía excluido. Su inquietud se calmó un poco porque sabía que esa distancia entre los dos no era una cuestión de amor, sino que se resumía en pocas palabras. Irène era una mujer y él un hombre. Lo infranqueable estaba allí, pero, en suma, ni más ni menos que ayer. Y era incluso gracias a esa distancia como se habían conocido. Sonrió.

Inmerso en esos pensamientos, la perdió de vista. Un joven se había interpuesto entre ellos para esperar, como él, a que el semáforo se pusiese en verde, al borde de la acera. «Hay que ver qué alta es la gente de ahora», pensó al comprobar que su mirada se situaba a la altura de su codo. Había leído recientemente que todo el mundo crecía. Hasta los japoneses. Pero llegado al otro lado del bulevar, mientras metía la mano en el bolsillo para sacar las llaves del coche, su mente le ofreció de golpe el eslabón perdido que había buscado durante parte de la velada. El nombre de la actriz de cine en el que se había fijado hacía un rato cobraba ahora todo su sentido: Gwendolyn Playne le recordaba al personaje de Gwynplaine de *El hombre que ríe* y a una cita que creía haber olvidado: «Los grandes son lo que quieren, los pequeños son lo que pueden».

10.

—Con la espátula se trabaja el espesor de la materia. Mira...

No es frecuente que mamá gaste su tiempo en darle consejos. El taller huele a trementina. Mamá está trabajando en los rojos. Lo aplica en cantidades inusitadas. Rojos sangre, carmines y rojos profundos como la noche. La espátula se dobla por la presión, deja gruesas capas que extiende después a golpecitos. A mamá le gustan los rojos. Tengo una mamá a la que le gustan los rojos. Me mira fijamente con amabilidad. «A ti también te gustan los rojos, ¿verdad, Camille?...» Instintivamente, él da un paso atrás, invadido por el miedo.

Camille se despierta de golpe poco después de las cuatro de la mañana. Se inclina sobre el cuerpo aletargado de Irène. Deja de respirar un instante para escuchar su aliento pausado, regular, su ligero ronquido de mujer lastrada. Posa delicadamente una mano sobre su vientre. Solo con el contacto de su cálida epidermis, de la tensión lisa de su vientre, va recobrando poco a poco la respiración. Todavía aturdido por su brusco despertar, mira a su alrededor la oscuridad, la habitación, la ventana por la que se cuela la luz difusa de las farolas. Intenta calmar el latido de su corazón. «No me encuentro nada bien...», se dice al notar las gotas de sudor que brotan de su frente sobre las cejas y empiezan a emborronarle la vista.

Se levanta con cuidado, se refresca largamente la cara con agua fría.

Por lo general, Camille sueña poco. «Mi inconsciente me deja en paz», suele decir.

Va a servirse un vaso de leche helada y se sienta en el sofá. Todo en él está cansado, las piernas pesadas, la espalda y la nuca rígidas. Para relajarse, balancea lentamente la cabeza, de abajo arriba primero y de derecha a izquierda después. Intenta alejar la imagen de las dos chicas cortadas en trozos en el loft de Courbevoie. Su mente da vueltas alrededor de un miedo.

«¿Qué me pasa? —se pregunta—. Domínate». Pero su mente permanece confusa. «Respira. Haz balance de todos los horrores de tu vida, de todas las imágenes de cuerpos mutilados que la han jalonado, estos son solo más horribles pero no son ni los primeros ni los últimos. Estás haciendo tu trabajo, así de simple. Un trabajo, Camille, no una misión. Haz lo que puedas. Hazlo lo mejor posible, encuentra a esos tipos, a ese tipo, pero no dejes que afecte a tu vida».

Sin embargo, el sueño le devuelve una última imagen. Su madre ha pintado en la pared el rostro de una joven, idéntico al de la joven de Courbevoie. Y ese rostro extinto cobra vida, parece desplegarse, abrirse como una flor. Una flor de color rojo oscuro con muchos pétalos, como un crisantemo. O una peonía.

Entonces, Camille se detiene en seco. Está de pie, en medio del salón. Y sabe que algo —algo a lo que aún es incapaz de dar nombre— está pasando en su interior. Permanece inmóvil. Espera, los músculos de nuevo en tensión, la respiración pausada. No quiere romper nada. Un hilo muy tirante, ahí, dentro de él, tan frágil... Sin hacer un solo gesto, con los ojos cerrados, Camille escruta esa imagen de la cabeza de la chica clavada al muro. Pero el corazón del sueño no es ella, sino esa flor... Hay algo más, y Camille siente crecer en su interior la certidumbre. No se mueve, sus pensamientos avanzan en oleadas, se acercan y se alejan de él.

A cada movimiento, la certidumbre parece más cerca.

—¡Mierda!

Esa chica es una flor. ¿Qué flor, joder, qué flor? Ahora, Camille está completamente despierto. Su cerebro parece funcionar a la velocidad de la luz. Con muchos pétalos, como un crisantemo. O una peonía.

Y de golpe, una ola le trae la palabra, evidente, luminosa, sencillamente increíble. Y Camille comprende su error. Su sueño no le está hablando de Courbevoie, sino del crimen de Tremblay.

—Imposible... —piensa sin poder creerlo.

Se precipita a su despacho y saca, maldiciendo su torpeza, las fotos del crimen de Tremblay-en-France. Allí están todas, las pasa rápidamente, busca sus gafas, no las encuentra. Entonces coge cada foto, una a una, las levanta, las acerca a la luz azul de la ventana. Se va aproximando lentamente a la foto que busca y por fin la encuentra. El rostro de la chica, rajado a cuchillo de oreja a oreja.

Vuelve a pasar las páginas del dosier, localiza la foto del cuerpo cortado en dos.

—No me lo puedo creer... —exclama Camille mirando hacia el salón.

Sale de su despacho y se planta delante de la biblioteca. Mientras libera el taburete de los libros y periódicos apilados durante las últimas semanas, su mente desarma los eslabones de la cadena: Gwynplaine, *El hombre que ríe.* Una cabeza de mujer con una gran sonrisa acuchillada, la mujer que ríe.

En cuanto a la flor, una peonía, ya ves...

Camille se sube al taburete. Sus dedos recorren la hilera de libros. Hay algunos de Simenon, algunos autores ingleses, americanos, un Horace McCoy, justo después James Hadley Chase, *La sangre de la orquídea...*

—Una orquídea... Imposible —concluye tomando un volumen por la parte superior y haciéndolo bascular hacia él. Una dalia.

«Y para nada roja.»

Se instala en el sofá y mira un instante el libro que sostiene entre sus manos. Sobre la portada, el rostro dibujado de una joven de cabellos negros, un retrato de los años cincuenta, en apariencia, quizás por el peinado. Maquinalmente, mira el copyright:

1987.

En la contraportada, lee:

*El 15 de enero de 1947, en un solar de Los Ángeles, se encuentra el cadáver desnudo y mutilado, partido en dos a la altura de la cintura, de una joven de veintidós años: Betty Short, llamada «la Dalia Negra»...*

Recuerda bastante bien la historia. Su mirada se desliza por las páginas, atrapando aquí y allá jirones de texto, y se detiene bruscamente en la página 99:

*Era el cuerpo desnudo y mutilado de una mujer jo-
ven, cortado en dos por la cintura. [...] Del muslo izquierdo le habían amputado un gran trozo en forma
de triángulo y tenía un corte largo y ancho que iba desde
el borde seccionado hasta el inicio del vello púbico. [...]
Los senos aparecían cubiertos de quemaduras produci-
das por cigarrillos; el derecho estaba casi suelto, unido
al torso tan solo por unas hilachas de piel; el izquierdo había sido mutilado con un corte circular rodeando el
pezón. La herida llegaba hasta el hueso pero lo más
horroroso de todo aquello lo constituía el rostro de la
chica.**

—¿Qué haces, no duermes?

Camille levanta la mirada. Irène está de pie cerca
de la puerta, en camisón.

Deja el libro, se acerca a ella y posa una mano sobre su vientre.

—Vete a dormir, ya voy. Voy enseguida.

Irène parece una niña a la que ha despertado una
pesadilla.

—Voy enseguida —repite Camille—. Venga, ve a
dormir.

Observa a Irène volver a la habitación, tambaleándose de sueño. Sobre el sofá, el libro está boca abajo, abierto por la página que acaba de abandonar. «Qué idea tan
estúpida», piensa. Pero de todos modos vuelve a sentarse y
a coger el libro.

Le da la vuelta, busca un poco y lee de nuevo.

---

* James Ellroy, *La Dalia Negra*, Barcelona, Ediciones B, 1993, traducción de
Albert Solé. *(N. del T.)*

*Era un enorme hematoma púrpura, la nariz había
sido aplastada hasta confundirse con la cavidad facial,
la boca estaba tajada de un oído a otro, lo que le daba
una especie de burlona sonrisa, como si estuviera riéndose del resto de brutalidades infligidas. Supe que me llevaría esa sonrisa a la tumba.*

«Joder...»

Camille contempla el libro un instante y después
lo deja de nuevo. Al cerrar los ojos, vuelve a ver la foto de la
joven Manuela Constanza, las marcas dejadas por las
cuerdas en sus tobillos...

Vuelve a leer.

*... su cabellera, negra como el azabache, estaba lim-
pia, no tenía sangre seca, como si el asesino se la hubiera
lavado con champú antes de tirarla allí.*

Deja el libro. Siente ganas de volver al despacho,
de ver las fotos otra vez. Pero no. Un sueño... Tonterías.

# Miércoles, 9 de abril de 2003

1.

—Pero bueno, Camille, ¿crees en esas tonterías?

Las nueve. Despacho del comisario Le Guen.

Camille se fijó un instante en los pesados mofletes cansados de su jefe preguntándose qué podía haber dentro que pesase tanto.

—A mí —dijo— lo que me extraña es que nadie se haya dado cuenta. No puedes negar que es inquietante.

Le Guen escuchaba a Camille, que seguía su lectura. Iba de marcador en marcador.

Después se quitó las gafas y las puso ante él. Cuando estaba en aquel despacho, Camille permanecía siempre de pie. Había intentado sentarse una vez en uno de los sillones frente a Le Guen, pero se había sentido como al fondo de un pozo tapizado de almohadas y había tenido que agitar los pies como un condenado para salir.

Le Guen dio la vuelta al libro, miró la portada e hizo una mueca dubitativa.

—... no lo conozco.

—No te enfadarás si te digo que es un clásico.

—Es posible...

—Ya veo —dijo Camille.

—Escucha, Camille, me parece que bastantes marrones tenemos ya. Evidentemente, esto que me enseñas es..., cómo decirlo..., inquietante, si quieres..., pero ¿qué podría significar?

—Significa que ese tipo ha copiado el libro. No me preguntes por qué, no lo sé. Simplemente cuadra. He leído los informes. Todo lo que no tenía sentido alguno en el momento de la investigación lo cobra de esa forma. El cuerpo de la víctima, seccionado en dos a la altura de la cintura. Te ahorro las quemaduras de cigarrillos, las marcas de las cuerdas en los tobillos, absolutamente idénticas. Nadie comprendió nunca por qué el asesino le había lavado el pelo a la víctima. Pero ahora tiene sentido. Vuélvete a leer el informe de la autopsia. Nadie pudo explicarse por qué faltaban los intestinos, el hígado, el estómago, la vesícula biliar... Y yo digo que lo hizo porque está en el libro. Nadie supo decir por qué habían encontrado marcas... —Camille buscó la expresión exacta—, «marcas benignas» sobre el cuerpo, sin duda latigazos. Es una suma, Jean, nadie sabe a qué corresponde —Camille señaló el libro sobre el que Le Guen se había apoyado con el codo—, pero es una suma. El pelo lavado, más las vísceras desaparecidas, más las quemaduras en el cuerpo, más los latigazos coinciden con... el libro. Todo está allí, palabra por palabra, preciso, exacto...

Le Guen tenía a veces una forma extraña de mirar a Camille. Le gustaba su inteligencia incluso cuando desvariaba.

—¿Y piensas contarle eso a la jueza Deschamps?

—Yo no. Pero tú...

Le Guen miró a Camille con expresión abrumada.

—Venga ya, hombre...

Le Guen se inclinó hacia su portafolios, que yacía al pie del escritorio.

—¿Después de esto? —preguntó tendiéndole el periódico del día.

Camille sacó sus gafas del bolsillo exterior de su chaqueta, aunque no las necesitaba para ver su foto y leer el titular del artículo. A pesar de ello se las puso. Su corazón comenzó a latir mucho más deprisa y sus manos empezaron a sudar.


2.

*Le Matin*. Contraportada.

La foto: Camille desde arriba. Mira al cielo, incómodo. Sin duda tomada cuando hablaba con la prensa. La imagen ha sido retocada. El rostro de Camille parece más alargado de lo que es en realidad, la mirada más dura.

Bajo la sección «Retrato», un titular:

UN POLI EN EL PATIO DE LOS MAYORES

*La terrible carnicería de Courbevoie, de la que se ha hecho eco nuestro periódico, acaba de adoptar, por si fuera poco, una dimensión nueva. Según la jueza Deschamps, encargada del caso, una pista indiscutible, una huella digital falsa perfectamente legible, realizada con un tampón de caucho, enlaza claramente este asunto con otro, no menos siniestro, que se remonta al 21 de noviembre de 2001: el día en que fue hallado en un vertedero de Tremblay-en-France el cuerpo primero torturado y después literalmente cortado en dos de una joven cuyo asesino nunca fue encontrado.*

*El comandante Verhoeven vuelve a la carga. Al mando de esta doble investigación de carácter excepcional, podrá pulir de nuevo su personaje de policía fuera de serie. Normal: cuando hay una reputación que mantener, todas las ocasiones son buenas.*

*Haciendo suyo el proverbio según el cual cuanto menos se dice más se da la impresión de saber, Camille Verhoeven se sumerge con gusto en el laconismo y el mis-*

terio, a costa de dejar a la prensa con la miel en los labios. Pero esto último preocupa poco a Camille Verhoeven. No, lo que él busca es ser un policía de primera clase. Un policía que no explica los casos, sino que los resuelve. Un hombre de acción y de resultados.

Camille Verhoeven tiene principios y maestros. Es inútil sin embargo buscar a estos últimos entre los más veteranos del Quai des Orfèvres. No. Sería demasiado vulgar para un hombre que se considera poco común. En última instancia, sus modelos serían más bien Sherlock Holmes, Maigret o hasta Sam Spade. O mejor aún, Rouletabille. Cultiva con fervor el olfato del uno, la paciencia del otro, el lado desengañado del tercero y todo lo que se quiera del último. Hace gala de su discreción, pero los que le observan de cerca adivinan claramente hasta qué punto aspira a convertirse en un mito.

Su ambición es sin duda desmesurada, pero al menos se apoya en un hecho contrastado: Camille Verhoeven es un excelente profesional. Y un policía de carrera atípica.

Hijo de la pintora Maud Verhoeven, Camille tanteó a su vez el gouache. Su padre, farmacéutico hoy retirado, dice sobriamente: «No era torpe...». Lo que queda de aquella vocación precoz (algunos paisajes de vaga influencia japonesa, retratos aplicados y bastante laboriosos) está todavía guardado en una carpeta que su padre conserva con devoción. Bien por lucidez sobre sus capacidades o por la dificultad para hacerse un hueco, Camille juzga preferible optar por la facultad de Derecho.

En aquella época, su padre espera que siga la carrera de Medicina, pero el joven Camille no parece tener intención de contentar a sus progenitores. Ni pintor ni médico, prefiere una licenciatura en Derecho que termina con sobresaliente. El sujeto es brillante, sin duda: podría optar por la carrera universitaria o la abogacía; tiene *alternativas. Pero se decide por la Escuela Nacional de Policía. La familia se extraña:*

*«Fue una elección curiosa —dice su padre pensativo—, Camille es un chico muy curioso...».*

*Curioso, en efecto, este joven Camille que triunfa contra todo pronóstico. Le gusta estar donde nadie le espera. Es de imaginar que el tribunal de ingreso, anticipándose a las consecuencias de su minusvalía, recibiera críticas por aceptar en las oposiciones a la policía a un hombre de un metro cuarenta y cinco, obligado a utilizar un coche especialmente equipado y demasiado dependiente de su entorno en muchos detalles de la vida cotidiana. Sin embargo, Camille, que sabe lo que quiere, aprueba la oposición con el número uno. Después, para no ser menos, es el primero de su promoción. Se le augura una brillante carrera. Preocupado ya por su reputación, Camille Verhoeven no quiere ningún trato de favor y no duda en pedir destinos difíciles, en el extrarradio de París, con la seguridad de que le conducirán tarde o temprano a la meta que tiene por destino: la Brigada Criminal.*

*Resulta que su amigo el comisario Le Guen, con el que ha trabajado años antes, ostenta allí un alto cargo. Tras unos años de endurecimiento en barrios conflictivos donde deja un recuerdo agradable pero poco definido, nuestro héroe consigue llegar a la dirección del segundo grupo de la susodicha Brigada, donde por fin podrá demostrar su valía. Decimos «héroe» porque esa es la palabra que se menciona por ahí. ¿Quién la habrá sugerido? No se sabe. De todas formas, Camille Verhoeven no lo desmiente. Alimenta su imagen de policía estudioso y aplicado pero resuelve algunos casos relativamente mediáticos. Habla poco y finge dejar que su talento se exprese en su lugar.*

*Si Camille Verhoeven mantiene al resto del mundo a una distancia razonable, no hace ascos a creerse indis-*

*pensable y cultivar el misterio con sobria delectación. Tanto en la Brigada Criminal como en cualquier otra parte, solo se sabe de él lo que él mismo quiere decir. Detrás de la máscara de la modestia se esconde un hombre hábil: ese solitario cultiva de hecho la reserva de forma ostentosa y muestra con gusto su discreción en los platós televisivos.*

*Ahora es el responsable de un caso desagradable y muy extraño, que él mismo califica de «particularmente salvaje». No sabremos más. Pero la palabra está pronunciada, una palabra potente, corta, eficaz, hecha a imagen de este héroe. Basta con una palabra para dar a entender que no se ocupa de casos rutinarios, sino de grandes misterios criminales. El comandante Verhoeven, que sabe lo que significa hablar, practica el decir más diciendo menos con un arte consumado y finge sorprenderse ante las bombas de relojería mediáticas que ha sembrado discretamente por el camino. Dentro de un mes será padre, pero no es su única forma de preparar la posteridad: ya es lo que se llama, en todos los idiomas, un «gran profesional», de los que fabrican su propia mitología con infinita paciencia.*

3.

Dobló el periódico con cuidado. A Le Guen no le gustó la repentina calma de su amigo.

—Camille, déjalo estar, ¿me entiendes?

Y, ante el mutismo de Camille, añadió:

—¿Conoces a ese tipo?

—Vino a verme ayer, sí —dijo Camille—. No le conozco realmente, pero él, en cambio, parece conocerme bastante...

—Sobre todo da la impresión de que no le caes muy bien...

—Eso me da igual. Lo que me molesta es el efecto bola de nieve. Los otros periódicos tomarán el relevo y...

—Y además a la jueza no le debió de hacer ninguna gracia la cobertura televisiva de ayer... Este asunto acaba justo de empezar y ya tienes a toda la prensa detrás, ¿entiendes? Lo sé, no tienes nada que ver..., pero ese artículo, encima...

Le Guen había vuelto a coger el periódico y lo sostenía en su mano como un icono, o como un montón de mierda.

—¡Y a toda página! Con foto y toda la parafernalia...

Camille miró a Le Guen.

—No hay otra solución, Camille, lo sabes tan bien como yo: tienes que ser rápido. Muy rápido. La relación con el caso de Tremblay debería ayudarte y...

—Pero ¿tú has visto el caso de Tremblay?

Le Guen se rascó el moflete.

—Sí, lo sé, es un asunto difícil.

—Difícil es un eufemismo. No tenemos nada. Absolutamente nada. Y lo poco que tenemos hace que el caso sea aún más complejo. Sabemos que nos enfrentamos al mismo tipo, si es que es solo uno, lo que no es del todo seguro. En Courbevoie, las violó de todas las formas posibles. En Tremblay, ni rastro de violación, ¿tú ves alguna coincidencia? En el primer caso, corta a las chicas con cuchillo de carnicero y taladradora eléctrica; en el segundo, se molesta en lavar las vísceras, al menos las que deja en el lugar. Me interrumpes cuando veas alguna coincidencia, ¿de acuerdo? En Courbevoie...

—De acuerdo —concedió Le Guen—. Quizás la relación entre los dos casos no sea de gran ayuda.

—Quizás no, en efecto.

—Eso no quiere decir sin embargo que tu idea del librito —Le Guen miró la portada del libro, del que claramente no conseguía recordar el título—, de tu *Dalia Negra*...

—Seguro que tú tienes una hipótesis mejor —cortó Camille—. Ahora me la cuentas —añadió mientras rebuscaba en el bolsillo interior de su chaqueta—, debe de ser sólida. Si no te molesta, voy a tomar notas...

—Déjate de gilipolleces, Camille —dijo Le Guen.

Los dos hombres guardaron silencio durante un instante, Le Guen observaba la portada del libro, Camille escrutaba la frente arrugada de su viejo amigo.

Le Guen tenía muchos defectos, era incluso la opinión unánime de todas sus exmujeres, pero la estupidez no era su fuerte. Había llegado a ser, en otro tiempo, uno de los mejores, un policía de una inteligencia excepcional. Uno de esos funcionarios a los que, según el principio de Peter, la administración hace ascender en la jerarquía hasta su punto de incompetencia. Camille y él eran amigos desde hacía años, y sufría al ver a su antiguo compañero colocado en un puesto de responsabilidad en el que su talento se marchitaba. En cuanto a Le Guen, resistía la tentación de echar de menos los viejos tiempos, los tiempos en los que su profesión le apasionaba hasta el punto de haber sacrificado tres matrimonios. Se había convertido en una especie de campeón de la pensión alimenticia. Camille había atribuido a un reflejo de autodefensa los innumerables kilos acumulados en los últimos años. Para él, Le Guen se ponía así a resguardo de cualquier nuevo matrimonio y se contentaba con gestionar los antiguos, es decir, con ver su salario perderse por entre las grietas de su existencia.

El protocolo de la relación entre ambos estaba bien rodado. Le Guen, fiel en cierta forma a la posición que ocupaba en la jerarquía, se oponía hasta que los argumentos de Camille conseguían convencerle. Pasaba entonces, en ese mismo instante, del papel de competidor al de cómplice. Era capaz de casi todo, en cualquiera de las dos posiciones.

Esta vez, dudaba. Y aquello, para Camille, no era una buena noticia.

—Escucha —dijo por fin Le Guen mirándole directamente a la cara—, no tengo ninguna hipótesis mejor. Pero eso no hace más creíble la tuya. ¿Qué pasa?, ¿que has encontrado un libro que cuenta un crimen similar? Los hombres matan mujeres desde la noche de los tiempos, y han agotado casi todas las formas de hacerlo. Las violan, las trocean..., te desafío a encontrar a un tipo que no haya tenido ganas alguna vez. Yo mismo, sin ir más lejos..., ya ves. Así que, a la fuerza, al final, todo se parece. No te molestes en buscar en la biblioteca, Camille, tienes ante tus ojos el espectáculo del mundo.

Y siguió mirando a Camille con aire algo dolido.

—Así que no es suficiente, Camille. Te apoyaré. Lo mejor que pueda. Pero te lo digo desde ahora mismo. No será suficiente para la jueza Deschamps.


4.


—James Ellroy. Evidentemente, es bastante inesperado...

—¿Eso es todo lo que tienes que decir?

—No, no —protestó Louis—. No, solo te digo que es bastante...

—Turbio, sí, ya lo sé, es lo que me ha dicho Le Guen. Incluso ha montado una fabulosa teoría sobre los hombres que matan mujeres desde el alba de la humanidad, te lo puedes imaginar. Y a mí todo eso me da igual.

Maleval, con las manos en los bolsillos, apostado en la puerta de entrada al despacho, mostraba su rostro de por las mañanas, pero más cansado que otros días, a pesar de que todavía no habían dado las diez. Armand, casi confundido con el perchero, miraba pensativamente sus zapatos. En cuanto a Louis, al que Camille había instalado en su mesa para encomendarle la lectura, llevaba una bonita americana verde, cortada en lana ligera, una camisa color crema y una corbata de rayas.

Louis no tenía los mismos métodos de lectura que el comisario. En cuanto Camille le señaló el sillón, se acomodó en él y leyó con aplicación, con una mano ligeramente apoyada en la página. Aquello recordaba a Camille un cuadro cuya imagen precisa se le escapaba.

—¿Qué le ha hecho pensar en *La Dalia Negra*?

—Es difícil de decir.

—Su idea es que el asesino de Tremblay, en cierta forma, ha mimado el libro.

—¿Mimar? —preguntó Camille—. Usas unas palabras... Corta a una chica en dos, la vacía de vísceras, lava los dos trozos del cadáver, le lava la cabeza con champú y luego lo tira todo a un vertedero. Si es un mimo, ¡menos mal que no habla!

—No, lo que quería decir...

Louis estaba rojo de confusión. Camille miró a sus otros dos subalternos. Louis había llevado a cabo la lectura con una voz concentrada que el texto había alterado poco a poco. En las últimas páginas, su tono había bajado tanto de intensidad que había sido necesario aguzar el oído. A primera vista, nadie parecía asombrado, y Camille no sabía si su actitud era debida al contenido del texto o a su hipótesis. Reinaba en el despacho una atmósfera pesada.

Verhoeven comprendió de golpe que esta no dependía de aquella circunstancia sino del hecho de que sus colaboradores habían leído, también, el artículo de *Le Matin*. El periódico había debido de dar ya toda la vuelta a la Brigada y a la policía judicial, y sin duda había llegado hasta la jueza Deschamps y después al ministerio. Era el tipo de información que se propagaba por su dinámica interna, como una célula cancerosa. ¿Qué estaban pensando? ¿Qué habían concluido o deducido? Su silencio no era buena señal. Si se hubieran compadecido, lo habrían hablado. Si les hubiera dado igual, lo habrían olvidado. Pero, silenciosos, pensaban más de lo que decían. Le habían dedicado una página entera, una página poco amable pero aun así una estupenda publicidad. ¿Hasta qué punto imaginaban que era con su beneplácito o que le complacía? No habían escrito ni una palabra sobre su equipo. Amable o no, el artículo solo mencionaba a Camille Verhoeven, el gran hombre del día que llegaba ahora con sus estúpidas hipótesis. A su alrededor el mundo parecía haber desaparecido. Y a esa desaparición respondía ahora el silencio, ni desaprobador ni indiferente. Decepcionado.

—Es posible —exclamó por fin Maleval, prudente.

—¿Y qué significaría? —preguntó Armand—. Quiero decir, ¿qué relación tendría con lo que hemos encontrado en Courbevoie?

—¡No lo sé, Armand! Tenemos un caso de hace diecisiete meses, que se asemeja con todo detalle a un libro, ¡no sé nada más!

Y, ante el silencio general, añadió:

—Tenéis razón, creo que es una idea estúpida.

—Entonces —preguntó Maleval—, ¿qué hacemos?

Camille miró a los tres uno por uno.

—Vamos a pedir la opinión de una mujer.

5.

—Es curioso, en efecto...

Extrañamente, por teléfono, la voz de la jueza Deschamps no tenía el acento escéptico que se esperaba. Había dicho aquello sin más, como si lo hubiese pensado en voz alta.

—Si tiene usted razón —dijo la jueza—, el crimen de Courbevoie debe figurar también en el libro de James Ellroy o en otro. Habría que comprobarlo...

—Quizás no —dijo Camille—. El libro de Ellroy se inspiró en un hecho real. Una joven, Betty Short, fue asesinada exactamente en esas circunstancias en 1947, y el libro construye una especie de ficción alrededor de ese caso, que debió de ser famoso allí. Ellroy dedica el libro a su propia madre, que también fue asesinada en 1958... Hay varias pistas posibles.

—Es algo peculiar, en efecto...

La jueza se tomó unos instantes de reflexión.

—Escuche —prosiguió por fin—, esta pista corre peligro de no parecer muy seria ante el tribunal. Algunos elementos concuerdan, pero no tengo muy claro qué podemos hacer. No me veo pidiendo a la policía judicial que se lea toda la obra de James Ellroy ni convirtiendo la Brigada Criminal en una biblioteca, ¿me entiende?

—Por supuesto... —asintió Camille, que ahora se daba cuenta de las pocas ilusiones que se había hecho sobre su respuesta.

Sin duda la jueza Deschamps no tenía mala voluntad. Su voz parecía sinceramente decepcionada de no poder decir otra cosa.

—Escuche, si este patrón se repite en otro lugar, ya veremos. Por el momento, prefiero seguir... por caminos más tradicionales, ¿comprende?

—Comprendo —dijo Camille.

—Estará de acuerdo conmigo, comandante, en que las circunstancias son algo... particulares. A lo sumo, si quedara entre nosotros, podríamos conservar esta hipótesis como una posible base, pero no estamos solos...

«Ya estamos», pensó. Se le encogió de golpe el estómago. No de miedo sino porque temía que aquello le salpicara. Se la habían jugado dos veces. La primera, los técnicos de la policía científica que habían tenido la mala idea de sacar sus bolsas de fiambre delante de los periodistas; la segunda, uno de esos periodistas, que había sabido infiltrarse en su vida en el peor momento. A Camille no le gustaba ser la víctima, no le gustaba seguir negando su torpeza cuando era patente; en fin, no le gustaba nada de lo que estaba pasando, como si de un caso al otro le hubiesen dejado al margen. Ni Le Guen, ni la jueza, ni el equipo se tomaban en serio su hipótesis. Se sentía extrañamente aliviado, dado lo poco competente que le parecía seguir una pista tan alejada de sus costumbres. Aunque lo que le hería era lo que menos expresaba. Las palabras del artículo de Buisson en *Le Matin* continuaban resonando en su cabeza. Alguien había entrado en su vida, en su vida privada, había hablado de su mujer, de sus padres, alguien había dicho «Maud Verhoeven», había hablado de su infancia, de sus estudios, había visto sus dibujos, había anunciado que pronto sería padre... Era, según él, una auténtica injusticia.

Hacia las once y media de la  mañana, Camille recibió una llamada telefónica de Louis.

—¿Dónde estás? —le preguntó nervioso.

—En Porte de la Chapelle.

—¿Qué coño haces ahí?

—Estoy en casa de Séfarini.

Conocía bien a Gustave Séfarini, un especialista en información multicliente. Informaba a los atracadores sobre algunos buenos golpes a cambio de porcentajes bien calculados, y cuando los asuntos estaban en marcha solía ocuparse de las tareas de seguimiento, en las que su buen ojo le valía una sólida reputación. El prototipo de malhechor prudente. Tras veinte años de carrera su ficha estaba —casi— tan virgen como la de su hija, la pequeña Adèle, jovencita minusválida a la que dedicaba todos sus cuidados y por la que profesaba una pasión conmovedora, o todo lo conmovedora que podía parecer la pasión de un tipo que había ayudado a organizar atracos que, en veinte años, habían dejado cuatro muertos.

—Si tiene usted un momento, no estaría de más que se pasase por aquí...

—¿Es urgente? —preguntó Camille mirando el reloj.

—Urgente, pero no debería llevarle demasiado tiempo —estimó Louis.

6.

Séfarini vivía en una casita cuyas ventanas daban a la carretera de circunvalación, precedida por un jardincito polvoriento que parecía temblar día y noche bajo la doble presión de la autovía, permanentemente activa, y del metro que pasaba justo bajo sus cimientos. Al ver esa casa y el destartalado Peugeot 306 aparcado en la acera, uno se preguntaba dónde iba a parar el dinero que ganaba Séfarini.

Camille entró como en su casa.

Encontró a Louis y a su anfitrión en la cocina de formica de los años sesenta, sentados a una mesa cubierta por un mantel de hule cuyos motivos no eran más que recuerdos, ante un café servido en vasos de duralex. Séfarini no pareció alegrarse especialmente con la llegada de Camille. En cuanto a Louis, no se movió, contentándose con hacer girar distraídamente entre sus dedos un vaso que no tenía ninguna gana de vaciar.

—¿Y bien? ¿De qué se trata? —preguntó Camille mientras ocupaba la única silla libre.

—Pues bien —empezó Louis mirando a Séfarini—, estaba explicándole a nuestro amigo Gustave... lo de su hija... Lo de Adèle.

—Anda, es verdad, ¿dónde está Adèle? —preguntó Camille.

Séfarini señaló el piso superior con una mirada taciturna y bajó los ojos de nuevo hacia la mesa.

—Le estaba explicando —prosiguió Louis— los rumores que corren por ahí.

—Ah —dijo Camille con prudencia.

—Pues sí... Unos rumores lamentables. Le estaba contando a nuestro amigo que sus relaciones con Adèle nos tienen muy preocupados. Mucho —repetía mirando a Camille—. Se habla de tocamientos, de relaciones inmorales, de incesto... ¡Quiero dejar claro que no prestamos crédito alguno a esos rumores persistentes!

—¡Evidentemente! —confirmó Camille, que empezaba a ver por dónde iba Louis.

—Nosotros no —prosiguió Louis—. Pero en el caso de las asistentes sociales es menos seguro... Nosotros conocemos a Gustave. Buen padre y todo eso... Pero, qué quiere, ellas han recibido unas cartas...

—Una jodienda, esas cartas —dijo Camille.

—¡Son ustedes los que me están jodiendo! —exclamó Séfarini.

—Qué vulgaridad, Gustave —dijo Camille—. Cuando hay niños de por medio, joder, hay que tener cuidado.

—Así pues —continuó Louis con voz desolada—, como pasaba por aquí, me dije, anda, voy a saludar a nuestro amigo Gustave, un buen camarada del gordo Lambert, todo hay que decirlo... Y estaba explicando a nuestro Gustave que se está hablando de un internamiento de oficio. Mientras la cosa se aclara. Nada del otro mundo, ese internamiento, cosa de pocos meses. No es seguro que Gustave y Adèle puedan celebrar juntos la Navidad, pero si insistimos bastante...

Las antenas de Camille se pusieron a vibrar instantáneamente.

—Venga, Gustave, explícaselo al comandante Verhoeven. Estoy seguro de que puede hacer muchas cosas por Adèle, ¿verdad?

—Pues claro, siempre podemos hacer algo... —confirmó Camille.

Séfarini llevaba haciendo cálculos desde el principio de la conversación. Se veía en su frente arrugada, en una mirada fugaz que, aunque mantenía la frente baja, transmitía la intensidad de su reflexión.

—Vamos, Gus, cuéntanoslo todo. El gordo Lambert...

Séfarini conocía bien el atraco de Toulouse que había tenido lugar el día del asesinato de Manuela Constanza, la joven encontrada en Tremblay-en-France. Y con razón... Él mismo había señalado los puntos débiles del centro comercial, había dibujado los planos y montado la operación.

—¿Y en qué puede interesarme esa historia? —preguntó Camille.

—Lambert no participó. Eso es lo único de lo que estoy seguro.

—De todas formas, Lambert tuvo que tener alguna razón poderosa para cargar con un atraco en el que no había participado. Muy poderosa.

Al borde de la acera, antes de volver al coche, los dos hombres miraron el siniestro paisaje de la vía de circunvalación. El móvil de Louis sonó.

—Maleval —dijo al colgar—. Lambert está en libertad condicional desde hace dos semanas.

—Hay que actuar con rapidez. Ahora mismo, si es posible...

—Yo me ocupo —confirmó Louis marcando un número.

7.

Rue Delage, número 16. Cuarto piso sin ascensor. ¿Cómo se las arreglaría su padre dentro de unos años? Cuando la muerte empezase a rondar la casa. Era una pregunta que Camille se hacía a menudo y que apartaba de inmediato, gracias a la esperanza, esencialmente mágica, de que esa circunstancia no se produjera nunca.

La escalera desprendía un aroma a cera. Su padre se había pasado la vida en el laboratorio impregnado de olor a medicinas; su madre olía a esencia de trementina y a aceite de linaza. Camille tenía padres con olor.

Se notaba cansado y entristecido. ¿Qué tenía que decir a su padre? ¿Había algo que decir a un padre, aparte de verlo vivir, de tenerlo no demasiado lejos, cerca de sí, como un último talismán del que nunca se sabrá muy bien cómo servirse?

Tras la muerte de su madre, su padre había vendido el apartamento, se había instalado en el distrito XII, cerca de la Bastilla, y cultivaba, con discreta aplicación, un perfil de viudo moderno, sutil mezcla de soledad y de orden. Se besaron torpemente, como de costumbre. Al contrario de lo habitual, ese padre había seguido siendo más alto que su hijo.

Un beso en la mejilla. Un olor a buey *bourguignon*.

—He comprado un *bourguignon*...

«El arte de cultivar las evidencias, ese es mi padre.»

Tomaron el aperitivo uno enfrente del otro, cada uno en su sillón. Camille se sentaba siempre en el mismo sitio, dejaba su vaso de zumo de fruta sobre la mesa baja, cruzaba las manos y preguntaba: «Bueno, ¿cómo estás?».

—Bueno —preguntó Camille—, ¿cómo estás?

Nada más entrar en la habitación había visto, cerca del sillón de su padre, en el suelo, un ejemplar doblado de *Le Matin*.

—¿Sabes, Camille? —comenzó a decir su padre señalando el diario—, siento este asunto...

—Olvídalo...

—Llegó así, sin avisar. Te llamé enseguida, ¿sabes?...

—Estoy seguro, papá, no importa.

—... pero estaba comunicando. Y después empezamos a hablar. Ese periodista parecía apreciarte, no desconfié. Mira, ¡voy a escribir una carta al director! ¡Voy a exigir un derecho de réplica!

—Pobre papá... Nada de lo que está escrito en ese artículo es falso. Como mucho, son puntos de vista. Jurídicamente, el derecho de réplica es otra cosa. No, de verdad, déjalo estar.

Estuvo a punto de añadir: «Ya has hecho bastante», pero se contuvo. A pesar de ello, su padre debió de intuirlo.

—Te causará problemas... —soltó, y luego se calló.

Camille sonrió y prefirió cambiar de tema.

—Y bien, estás esperando a tu nieto, supongo —preguntó.

—Ya que deseas enfadarte con tu padre...

—No soy yo quien lo dice, es la ecografía... Además, si te enfadas porque tengo un hijo, es que eres un mal padre.

—¿Cómo le vais a llamar?

—Todavía no lo sé. Hablamos de ello, negociamos, nos decidimos y cambiamos de opinión...

—Tu madre eligió tu nombre por Pissarro. Siguió gustándole tu nombre cuando ya había dejado de gustarle el pintor.

—Lo sé —dijo Camille.

—Ya hablaremos de ti después. Primero, háblame de Irène.

—Creo que se aburre mucho.

—Pasará pronto... Me pareció cansada.

—¿Cuándo la has visto? —preguntó Camille.

—Pasó a verme la semana pasada. Sentí vergüenza. Visto su estado, era yo el que debía hacer el esfuerzo, pero ya me conoces, nunca me decido a moverme. Vino así, sin avisar.

Camille se imaginó de inmediato a Irène subiendo penosamente los cuatro pisos, resoplando en cada descansillo, sosteniéndose quizás el vientre. Sabía lo que había detrás de esa simple visita. Un mensaje dirigido a él. Una reprobación. Ella, al ir a ver a su padre, se ocupaba de su vida mientras él la desatendía a ella. Sintió ganas de llamarla enseguida, pero comprendió que no quería disculparse sino obligarla a compartir su propio malestar, hablarle de lo que sentía. La amaba con locura. Y cuanto más la amaba, más sufría por ese amor tan torpe.

La pequeña ceremonia mundana prosiguió, pues, su curso habitual hasta que, con voz falsamente distraída, el señor Verhoeven anunció:

—Kaufman... ¿Recuerdas a Kaufman?

—Bastante bien, sí.

—Pasó a verme hará unos diez días.

—Hacía mucho...

—Sí, solo lo había visto dos o tres veces después de la muerte de tu madre.

Camille sintió una especie de escalofrío, apenas perceptible. Pero no era el regreso de un antiguo amigo de su madre —cuyo trabajo admiraba, de hecho— lo que había sembrado su repentina inquietud, sino la voz de su padre. Había en ella, en su tono falsamente indiferente, algo de molesto, de apurado. Una turbación.

—Vamos, cuéntamelo —le animó Camille, viendo a su padre remover la cuchara sin decidirse.

—Mira, Camille, haremos lo que quieras. Yo ni siquiera te lo habría comentado. Pero él insiste en que lo haga. No es cosa mía, ¿eh? —añadió levantando súbitamente la voz como si se defendiese de una acusación.

—Suéltalo...

—Yo digo que no, pero bueno, no solo depende de mí... Kaufman deja su taller. No le suben el alquiler, pero se le ha quedado demasiado pequeño. Ahora se dedica al gran formato, ¿sabes?

—¿Y?

—Y me pregunta si tenemos la intención de vender el taller de tu madre.

Camille lo había comprendido antes incluso de que su padre terminara la frase. Siempre había temido esa noticia, pero sin duda porque la temía, ya estaba preparado para ella.

—Sé lo que vas a pensar, y...

—No, no sabes nada —le cortó Camille.

—Por supuesto, pero lo supongo. De hecho, ya se lo he dicho a Kaufman: Camille no va a querer.

—Pero aun así me lo comentas...

—¡Te lo digo porque le prometí decírtelo! Y además, pensé que, dadas las circunstancias...

—Las circunstancias...

—Kaufman me hace una buena oferta. Con el nacimiento del pequeño, ahora, quizás tienes nuevos proyectos, comprar algo más grande, no sé...

A Camille le sorprendió su propia reacción.

Montfort era de hecho un lugar particular, último vestigio de un pueblo antaño situado al borde del parque forestal que delimita el bosque de Clamart. Con el empuje de las promociones inmobiliarias, rodeado por residencias pretenciosas, sus lindes habían perdido el aspecto en cierto modo fronterizo que Camille había conocido cuando de niño acompañaba allí a su madre. El taller era la antigua casa del guarda de una propiedad que se había evaporado en una sucesión de herencias mal administradas y de la que solo había quedado ese edificio en el que su madre había hecho derribar todos los tabiques. Camille había pasado allí largas tardes mirándola trabajar, todo envuelto en olores de pigmentos, de trementina, dibujando en un caballete que ella le había instalado, cerca de una estufa de leña que desprendía, en invierno, un calor pesado y oloroso.

Lo cierto era que el taller no tenía demasiado encanto. Las paredes estaban simplemente encaladas, el viejo enlosado rojo temblaba bajo los pies y la cristalera que aportaba luz permanecía polvorienta las dos terceras partes del año. Una vez al año, Verhoeven padre se presentaba allí, aireaba e intentaba quitar el polvo, pero, rápidamente desanimado, acababa sentándose en medio del taller y contemplaba, como si fuese un náufrago, lo que quedaba de la existencia de la mujer a la que tanto había amado.

Camille recordaba la última vez que había ido allí. Irène había expresado el deseo de ver el taller de Maud, pero ante su reticencia no había insistido. Sin embargo, un día, al regresar de una excursión de fin de semana, pasaron cerca de Montfort.

«¿Quieres ver el taller?», preguntó de pronto Camille.

Ninguno de los dos se dejó engañar por el hecho de que en realidad se trataba de un deseo de Camille. Tomaron el desvío. Para vigilar el lugar y desbrozar el jardín, el padre de Camille pagaba cada año a un vecino que visiblemente prestaba una atención más que distraída. Camille e Irène pasaron por encima de las ortigas y, con la llave que permanecía desde hacía décadas bajo la maceta de mosaico, abrieron la puerta de entrada, que chirrió sordamente.

La estancia, vaciada de su contenido, parecía más grande que nunca. Irène se paseó por ella sin reserva alguna, lanzando sencillamente una mirada interrogante hacia Camille cuando quería dar la vuelta a un bastidor o llevar un lienzo hacia la cristalera para verlo a la luz. Camille permaneció sentado, sin querer, en el mismo sitio donde su padre se sentaba cuando estaba solo. Irène comentó los lienzos con una imparcialidad que sorprendió a Camille, y se detuvo mucho rato ante una de las últimas obras, inacabada, un conjunto de rojos profundos lanzados con cierta rabia. Irène la sostenía entre los brazos, y Camille solo veía el dorso. Con tiza, Maud había escrito, con su letra grande y abierta: *Locura de dolor*.

Una de las pocas telas que había consentido titular.

Cuando Irène bajó los brazos para dejarla, vio que Camille estaba llorando. Le estrechó contra ella durante mucho tiempo.

No volvió más.

—Lo pensaré —exclamó por fin Camille.

—Haremos lo que tú quieras —respondió el padre vaciando lentamente su taza—. De todas formas, el dinero será para ti, para tu hijo.

El móvil de Camille sonó. Era un mensaje de texto de Louis: «Lambert ausente del nido. ¿Escondido? Louis».

—Tengo que irme —dijo Camille levantándose.

Su padre le dirigió la misma mirada de sorpresa de costumbre, con la que fingía extrañarse de que el tiempo pasara tan rápido y fuese ya, para su hijo, la hora de marcharse. Pero siempre había, en la mente de Camille, una extraña señal que le decía, así de golpe, que había llegado la hora de partir. Desde ese momento comenzaba a estar incómodo por la necesidad que tenía de irse.

—En cuanto al periodista... —empezó a decir su padre levantándose.

—No te preocupes.

Los dos hombres se besaron y pronto Camille se encontró en la acera. Sin sorprenderse, cuando levantó la cabeza hacia la ventana del piso de su padre, le vio, acodado en la balaustrada del balcón, haciéndole esa eterna señal de la mano que hacía pensar a menudo a Camille en que algún día la vería por última vez.

8.

Camille volvió a llamar a Louis.

—Sabemos algo más de Lambert —dijo este—. Volvió a su casa en cuanto le dieron la condicional, el 26 de marzo. Según su entorno, estaba bien. Si hacemos caso a uno de sus contactos, un tal Mourad, un camello de Clichy, Lambert se marchaba de viaje un martes. Debía acompañarle Daniel Royet, un esbirro del que tampoco hay noticias. Después, nada. Vamos a organizar un turno de vigilancia en casa de Lambert.

—Gustave tendrá que protegerse. Tenemos dos días por delante, no más. Pasado el plazo, Lambert desaparecerá una buena temporada...

Hablaron de la puesta en marcha de los equipos destinados a vigilar los sitios donde podría presentarse Lambert. Tenían señalados dos lugares en particular. Gracias a Dios, o gracias a su insistencia —en todo caso, Le Guen sabía que el equipo de Camille era demasiado escaso para encargarse de esa tarea—, a Camille le fueron asignados dos grupos provisionales que encargó coordinar a Louis.

9.

Dejó la pila de libros sobre la mesa de su despacho: *Réquiem por Brown, La colina de los suicidas, Noches en Hollywood, El asesino de la carretera, Clandestino* y, después, la tetralogía de Los Ángeles compuesta por *La Dalia Negra, El gran desierto, L. A. Confidential* y *Jazz blanco.* Y por fin *América.*

Cogió uno, al azar. *Jazz blanco.* Su gesto no debía nada al azar. La cubierta mostraba un retrato femenino que se parecía extrañamente al de *La Dalia Negra.* El trazo, el diseño y el tipo de mujer eran similares en las dos portadas, aunque en la segunda la mujer tenía una cara más redonda, un peinado más voluminoso, más cuidado, un maquillaje más marcado y pendientes. El ilustrador evocaba una especie de vampiresa de Hollywood, algo vulgar, abandonando el lado más espontáneo que había cultivado para ilustrar *La Dalia Negra.* Camille no había explorado todavía el posible parecido entre las tres chicas. Si se podía, sin demasiada dificultad, establecer lazos entre Évelyne Rouvray y Josiane Debeuf, de Courbevoie, ¿qué podía haber en común entre ellas dos y la pequeña Manuela Constanza de Tremblay?

Sobre el cartapacio garabateó tres palabras, añadió «Louis» y subrayó dos veces.

—Ardua tarea...

«Ardua»... Cómo podía Louis emplear un vocabulario así... Era un auténtico misterio.

—Este es tu montón. Y este, el mío —dijo Camille.

—¡Ah!

—Buscamos un piso grande, dos chicas violadas y descuartizadas. Deberíamos leer en diagonal.

Cada vez más áspero. Los primeros libros le parecieron más bien clásicos. Detectives privados enmoheciendo en despachos grasientos, bebiendo café y comiendo dónuts, delante de montones de facturas sin pagar. Asesinos tarados dando rienda suelta bruscamente a sus impulsos psicópatas. Después el estilo cambiaba de forma. Cada vez más perturbado, cada vez más crudo, James Ellroy empezaba a escupir inhumanidad en estado puro. Los bajos fondos de la ciudad aparecían como la metáfora de una humanidad desesperante y sin ilusión. El amor tenía el gusto amargo de las tragedias urbanas. Sadismo, violencia, crueldad, el poso de nuestros fantasmas tomaba cuerpo en su cortejo de injusticias y revanchas, de mujeres maltratadas y asesinatos sangrientos.

La tarde pasó rápidamente.

Cuando comenzó a cansarse, Camille se sintió tentado de hojear por encima los cientos de páginas que le quedaban por revisar, buscando, durante su lectura en diagonal, solo algunas palabras clave..., pero ¿cuáles? Al final, se contuvo. ¿Cuántas veces la investigación había patinado o fracasado porque el investigador había actuado con demasiada prisa, sin usar el procedimiento sistemático necesario? ¿Cuántos asesinos anónimos seguirían en libertad debido a la negligencia de policías cansados?

Cada hora, Camille salía de su despacho y, de camino a la máquina de café, se detenía ante el umbral del despacho de Louis, donde el joven trabajaba con la seriedad de un estudiante de teología. No pronunciaban una palabra, sus miradas expresaban con claridad cómo su búsqueda había pasado de ser prometedora a descorazonadora; cómo las pocas notas esbozadas aquí y allá se mostraban al volver a leerlas perfectamente inútiles, y sin duda seguirían siéndolo hasta que se agotasen los libros y los hombres.

Camille tomaba apuntes en una hoja en blanco. El resumen era totalmente deprimente. Un adolescente asfixiado con unos calzoncillos impregnados de disolvente; una mujer desnuda colgada por los pies encima de su cama; otra cortada con una sierra para metales tras haber recibido una bala en el corazón; una tercera violada y matada a cuchilladas... Un universo de masacres poblado, a primera vista, de locos más bien espontáneos, de asuntos oscuros y ajustes de cuentas, bastante lejos de la aplicación metódica del asesino de Courbevoie y de Tremblay. El único parecido inquietante seguía siendo la Dalia Negra, pero había una brecha entre la perfecta similitud de la Dalia con el asesinato de Tremblay y las semejanzas bastante vagas que podían encontrarse aquí y allá con el de Courbevoie.

Louis había confeccionado su propia lista. Cuando entró para informar, Camille le interrogó con la mirada y comprendió que no había tenido más suerte que él. Echó un vistazo distraído al cuaderno en el que, con su letra amanerada, Louis había anotado sus descubrimientos: disparos de revólver, cuchilladas, puños americanos, algunas violaciones, otro ahorcamiento...

—Bueno, ya está bien —dijo Camille.


10.


A las seis de la tarde, el equipo se reunió para el último resumen de la jornada en el despacho de Camille.

—¿Quién empieza? —preguntó.

Los tres hombres se miraron. Camille lanzó un suspiro.

—Te toca, Louis.

—Hemos echado un vistazo superficial a las otras obras de James Ellroy de las que el jefe piensa..., perdón —añadió, mordiéndose la lengua.

—Dos cosas, Louis —respondió Camille sonriendo—. Primero, en cuanto a lo de tu «jefe», haces bien en arrepentirte, porque sabes lo que pienso. Segundo, en cuanto a los libros, por favor, sé delicado.

—Bien —dijo Louis sonriendo a su vez—. En resumen, hemos hojeado toda la obra de James Ellroy y no hemos encontrado nada que justifique la teoría de la reproducción de una escena de libro. ¿Vale así?

—Perfecto, Louis, eres todo un caballero. Yo añadiría que los dos hemos perdido medio día completo. Y que ha sido una estupidez. Pienso que sobre este tema ya está dicho todo...

Los tres hombres sonrieron.

—Venga, Maleval, ¿tú tienes algo?

—Por debajo de «nada», ¿qué hay?

—Menos que nada —dijo Louis.

—Nada de nada —apostó Armand.

—Entonces —prosiguió Maleval—, menos que nada de nada. La piel de vaca falsa no presenta ninguna marca que nos permita seguir la pista de su compra o su fabricación. El papel pintado blanco y negro del cuarto de baño no procede de ningún fabricante francés. Estoy esperando, para mañana, la lista de los principales fabricantes extranjeros. Debe de haber unos quinientos, como poco. Voy a poner en marcha una investigación global, pero no creo que nuestro hombre se haya presentado a cara descubierta a comprar el papel pintado dejando una fotocopia de su carné de identidad.

—Efectivamente, es poco probable —dijo Camille—. Continúa.

—En el hotel Mercure donde estuvo Évelyne Rouvray la primera vez con un cliente (su futuro asesino), la habitación fue pagada en efectivo. Nadie recuerda nada. Por su parte, el laboratorio no ha conseguido recuperar los números de serie de los aparatos audiovisuales, televisor, CD portátil, etcétera. Se vendieron miles de esos modelos. La pista acaba ahí.

—Ya veo. ¿Algo más?

—Sí, otro callejón sin salida, si le apetece.

—Cuenta de todos modos.

—La cinta de vídeo está sacada de un programa semanal norteamericano que ponen desde hace más de diez años en US-Gag. Es muy popular. El fragmento que aparece en el vídeo tiene cuatro años.

—¿Cómo lo has averiguado?

—En TF1. Compraron la serie. Es tan mala que hasta ellos renunciaron a emitirla. Se contentan con rellenar algún vacío en la programación con los que estiman los mejores extractos. El vídeo del perro que pela una naranja fue emitido el 7 de febrero pasado. El tipo pudo grabarlo en ese momento. En cuanto a la caja de cerillas, está efectivamente trucada. Se trata de una caja en venta de lo más corriente. Puede encontrarse en cualquier estanco. El logo de «Palio's» fue impreso con una impresora en color idéntica a las cuatrocientas mil que existen en Francia. El papel utilizado también es muy común. Al igual que la cola para maquetas que sirvió para pegarlo.

—Es el nombre de una discoteca, o algo así.

—Puede..., o de un bar... Bueno, eso importa poco.

—Sí, eso importa poco, y el resultado es que no sabemos absolutamente nada.

—Más o menos.

—No exactamente —dijo Louis sin levantar la vista de su cuaderno.

Maleval y Armand le miraron. Camille prosiguió, mirándose los pies:

—Louis tiene razón. No es lo mismo. Es el grado superior de la puesta en escena. Existen dos categorías de indicios. Los objetos comerciales a los que no podremos seguir la pista y los que demuestran una preparación minuciosa... Es como tu historia del sofá japonés —añadió mirando a Armand.

Armand, sorprendido inmerso en sus pensamientos, abrió precipitadamente su cuaderno.

—Bueno, sí, si quieres... Salvo que del Dunford en cuestión no hemos encontrado ni rastro. Nombre falso, pago por giro postal, entrega del sofá en un guardamuebles de Gennevilliers a nombre de... —consultó su cuaderno— Peace. En fin, por ahí tampoco hay gran cosa.

—Peace... —comentó Maleval—, como «paz». Un tipo gracioso...

—Todo un humorista —comentó Camille.

—¿Por qué utilizar nombres extranjeros? —preguntó Louis—. Es cuando menos curioso...

—En mi opinión, es un esnob —decretó Maleval.

—¿Qué más? —preguntó Camille.

—En cuanto a la revista —prosiguió Armand—, es algo más interesante. Un poco, al menos... Es el número de primavera de *Gentlemen's Quarterly,* una revista americana de moda masculina.

—Esta es inglesa —precisó Louis.

Armand consultó su cuaderno.

—Sí, inglesa, tienes razón.

—Y... ¿por qué es más interesante? —preguntó Camille impaciente.

—La revista está a la venta en varias librerías inglesas y americanas en París. Pero no hay tantas. He llamado a dos o tres. Tuve suerte: un hombre pidió un número atrasado, precisamente el de marzo de 2002, en Brentano's, avenue de l'Opéra, hace unas tres semanas.

Armand se sumergió en sus notas, con el deseo imperioso de trazar escrupulosamente la pista que había seguido.

—Resume, Armand, resume... —dijo Camille.

—Voy. El encargo fue realizado por un hombre, la empleada está segura. Llegó un sábado por la tarde. Ese día y a esa hora hay mucha afluencia. Lo reservó y pagó en efectivo. La chica no recuerda sus rasgos. Dijo: «Un hombre». Volvió la semana siguiente, a la misma hora, con el mismo resultado. La chica no lo recuerda.

—Bonito dato... —dijo Maleval.

—El contenido de la maleta tampoco nos dice nada —prosiguió Armand—. Seguimos investigando. Son todos objetos de lujo pero aun así bastante corrientes, y a menos que tengamos suerte...

Camille recordó de pronto:

—Louis... ¿Cómo se llamaba ese tipo?

Louis, que parecía seguir los pensamientos de Camille con el olfato de un perro de caza, respondió:

—Haynal. Jean Haynal. No tenemos pistas. No figura en los archivos. He puesto en marcha una búsqueda... Le ahorro los detalles. O bien los Jean Haynal que encontramos no tienen la edad requerida, o bien están muertos, o bien están lejos y desde hace mucho tiempo... Seguimos pero tampoco podemos esperar gran cosa por ese lado.

—De acuerdo —respondió Camille.

Por supuesto, el balance era abrumador, pero había una pista. La ausencia de indicios, la minuciosidad de los preparativos constituían en sí mismas una información. Camille pensaba ahora que tarde o temprano todo convergería hacia un punto oscuro, y tenía el presentimiento de que, al contrario de otros casos en los que iban apareciendo poco a poco los contornos, como en una fotografía revelada progresivamente, este sería de otro tipo. Un día todo se presentaría de golpe. Era cuestión de paciencia y empeño.

—Louis —dijo—, intenta comparar la historia de las dos chicas de Courbevoie con la de Tremblay, los lugares que hubiesen podido frecuentar, aunque no se conocieran, sus relaciones... Por ver si tenían algo en común, ya me entiendes...

—De acuerdo —respondió Louis tomando nota.

Los tres cuadernos se cerraron a la vez.

—Hasta mañana —dijo Camille.

Los tres hombres abandonaron el despacho.

Louis volvió instantes más tarde. Llevaba la pila de libros que había estado hojeando y dejó todo sobre la mesa de su jefe.

—Una pena, ¿verdad? —preguntó Camille, divertido.

—Sí. Una verdadera pena. Hubiese sido una solución elegante...

Después, cuando salía del despacho, se volvió hacia Camille.

—Quizás nuestra profesión no sea tan novelesca...

Camille pensó: «Quizás, en efecto».

# Jueves, 10 de abril de 2003

### 1.

—Camille, me parece que a la jueza no le va a gustar esto.

COURBEVOIE – TREMBLAY-EN-FRANCE
UNA FICCIÓN PERO COMPLETAMENTE REAL

*La jueza Deschamps, encargada de la instrucción del doble crimen cometido en Courbevoie, ha revelado que una falsa huella digital hallada en el lugar de los hechos relaciona este caso con el asesinato, cometido en noviembre de 2001, de Manuela Constanza, una joven prostituta de veinticuatro años cuyo cuerpo fue encontrado seccionado en dos en un vertedero público. Según todos los indicios, el comandante Verhoeven, al mando de la investigación, se enfrenta a un criminal en serie. Lo que debería, en principio, simplificar la resolución de este caso parece, por el contrario, hacerlo aún más complicado. Principal sorpresa: la forma. Los asesinos en serie, de un crimen a otro, utilizan en general las mismas técnicas. Sin embargo, nada parece relacionar, en ese sentido, los dos casos. La forma en que las jóvenes fueron asesinadas es distinta hasta el punto de que es posible preguntarse si la huella encontrada en Courbevoie no es, de hecho, más que una falsa pista. A menos que...*

*A menos que la explicación sea otra y que sean precisamente esas diferencias las que relacionen los dos casos.*

*Esa es al menos la hipótesis que parece manejar el co-*
*mandante Verhoeven, que ha descubierto un parecido*
*asombroso entre el crimen de Tremblay-en-France y...*
*un libro del novelista norteamericano James Ellroy. En*
*esa obra...*

Camille cerró bruscamente el periódico.

—¡Me cago en sus muertos!

Volvió a abrirlo y leyó la conclusión del artículo.

*... Apostamos de todos modos que, a pesar de las sor-*
*prendentes semejanzas, esa hipótesis «novelesca» no*
*contará con la aprobación incondicional de la jueza*
*Deschamps, conocida por su pragmatismo. Por el mo-*
*mento, y hasta que se demuestre lo contrario, espera-*
*mos del comandante Verhoeven pistas menos... ficcio-*
*nales.*

2.

—Es un cabrón.

—Quizás, pero está bien informado.

Le Guen, encajado como un cachalote en su inmenso sillón, miró a Camille con más intensidad.

—¿En qué estás pensando?

—No lo sé... Y no me gusta nada.

—A la jueza tampoco —confirmó Le Guen—.
Me ha llamado a primera hora.

Camille lanzó a su amigo una mirada interrogante.

—Está tranquila. Ya se ha visto en otras parecidas.
Sabe muy bien que no tienes nada que ver. Pero no quita. Es
como todo el mundo. Con cosas así, a fuerza de permanecer
tranquilo, uno acaba de los nervios.

Camille lo sabía perfectamente. Antes de reunirse con Le Guen, había pasado por su despacho. Media docena de redacciones, radios y tres cadenas de televisión habían pedido ya confirmación de lo que decía el artículo publicado por *Le Matin*. Mientras esperaba la llegada de su jefe, Louis —bonito traje color crudo, camisa a juego, calcetines amarillo muy pálido— había hecho de recepcionista, capeando el temporal con una flema completamente británica, colocándose el mechón —con la mano izquierda— cada veinte segundos.

—Reunión —exclamó Camille con voz sorda.

Segundos más tarde, Maleval y Armand hacían su entrada en el despacho. El primero dejaba ver, sobresaliendo del bolsillo de su cazadora, el ejemplar del día del *Paris-Turf*, ya anotado a bolígrafo verde; el segundo llevaba en la mano una hoja de papel amarillo doblada en cuatro y un trozo de lápiz negro marca Ikea. Camille no miraba a nadie. Se avecinaba la tormenta.

Abrió el periódico por la página cuatro.

—Este tipo está pero que *muy* bien informado —exclamó—. Nuestra tarea se va a volver aún más complicada.

Maleval todavía no había leído el artículo. En cuanto a Armand, Camille estaba seguro de que lo había hecho. Conocía sus costumbres. Armand salía de casa con media hora larga de antelación y se instalaba en el andén de una estación que no era la suya pero donde podía controlar tres papeleras. Cada vez que un pasajero tiraba un periódico, Armand saltaba, verificaba el nombre del diario y volvía a sentarse. Era muy selectivo en materia de prensa matinal: solo le gustaba *Le Matin*. Por los crucigramas.

Maleval terminó la lectura y soltó un silbidito de admiración mientras dejaba el periódico sobre la mesa de Camille.

—Sí señor... —concluyó este—. Sé que hay mucha gente en este caso. Los tipos de la científica, del laboratorio, los ayudantes de la jueza..., me da igual de dónde venga. Pero hay que tener más cuidado que nunca. ¿Queda claro?

Camille se arrepintió inmediatamente de su pregunta, que tenía el aire de una acusación.

—Todo lo que os pido es hacer como yo. Cerrar el pico.

El grupito murmuró un asentimiento.

—Lambert, ¿todavía nada? —preguntó Camille con una voz que pretendía pacificar las cosas.

—No hemos podido llevar la investigación demasiado lejos —dijo Louis—, hemos interrogado aquí y allá, discretamente, para no sembrar el pánico entre sus conocidos. Si se entera de que lo estamos buscando... Hemos confirmado el hecho de que ha desaparecido, pero nada nos puede dar pistas por el momento ni de su destino, ni del lugar donde podría encontrarse ahora mismo.

Camille pensó un instante.

—Si dentro de un día o dos no tenemos nada, hacemos una redada entre sus conocidos e intentamos sacar algo en claro. Maleval, redacta una lista, que esté preparada cuando llegue el momento.

3.

De regreso a su despacho, Camille se encontró con la pila de obras de Ellroy. Lanzó un suspiro descorazonado. Sobre el cartapacio, en un lugar que había quedado libre entre un montón de esquemas que trazaba sin cesar para ayudarse a reflexionar, anotó:

*Tremblay = Dalia Negra = Ellroy*

Mientras intentaba concentrarse en lo que acababa de escribir, su mirada se cruzó con otro libro, olvidado por completo, que había comprado en la Librairie de Paris. *La novela policiaca: un monográfico.*

Le dio la vuelta y leyó:

*La novela policiaca ha sido considerada durante mucho tiempo un género menor. Necesitará más de un siglo para adquirir carta de ciudadanía en la «verdadera» literatura. Su larga relegación al rango de «paraliteratura» responde a la noción que lectores, autores y editores tuvieron durante mucho tiempo de lo que se suponía era literario, y por tanto a nuestros usos culturales, pero también, según se pensaba en general, a su materia prima, a saber, el crimen. Esta falsa evidencia, tan antigua como el mismo género, parece ignorar que el asesinato y su investigación figuran en un lugar privilegiado entre los autores más clásicos, de Dostoievski a Faulkner, de la literatura medieval a Mauriac. En literatura, el crimen es tan antiguo como el amor.*

—Es un libro muy bueno —había dicho el librero cuando había visto a Camille ojearlo—. Ballanger es un experto, un especialista. Es una pena que solo haya escrito esa obra.

Camille miró un instante por la ventana. En el punto en el que estaba... Miró el reloj y descolgó el teléfono.


4.

Desde el exterior, la universidad parecía vagamente un hospital en el que nadie hubiese querido ingresar. La señalización daba la impresión de agotarse a medida que subía pisos, y las indicaciones del departamento de Literatura Moderna se perdían en un dédalo de pasillos cubiertos de tablones de anuncios sobrecargados y de llamadas a la solidaridad de toda clase de comunidades.

Por suerte, el módulo de «Literatura policiaca: la Serie Negra», que impartía Fabien Ballanger, tenía su hueco en la parte inferior del tablero, a una buena altura para Camille.

Dedicó media hora a buscar la clase donde se daba el curso ante una treintena de estudiantes a los que no quiso molestar, otra media hora a encontrar una cafetería inmensa que apestaba a cannabis, y volvió a la clase justo a tiempo para colocarse en la fila de jóvenes que hacían preguntas a un hombre alto, seco, que respondía lacónicamente a cada uno sin dejar de revolver febrilmente una cartera negra desbordante de dosieres. En el aula, algunos estudiantes discutían en pequeños grupos, hablando tan fuerte que Camille tuvo que alzar la voz para hacerse oír.

—Comandante Verhoeven. He hablado con usted antes...

Ballanger bajó la mirada hacia Camille y dejó de rebuscar en su cartera. Llevaba una rebeca de un gris muy ajado. Incluso sin hacer nada, su mirada parecía inquieta, ocupada, el tipo de hombre que continúa pensando pase lo que pase. Frunció el ceño, una forma de decir que no recordaba la llamada.

—Comandante Verhoeven, policía judicial.

Ballanger lanzó una mirada circular sobre la clase como buscando a alguien.

—Tengo poco tiempo... —exclamó.

—Estoy investigando la muerte de tres jóvenes que fueron descuartizadas. También yo tengo bastante prisa.

Ballanger volvió a mirarle fijamente.

—No veo en qué...

—Si puede concederme unos minutos, le explicaré todo —cortó Camille.

Ballanger se subió las mangas de la rebeca, primero una y luego otra, como otros se colocan las gafas. Por fin sonrió, visiblemente a regañadientes. No era de los que sonreían por cualquier cosa.

—Bien. Deme diez minutos.

No necesitó ni tres. Ballanger salió al pasillo, donde le esperaba Camille.

—Tenemos un cuartito de hora —dijo estrechando con curiosidad la mano de Camille, como si se acabaran de encontrar, y este tuvo que forzar el paso para seguirle por los pasillos.

Ballanger se detuvo ante la puerta de su despacho, sacó tres llaves, y abrió una tras otra las tres cerraduras al tiempo que explicaba:

—Nos roban los ordenadores..., dos veces el año pasado.

Hizo entrar a Camille. Tres mesas, tres pantallas de ordenador, algunas estanterías con libros y un silencio de oasis. Ballanger señaló un sillón a Camille, tomó asiento frente a él y le miró atentamente, sin decir nada.

—Dos jóvenes fueron encontradas muertas cortadas en trozos en un apartamento de Courbevoie, hace unos días. Tenemos muy pocas pistas. Sabemos que sufrieron torturas sexuales...

—Sí, he oído hablar de ello, en efecto —dijo Ballanger.

Alejado de su mesa, los codos apoyados en las rodillas separadas, tenía una mirada muy atenta, muy sostenida, como si estuviese queriendo ayudar a Camille a realizar una confesión particularmente penosa.

—Hay una conexión entre ese crimen y otro anterior. El asesinato de una joven cuyo cuerpo fue hallado en un vertedero público, cortado en dos a la altura de la cintura. ¿Le dice algo?

Ballanger se puso rígido de repente. Estaba pálido.

—¿Debería? —preguntó en tono seco.

—No, tranquilícese —dijo Camille—. Me dirijo a usted en calidad de experto.

Las relaciones entre las personas se parecen a menudo al tendido del ferrocarril. Cuando las vías se separan y se alejan la una de la otra, hay que esperar un cambio de agujas para darles la oportunidad de volver a un camino paralelo. Ballanger sentía que le estaban interrogando. Camille propuso un cambio de agujas.

—Quizás haya oído hablar de este caso. Fue en noviembre de 2001 en Tremblay-en-France.

—Leo poco la prensa —soltó Ballanger.

Camille le notaba tenso en su silla.

—No veo qué puedo tener que ver con dos...

—Nada en absoluto, señor Ballanger, tranquilícese. Si he venido a verle, es porque esos crímenes podrían tener relación (evidentemente solo es una hipótesis) con crímenes de la literatura policiaca.

—¿Qué quiere decir?

—No lo sabemos. El crimen de Tremblay se parece de un modo asombroso al que describe James Ellroy en *La Dalia Negra*.

—¡Qué original!

Camille no sabía, en la reacción de Ballanger, lo que predominaba, si el alivio o el asombro.

—¿Conoce ese libro?

—Claro, y... ¿qué le hace pensar que...?

—Me resulta bastante difícil comentarle los detalles de la investigación. Nuestra hipótesis es que ambos casos están relacionados. Como el primer crimen parece directamente inspirado en el libro de James Ellroy, nos preguntábamos si los otros...

—... no proceden, también, de otro libro de Ellroy.

—No, lo hemos verificado, no es el caso. Creo más bien que los otros asesinatos podrían basarse en otros libros. No forzosamente de Ellroy.

Ballanger había vuelto a apoyar los codos sobre sus rodillas. Se sostenía el mentón con una mano y miraba al suelo.

—Y me está pidiendo...

—Debo decirle, señor Ballanger, que soy poco aficionado a la literatura policiaca. Mi cultura en ese campo es bastante... rudimentaria. Estoy buscando a alguien que me pueda ayudar, y he pensado en usted.

—¿Por qué yo? —preguntó Ballanger.

—Por su libro sobre la Serie Negra. Pensé que quizás...

—Oh —exclamó Ballanger—, es un poco viejo. Habría que ponerlo al día. Las cosas han cambiado mucho desde entonces.

—¿Podría usted ayudarnos?

Ballanger se rascaba el mentón. Tenía la expresión incómoda de un médico que porta una mala noticia.

—No sé si ha pasado usted por la universidad, señor...

—Verhoeven. Sí, me licencié en Derecho en la Sorbona. Hace bastante tiempo, lo reconozco.

—Oh, las cosas no han debido de cambiar mucho. Seguimos siendo especialistas.

—Por eso estoy aquí.

—No quería decir eso exactamente... Me dedico a la literatura policiaca. Es un dominio bastante vasto. Mi investigación se centra en el tema de las novelas de la Serie Negra. Exclusivamente de la Serie Negra. Incluso me he limitado a los mil primeros volúmenes. Los conozco muy bien, pero de todas formas solo se trata de mil libros de un género que debe de incluir varios millones. El estudio de la problemática policiaca me condujo por supuesto a incursiones más allá de la Serie Negra. James Ellroy, al que usted menciona, no fue editado en la colección que estudio; no forma parte, al menos no todavía, de los clásicos del género. Lo conozco por haberlo leído, pero no puedo pretender ser un especialista...

Camille se sintió molesto. Ballanger hablaba como un libro para explicar que no había leído suficientes.

—¿En resumen? —preguntó.

Ballanger le lanzó una mirada, mezcla de incomodidad y estupor, que debía de reservar para sus peores estudiantes.

—En resumen, si los casos de los que me habla forman parte de mi corpus, podría quizás ayudarle. Dicho esto, es muy limitado.

Mala jugada. Camille buscó en el bolsillo interior de su chaqueta y sacó dos folios doblados que ofreció a Ballanger.

—Aquí encontrará la descripción sucinta del caso que le he mencionado. Si a pesar de todo quiere echarle un vistazo, nunca se sabe...

Ballanger tomó los papeles, los desplegó, decidió que los leería más tarde y se los metió en el bolsillo.

En ese instante, el teléfono de Camille vibró en su bolsillo.

—¿Me perdona un momento? —preguntó sin esperar respuesta.

Era Louis. Camille sacó precipitadamente un cuaderno del bolsillo y garabateó algunas líneas que solo debía comprender él.

—Nos vemos allí —exclamó al instante.

Luego se levantó con brusquedad. Ballanger, sorprendido, se puso también de pie como si acabase de recibir una descarga eléctrica.

—Me temo, señor Ballanger —dijo Camille mientras se dirigía a la puerta—, que le he molestado por nada...

—Ah... —respondió Ballanger, curiosamente decepcionado—. ¿No se trataba de eso?

Camille se volvió hacia él. Acababa de tener una idea.

—Es muy posible —dejó caer como si esa idea le abatiera de repente— que de todas formas tenga que solicitarle muy pronto.

En el taxi que le llevaba al centro de París, Camille se preguntó si había leído mil libros en su vida. Empezó a hacer un cálculo aproximativo de unas veinte obras al año (los años buenos), redondeó a cuatrocientas y se tomó tiempo para meditar amargamente sobre la extensión de su cultura.

5.

Rue du Cardinal-Lemoine. Una librería a la antigua. Nada que ver con los espacios fluorescentes de las grandes tiendas especializadas. Se respiraba lo artesanal, parqué encerado, estanterías de madera barnizada, escaleras de aluminio pulido, luces tamizadas. La atmósfera tenía esa calma que impresiona y obliga a bajar instintivamente la voz. Que da un regusto a eternidad. Cerca de la puerta, un expositor con revistas especializadas; en el centro, una mesa cargada de libros de todos los tamaños. A primera vista, el conjunto daba una impresión polvorienta y desordenada, pero una mirada más atenta mostraba que cada elemento estaba dispuesto con cuidado y respondía a su propia lógica. A la derecha, todos los libros presentaban una banda amarillo chillón; más lejos, al otro lado, se alineaba la colección, sin duda íntegra, de la Serie Negra. Se entraba allí no tanto en una librería como en una cultura. Pasada la puerta, se accedía a la guarida de los especialistas, algo a medio camino entre el claustro y la secta.

La tienda estaba vacía cuando entró. La campanilla de la puerta hizo que pronto apareciese, como salido de ninguna parte, un hombre alto, en la cuarentena, de rostro serio, casi preocupado, en pantalón y rebeca azules, sin elegancia, gafas finas. El hombre respiraba una seguridad vagamente satisfecha. «Estoy en mi terreno —parecía decir su silueta alargada—. Soy el señor del lugar. Soy un especialista».

—¿Qué puedo hacer por usted? —preguntó.

Se acercó a Camille pero se mantuvo un poco a distancia, como para evitar, al acercarse, tener que mirarle desde muy arriba.

—Comandante Verhoeven.

—Ah, sí...

Se volvió para coger algo detrás de él y tendió a Camille un libro.

—Leí el artículo en la prensa. En mi opinión, no hay duda alguna...

Es una edición de bolsillo. El librero ha señalado un pasaje en medio del libro con un marcapáginas amarillo. Camille mira primero la portada. Visto en contrapicado, un hombre con corbata roja, sombrero en la cabeza y manos enguantadas sostiene un cuchillo. Parece que se encuentra en una escalera, pero quizás no.

Camille saca las gafas, se las pone y lee la portada.

Bret Easton Ellis.

*American Psycho.*

Copyright 1991. El año siguiente en el caso de la edición francesa.

Pasa una página, después dos. El prefacio está firmado por Michel Braudeau.

*Bret Easton Ellis nació en Los Ángeles en 1964 [...].*
*Su agente literario le consiguió un anticipo de trescien-*

*tos mil dólares para que escribiese una novela sobre un asesino en serie neoyorquino. A la entrega del original, el editor renunció a recuperar el dinero y rechazó el manuscrito. Espantado. La editorial Vintage no lo dudó. A pesar (o gracias a ello) del escándalo provocado por la publicación de algunos fragmentos como avance, desafió a la opinión pública y a los movimientos feministas [...]. Ellis tuvo que contratar a un guardaespaldas, recibió innumerables insultos y amenazas de muerte. Y vendió miles de ejemplares de* American Psycho *en los Estados Unidos.*

Louis no quiere leer por encima del hombro de su jefe. Pasea entre los estantes mientras el librero, las piernas ligeramente separadas, se agarra las manos a la espalda y mira la calle a través del escaparate. Camille siente ascender dentro de él algo parecido a la excitación.

El punto en que el librero ha colocado el marcapáginas está lleno de horrores. Camille empieza a leer, en silencio, concentrado. De vez en cuando, mueve la cabeza de derecha a izquierda murmurando «No puede ser verdad...».

Louis cede a la tentación. Camille aleja ligeramente el libro para que su ayudante pueda leer al mismo tiempo que él.

Página 388.

*Doce de la noche. La conversación que mantengo con las dos chicas —ambas muy jóvenes, rubias, de cuerpo increíble, con grandes tetas— es breve, pues tengo dificultad para refrenar mi desordenado yo.*

El librero:

—He puesto también una cruz en los pasajes que he considerado... significativos.

Camille no escucha, o no oye. Lee.

*... tengo que admitir que es excitante [...].*

*Torri recupera la consciencia y se encuentra atada, encogida, en uno de los lados de la cama, de espaldas, con la cara cubierta de sangre porque le he arrancado los labios con unas tenazas. Tiffany está atada con seis pares de tirantes de Paul al otro lado, totalmente inmovilizada ante lo monstruoso de la realidad. Quiero que vea lo que le voy a hacer a Torri, y está colocada de tal modo que es inevitable que lo vea. Como de costumbre, en un intento de entender a estas chicas, filmo su muerte. Con Torri y Tiffany utilizo una cámara Minox LX ultraminiatura que usa película de 9,5 milímetros, tiene un objetivo de 15 milímetros f/3,5, fotómetro y filtro de densidad neutral incorporados, y está montada sobre un trípode. He puesto un CD de los Traveling Wilburys en un lector de compactos portátil que cuelgo de la cabecera de la cama para apagar los gritos.*

—¡Joder...!

Camille pronuncia eso para sí mismo. Sus ojos recorren las líneas. Lee cada vez más despacio. Intenta reflexionar. No puede. Se siente absorbido por los caracteres que a veces bailan ante sus ojos. Debe concentrarse, mientras mil ideas, mil impresiones asaltan de golpe su cabeza.

*Luego, volviendo a darle la vuelta, mientras el cuerpo le tiembla de miedo, le corto toda la carne de alrededor de la boca y...*

Camille levanta la vista hacia Louis. Ve en él la expresión de su propio rostro, como si fuese su doble.

—¿Qué clase de libro es este...? —pregunta Louis con cara de incomprensión.

—¿Qué clase de tipo es este? —responde Camille retomando su lectura.

*Con la sangre del estómago de uno de los cuerpos que tengo en la mano, escribo, con chorreantes letras rojas encima del revestimiento de falsa piel de vaca del cuarto de estar, las palabras «HE VUELTO».*

6.

—Solo puedo decir una cosa: bravo.

—No te quedes conmigo...

—No, Camille —aseguró Le Guen—. Reconozco que no me creía tu historia. Pero antes de nada, Camille, una cosa.

—Dime —respondió Camille mientras ponía en marcha, con su mano libre, la actualización del correo electrónico.

—Dime que no has ordenado una búsqueda en el registro europeo sin la autorización de la jueza Deschamps.

Camille se mordió el labio.

—Lo voy a arreglar...

—Camille... —protestó Le Guen con tono cansado—. ¿Acaso no tenemos bastantes follones? Acabo de hablar con ella por teléfono. Está furiosa. El tema de la televisión desde el primer momento, tu publicidad personal en el periódico del día siguiente, y ahora ¡esto! ¡Una detrás de otra! No puedo hacer nada por ti, Camille. En esto no puedo hacer nada.

—Me las arreglaré con ella. Le aclararé...

—Por el tono con el que ha hablado, te va a costar. De todas formas, a quien considera responsable de todas tus gilipolleces es a mí. Gabinete de crisis mañana por la mañana en su despacho. A primera hora.

Y, como Camille no respondía:

—¿Camille? ¿Has oído lo que te he dicho? ¡A primera hora! Camille, ¿me escuchas?

—Tengo su fax, comandante Verhoeven.

Camille se fijó primero en el tono seco, cortante, de la jueza Deschamps al teléfono. En otro momento se habría preparado para doblegarse. Esta vez se limitó a dar la vuelta a su mesa, la impresora estaba demasiado lejos para alcanzar la hoja que acababa de salir.

—He leído el fragmento de la novela que me ha enviado. Parece que su hipótesis es correcta. Comprenderá que voy a tener que consultarlo con el fiscal. Y, ya que estamos, no es la única cosa que tengo la intención de mencionarle.

—Me lo imagino, sí, el comisario acaba de llamarme. Escuche, señora juez...

—¡Señora *jueza,* si no le importa! —cortó ella.

—Disculpe, me falta estilo.

—Al menos, estilo administrativo. Me acaban de confirmar que no solicitó usted mi autorización para ordenar una búsqueda a nivel europeo. No ignora usted que se trata de una falta...

—¿Importante?

—Grave, comandante. Y no me gusta.

—Escuche, señora jueza, lo voy a arreglar...

—¡Comandante! ¡Soy yo la que lo debe arreglar! Parece usted olvidar que soy yo la que tiene el poder de autorizarle...

—No olvido nada. Pero mire, señora jueza, incluso si me he equivocado administrativamente hablando, desde el punto de vista técnico tengo razón. Y creo incluso que deseará usted arreglarlo sin tardanza.

La jueza dejó instalarse entre ellos un silencio amenazador.

—Comandante Verhoeven —dijo por fin—, creo que voy a pedirle al fiscal que le releve de este caso.

—Está en su derecho. Cuando le pida que me releve —añadió Camille mientras releía la hoja que sostenía—, dígale también que tenemos un tercer crimen entre manos.

—¿Cómo?

—La relación con su búsqueda europea, el investigador... —se tomó un segundo para encontrar el nombre del remitente, en la parte superior del correo— Timothy Gallagher, de la policía criminal de Glasgow, acaba de responder. Tienen un crimen sin resolver, cometido el 10 de julio de 2001, una joven sobre la que se encontró la falsa huella que les habíamos enviado. Si quiere mi opinión, el que me releve debería llamarle lo antes posible...

Cuando colgó, recuperó su lista:

*Tremblay = Dalia Negra = Ellroy*
*Courbevoie = American Psycho = Ellis*
Y añadió:
*Glasgow = ? = ??*


7.


El inspector de policía estaba ausente, pasaron a Louis con su superior, el superintendente Smollett, escocés de pura raza a juzgar por su acento. A la pregunta de Louis, el superintendente respondió que Escocia formaba parte de la última oleada de países que se habían unido al sistema de intercambio de información entre policías de la Unión Europea, lo que explicaba que no tuviesen conocimiento de la petición anterior referente a la huella dejada por el asesino en el caso de Tremblay.

—Pregúntale cuáles son los otros países de esa última oleada.

—Grecia —enumeró Louis mientras el superintendente le dictaba— y Portugal.

Camille se apuntó enviar la orden a las policías de esos dos países. Siguiendo sus instrucciones, Louis pidió recibir copia de los principales elementos del caso y la promesa de que Gallagher llamara lo antes posible.

—Pregúntale si Gallagher habla algo de francés.

Tapando el auricular con la mano izquierda, Louis tradujo a Camille con sonrisa respetuosa y a la vez irónica:

—Tiene usted suerte: su madre es francesa...

Antes de colgar, Louis intercambió algunas frases con su interlocutor y se echó a reír.

Ante la mirada inquisitiva de Camille, dijo:

—Le estaba preguntando si Redpath se había recuperado de su lesión —explicó Louis.

—¿Redpath?

—Su medio melé. Se lesionó contra Irlanda hace quince días. Si no juega el sábado, Escocia perderá casi todas sus posibilidades contra Gales.

—¿Y?

—Está recuperado —anunció Louis con sonrisa satisfecha.

—¿Ahora te interesa el rugby? —preguntó Camille.

—No mucho —respondió Louis—. Pero si vamos a necesitar a los escoceses, mejor hablar su idioma.

8.

Camille regresó a casa hacia las siete y media de la tarde. Preocupado. Vivía en una calle tranquila de un barrio animado. Volvió a pensar vagamente en la propuesta de su padre. Quizás fuese más saludable cambiar de vida. Sonó el móvil. Consultó la pantalla. Era Louis.

—Recuerde las flores... —le dijo someramente.

—Gracias, Louis, eres irreemplazable.

—Eso espero.

Hasta ese punto había llegado Camille: pedirle a su ayudante que le recordase pensar en su mujer. Se dio la vuelta con rabia, porque había pasado por delante de la floristería sin verla, y se dio literalmente de cabeza contra el tórax de un hombre.

—Perdone...

—No pasa nada, comandante, no tiene importancia.

Antes incluso de levantar la vista, ya había reconocido su voz.

—¿Ahora se dedica a seguirme? —preguntó con tono exasperado.

—Intentaba alcanzarle.

Camille siguió su camino sin decir palabra. Por supuesto, Buisson se puso a su altura sin dificultad.

—¿No le parece que esta escena es un poco repetitiva? —preguntó Camille deteniéndose en seco.

—¿Tenemos un momento para tomar algo? —preguntó Buisson señalando un café con expresión solícita, como si los dos estuviesen encantados de haberse encontrado por casualidad.

—Usted quizás, yo no.

—Eso también es repetitivo. Escuche, comandante, le ruego me disculpe por lo de ese artículo. Estaba bastante dolido, si me lo permite.

—¿Qué artículo, el primero o el segundo?

Los dos hombres se habían detenido en medio de la acera, bastante estrecha, y entorpecían la circulación de los peatones ansiosos por terminar sus compras antes del cierre de los comercios.

—El primero... El segundo era puramente informativo.

—Exacto, señor Buisson, me parece que está usted demasiado bien informado...

—Es lo menos que se puede esperar de un periodista, ¿no? No puede reprocharme eso. No, lo que me incomoda es lo de su padre.

—No parece molestarle mucho. Está claro que le gustan las presas fáciles. Espero que haya aprovechado para venderle una suscripción.

—Vamos, comandante, le invito a un café. Es cosa de cinco minutos.

Pero Camille ya había dado media vuelta y seguía su camino. Y, como el periodista se empeñaba en acompañarle, exclamó:

—¿Qué es lo que quiere, Buisson?

Su tono tenía ahora más de hartazgo que de cólera. Así debía de ser como el periodista conseguía sus objetivos, mediante el desgaste.

—¿De verdad cree que es cierto ese asunto de la novela? —preguntó Buisson.

Camille no se dio tiempo para reflexionar:

—Honestamente, no. Es una aproximación perturbadora, nada más. Una pista, eso es todo.

—¡Lo cree de verdad!

Buisson era mejor psicólogo de lo que Camille había pensado. Se prometió no volver a subestimarlo. Había llegado a la puerta de su edificio.

—Lo creo tanto como usted.

—¿Ha encontrado algo más?

—Si hubiésemos encontrado algo más —respondió Camille mientras tecleaba su código de acceso—, ¿de verdad piensa que se lo confiaría a usted?

—Entonces, Courbevoie, como en la novela de Ellis, ¿es también una aproximación perturbadora?

Camille se detuvo en seco y se volvió hacia el periodista.

—Le propongo un trato —continuó Buisson.

—No soy su rehén.

—Me guardo la información durante unos días, para permitirle avanzar sin obstáculos...

—¿A cambio de qué?

—A partir de ahora, usted me ofrece algo de ventaja, eso es todo, solo unas horas. Es lo justo...

—¿Y si no?

—¡Vamos, comandante! —respondió Buisson simulando un profundo suspiro descorazonado—. ¿No cree que podemos llegar a un acuerdo?

Camille le miró fijamente a los ojos y sonrió.

—Bueno, Buisson, adiós.

Abrió la puerta y entró. La jornada del día siguiente se anunciaba fea. Muy fea.

Al cruzar el umbral, exclamó:

—¡Mierda!

—¿Qué pasa, cariño? —preguntó la voz de Irène desde el salón.

—Nada —respondió Camille mientras pensaba: «Las flores...».

# Viernes, 11 de abril de 2003

1.

—¿Le gustaron? —preguntó Louis.

—¿Cómo?

—Las flores, que si le gustaron.

—No puedes ni imaginártelo.

Por su tono de voz, Louis comprendió que había pasado algo y no insistió.

—¿Tienes los periódicos, Louis?

—Sí, en mi despacho.

—¿Los has leído?

Louis se contentó con colocarse el mechón con la mano derecha.

—Debo presentarme ante la jueza dentro de veinte minutos, Louis, hazme un resumen.

—Courbevoie = *American Psycho,* toda la prensa está al corriente.

—¡Qué cabrón! —murmuró Camille.

—¿Quién es un cabrón? —preguntó Louis.

—Vamos, Louis, cabrones hay muchos. Pero Buisson, el tipo de *Le Matin,* se lleva la palma.

Y le contó su conversación de la víspera.

—No se ha limitado a hacer pública la información. La ha difundido entre todos sus colegas —comentó Louis.

—Qué quieres, ese tipo es generoso. No tiene remedio. Pídeme un coche, ¿quieres? Solo faltaría llegar tarde.

A su vuelta, en el coche de Le Guen, Camille se interesó por fin por la prensa. La jueza se había limitado a mencionarla. Esta vez tenía los titulares ante los ojos y comprendía su cólera.

—Me he portado como un capullo, ¿verdad? —preguntó hojeando las primeras páginas.

—Bah —exclamó Le Guen—, no creo que hubieras podido actuar de otro modo.

—Eres muy majo para ser jefe. Te traeré un *kilt*.

La prensa ya había bautizado al asesino: el Novelista. El primer paso hacia la gloria.

—En mi opinión, le va a gustar —respondió Camille colocándose las gafas.

Le Guen, sorprendido, se volvió hacia él.

—Al final, parece que no te afecta demasiado... Estás amenazado de suspensión por faltar al conducto reglamentario, a punto de que te aparten del caso por violación del secreto de instrucción, pero conservas la moral.

Las manos de Camille se hundieron en el periódico. Se quitó las gafas y miró a su amigo.

—Me jode, Jean —exclamó, abrumado—, no puedes ni imaginarte lo que me jode.


2.


Al final de la jornada, Camille entró en el despacho de Armand en el momento en que este colgaba el teléfono. Antes de levantar la vista hacia Camille, trazó lentamente, con su trozo de lápiz Ikea, reducido ya a unos milímetros, una línea sobre un listado impreso cuyas páginas, desplegadas, se extendían desde su mesa hasta el suelo.

—¿Qué es? —preguntó Camille.

—La lista de distribuidores de papel pintado. Los que comercializan papel con motivo dálmata.

—¿Hasta dónde has llegado?

—Esto..., hasta el treinta y siete.

—¿Y?

—Bah, voy a llamar al treinta y ocho.

—Lógico.

Camille echó un vistazo a la mesa de Maleval.

—¿Dónde está Maleval?

—En una tienda, en la rue de Rivoli. Una vendedora cree recordar a un hombre al que vendió una maleta Ralph Lauren, hace tres semanas.

La mesa de Maleval presentaba siempre un desorden poco común: informes, folios, fotos procedentes de informes, viejos cuadernos..., pero también barajas de cartas, revistas hípicas, boletos de apuestas del hipódromo... El conjunto recordaba la habitación de un niño durante las vacaciones. Algo de eso había en Maleval. Camille le había comentado, al principio de trabajar juntos, que su mesa ganaría si estuviera algo más ordenada.

«Si hubiese que buscarte un sustituto de repente...»

«Estoy más sano que una manzana, jefe.»

«Menos por las mañanas.»

Maleval había sonreído.

«Alguien dijo que existen dos clases de orden, el orden vital y el orden geométrico. Mi orden es el vital.»

«Fue Bergson», había dicho Louis.

«¿Quién?»

«Bergson. El filósofo.»

«Es posible», había dicho Maleval.

Camille sonrió.

«¡No todos en la Criminal tienen un ayudante capaz de citar a Bergson!»

A pesar del comentario, esa misma noche había consultado en la enciclopedia todo lo que se podía saber sobre ese autor que había recibido el Premio Nobel y del que nunca había leído una sola línea.

—¿Y Louis?

—De puticlubs —respondió Armand.

—Me extrañaría.

—Quiero decir que está interrogando a las antiguas compañeras de Manuela Constanza.

—¿Y tú, no hubieses preferido ir al puticlub en vez de dedicarte al papel pintado?

—Uf, ya sabes, los puticlubs, visto uno...

—Bueno, si debo irme a Glasgow el lunes, no puedo volver muy tarde esta noche. Te dejo. Si hay algo nuevo...

—¡Camille! —le llamó Armand cuando se disponía a salir—. ¿Qué tal está Irène?

—Cansada.

—Deberías dedicarle más tiempo, Camille. De todas formas, aquí estamos atascados.

—Tienes razón, Armand. Me voy.

—Dale un beso de mi parte.

Antes de marcharse, al pasar por el despacho de Louis, Camille se detuvo un momento. Todo parecía ordenado, clasificado, catalogado. Entró. El cartapacio Lancel, la tinta Mont Blanc... Y, archivados por temas, los informes, las notas, los memorandos... Hasta las fotos de las víctimas de Courbevoie y de Tremblay, cuidadosamente clavadas sobre el tablón de corcho, estaban alineadas por la parte superior como cuadros en una exposición. La atmósfera no exhalaba la meticulosidad de Armand, era racional, organizada, pero no maniática.

Al salir, a Camille le detuvo un detalle. Se dio la vuelta, buscó con la mirada, no encontró nada y se dirigió hacia la salida. Sin embargo, la impresión no se desvanecía, como suele pasar cuando se lee al vuelo una palabra en un anuncio o un nombre en un periódico... Empezó a caminar por el pasillo pero aquella impresión se obstinaba en permanecer, y marcharse sin quedarse tranquilo le producía la desagradable sensación de estar viendo el rostro de alguien de quien no se recuerda el nombre. Incómodo. Volvió sobre sus pasos. Y entonces lo encontró. Se acercó a la mesa donde Louis había dejado la lista de los Jean Haynal de la que le había hablado. Recorrió la lista con un índice, en busca de lo que se le había aparecido fugazmente.

—¡Joder! ¡Armand! —gritó—. ¡Ven enseguida!


3.


Con ayuda de la sirena y las luces, no necesitaron más de diez minutos para llegar al Quai de Valmy. Los dos hombres entraron en el edificio de la Sogefi minutos antes del cierre, a las siete de la tarde.

La recepcionista intentó detenerlos, primero con un gesto y luego con una palabra. Sus pasos eran tan decididos que solo pudo correr tras ellos.

Entraron en tromba en el despacho de Cottet, que estaba vacío, con la secretaria en sus talones.

—Señor... —empezó a decir.

—Espérese aquí —la detuvo Camille con un gesto.

Después avanzó hacia la mesa, la rodeó y trepó a la silla de Cottet.

—Debe de ser estupendo ser jefe —murmuró mientras alargaba el cuello mirando al frente, pero sus pies no tocaban el suelo.

Entonces, con rabia, saltó de la silla, la escaló con presteza, se arrodilló sobre el asiento y, después, descontento de esa primera tentativa, se puso por fin de pie sobre ella, y una sonrisa de satisfacción iluminó de pronto su cara.

—Tu turno —dijo a Armand bajándose de la silla.

Armand, sin comprender, dio la vuelta a la mesa y se instaló a su vez en el asiento de dirección.

—No hay duda —dijo con satisfacción mirando por la ventana situada frente a la mesa, al otro extremo de la habitación. En el borde de los tejados más alejados parpadeaba en verde un letrero de neón en el que la letra A se había apagado para siempre: Transportes Haynal.

—Y bien —preguntó Camille subrayando cada sílaba—, ¿dónde podemos encontrar al señor François Cottet?

—Pues, precisamente... Nadie sabe dónde está. Lleva desaparecido desde el lunes por la tarde.

### 4.

Los dos primeros vehículos se detuvieron frente a la casa de Cottet, el de Armand pulverizando a su llegada un cubo de basura desafortunadamente olvidado sobre la acera.

Tenía dinero. Ese fue el primer pensamiento de Camille frente a la vivienda, un gran caserón de tres plantas que daba, a través de una ancha escalinata, a un jardín privado separado de la calle por una inmensa verja de hierro forjado. Un hombre de la escolta saltó del vehículo y abrió la verja. Los tres coches avanzaron por el jardín hasta la escalinata. Antes incluso de detenerse, bajaron cuatro hombres, entre ellos Camille. La puerta de la casa la abrió una mujer a la que el ruido de las sirenas parecía haber sacado del sueño, a pesar de la hora temprana de la tarde.

—¿Señora Cottet? —preguntó Verhoeven mientras subía los escalones.

—Sí...

—Estamos buscando a su marido. ¿Está en casa?

El rostro de la mujer se iluminó de golpe con una sonrisa vaga y, como si de pronto se diese cuenta del despliegue de fuerzas policiales que acababa de invadir su casa, respondió, apartándose ligeramente de la puerta:

—No, pero pueden entrar.

Camille recordaba muy bien a Cottet, su físico, su edad. Su esposa, una mujer alta y delgada que antaño debía de haber sido una belleza, debía de ser diez años mayor que su marido, y eso no era para nada lo que había imaginado. Aunque sus encantos estuviesen algo marchitos, sus andares, su presencia, revelaban una mujer de gusto, con bastante clase incluso, lo que desentonaba considerablemente con su esposo, cuyo aspecto de vendedor venido a más no parecía en absoluto del mismo nivel. Vestida con un pantalón de estar por casa que había conocido mejores días y con una blusa totalmente banal, encarnaba —¿por su forma algo voluptuosa de desplazarse?, ¿por cierta lentitud en sus gestos?— eso que llaman una cultura de clase.

Armand, seguido de dos compañeros, entró rápidamente en la casa; abrieron puertas y armarios y registraron las habitaciones mientras la señora Cottet se servía un vaso de whisky. Su rostro decía bastante sobre lo mucho que su declive debía a ese gesto.

—¿Puede decirnos dónde se encuentra su marido, señora Cottet?

Levantó la mirada con aire extrañado. Después, incómoda por hablar desde tan alto a un hombre tan pequeño, se hundió confortablemente en el sofá.

—En alguna casa de putas, supongo... ¿Por qué?

—¿Y cuánto hace de eso?

—La verdad es que no lo sé, señor...

—Comandante Verhoeven. Le haré la pregunta de otro modo: ¿cuánto lleva sin pasar por aquí?

—Veamos..., ¿a qué día estamos?

—A viernes.

—¿Ya? Entonces, digamos... desde el lunes. Sí, el lunes, creo.

—Cree...

—El lunes, estoy segura.

—Cuatro días, y no parece usted muy preocupada.

—Oh, verá usted, si me preocupara cada vez que mi marido sale... «de paseo». Así es como lo llama.

—¿Y sabe usted a qué lugar va habitualmente «de paseo»?

—Nunca he ido con él. Lo ignoro.

Camille dio un repaso con la mirada al inmenso salón, con su monumental chimenea, sus veladores, sus cuadros y alfombras.

—¿Y está usted sola?

La señora Cottet hizo un gesto vago para señalar la estancia.

—¿Usted qué cree?

—Señora Cottet, estamos buscando a su marido en el marco de una investigación criminal.

Le miró con más atención y Camille creyó ver una vaga sonrisa de Gioconda.

—Aprecio mucho su humor y su indiferencia —prosiguió Verhoeven—, pero tenemos a dos chicas descuartizadas en un piso alquilado por su marido, y me urge bastante hacerle unas preguntas.

—¿Dos jóvenes, dice usted? ¿Putas?

—Dos jóvenes prostitutas, sí.

—Me parece que mi marido suele ir a verlas a ellas —dijo levantándose para volver a servirse—. No recibe a domicilio. Bueno, eso creo.

—No está usted muy informada de las actividades de su marido...

—Efectivamente —respondió con brusquedad—. Si se dedica a trocear chicas cuando sale de paseo, no me lo confía a la vuelta. Una lástima —remarcó—, habría sido divertido.

Camille no habría podido decir en qué grado de intoxicación etílica se encontraba en realidad. Se expresaba con claridad, pronunciando cada sílaba, lo cual podía significar que estaba haciendo un esfuerzo para tomarle el pelo.

Armand bajó en ese momento, acompañado de los otros dos agentes. Hizo una seña a Camille para que se acercase.

—Disculpe un instante...

Armand precedió a Camille hasta un pequeño despacho en el primer piso: una bonita mesa de cerezo, un sofisticado ordenador, algunas carpetas con documentos, estanterías, una balda con libros de derecho y catálogos inmobiliarios. Y cuatro estantes de novelas policiacas.

—Llama a los de la científica y al laboratorio —dijo Camille mientras volvía a bajar—. Llama también a Maleval y le pides que se quede aquí con ellos. Incluso el resto de la noche. Por si acaso...

Después, dándose la vuelta:

—Creo, señora Cottet, que vamos a tener que hablar sobre su marido.

5.

—Dos días, ni uno más.

Camille miró a Irène, derrumbada más que sentada en el sofá del salón, el vientre lleno, las rodillas separadas.

—¿Y para celebrarlo me traes flores?

—No, eso es porque quería hacerlo ayer...

—Cuando vuelvas, quizás tengas un hijo.

—Irène, no me voy tres semanas, me voy dos días.

Irène buscó un jarrón.

—Lo que me fastidia —dijo sonriendo— es que tengo ganas de enfadarme pero no lo consigo. Tus flores son muy bonitas.

—Son tuyas.

Ella se dirigió a la puerta de la cocina y se volvió hacia Camille.

—Lo que hace que quiera enfadarme —prosiguió— es que hayamos hablado dos veces de ir a Escocia, que te pases dos años pensándolo, que por fin te decidas y te vayas sin mí.

—No me voy de vacaciones, ¿sabes?

—Yo hubiera preferido que fuese en vacaciones —dijo Irène, entrando en la cocina.

Camille fue tras ella e intentó abrazarla, pero Irène se resistió. Con suavidad, pero se resistió.

En ese momento llamó Louis.

—Quería decirle que... no se preocupe por Irène. Yo... Dígale que estaré localizable mientras esté usted ausente.

—Muchas gracias, Louis.

—¿Quién era? —preguntó Irène cuando Camille colgó.

—Mi ángel de la guarda.

—Creía que tu ángel era yo —dijo Irène yendo a estrecharse contra él.

—No, tú eres mi matrioska —le susurró poniéndole la mano en el vientre.

—¡Oh, Camille! —dijo ella.

Y se echó a llorar muy suavemente.

Sábado, 12 de abril, y domingo, 13 de abril de 2003

1.

El sábado, todo el equipo se reunió a las ocho y media. Incluido Le Guen.

—¿Te has ocupado de la unidad de delitos financieros?

—Tendrás los elementos dentro de una hora.

Camille repartió las tareas. Maleval, que se había quedado toda la noche en Saint-Germain, enarbolaba su cara de las mañanas triunfantes. A Armand se le asignaron las relaciones de Cottet, su agenda de direcciones, correos electrónicos profesionales y personales, así como verificar que su descripción había llegado a todo el mundo la tarde del día anterior. Louis fue encargado de las cuentas bancarias personales, profesionales, entradas y salidas, y de su calendario.

—Nuestro asesino necesita tres cosas. Tiempo, y Cottet lo tiene puesto que es su propio jefe. Dinero, y Cottet lo tiene, basta con ver su empresa y su casa..., aunque las promociones inmobiliarias no vayan tan bien. Y por último organización, y también en ese sentido este tipo se las arregla bien.

—Te olvidas de los motivos —dijo Le Guen.

—Los motivos, Jean, se los preguntaremos cuando lo hayamos encontrado. Louis, ¿seguimos sin noticias de Lambert?

—Ninguna. Hemos relevado a los equipos de guardia en los tres sitios que frecuenta con regularidad. Nadie por el momento.

—Ese camino no nos llevará a nada.

—Yo tampoco lo creo. Hemos sido discretos pero ha debido de correrse la voz...

—Lambert, Cottet... No acabo de ver la relación entre los dos. Habría que investigar también por ese lado. Louis, encárgate tú.

—Eso ya es mucho, ¿no?

Camille se volvió hacia Le Guen.

—Louis dice que ya es mucho.

—Si dispusiera de un montón de gente, te la habría ofrecido, ¿no?

—De acuerdo, Jean. Gracias por tu ayuda. Propongo indagar en las relaciones de Lambert. Maleval, ¿tienes una lista actualizada?

—He anotado a once personas entre sus contactos más cercanos. Hacen falta al menos cuatro equipos si queremos estar coordinados y que nadie se cuele a través de la red.

—¿Jean? —preguntó Camille.

—Solo para interrogar, puedo conseguirte esos equipos para esta noche.

—Aconsejo una acción en grupo sobre las diez. A esa hora podremos localizar a todos. Maleval, encárgate de organizarlo. Armand, te quedas con él al timón para proceder a los interrogatorios. Bueno, mientras tanto, yo me quedo analizando todo lo que conseguimos anoche —continuó Verhoeven mirando a su equipo—. Quiero a todo el mundo aquí antes del mediodía.

A media mañana, Camille había conseguido reconstruir gran parte del itinerario vital de François Cottet.

A los veinticuatro años, recién titulado sin pena ni gloria de una escuela de comercio corriente, obtuvo un empleo en Sodragim, una sociedad de promoción inmobiliaria dirigida por su propio fundador, un tal Edmond

Forestier, como responsable de un pequeño departamento de desarrollo de viviendas unifamiliares. Tres años más tarde, tuvo un primer golpe de suerte al casarse con la hija de su jefe.

—Tuvimos que... Nos vimos obligados a casarnos —había dicho su esposa—, lo que finalmente resultó inútil. En resumen, casarme con mi marido fue un doble accidente.

Dos años después, a Cottet le sonrió de nuevo la fortuna: su suegro se mató en un accidente de coche en una carretera de las Ardenas. Con menos de treinta años, se convirtió, pues, en el director de la compañía, que rebautizó inmediatamente como Sogefi, creando varias nuevas sociedades subcontratadas en función de los mercados y de los proyectos que ponía en marcha. Antes de los cuarenta, había llevado a cabo la hazaña de convertir en deficitaria una empresa que, antes de su llegada, funcionaba perfectamente, lo que decía mucho de su talento como empresario. Su mujer, que había heredado una fortuna suficiente, se vio obligada en varias ocasiones a compensar con ella los malos negocios de su marido, quien tarde o temprano terminaría agotándola, vista su tenacidad para multiplicar los fracasos financieros.

No hacía falta decir que ella le odiaba.

—Ya le ha conocido usted, comandante, no le descubro nada si le digo que mi marido es un hombre asombrosamente vulgar. En todo caso, en los ambientes que frecuenta, eso debe considerarse una cualidad.

La señora Cottet había presentado una demanda de divorcio año y medio antes. La maraña financiera y los asaltos de los abogados habían hecho que la sentencia, a ese día, aún no se hubiese pronunciado. Dato interesante: Cottet había tenido que vérselas con la policía en 2000. Había sido detenido el 4 de octubre a las dos y media de la mañana en el Bois de Boulogne, cuando, tras haber golpeado en el vientre y en la cara a una prostituta con la que había estado en una cuneta, había sido atrapado por el equipo de matones de su chulo. No había salido peor parado gracias a la providencial intervención de una patrulla de barrio. Tras dos días en el hospital, fue condenado a dos meses de prisión condicional por violencia y atentado al pudor, y desde esa fecha no le habían vuelto a arrestar. Camille comprobó las fechas. El primer crimen conocido, el de Escocia, se remontaba al 10 de julio de 2001. ¿Habría encontrado Cottet su verdadera vía tras esa detención? Las incesantes alusiones de su mujer a las «putas» manifestaban quizás el odio que le tenía y su evidente entusiasmo por verle metido en problemas.

Camille revisó las primeras conclusiones del doctor Crest, que en aquel momento podían verse confirmadas por ese esbozo del perfil.

## 2.

La primera reunión informativa tuvo lugar a la una menos cuarto.

—El laboratorio terminó de recoger muestras esta mañana temprano —anunció Camille.

Se necesitarían sin duda dos o tres días para que llegaran los análisis de las muestras tomadas en la casa (ropa de Cottet, zapatos, fibras, pelo, etcétera). De todas formas, mientras no diesen con él, esos resultados, aunque positivos, no servirían de nada.

—No sé qué tiene en la cabeza ese Cottet —exclamó Armand cuando Camille le dio la palabra—, pero su mujer tiene razón: a ese tío le gustan las chicas. En su ordenador hay toneladas de fotos, montones de webs de citas en sus favoritos... Debía de llevarle tiempo, porque anda que no hay... Y también debía de costarle bastante pasta —no pudo evitar concluir.

Todo el mundo sonrió.

—En la lista de contactos no he encontrado prostitutas. Seguramente las localiza en internet. Por lo demás, contactos profesionales a porrillo, hará falta tiempo para seleccionar lo que puede interesarnos. En todo caso, nada que aporte alguna pista a lo que ya tenemos.

—Eso se confirma en sus cuentas —dijo Louis—. No hay huella alguna de pago por algún objeto que tenga relación, más o menos cercana, con las pruebas: ni compra de pistola de clavos, ni maleta Ralph Lauren, ni sofá japonés. En cambio, es más interesante el hecho de que hay grandes retiradas de dinero líquido. Desde hace más de tres años. De forma irregular. Los movimientos muestran que se realizaron en períodos anteriores a los crímenes que conocemos, pero también en otros momentos. Habrá que interrogarle en profundidad para sacar algo en claro. En cuanto a su calendario, es más o menos lo mismo. En la fecha del crimen de Glasgow, Cottet estaba en España.

—Falta saber si estaba allí de verdad —dijo Camille.

—Estamos investigando, pero no lo sabremos hasta principios de la semana que viene. En noviembre de 2001 estaba en París. Tremblay está en la periferia cercana, eso no significa ni que estuviese ni que no estuviese; y lo mismo en el caso de Courbevoie. Así que, mientras no lo tengamos...

La descripción de Cottet había sido remitida a todas las gendarmerías y comisarías a última hora de la víspera. Decidieron separarse hasta el lunes; Louis se quedaría de guardia telefónica. Voluntario. Estaba acordado, sin que fuese necesario precisarlo, que llamaría a Camille a cualquier hora durante el fin de semana si había novedades.

## 3.

Por la tarde, al volver, Camille dejó los paquetes en la pequeña habitación que, desde que estaba de baja, su mujer preparaba para la llegada del bebé. En un primer momento, Camille la había ayudado, y después su trabajo le había robado todo el tiempo. Ese cuarto no había sido hasta entonces más que una especie de trastero en el que se metía todo lo que no era necesario durante el año. Irène había procedido a una limpieza general, lo había empapelado con un papel sencillo pero alegre, y la pequeña estancia, una de cuyas puertas daba a su dormitorio, tenía ahora aspecto de casa de muñecas.

«Perfecta para mi tamaño», pensó Camille. Un mes antes Irène había comprado el mobiliario infantil. Todo seguía embalado y Camille sintió un sudor frío. Irène estaba en la última fase del embarazo y ya iba siendo hora de ponerse manos a la obra.

Se sobresaltó al oír el móvil. Era Louis.

—No, nada nuevo. Le llamo porque ayer se dejó el dosier de Tremblay en la mesa. ¿No se lo va a llevar a Glasgow?

—Me lo olvidé...

—Ya lo he cogido. ¿Quiere que se lo lleve?

Camille reflexionó un cuarto de segundo, miró las cajas que había que desembalar y oyó a Irène canturrear bajo la ducha.

—No, eres muy amable, ¿puedo ir a recogerlo en algún momento del fin de semana?

—Sin problema. Estoy de guardia, así que me quedo aquí.

Minutos más tarde, Camille e Irène empezaron a deshacer los paquetes, y él, animado, emprendió la gran operación de montaje de la cama y la cómoda (coger los tornillos A y colocarlos en los orificios 1c, después colocar el contrafuerte F en los travesaños 2c, la madre que los parió, cuáles son los travesaños, hay ocho tornillos A y cuatro B, no atornillar con fuerza antes de haber colocado las cuñas B en los espacios indicados en E, Irène, mira esto. Ay, cariño, creo que lo has montado al revés, etcétera).

En resumen, un buen día.

Por la noche cenaron en un restaurante e Irène, haciendo cálculos sobre las fechas, decidió que no quería estar sola durante la estancia de Camille en Escocia, así que se marcharía unos días a casa de sus padres, que vivían retirados en Borgoña.

—Le pediré a Louis que te lleve a la estación —propuso Camille—. O a Maleval.

—Llamaré a un taxi. Louis tiene otras cosas que hacer. Además, si se lo pides a alguien, preferiría que fuese a Armand.

Camille sonrió. Irène sentía un gran afecto por Armand. Un afecto maternal, en cierto modo. Le parecía que era deliciosamente torpe y su nerviosismo la conmovía.

—¿Qué tal está?

—La escala de Richter de la tacañería ya no es aplicable, amor mío. Armand la ha sobrepasado.

—No puede ser peor que antes.

—Sí, Armand puede. Resulta patético.


Maleval llamó sobre las diez y media.

—Por parte de Lambert, hemos pillado a todos. Solo falta uno...

—Eso es un fastidio.

—No. Es el pequeño Mourad. Lo mataron ayer a puñaladas, encontraron su cuerpo en un sótano de Clichy a mediodía. Con esa gente uno nunca está seguro de tener la lista al día.

—¿Me necesitáis?

Con la mente puesta en Irène, Camille pidió al cielo que nadie le sacase de casa antes de su partida a Glasgow.

—No, no lo creo, los tenemos a todos separados unos de otros. Louis ha decidido quedarse con nosotros. Con Armand ya somos tres... Le llamaremos en cuanto haya novedades.

La «novedad» llegó poco después de medianoche. Nada nuevo.

—Nadie sabe nada —confirmó Maleval a Camille, que se disponía a acostarse—. Los interrogatorios solo dan un resultado: Lambert ha dicho lo mismo a todo el mundo en el mismo momento.

—¿Qué?

—Nada. Todos o casi todos creen saber que se marchó con Daniel Royet. Dijo que debía ausentarse una pequeña temporada. A algunos les habló de un viaje corto, a una de sus hijas le dijo algo de «dos días», no más. Sobre su destino, nada de nada. Sobre su regreso, nada de nada.

—Bueno, soltadlos a todos. Ya haréis el papeleo el lunes, id a dormir.

4.

Mientras Irène se preparaba para salir a cenar, Camille se dirigió a la casa de Louis. El edificio en el que vivía le recordó el lujo de la casa de los Cottet. Escalera perfectamente pulida, doble puerta de entrada en los pisos. Llegado a la puerta de Louis, oyó voces y se detuvo.

Miró su reloj, y se disponía a llamar cuando las oyó de nuevo. Voces de hombres. Gritando. Reconoció sin dificultad la de Louis sin lograr entender de qué hablaba. Discutían acaloradamente y Camille pensó que su visita era muy inoportuna. Lo mejor sería llamarle para avisarle de su llegada. Dudó en bajar, pero cuatro pisos... Prefirió subir hasta el descansillo superior. Estaba sacando el móvil cuando la puerta del piso se abrió de golpe.

—¡Y deja de joderme con tus lecciones de moral! —exclamó una voz masculina.

«Maleval», pensó Camille.

Se arriesgó a pasar la cabeza por encima de la barandilla. El hombre que bajaba los escalones de cuatro en cuatro llevaba una chaqueta que Camille reconoció de inmediato.

Se obligó a esperar un buen rato. Inmerso en sus pensamientos, contó hasta ocho el número de veces que necesitó volver a encender la luz de la escalera. No conocía exactamente los lazos que unían a ambos hombres. ¿Eran más cercanos de lo que había creído? Tenía la desagradable sensación de meterse en lo que no le incumbía. Cuando le pareció que había esperado lo suficiente, volvió a bajar y llamó por fin a la puerta de Louis.

# Lunes, 14 de abril de 2003

1.

El lunes por la mañana, Cottet seguía desaparecido. El equipo que hacía guardia en los alrededores de su
domicilio no había observado nada de particular. La señora Cottet se había ausentado el sábado durante todo el día
y había vuelto para dormir. Con toda normalidad.

El avión de Camille despegaba a las once y media.

Le había estado dando vueltas a su idea todo el fin
de semana y esa mañana, hacia las ocho y media, comprendió que había estado pensando para nada porque ya
había tomado una decisión.

Llamó a Ballanger a la universidad y dejó un mensaje completo. Después marcó el número de la librería.

—Jérôme Lesage —anunció con sobriedad la voz
del librero, interrumpiendo el mensaje del contestador.

—¿No está cerrado?

—Sí, pero suelo dedicar los lunes a tareas administrativas.

Camille consultó su reloj.

—¿Puedo ir a verle unos minutos?

—Es lunes. La librería está cerrada.

La voz del librero no era del todo cortante. Su tono
era meramente profesional, directo. Allí la policía no tenía más importancia que un cliente normal. En otras palabras, en la librería Lesage no era ella la que imponía sus
leyes.

—Pero está usted allí... —se atrevió a decir Camille.

—Sí, y le escucho.

—Preferiría ir a verle.

—Si no va a tardar mucho —concedió Lesage tras una corta reflexión—, puedo abrirle unos minutos.

Camille apenas necesitó dar unos golpes discretos con el índice en la reja para que el librero apareciese en la puerta de al lado. Se estrecharon brevemente la mano y entraron en la tienda, que tenía un acceso directo al descansillo del edificio vecino.

Todavía en penumbra, la librería presentaba un aire siniestro, casi amenazador. Los estantes, la pequeña oficina del librero encajada bajo la escalera, los libros apilados y hasta el perchero adoptaban, bajo aquella luz tamizada, perfiles fantasmagóricos. Lesage encendió algunas luces. Camille no notó la diferencia. Sin la luz de la calle, aquel lugar conservaba un aspecto secreto y pesado. Como una cueva.

—Me voy a Escocia —dijo Camille sin pensárselo.

—Y... ha venido hasta aquí para anunciarme...

—Una joven, de unos veinte años, estrangulada —respondió Camille.

—¿Cómo dice? —dijo Lesage.

—Encontraron el cuerpo en un parque.

—No veo muy bien adónde...

—Me preguntaba si ese caso le sonaba también de algo —explicó Camille haciendo un esfuerzo de paciencia.

—Escuche, comandante —dijo Lesage avanzando hacia él—, usted tiene su trabajo y yo el mío. Al leer lo que había pasado en Courbevoie, no era difícil relacionarlo con el libro de Bret Easton Ellis. Me pareció normal comentárselo, pero mi «colaboración» llega hasta ahí. Soy librero, ¿sabe?, no policía. Y no tengo ninguna gana de cambiar de profesión.

—¿Qué quiere decir?

—Quiero decir que no deseo que me molesten día sí día no para escuchar el resumen de sus casos abiertos. Primero porque no tengo tiempo. Y segundo porque no me apetece.

Lesage se había acercado a Camille, y esta vez no había hecho esfuerzo alguno por mantener la distancia.

Pocas veces Camille había tenido una sensación tan fuerte de ser «mirado desde arriba», y eso que estaba acostumbrado.

—Si hubiese decidido ser informador de la policía, usted lo sabría, ¿verdad?

—Ya ha jugado ese papel una vez y sin que se lo pidiéramos.

El librero enrojeció.

—Tiene usted unos escrúpulos de geometría variable, señor Lesage —dijo Camille volviéndose hacia la salida.

Estaba tan molesto que había olvidado que la reja estaba cerrada. Volvió sobre sus pasos, rodeó una mesa con libros y se dirigió a la puerta lateral por la que había entrado.

—¿Dónde ha sido? —preguntó Lesage a su espalda.

Camille se detuvo y se giró.

—Lo de esa chica..., ¿dónde ha sido?

—En Glasgow.

Lesage había recuperado su aplomo. Observó un instante sus zapatos, con el ceño fruncido.

—¿Alguna cosa en particular...? —preguntó.

—La chica fue violada. Sodomizada.

—¿Estaba vestida?

—Conjunto vaquero y zapatos amarillos planos. Por lo que sé, encontraron toda su ropa. Salvo una cosa.

—¿Las bragas?

La cólera de Camille se desvaneció de golpe. Se sintió abrumado. Miró a Lesage. Su pinta de profesor se había transformado en la de un oncólogo. Dio unos pasos, apenas dudó un instante y sacó un libro de la estantería. En la portada, un hombre tocado con sombrero se apoyaba con una mano sobre una mesa de billar mientras, desde el fondo del café, la silueta imprecisa de otro hombre parecía acercarse. Camille leyó: William McIlvanney, *Laidlaw*.

—¡Joder! —exclamó—. ¿Está usted seguro?

—Por supuesto que no, pero los elementos que menciona están en ese libro. Lo he hojeado recientemente, lo recuerdo bastante bien. Ahora, como se suele decir, las desgracias nunca vienen solas. Quizás existan diferencias importantes. Es posible que no...

—Muchas gracias —dijo Camille hojeando el libro.

Lesage hizo una pequeña seña para subrayar que la formalidad estaba cumplida, ahora estaba deseando volver a su trabajo.

Después de pagar, Camille apretó el libro en su mano, consultó la hora y salió. El taxi se había quedado en doble fila.

Mientras salía de la tienda, se imaginó el número de muertos que debían de habitar en todos los libros de la librería de Lesage.

Y sintió vértigo.


2.


Durante el trayecto hacia el aeropuerto, Camille llamó a Louis para compartir con él el descubrimiento.

—¿*Laidlaw* dice?

—Eso es. ¿La conoces?

—No. ¿Se lo digo a la jueza?

—No. No vale la pena ponerla nerviosa por ahora. Primero tengo que echarle un vistazo y hablar con nuestros colegas ingleses...

—¡Escoceses! Como diga inglés allí...

—Gracias, Louis. Con nuestros colegas escoceses... para ver si los detalles del caso se corresponden con los del libro. Será cosa de unas horas. Ya tendremos tiempo a mi regreso.

El silencio de Louis traslucía su incomodidad.

—¿No estás de acuerdo?

—Sí, estoy de acuerdo. No, estaba pensando en otra cosa. ¿Ese librero conoce todos sus libros al detalle?

—También lo he pensado, Louis, y me inquieta un poco, pero, honestamente, no creo en ese tipo de coincidencias.

—No sería el primer asesino que da pistas a la policía para encontrar al culpable.

—Hasta es un clásico, lo sé. ¿Qué propones?

—Indagar un poco. Discretamente, claro.

—Muy bien, Louis. Así nos quedamos tranquilos.


En la sala de embarque, Camille hojeó el libro de McIlvanney levantando la mirada cada cinco minutos, incapaz de concentrarse.

Pasaron así diez minutos, durante los cuales tamborileó nerviosamente los dedos sobre una revista de papel satinado.

«No lo hagas», se repetía.

Hasta que la voz de una azafata anunció que el embarque comenzaría en diez minutos.

Como no podía aguantar más, sacó su tarjeta de crédito y su teléfono móvil.

3.

Timothy Gallagher era un hombre de cincuenta años, moreno y enjuto, de sonrisa agradable. Había estado esperando a Camille en la sala de llegadas y sostenía discretamente un cartel con su nombre. No había manifestado sorpresa al descubrir el físico de Camille. De hecho, era poco probable imaginarse a ese hombre manifestando sorpresa alguna, ni ningún tipo de afecto que desbordara el estatuto de hombre de ley y orden que impregnaba su persona.

Habían hablado por teléfono en dos ocasiones. Camille creyó correcto felicitarle por su excelente francés, lamentando que el cumplido pareciese tan convencional cuando era del todo sincero.

—Aquí, su hipótesis ha sido considerada... muy sorprendente —dijo Gallagher.

—Nosotros mismos nos sorprendimos al vernos obligados a plantearla.

—Lo comprendo.

Camille se había imaginado una ciudad de un solo clima, fría y ventosa durante todo el año. Es poco corriente que un lugar te dé la razón de forma tan espontánea. Aquel país parecía no querer disgustar a nadie.

Le pareció que Glasgow escondía algo de antiguo, de indiferencia hacia el resto del mundo, un mundo en sí mismo. Una ciudad replegada en su dolor. Mientras el taxi los conducía desde el aeropuerto hasta Pitt Street, donde se encontraba la central de policía, Camille se abandonó al decorado extraño e increíblemente exótico de esa ciudad gris y rosa que parecía guardar en sus parques la última esperanza de que un día de verano fuese a visitarla.

Camille fue estrechando manos secas y firmes por orden jerárquico. Y la reunión de alto nivel empezó a la hora acordada, sin precipitación.

Gallagher se había tomado la molestia de redactar un memorando que resumía los datos de la investigación y, ante el inglés dubitativo de su colega francés, se ofreció amablemente a efectuar la traducción simultánea. Camille le dedicó una sobria sonrisa de agradecimiento, como si adoptase ya los usos sin excesos de sus anfitriones.

—Grace Hobson —empezó Gallagher—, diecinueve años de edad. Estudiaba en el instituto y vivía con sus padres en Glasgow Cross. Había pasado la noche con una de sus amigas, Mary Barnes, en el Metropolitan, una discoteca del centro. El único hecho destacable era la presencia de un antiguo *boy-friend* de Grace, William Kilmar, que había hecho que la chica estuviera nerviosa e irritable durante toda la velada. No dejaba de observarle con el rabillo del ojo y bebía bastante. Hacia las once de la noche, el joven desapareció y Grace se levantó. Su amiga Mary Barnes la vio claramente dirigirse hacia la salida. Como la chica no volvía, sus amigos supusieron que los dos jóvenes estaban hablando y no se preocuparon por su ausencia. Cerca de las doce menos cuarto, cuando el grupo empezó a dispersarse, la buscaron. Nadie la había vuelto a ver desde su salida. Su cuerpo fue encontrado completamente desnudo la mañana del 10 de julio de 2001 en el parque Kelvingrove. Había sido sodomizada y luego estrangulada. El joven declaró no haberla visto. En efecto, dejó el establecimiento sobre las once y se encontró en la calle con otra chica a la que acompañó a su casa, después volvió a casa de sus padres poco antes de medianoche. Se cruzó, por el camino de vuelta, con dos compañeros de clase que viven en su mismo barrio y que volvían de una *party*. Habló con ellos unos minutos. Las declaraciones parecen sinceras y nada de lo dicho por el chico contradice los hechos. Nos sorprendieron tres elementos. Primero, la ausencia de las bragas de la chica. Toda la ropa seguía allí menos eso. Después, una falsa huella digital hecha con un tampón de caucho sobre una uña del pie de la joven. Y finalmente, un falso lunar sobre la sien izquierda. Era muy realista y solo nos dimos cuenta cuando sus padres vinieron a reconocer el cuerpo. Los análisis han revelado que ese lunar fue realizado tras la muerte de la joven.

Camille hizo numerosas preguntas a las que le respondieron con diligencia. La policía de Glasgow parecía segura de sí misma y poco preocupada de guardarse los elementos de su investigación.

Le enseñaron las fotografías.

Camille sacó entonces el libro que le había vendido Lesage.

Ni siquiera ese descubrimiento pareció desconcertar a sus interlocutores. Camille les hizo un corto resumen de la historia mientras un mensajero iba a buscar cuatro ejemplares en inglés a la librería más cercana.

Durante la espera tomaron un té, y hacia las cuatro de la tarde reanudaron la reunión.

Saltando de la edición inglesa a la francesa, pasaron un buen rato comparando el texto original con los diversos elementos de la investigación, y sobre todo con las fotografías.

*Su cuerpo estaba parcialmente cubierto de hojas secas [...]. Su cabeza formaba un extraño ángulo con su cuello, como si estuviese intentando escuchar algo. [...] Sobre su sien izquierda vio un lunar, ese que ella pensaba que le quitaría todas sus oportunidades.*

Como contrapartida, Camille presentó los indicios de las investigaciones que habían llevado a cabo en Francia. Los policías escoceses estudiaron las partes del informe con tanta seriedad como si se hubiera tratado de su propia investigación. Camille tenía la impresión de oírlos pensar: «Nos enfrentamos a hechos, hechos reales y testarudos de los que solo puede pensarse una cosa: aunque sea una locura particular e inhabitual, la policía se enfrenta a un loco, y su misión es detenerlo».

Al final de la tarde, Gallagher condujo a Camille por las diferentes localizaciones del caso. Refrescaba cada vez más. En el parque Kelvingrove, la gente se paseaba en chaqueta, en un doloroso intento de confiar en la instauración de un clima estival. Y sin duda lo era tanto como podía. Se dirigieron al lugar en el que se había hallado el cuerpo de Grace Hobson, que a Camille le pareció perfectamente conforme a la descripción de McIlvanney.

La zona de Glasgow Cross donde había vivido la víctima tenía el aire tranquilo de un distrito céntrico, con edificios altos y rectos cuyos portales estaban todos flanqueados por una verja cubierta por decenas de capas de pintura negra. Gallagher preguntó a Camille si deseaba tener un encuentro con los padres de la víctima, invitación que Camille declinó con diplomacia. No era su caso y no quería dar la sensación de que venía a hacerse cargo de una investigación mal llevada. Prosiguieron su visita en el Metropolitan, un antiguo cine reconvertido en discoteca. Como la mayoría de esos establecimientos, su aspecto exterior, con sus rótulos luminosos y los antiguos escaparates cubiertos de pintura roja, escapaba a toda tentativa de descripción.

Camille tenía una habitación en un hotel del centro. Desde allí llamó a Irène a casa de sus padres.

—¿Te llevó Louis?

—Por supuesto que no, Camille. He venido en taxi, como una niña mayor. Bueno, como una niña gorda...

—¿Estás cansada?

—Bastante. Pero lo que más me agota son mis padres, ya sabes...

—Me lo imagino. ¿Cómo están?

—Como siempre, eso es lo peor.

Camille solo había ido tres o cuatro veces a Borgoña a ver a sus suegros. El padre de Irène, profesor de Matemáticas retirado, historiógrafo de la ciudad y presidente de casi todas las asociaciones, era una celebridad local. Vanidoso hasta el agotamiento, entretenía unos minutos a Camille con sus irrisorios éxitos, sus insignificantes victorias y sus triunfos comunitarios, tras lo cual le proponía a su yerno la revancha al ajedrez, perdía tres partidas consecutivas y se quedaba enfurruñado el resto del tiempo con la excusa de que le dolía la barriga.

—Papá desea que nuestro hijo se llame Hugo. Vete a saber por qué...

—¿Se lo has preguntado?

—Dice que es un nombre de vencedor.

—Indiscutible, pero pregúntale qué piensa de «César».

Después, tras un corto silencio:

—Te echo de menos, Camille.

—Yo también te echo de menos...

—Te echo de menos y me mientes... ¿Qué tiempo hace allí?

—Aquí lo llaman *mixed*. Quiere decir que llovió ayer y lloverá mañana.

# Martes, 15 de abril de 2003

1.

El avión procedente de Glasgow aterrizó poco después de las dos de la tarde. En cuanto franqueó la puerta de salida, Camille se encontró frente a Maleval, con los rasgos aún más tensos que de costumbre.

—No necesito preguntarte si tienes malas noticias. Con solo verte la cara...

Los dos hombres intercambiaron sus cosas. Maleval cogió la maleta de Camille y le entregó el periódico.

*Le Matin:* «Con *Laidlaw,* el Novelista firma su tercera "obra"».

Solo podía haber sido una persona: Lesage.

—¡Me cago en la hostia!

—Eso es lo que dije yo. Louis fue más comedido —comentó Maleval mientras ponía en marcha el coche.

El teléfono móvil de Camille tenía dos mensajes de voz, ambos de Le Guen. Ni siquiera hizo el gesto de escucharlos y apagó el aparato.

¿Se había equivocado al responder así al periodista? ¿Hubiese podido ganar algo más de tiempo?

Aunque su desazón no provenía de ahí. Procedía de la reacción inevitable que iba a producir ese artículo, así como, sin duda, el resto de artículos que tratarían el tema al día siguiente. No había creído oportuno informar a Le Guen o a la jueza acerca de la relación entre el asesinato de Glasgow y el libro de McIlvanney antes de su partida, y había sido un error. Sus superiores se habían enterado por la prensa de un elemento que hacía casi dos días que obraba en su poder. Su relevo al frente del caso había dejado de ser probable, ahora era seguro. Estaba claro que no se había enterado de nada, desde el principio había ido siempre un paso por detrás de todo y de todos. Cuatro asesinatos más tarde no podía apoyarse en ninguna pista, en ningún elemento tangible. Hasta los periodistas parecían mejor informados que él.

Su investigación naufragaba sin remedio.

Camille no se había sentido tan impotente en toda su carrera.

—Llévame a casa, por favor.

Pronunció esa frase con tono abatido, casi inaudible.

—Se acabó —añadió, como para sí mismo.

—¡Lo encontraremos! —proclamó Maleval en un hermoso arranque de entusiasmo.

—Alguien lo encontrará y no seremos nosotros. No yo, en todo caso. Vamos a tener que hacer mutis por el foro a lo más tardar esta tarde.

—¿Y eso?

Camille le explicó la situación en pocas palabras y quedó sorprendido por la desolación de su ayudante, como si estuviese aún más hundido que él mismo, sin dejar de murmurar:

—Joder, no puede ser verdad...

No había una verdad más grande.

A medida que descubría el artículo, firmado por supuesto por Buisson, el desánimo iba dejando paso a la cólera.

*... Tras James Ellroy en Tremblay y Bret Easton Ellis en Courbevoie, la policía descubre que el Novelista no se ha limitado a actuar en Francia. Según fuentes bien informadas, sería también el autor del asesinato de una joven cometido en Glasgow el 10 de julio de 2001, en ese*

*caso la fiel recreación de un crimen imaginado por*
*William McIlvanney, escritor escocés, en una obra titu-*
*lada* Laidlaw.

Durante la lectura levantó los ojos del periódico en
varias ocasiones para reflexionar, hasta que exclamó:

—Hay que ver qué cabrón...

—Creo que son todos así.

—¿De quiénes hablas?

—¡Pues de los periodistas!

—No, no estoy pensando en él, Maleval.

Maleval calló discretamente. Camille consultó su
reloj.

—Tengo que hacer un pequeño recado antes de
pasar por casa. Gira a la derecha.


2.


No había mucho que decir. En cuanto vio a Camille entrar en la tienda con paso firme y el periódico en la
mano, Jérôme Lesage se levantó y extendió los brazos,
como si quisiera apoyarse en una pared invisible.

—Lo siento, comandante... Le aseguro que...

—Disponía usted de información que está bajo secreto de instrucción, señor Lesage. Ha infringido usted la
ley.

—¿Ha venido a detenerme, comandante? Qué poco
agradecido es.

—¿A qué está jugando, Lesage?

—La información que vino usted a buscar será
quizás secreto de instrucción —dijo el librero—, pero no
es un secreto literario ni mucho menos. Incluso cabría extrañarse de...

—¿De nuestra falta de cultura, quizás? —sugirió Camille entre dientes.

—No iba a decir eso, aunque...

Una vaga sonrisa asomó fugazmente a los labios del librero.

—En todo caso... —empezó a decir.

—En todo caso —cortó Camille—, no ha tenido reparos en aprovechar su cultura para conseguir algo de publicidad. Tiene usted moral de comerciante.

—Todos conseguimos publicidad, comandante. Se habrá dado cuenta de que no se menciona mi nombre, pero el suyo sí, si no recuerdo mal.

Esa respuesta hirió a Camille porque esa era la intención. Comprendió lo inútil de su visita a la librería. Se arrepintió de aquella idea por impulsiva e irreflexiva.

Lanzó el periódico sobre la mesa de Lesage.

Renunció a explicarle las consecuencias que su acción, llevada a cabo por no se sabía qué razón, tendría sobre la marcha de la investigación. Pero su desaliento ya le había vencido. Salió sin decir palabra.

—Voy a dejar la maleta y a cambiarme —dijo a Maleval al subir al coche—, después vamos al cuartel general para tocar retreta.

Maleval se quedó en doble fila con la luz de la sirena encendida. Camille sacó el correo del buzón y subió despacio por la escalera. Sin Irène, el piso le pareció increíblemente vacío. Pero sonrió al ver, a través de la puerta entreabierta, la habitación que esperaba al bebé. Ahora tendría tiempo de ocuparse de ellos.

Lo que no debía llevarle más de unos minutos necesitó más tiempo del previsto. Maleval dudó si llamar a su jefe al móvil. Llevaba un buen rato aparcado allí y se arrepintió de no haber mirado la hora. Salió del coche y encendió un cigarrillo, después otro, mirando las ventanas del piso de Camille, donde no había movimiento alguno. Se decidió por fin a sacar el móvil en el instante en que Camille aparecía en la acera.

—Empezaba a preocuparme... —comenzó a decir Maleval.

Con toda seguridad, el golpe que había supuesto para Camille aquel artículo empezaba a gangrenarse. Maleval pensó que tenía un aire aún más desolado que cuando había subido. Camille permaneció un instante sobre la acera para escuchar en su móvil los dos mensajes de Le Guen. Ahora eran tres.

El primero era un mensaje furioso:

—¡Camille, no me jodas! ¡Todo el mundo está al corriente menos yo! ¡Llámame en cuanto llegues! ¿Me oyes?

En el segundo, grabado unos minutos después, se explicaba un poco más:

—Camille... Acabo de vérmelas con la jueza... Sería mejor que hablásemos tú y yo rápidamente porque... esto no va a ser fácil. ¿Puedes llamarme?

El último era francamente compasivo:

—Tenemos que estar en el despacho de la jueza a las tres y media. Si no tengo noticias tuyas, te esperaré allí.

Camille borró los tres mensajes. Maleval arrancó por fin. Los dos hombres permanecieron callados durante todo el trayecto.

3.

Le Guen se levantó primero, estrechó la mano de Camille y luego le agarró del codo. Parecía que le daba el pésame. La jueza Deschamps no hizo ni un gesto y se limitó a señalar el sillón que había vacío frente a su escritorio. Después respiró profundamente.

—Comandante Verhoeven —empezó a decir con calma, concentrada en sus uñas—. No es un procedimiento frecuente y no lo hago con gusto.

La jueza Deschamps tenía una fiereza administrativa poco espectacular, trazada con tiralíneas. El verbo justo, la voz tranquila de los momentos solemnes, el tono cortante. Alzó por fin la cabeza.

—Sus faltas no pueden ya tener excusa ni justificación. No le oculto que ni siquiera he intentado defenderle. Es un caso perdido. Después de las infracciones que ya le señalé, el hecho de informar a la prensa antes que a la fiscalía...

—¡Eso no es lo que ha pasado! —la cortó Camille.

—¡Las consecuencias son las mismas! ¡Y no tengo curiosidad alguna sobre la forma en que las cosas han pasado en realidad! Siento decirle que queda usted apartado de este caso.

—Señora jueza... —empezó a decir Le Guen.

Camille levantó inmediatamente la mano para interrumpirle.

—¡Déjame a mí, Jean! Señora jueza, no le he informado de las similitudes entre el crimen de Glasgow y el libro citado por la prensa porque esas similitudes no estaban todavía confirmadas. Se han confirmado hoy y estoy aquí para comunicárselo.

—Ya me he enterado por la prensa, comandante, muchas gracias. Pero este caso hace aguas, comandante. Los periódicos no hablan más que de usted, pero usted no tiene ni la menor pista. Desde el primer día.

Camille suspiró. Abrió su portafolios y sacó con calma una pequeña publicación en papel satinado que tendió a la jueza Deschamps.

—Esta revista se llama *Noches Blancas*. Es semanal y está especializada en literatura policiaca. Publica artículos sobre novedades, reportajes sobre escritores, entrevistas...

Camille la abrió y la dobló por la página 5.

—... y anuncios. Principalmente con el fin de encontrar rarezas, obras agotadas y ese tipo de cosas.

Tuvo que levantarse de su asiento para tender la revista a la jueza; luego volvió a sentarse.

—He marcado un anuncio, abajo a la izquierda. Muy corto.

—¿BEE? ¿Es ese? Y debajo está... ¿la dirección de su casa?

—Sí —dijo Camille—. BEE significa Bret Easton Ellis.

—¿Qué quiere decir esto?

—He intentado ponerme en contacto con nuestro hombre. He publicado un anuncio por palabras.

—¿Con qué derecho...?

—¡Espere, señora jueza, se lo ruego! —cortó Camille—. Ya hemos pasado por todo eso. El asunto de las faltas, las llamadas al orden, la regularidad de los procedimientos, lo he entendido perfectamente. He vuelto a obviar a la jerarquía, lo sé. Qué quiere usted, soy un poco impulsivo, se me ocurrió de pronto.

Después le tendió dos folios de papel impresos.

—Y esto —añadió— es lo que he recibido por correo esta mañana.

*Señor:*
*Por fin ha llegado. Su anuncio ha sido un alivio para mí. Podría decir una liberación. Imagínese hasta qué punto, durante todos estos años, he sufrido al ver al mundo tan obtuso, tan ciego. Tan insensible. Le aseguro que el tiempo ha pasado muy despacio. Al cabo de los años he llegado a tener una penosa opinión de la policía. ¡Porque ante mí han pasado muchos inspectores e investigadores! Ni un gramo de intuición, ni una sombra de agudeza. Le aseguro que esa gente me parece la estupi-*

*dez personificada. Creía haberme convertido, poco a poco, en un hombre sin ilusiones. En los momentos de desesperanza (¡y Dios sabe que los he tenido!), me sentía hundido por la evidencia de que nadie me comprendería.*

*Tantos otros, antes de usted, han pasado a mi lado como ciegos que su llegada ha despertado de repente mi esperanza. Usted no es como ellos, tiene algo distinto. Desde que ha entrado en la escena que yo mismo he dispuesto con larga y lenta paciencia, le veo girar alrededor de lo esencial, sabía que lo iba a encontrar. Y aquí está. Lo supe en cuanto leí el artículo en el periódico, su retrato, tan injusto de hecho. Todavía no eran más que hipótesis. Sin embargo, sabía que lo había comprendido. Sabía que, pronto, nos pondríamos en contacto.*

*«BEE», preguntaba usted.*

*Es una larga historia. Un proyecto muy antiguo que solo podía poner en marcha con la certidumbre de estar a la altura de lo que sigue siendo, para mí, un modelo. Bret Easton Ellis es un maestro, y hacía falta mucha modestia, mucha humildad para confiar en honrar una obra como esa. Qué felicidad también. ¿Se ha dado cuenta (sé que sí) de hasta qué grado de exactitud he llegado?, ¿con qué fidelidad he homenajeado al maestro? Fue un trabajo duro. La preparación fue muy larga. Busqué mil sitios, visité cientos de pisos. Cuando conocí a François Cottet, le catalogué enseguida, como usted, sin duda. Menudo imbécil, ¿verdad? Pero el lugar era perfecto. No resultó difícil seducir a ese cretino. Se veía en su cara que necesitaba dinero, todos sus poros transpiraban la bancarrota. Tuvo la impresión de hacer un buen negocio. Con esa gente todo va sobre ruedas. Debo decir en su descargo que era concienzudo y servicial. Hasta aceptó sin dudarlo recoger él mismo el vehículo que yo había alquilado..., qué más podía pedirse. (Supongo que se ha percatado de que el pedido del mobiliario fue realizado*

*a nombre de Peace, clara referencia al autor de la tetra-
logía de Yorkshire...) Por supuesto, no sabía que su papel
llegaba a su fin en aquel momento. Tampoco fue difícil
deshacerse de él aquel lunes por la noche. Usted le dejó
aterrorizado, estaba dispuesto a cualquier cosa con tal de
librarse de un asunto en el que, en el fondo, no estaba
demasiado implicado. No me alegró matarlo. Odio la
muerte. Su desaparición era simplemente necesaria,
nada más. Encontrará su cuerpo enterrado en el bosque
de Hez, cerca de Clermont-de-l'Oise (trescientos metros
al norte de un lugar llamado La Cavalerie, he plantado
una estaca para indicarle el lugar exacto). Estoy seguro de que sabrá anunciarlo con sobriedad a su pequeña
familia.*

*Pero volvamos a lo esencial, si me permite. Habrá
advertido el esmero con que he recreado el lugar a la
mayor exactitud. Cada cosa está en su sitio, perfectamente colocada, y estoy seguro de que a Ellis le hubiera
encantado ver esa puesta en escena tan lograda: la maleta y su contenido, comprado varios meses antes en Inglaterra; el sofá, enviado gracias al buen hacer de nuestro
amigo Cottet. Lo más difícil fue encontrar ese horrible
papel pintado dálmata que describe BEE (maravillosa
idea). Tuve que pedirlo a los Estados Unidos.*

*La elección de las jóvenes actrices del drama tampoco
fue cosa fácil.*

*El protagonista de BEE, Patrick Bateman, en su pa-
pel algo vulgar de* golden boy, *precisaba que tenían
«grandes tetas» («muy jóvenes, rubias, de cuerpo increíble», dice). He cuidado mucho esos detalles. Así como su
edad. Adivinará sin esfuerzo que no faltan jovencitas de
senos rebosantes, y que lo importante era otra cosa. Sobre
todo era necesario que fueran como le habría gustado a
Patrick Bateman. Tuve que utilizar la intuición. Eso es
lo que diferencia al verdadero director de escena del*

simple regidor. La joven Évelyne era perfecta. Hacer el amor con ella la primera vez no fue demasiado penoso. Lo hacía porque formaba parte del plan que había concebido. No había encontrado solución más segura para infundirle confianza que mostrarme como un cliente tranquilo, sin demasiadas exigencias, justo lo necesario, y que pagase bien. Se prestó al juego con indiferencia, y quizás fue esa aparente indiferencia teñida de desprecio por las necesidades de los hombres que le pagaban lo que me decidió a reclutarla. Me sentí muy orgulloso de ella cuando la vi llegar a Courbevoie en compañía de la pequeña Josiane. Ella también era perfecta. Sé elegir bien, es esencial.

Qué nervios tenía esa noche, Camille, ¡qué nervios! Todo estaba listo cuando llegaron. La tragicomedia podía empezar. La realidad iba a casarse por fin con la ficción. Mejor aún: la fusión de lo artístico y lo terrenal se realizaría por fin gracias a mí. Durante toda la primera parte de la velada, mi impaciencia era tan grande que temí que las dos jovencitas pensasen que estaba demasiado nervioso. Nos acariciamos los tres, les ofrecí champán y no solicité de ellas más del mínimo necesario para mi plan.

Tras una hora de retozos en los que les pedí que hiciesen justamente lo que hacen las protagonistas de BEE, llegó el momento, y sentí un nudo en el pecho. Tuve que desplegar toneladas de paciencia para que sus cuerpos se encontrasen en la posición exacta de sus modelos. En cuanto arranqué el sexo de Évelyne a dentelladas, en cuanto lanzó su primer aullido de dolor, todo pasó como en el libro, con exactitud, Camille. Aquella noche viví un verdadero triunfo.

Sí, eso fue lo que sentí aquella noche. Un triunfo. Y creo poder decir que ese sentimiento fue compartido de lleno por mis dos jovencitas. ¡Si hubiese visto cómo Évelyne *lloraba lágrimas verdaderas, auténticas y hermosas, cuando, muy avanzada la noche, me vio acercarme a ella con el cuchillo de carnicero! Y sé que si Bret Easton Ellis se hubiera dignado a dejarle todavía sus labios enteros en ese instante del drama, Évelyne me habría sonreído de felicidad, sé que ella también habría sentido lo que, tras mi larga espera, se convertía en un triunfo para los dos. Le ofrecí entrar viva en una obra de arte, y más allá del dolor, totalmente sublimada por el acmé del drama, sé que una parte de ella, la más profunda, y sin duda también la más desconocida por ella, amó apasionadamente ese instante. La estaba sacando de la triste existencia donde todas las Évelyne del mundo se pudren y alzaba su pequeña vida hacia un destino más alto.*

*No existe emoción más profunda, todos los auténticos aficionados al arte lo saben, que la transmitida por los artistas. Mi forma de acercarme a ellos, a sus sublimes emociones, es homenajearlos. Sé que lo comprende. Todo fue respetado al milímetro. Hasta el más mínimo detalle. Y la escena que descubrió es la recreación exacta del texto original.*

*Impregnado como estaba del texto hasta la última coma, me sentí como esos actores completamente liberados de su papel que logran por fin ser ellos mismos. Lo verá un día, porque grabé la escena con la «cámara Minox LX ultraminiatura que usa película de 9,5 milímetros» descrita por Ellis. No estaba previsto dejarla allí, por lo que se ha visto usted privado de la grabación. Lástima, pero así lo quiso el artista. Contemplo a menudo esa película. Cuando la vea, también se sentirá conmovido por la veracidad del drama, «la amarga verdad». Oirá la música de los Traveling Wilburys cuando intento cortarle los dedos a la joven con un cortaúñas; sentirá la potencia infernal de la escena en la que yo, Patrick*

*Bateman, cerceno la cabeza de Évelyne con la sierra mecánica y deambulo por la habitación, con la cabeza plantada sobre mi sexo en erección, y esa otra que nunca me canso de ver, en la que abro con mis propias manos el vientre de la joven. Es magnífico, Camille, se lo aseguro, magnífico...*

*¿Le he contado todo? ¿No he olvidado nada? No dude en decirlo, si le falta algo. Sé, de todas formas, que tendremos muchas otras ocasiones de conversar.*

*Atentamente.*

*P. D.: Retrospectivamente, y sin querer molestarle, espero que haya apreciado que le haya sido asignada la investigación sobre la Dalia Negra, cuyo nombre verdadero era Betty «Short». Se mueve usted en un terreno conocido. Añado esta posdata para sus superiores, por si tuvieran la mala idea de relevarle de este caso (¡estamos JUNTOS, usted y yo, Camille, ya lo sabe!). Transmítales que, sin usted, su esperanza de leerme de nuevo se desvanece..., pero que mi obra continúa.*

La jueza Deschamps dejó la carta y la miró un instante, la volvió a coger y se la tendió a Le Guen por encima de su mesa.

—Decididamente, no me gustan sus formas, comandante...

—¡Y dale! —respondió Camille—. Comparado con el asesino, soy...

Pero ante la mirada de la jueza, prefirió batirse en retirada.

—Le voy a pedir unos instantes, señor comisario —dijo por fin la jueza, como si, a sus ojos, Camille hubiera dejado de pronto de existir—. Debo consultar a mis superiores.

Le Guen terminó la lectura de la carta de pie en el pasillo. Sonrió.

—Estaba seguro de que ibas a salir de esta. Pero no pensaba que sería así.


4.

—¿Has tenido buen viaje? —preguntó Armand lanzando una bocanada acre con la satisfacción de un mendigo.

—He tenido un mal regreso, Armand. Muy movido.

Armand miró un instante la colilla, que sostenía verticalmente entre los dedos, y tuvo que aceptar que no le daría una segunda calada. La aplastó con lástima en un cenicero grabado con el escudo de la Óptica Moderna de Châteauroux.

—Hay novedades. Y malas...

—Ah...

La voz de Louis les llegó desde el pasillo.

—¡Es la última vez! —decía con voz firme y extrañamente fuerte.

Camille se levantó, salió del despacho y encontró a Louis frente a Maleval.

Los dos hombres se volvieron hacia él y sonrieron con torpeza. Fuera lo que fuese, esa discusión llegaba en muy mal momento. Prefirió jugar la carta de la neutralidad, hacer como si no viera nada.

—Vamos, Louis, zafarrancho de combate, reúneme a todo el mundo —dijo dirigiéndose hacia la fotocopiadora.

Una vez reunidos, distribuyó entre sus ayudantes una copia de la carta del asesino, que todos leyeron en un silencio religioso.

—Le Guen nos va a conseguir refuerzos —anunció—. Mañana o pasado mañana, no lo sabe todavía, y los vamos a necesitar.

—Mmm —respondieron a coro Armand, Maleval y Louis, que terminaban la lectura.

Camille les dejó el tiempo necesario.

—Está como una cabra —decretó Maleval.

—Le he pedido a Crest que actualice su perfil. De todas formas, estoy de acuerdo en lo básico: está loco. Dicho esto, disponemos de nuevos elementos.

—Nada confirma que se trate de él... —se arriesgó Armand—. Quiero decir, lo que ha escrito está en la prensa...

—En mi opinión, dentro de unas horas desenterraremos el cuerpo de Cottet... Estoy seguro de que eso te convencerá.

—Su carta lo corrobora todo pero no aporta gran cosa —analizó Louis.

—Ya me he dado cuenta. El tipo es muy prudente. De todas formas, pongamos todo en limpio. El papel pintado es americano. Armand, ya sabes lo que te toca. También sabemos que visitó muchas casas. Eso será más difícil. Habrá que buscar, en París y en el extrarradio, las promociones inmobiliarias que pudieron convenirle y que habría podido visitar. Hemos confirmado que contrató a Josiane Debeuf por intermediación de Évelyne Rouvray. No encontraremos nada por ese lado. Quizás sí con la cámara Minox que dice haber usado...

—No tengo mucha prisa en ver la película —dijo Maleval.

—Nadie la tiene. De todas formas, habrá que añadir ese elemento a nuestra primera lista. Maleval, intenta mostrar una foto reciente de Cottet al encargado del guardamuebles de Gennevilliers. Y... eso es todo más o menos.

—Efectivamente, no es gran cosa.

—Ah, sí, una cosa más, la carta fue enviada desde Courbevoie. Desde el lugar del crimen. Suprema elegancia.


5.


El bosque de Hez es un bosque apacible, melancólico y terriblemente mortal para los promotores inmobiliarios.

La gendarmería local había hecho lo necesario para asegurar el lugar y la policía científica se había presentado con todo el equipo. El sitio elegido era tranquilo, al abrigo de los paseantes, de fácil acceso desde la carretera, lo que dejaba suponer que Cottet pudo haber sido asesinado en otra parte y trasladado hasta allí. Los técnicos habían trabajado una hora larga bajo potentes focos alimentados por un grupo electrógeno, rastreando el lugar en busca de eventuales indicios antes de que el equipo encargado de la exhumación pudiera por fin presentarse e intervenir. Empezó a hacer frío de verdad hacia las nueve. El bosque de noche adoptaba, a la luz de los proyectores y los faros, cuyos rayos azules atravesaban el follaje naciente, un aspecto fantasmagórico.

Sobre las diez, el cadáver fue exhumado sin dificultad.

Llevaba un traje gris y una camisa amarillo pálido. En cuanto el cuerpo salió del agujero, quedó claro que Cottet había recibido un balazo en la cabeza. Limpio. Camille se encargó de avisar a su mujer y de proceder al reconocimiento, Maleval de asistir a la autopsia.

# Miércoles, 16 de abril de 2003

### 1.

—Voy a pedir a uno de mis ayudantes que le tome declaración, señora Cottet. Pero debo hacerle una pregunta...

Estaban de pie, en el vestíbulo de la morgue.

—Creo saber que su marido era un gran aficionado a las novelas policiacas...

Por muy extraña que fuera la pregunta, no pareció sorprenderla.

—No leía más que eso, sí. Leía lo que podía comprender.

—¿Puede decirme algo más? —preguntó Camille.

—Oh, hace mucho tiempo que no nos hablábamos, ¿sabe? Nuestras escasas conversaciones no trataban principalmente de nuestras lecturas.

—Me perdonará por hacerle esta pregunta... ¿Era su marido un hombre violento? Quiero decir, con usted, ¿tuvo...?

—Mi marido no era un hombre bravo. Era bastante... físico, es cierto, un poco brutal sin duda, pero no en el sentido al que se refiere.

—Y, con más precisión, en el plano sexual, ¿qué clase de hombre era? —preguntó bruscamente Camille.

—Rápido —respondió la señora Cottet, decidida a contestar su atrevimiento—. Incluso fulgurante, si mal no recuerdo. Nada retorcido. Corto de imaginación. Hasta la simplonería. Más bien oral, razonablemente sodomita, no sé qué más decirle...

—Creo que bastará...

—Eyaculador precoz.

—Gracias, señora Cottet... Muchas gracias...

—No hay de qué, señor Verhoeven, no se prive. Siempre es un placer hablar con un caballero.

Camille decidió confiar el interrogatorio a Louis.


2.

Camille invitó a Louis y a Le Guen a comer. Louis llevaba un bonito traje azul petróleo, una camisa de rayas discretas y una corbata azul oscuro con el escudo de una universidad inglesa perfectamente centrado bajo el nudo. Le Guen miraba siempre a Louis como si se tratara de una curiosidad antropológica. Parecía asombrado de que la humanidad, tras haber agotado casi todas las combinaciones, fuese todavía capaz de producir semejantes especímenes.

—Por el momento —decía Camille mientras atacaba los puerros—, tenemos tres crímenes, tres libros y dos desaparecidos.

—Más la prensa, la jueza, la fiscalía y el ministro —añadió Le Guen.

—Si hacemos un recuento de todos los marrones, tienes razón.

—*Le Matin* tenía un cuerpo de ventaja ayer. Le ha alcanzado el grueso del pelotón, si quieres saberlo.

—No quiero, no...

—Pues te equivocas. Si esto continúa así, tu Novelista va a ganar el Goncourt por unanimidad. He hablado hace un rato con la jueza Deschamps. Te vas a reír.

—Me extrañaría.

—... parece ser que el ministro «está conmovido».

—¿Un ministro conmovido? ¿Estás de broma?

—Para nada, Camille. Me conmueven los ministros conmovidos. Y además las conmociones ministeriales son muy útiles. Todo lo que era imposible se vuelve prioritario. Esta tarde tendrás un nuevo local y refuerzos.

—¿Puedo elegir?

—¡Ni lo sueñes! Conmoción no significa generosidad, Camille.

—Debo de estar escaso de vocabulario. ¿Y bien?

—Te enviaré a tres. Digamos a las cuatro de la tarde.

—Eso quiere decir a las seis.

—Con un margen de dos o tres minutos, sí.

Los tres hombres continuaron comiendo unos instantes en silencio.

—De todas formas —exclamó por fin Louis—, parece ser que con su anuncio por palabras hemos recuperado la iniciativa, en cierto modo.

—En cierto modo —dijo Camille.

—Ese tipo nos tiene agarrados por los cojones —dijo Le Guen.

—¡Jean! ¡Estamos entre caballeros! Al menos, eso es lo que me confirmó la señora Cottet esta mañana.

—¿Qué tipo de persona es esa buena mujer?

Camille levantó la mirada hacia Louis.

—Inteligente —dijo Louis probando el vino—. De buena familia. Ya no cohabitaba con su marido en sentido estricto, vivían más bien cada uno por su lado. Desde el principio pertenecían a mundos distintos y la distancia había aumentado al cabo de los años. No sabe gran cosa de lo que hacía realmente su marido en la vida privada, se ignoraban.

—No le hacía falta mucho para ser más inteligente que su marido. Era un auténtico gilipollas... —añadió Camille.

—No parece que fuera muy difícil de manipular —aprobó Louis—. Maleval enseñó su foto al encargado del guardamuebles de Gennevilliers. Se trataba de él sin ninguna duda.

—No ha sido más que un instrumento. Eso no nos aporta gran cosa.

—Lo que se confirma ahora —dijo Louis— es que nuestro hombre reproduce crímenes de novelas policiacas y...

—De novelas —cortó Camille—. Por el momento, se ha dedicado a las policiacas. Nada nos asegura, en su carta, que sea el fondo de su proyecto. Podría tirar una mujer al tren para reproducir *Ana Karenina,* envenenar a otra en un rincón de Normandía para recordarnos *Madame Bovary* revisitada, o...

—... lanzar una bomba nuclear sobre Japón para representar *Hiroshima mon amour* —añadió Le Guen, que pensaba que así demostraba su cultura.

—Si quieres —asintió Camille.

¿Cuál podría ser la lógica interna de aquel hombre? ¿Por qué había elegido precisamente esos tres libros? ¿Cuántos había reproducido antes del crimen de Tremblay? En cuanto a la pregunta de cuántos reproduciría antes de que lo arrestaran, era la única que intentaba no plantearse y que, a todas luces, empezaba a quitarle el apetito.

—¿Qué piensas, Camille?

—¿De qué?

—De lo que dice Louis.

—Quiero a Cob.

—No veo la relación...

—Escucha, Jean, los demás me dan igual, pero para la informática quiero a Cob.

Le Guen reflexionó un momento.

A sus cuarenta años, Cob ya era una especie de leyenda en la policía. Con solo una titulación menor, siendo joven había entrado a formar parte de los servicios informáticos de la Criminal, en su escalafón más bajo. Sin confiar más que en la antigüedad para asegurarse su ascenso, totalmente inepto para las oposiciones administrativas, Cob parecía satisfecho con su función perfectamente subalterna, porque su talento le había procurado un puesto neurálgico en los asuntos difíciles. Todo el mundo había oído hablar en alguna ocasión de las proezas informáticas de Cob, sobre todo sus jefes, entre los que provocó bastantes celos hasta el día en que comprendieron que no tenían nada que temer de él. Tras haber personificado, en todas las secciones en las que había estado destinado, el inevitable peligro que representa la presencia de una especie de superdotado, ahora lo consideraban la joya de la corona. Se lo rifaban. Camille no lo conocía demasiado. Se habían cruzado sobre todo en la cafetería y a Camille le gustaba su estilo. Cob se parecía a su pantalla: una gran cara cuadrada, pálida, con esquinas redondeadas. Tras su aire algo ceñudo, cultivaba cierta indiferencia divertida, bromista, que hacía gracia a Camille. Pero en aquel momento no había pensado en él por su humor. El estado de la investigación necesitaba un informático de talento, y en el cuerpo todo el mundo sabía que no había nadie mejor.

—Bueno, de acuerdo, pero ¿qué piensas de lo que decía Louis? —repitió Le Guen.

Camille, que no había escuchado nada de la conversación, miró a su ayudante sonriendo:

—Pienso que Louis siempre tiene razón. Por principio.

3.

—Evidentemente, todo esto se encuentra bajo secreto de instrucción...

—Evidentemente —dijo Fabien Ballanger, sin comprender.

Ballanger, sentado detrás de su mesa, en la posición del pensador, esperaba a que Camille terminase con sus dudas y parecía animarle con la mirada, como si quisiera quitarle un peso de encima dándole una garantía de absolución por adelantado.

—Ahora estamos frente a tres crímenes.

—Es uno más que la última vez...

—En efecto.

—Son muchos, por supuesto —comentó Ballanger mirándose las manos.

Camille le explicó rápidamente la forma en que se habían cometido los asesinatos.

—Tenemos ahora la certidumbre de que esos tres crímenes reproducen con exactitud *American Psycho, La Dalia Negra* y *Laidlaw.* ¿Conoce esos libros?

—Sí, he leído los tres.

—¿Qué punto en común cree que tienen?

—A priori, ninguno —reflexionó Ballanger—. Un autor escocés, dos americanos... Todos pertenecientes a escuelas diferentes. Entre *Laidlaw* y *American Psycho* hay un abismo. No conozco exactamente las fechas de publicación. Ahí tampoco veo qué punto en común podrían tener.

—Si la hipótesis es correcta, debe haber una conexión en todo eso.

Ballanger reflexionó un instante y dijo:

—¡Quizás simplemente le gusten esos libros!

Camille no pudo evitar sonreír, y su sonrisa venció a su interlocutor.

—No había pensado en ello —dijo por fin—, qué idiota.

—En ese campo, los lectores son muy eclécticos, ¿sabe?

—Los asesinos menos. En cierta forma son más lógicos. O al menos, dentro de *su* lógica.

—Si no temiese parecer pedante...

—Continúe.

—Diría que ha sabido elegir unos libros excelentes.

—Eso está bien —dijo Camille sonriendo de nuevo—, prefiero enfrentarme a un hombre de buen gusto. Tiene más valor.

—Su... su asesino... ha hecho buenas lecturas. A todas luces es un conocedor del género.

—Sin duda. Lo que es seguro es que ese tipo está enfermo. Para nosotros, sigue habiendo un problema fundamental. ¿Dónde empezó todo esto?

—¿Qué quiere decir? —preguntó Ballanger.

—Conocemos sus crímenes desde que los firma. En el mejor de los casos, sabemos dónde termina la serie. Pero no sabemos ni dónde, ni cuándo, ni con qué libro empezó.

—Ya veo... —dijo Ballanger, que, claramente, no veía nada.

—Nos tememos que se hayan producido otros, que se remontan sin duda más lejos, antes de su crimen de Glasgow. Su perímetro de acción es vasto, su proyecto es ambicioso. Los libros que hemos identificado, ¿diría usted que se trata de clásicos del género? —preguntó Camille.

—Bueno, son obras muy conocidas. Pero clásicos quizás no. En fin, no en el sentido que se le daría en la universidad.

—En ese caso —prosiguió Camille, visiblemente animado por esa respuesta—, estoy perplejo. Si rinde una especie de homenaje a la literatura policiaca, ¿por qué su serie no comienza con lo que usted llamaría un gran clásico? Sería lo lógico, ¿no es cierto?

El rostro de Ballanger se iluminó.

—Evidentemente. Parece muy plausible.

—En su opinión, ¿cuántos grandes clásicos existen?

—Bueno, no lo sé, hay muchos. En realidad —añadió Ballanger—, pensándolo bien, no tantos. La definición de lo que es un clásico, en esta materia, es muy aproximativa. En mi opinión, es casi más sociológica e histórica que literaria.

Y ante la mirada interrogativa de Camille:

—Es un asunto sociológico en el sentido en que, para un público medianamente culto, ciertos libros son considerados obras maestras incluso cuando no lo son para los especialistas. También es un asunto histórico. Un clásico no es a la fuerza una obra maestra. *La ciudad de los muertos* de Lieberman es una obra maestra, pero todavía no es un clásico. *Diez negritos* es justo lo contrario. *El asesinato de Roger Ackroyd* es a la vez una obra maestra y un clásico.

—Necesito categorías —dijo Camille—. Si impartiera literatura, sin duda matizaría, señor Ballanger. Pero estoy investigando crímenes en los que se están destripando chicas de verdad... Según usted, ¿cuántas obras maestras, clásicos o libros importantes habría aproximadamente?

—Dicho así, unos trescientos. Más o menos.

—Trescientos... ¿Podría redactar una lista de obras... realmente imprescindibles, y decirme dónde puedo encontrar un resumen de cada una de ellas? Podríamos intentar hacer una búsqueda en nuestros archivos con algunos elementos significativos de cada historia...

—¿Y por qué me pide eso a mí?

—Estoy buscando un especialista capaz de estructurar conocimientos, de sintetizarlos. En la Brigada Criminal hay pocos expertos en literatura, compréndalo. Pensé pedírselo a un librero especializado...

—Buena idea —le cortó Ballanger.

—Conocemos uno, pero no se ha mostrado demasiado cooperativo. Prefiero dirigirme, cómo lo diría..., a un funcionario de la República.

«Bien jugado», pareció pensar Ballanger. La referencia a ese término grandilocuente le colocaba en una situación en la que era difícil negarse y le obligaba a una confidencialidad que no reposaba únicamente en su honestidad.

—Sí, es posible —dijo—, bueno... La lista es fácil de establecer. Aunque la selección seguirá siendo muy arbitraria.

Camille le indicó con un gesto que lo entendía muy bien, que aquello no tenía demasiada importancia en principio.

—Debo consultar monografías y resúmenes. También puedo pedir ayuda a algunos estudiantes... ¿Dos días?

—Perfecto.


4.


El interés que suscitan los grandes casos mediáticos en las altas esferas se mide por los medios de los que dispone la policía. A Camille le asignaron una gran sala en el sótano, sin luz natural.

—Qué pena, un crimen más y nos hubiesen puesto ventanas —comentó.

—Quizás —respondió Le Guen—, pero con un muerto menos no tendrías ordenadores.

Estaban montando cinco puestos informáticos, los obreros instalaban tablones de corcho para colgar la información del equipo, dispensadores de agua fría y caliente para el café soluble, material de oficina, mesas, sillas y líneas telefónicas. La jueza le llamó al móvil para fijar la hora de la primera reunión. Quedaron a las ocho y media del día siguiente.

El equipo estuvo completo a las seis y media de la tarde. No faltaban más que dos o tres sillas. De todas formas, fiel a la tradición, Camille mantuvo la primera reunión de pie.

—Procederemos a las presentaciones de rigor. Yo soy el comandante Verhoeven. Aquí me llaman Camille para acortar. Este es Louis. Coordinará el conjunto del equipo. Todos los resultados que obtengan deben serle comunicados primero a él. Se encargará del reparto de tareas.

Los cuatro nuevos miraron silenciosamente a Louis, asintiendo con la cabeza.

—Este es Maleval. Teóricamente es Jean-Claude, pero en la práctica es Maleval. Se encarga de la intendencia. En cuestión de ordenadores, coches, material, etcétera, hay que dirigirse a él.

Las miradas pasaron al otro lado de la estancia hacia Maleval, que levantó una mano en señal de bienvenida.

—Por último, este es Armand. Conmigo es el más antiguo. Técnicamente no encontrarán a nadie mejor. En caso de duda sobre cualquier pesquisa, pueden contar con él. Les ayudará sin problemas. Es un hombre muy generoso.

Armand bajó la cabeza, ruborizado.

—Bien, ahora los nuevos.

Camille sacó una hoja del bolsillo y la desplegó:

—Élisabeth...

Una mujer de unos cuarenta años, voluminosa, de rostro claro, vestida con un conjunto de los que no pasan de moda.

—Hola —dijo levantando la mano—. Me alegro de trabajar con vosotros.

A Camille le gustó. Por su forma de hablar, por su soltura natural.

—Bienvenida, Élisabeth. ¿Ha trabajado en casos importantes?

—Estuve en el de Ange Versini...

Toda la Brigada Criminal recordaba a ese corso de París que había estrangulado a dos niños de manera consecutiva, que había conseguido dar esquinazo a todo el mundo durante una huida de más de ocho semanas y había muerto de un balazo casi a quemarropa en el boulevard Magenta, tras una persecución que había ocasionado grandes daños. Y bastantes titulares.

—Bravo... Espero que podamos contribuir a su palmarés.

—Yo también lo espero...

Parecía estar deseando ponerse a trabajar. Miró a Louis durante un instante y se contentó con una sonrisa amistosa y un asentimiento de la cabeza.

—¿Fernand? —preguntó Camille después de mirar su lista.

—Soy yo —dijo un hombre de unos cincuenta años.

Camille le caló al instante. Aspecto sombrío, mirada algo perdida, ojos legañosos, el aire terroso del alcohólico. Le Guen le había advertido pragmáticamente: «Te aconsejo que lo utilices por las mañanas. Después no sirve para nada...».

—Procede de Antivicio, ¿verdad?

—Sí, no sé gran cosa de la Criminal.

—Estoy seguro de que nos será útil... —añadió Camille para mostrarse más convencido de lo que estaba en realidad—. Trabajará junto a Armand. Por deducción, supongo que usted es Mehdi, ¿verdad? —preguntó por fin dirigiéndose a un joven que parecía no tener más de veinticuatro o veinticinco años.

Vaqueros, camiseta ajustada, con un cierto grado de provocación, una apariencia que debía sin duda a frecuentes visitas al gimnasio, cascos de un MP3 colgando negligentemente del cuello; Mehdi tenía una mirada oscura y vivaz que a Camille le pareció seductora.

—Exactamente. Octava brigada... Bueno..., desde hace poco tiempo.

—Será una buena experiencia. Bienvenido, pues. Formarás equipo con Maleval.

Los dos hombres se intercambiaron una señal de connivencia antes de que Camille tuviera tiempo de pensar en la razón, sin embargo misteriosa, por la cual acababa de tutear repentinamente al joven y tratar de usted a los demás. Un efecto de la edad, se dijo sin arrepentimiento.

—El último es Cob —dijo Camille volviéndose a guardar el papel en el bolsillo—. Lo conocíamos pero nunca habíamos trabajado juntos...

Cob levantó una mirada inexpresiva hacia Camille.

—No, todavía no.

—Será nuestro informático.

Cob no respondió al ligero murmullo que recorrió el grupo y se contentó con levantar brevemente las cejas a modo de saludo. Todos habían oído hablar de sus hazañas.

—Coméntale a Maleval lo que te hace falta, tendrá prioridad.

# Jueves, 17 de abril de 2003

1.

—Por el momento, nada contradice el primer análisis. Ese hombre odia a las mujeres.

La jueza Deschamps abrió la sesión informativa a la hora acordada con extrema puntualidad. El doctor Crest había dejado su maletín sobre una mesa y consultaba unas notas tomadas en una hoja cuadriculada. Letra alargada e inclinada.

—Su carta completa el cuadro clínico que había intentado redactar. No lo contradice en el fondo. Nos enfrentamos a un hombre culto y pretencioso. Ha leído mucho, y no solo libros policiacos. Ha cursado estudios secundarios y seguramente letras, filosofía, historia o algo parecido. Quizás ciencias sociales. Pretencioso, porque quiere mostrarle su cultura. Destaca sin duda el tono caluroso con el que se dirige a usted, comandante. Quiere caerle simpático. Le aprecia. Y le conoce.

—¿Personalmente? —preguntó Camille.

—Por supuesto que no. Aunque... todo es posible. Creo más bien que le conoce como pueden conocerlo quienes le han visto en la televisión o han leído su retrato en los periódicos...

—Para ser sincero, lo prefiero así —dijo Camille.

Los dos hombres se sonrieron con franqueza. Era la primera vez que se sonreían de esa forma. Y la primera sonrisa, entre dos hombres, es el principio del reconocimiento o de los problemas.

—Fue usted muy hábil al poner el anuncio —prosiguió el doctor Crest.

—Ah...

—Sí. Le hizo usted la pregunta correcta. Corta y sin dirigirse a su persona. Le pidió que le hablase de «su trabajo». Y es eso lo que le ha gustado. Lo peor hubiera sido preguntarle qué le hace actuar, como si usted no lo entendiese. Por su pregunta, ha dejado suponer que lo sabía, que había comprendido, y se sintió inmediatamente..., cómo decirlo, entre expertos.

—En realidad, no lo pensé mucho.

Crest dejó un instante en suspenso el comentario de Camille, y después dijo:

—Algo dentro de usted tuvo que pensarlo, ¿verdad? Eso es lo importante. No estoy seguro, sin embargo, de que sepamos más sobre sus motivos. Su carta demuestra que está cumpliendo lo que llama su «obra», que quiere elevarse, bajo una fachada de falsa modestia, hasta la altura de los grandes modelos de la literatura policiaca que ha elegido.

—¿Por qué? —preguntó Élisabeth.

—Ese es otro asunto.

—¿Un escritor frustrado, quizás? —preguntó, formulando la hipótesis que todo el mundo tenía en mente.

—Podría creerse que sí, evidentemente. Es la hipótesis más verosímil.

—Si es un escritor frustrado, habrá escrito libros —aportó Mehdi—. ¡Hay que preguntarles a los editores de novelas!

La ingenuidad del joven no molestó a nadie, Camille lanzó un pequeño suspiro mientras se masajeaba los párpados.

—Mehdi... La mitad de los franceses escribe. Y la otra mitad pinta. Los editores reciben cada año miles de manuscritos, y hay centenares de ellos. Limitándonos solo a los últimos cinco años...

—Vale, vale —le cortó Mehdi levantando las dos manos como para protegerse.

—¿Qué edad puede tener? —preguntó entonces Élisabeth para socorrer al chico.

—Entre cuarenta y cincuenta años.

—¿Nivel cultural? —preguntó Louis.

—Yo diría clase media alta. Quiere mostrar que tiene talento, pero se pasa.

—Como enviar su carta desde Courbevoie... —dijo Louis.

—¡Exacto! —respondió Crest, sorprendido por esa observación—. Completamente de acuerdo. En teatro se llamaría «efecto reforzado». Es un poco... expresivo. Quizás sea nuestra oportunidad. Es prudente, pero está tan seguro de su importancia que podría cometer alguna torpeza. Se deja llevar por una idea que le encanta pensar que es superior a él. Necesita manifiestamente ser admirado. Está centrado en sí mismo. Eso es quizás el meollo de su contradicción, que por supuesto no es la única.

—¿Qué quiere decir?

—Hay muchas zonas oscuras, en verdad, pero debo decir que hay una que me extraña más que ninguna. Me pregunto por qué fue a Glasgow a poner en práctica el asesinato imaginado por McIlvanney.

—¡Porque la escena del crimen se desarrolla allí! —respondió inmediatamente Camille.

—Sí, lo he pensado. Pero entonces, ¿por qué realiza el crimen de *American Psycho* en Courbevoie en vez de en Nueva York? Es allí donde tiene lugar, ¿no?

Era una contradicción en la que nadie había pensado, Camille tuvo que reconocerlo.

—El crimen de Tremblay debía también tener lugar en el extranjero —prosiguió Crest—. No sé dónde...

—En Los Ángeles —completó Louis.

—Tiene razón —dijo por fin Camille—, no lo entiendo.

Se las arregló para apartar momentáneamente esa idea.

—Ahora debemos pensar en el siguiente mensaje —dijo.

—Por el momento, hay que andar con mucho cuidado. Preguntarle ahora las razones por las que actúa sería echar por tierra lo conseguido hasta ahora. Hay que continuar tratando con él de igual a igual. Debe usted mostrarse como alguien que lo comprende perfectamente.

—¿Cuál es su idea? —preguntó Camille.

—Nada personal. Una petición de información sobre otro crimen, quizás. Después ya veremos.

—Una semana entre cada anuncio. Es mucho tiempo. Demasiado.

—Podemos ir más deprisa.

La voz de Cob se hacía oír por primera vez.

—La revista tiene una página en internet. Lo he comprobado. Si se pone un anuncio en línea, aparecerá mañana.

Camille y el doctor Crest se quedaron solos después para pensar juntos en el contenido del segundo anuncio, cuyo texto fue sometido a la aprobación de la jueza Deschamps por correo electrónico. Constaba de tres palabras: «¿Su Dalia Negra...?». Estaba firmado, como el primero, con las iniciales de Camille Verhoeven. Cob se encargó de enviarlo a la página de la revista.

2.

La lista elaborada por Fabien Ballanger incluía ciento veinte títulos de novelas. «Los resúmenes estarán listos en cinco o seis días...», había anotado a mano Ballanger. ¡Ciento veinte! Una lista a dos columnas. Tenía lectura para ¿cuánto? Dos años, quizás tres. Un auténtico breviario del aficionado a la novela policiaca, una pequeña biblioteca ideal, perfecta para el lector decidido a adquirir una sólida cultura sobre el tema y perfectamente inútil en el marco de una investigación criminal. Camille no pudo evitar contar, entre todos esos títulos, los que había leído (llegó a ocho) y cuántos le eran familiares (en total había dieciséis). Se lamentó por un instante de que el asesino no fuese aficionado a la pintura.

—¿Tú cuántos conoces? —preguntó a Louis.

—No lo sé —respondió consultando la lista—, unos treinta quizás...

Ballanger había actuado como un especialista, eso era lo que se le había pedido, pero una lista de ese tamaño hacía la búsqueda imposible. Pensándolo bien, Camille creía ahora que esa idea era el arquetipo de la falsa buena idea.

Por teléfono, Ballanger se mostró bastante orgulloso.

—Estamos elaborando los resúmenes. He puesto a tres estudiantes a trabajar. Lo han hecho bastante bien, ¿no?

—Es demasiado, señor Ballanger.

—No, no se preocupe, no están demasiado agobiados este semestre...

—No, me refería a la lista: con ciento veinte títulos nosotros no podemos hacer nada...

—¿Cuántos necesita?

El tono del universitario dejaba claro que los dos hombres vivían en planetas diferentes, uno en el planeta oscuro y enfrentado a crímenes ordinarios, el segundo en las alturas de la cultura.

—Honestamente, señor Ballanger, no lo sé.

—Pues no soy yo el que puede decírselo.

—Si nuestro asesino elige los títulos en función de sus gustos —prosiguió Camille fingiendo no haber percibido su irritación—, la lista que le pido no valdrá para nada. Según los primeros indicios de que disponemos, nuestro hombre cuenta con una amplia cultura en ese ámbito. No obstante, me extrañaría que en su lista particular no figurasen al menos una o dos novelas muy clásicas. Eso es lo que nos ayudaría. Así es como puede ayudarme usted.

—Revisaré la lista yo mismo.

Camille dio las gracias al vacío, Ballanger ya había colgado.

# Viernes, 18 de abril de 2003

## 1.

Armand y Fernand formaban un bonito dueto. Dos horas después de su primer encuentro, ya parecían una vieja pareja: Armand se había apropiado del periódico, del bolígrafo y del cuaderno de notas de su compañero, se servía sin reparos de su paquete de cigarrillos (llegó a guardarse algunos en el bolsillo para la noche) y fingía no darse cuenta de las cortas ausencias de Fernand, que volvía regularmente de los lavabos con un caramelo de menta en la boca. Siguiendo las órdenes de Louis, habían abandonado la lista de fabricantes de papel pintado, infinitamente vasta, y se concentraban ahora en las promociones inmobiliarias que el asesino podía haber visitado cuando comenzó la búsqueda del loft de Courbevoie. Mehdi, que servía para cualquier cosa, había ido a dar una vuelta por la oficina de correos de Courbevoie para intentar conseguir un improbable testimonio, mientras Maleval se ocupaba de los compradores de cámaras Minox. Louis, por su parte, se había marchado a buscar, con una orden judicial en el bolsillo, la lista de suscriptores de *Noches Blancas*.

A media mañana, Camille vio con sorpresa llegar al profesor Ballanger. No quedaba una sola huella de la cólera o de la irritación que había demostrado por teléfono el día antes. Entró en la sala con extraña timidez.

—No hacía falta que se desplazara... —empezó a decir Camille.

Apenas pronunciadas esas palabras comprendió que lo que había llevado a Ballanger a entregar en persona un fruto de su trabajo que hubiera podido enviar por correo electrónico era la curiosidad: miraba el decorado con la ilusión algo maravillada de un visitante de catacumbas.

Camille le hizo los honores. Le presentó a Élisabeth, Louis y Armand, los únicos presentes en ese momento, insistiendo en la «preciosa ayuda» que el profesor Ballanger tenía a bien concederles...

—He revisado la lista...

—Ha sido muy amable por su parte —respondió Camille tomando las hojas grapadas que le ofrecía Ballanger.

Cincuenta y un títulos, seguidos de un corto resumen que iba de unas líneas a un cuarto de página. La recorrió rápidamente, reconociendo algunos títulos: *La carta robada, El caso Lerouge, El perro de los Baskerville, El misterio del cuarto amarillo*... Levantó enseguida los ojos hacia los puestos informáticos. Una vez hubo cumplido con la obligada cortesía, solo deseaba librarse de Ballanger.

—Le doy las gracias —dijo tendiéndole la mano.

—Quizás pueda comentarle algunas cosas.

—Los resúmenes parecen muy claros...

—Si puedo...

—Ya ha hecho usted mucho. Su ayuda nos resulta muy valiosa.

A pesar de los temores de Camille, Ballanger no se molestó.

—Entonces, les dejo —dijo con un poco de lástima.

—Gracias de nuevo.

En cuanto Ballanger salió, Camille se abalanzó sobre Cob.

—Aquí tienes una lista de novelas clásicas.

—Creo adivinar...

—Vamos a extraer los principales elementos de los crímenes descritos en las novelas. Luego buscaremos casos no resueltos que se correspondan con esos criterios.

—Cuando dices vamos...

—Me refiero a ti —respondió Camille, sonriendo.

Dio algunos pasos para alejarse y, de pronto, volvió pensativo.

—También necesito otra cosa...

—Camille, lo que me estás pidiendo me va a llevar horas...

—Lo sé. Pero de todas formas necesito otra cosa... Y más bien complicada.

Cob era un hombre al que se ganaba por los sentimientos. Sus sentimientos eran, como toda su persona, esencialmente informáticos. Nada le animaba tanto como una búsqueda difícil, salvo, quizás, una búsqueda imposible.

—Concierne también a los casos no resueltos. Quiero utilizar la información que tengamos sobre los modus operandi.

—Y... ¿qué buscamos?

—Elementos irracionales. Elementos que estén de más, cosas que uno se pregunta qué coño hacen en un caso. Crímenes aislados con pistas incoherentes. Analizamos primero la lista de clásicos policiacos, pero el tipo quizás opere principalmente según sus gustos personales. Puede que tome motivos de libros que no están en la lista. La única manera de localizarlos es a través de los elementos irracionales, los elementos que no cuadran con nada porque solo cuadran con las novelas de las que han salido.

—No disponemos de ese tipo de funciones de búsqueda.

—Lo sé muy bien. Si así fuera, no te lo pediría a ti. Cogería mi ordenador y lo haría yo mismo.

—¿Amplitud?

—Digamos todo el territorio nacional, durante los últimos cinco años.

—¡Casi nada!

—¿Cuánto tardarás?

—No sé —dijo pensativamente Cob—. Primero habrá que encontrar el método...


2.


—Lo tienes en el punto de mira desde el principio —dijo Camille sonriendo.

—No en especial, no —se defendió Louis—. En fin... No sería el primer asesino que avisa a la policía.

—Ya me lo has dicho.

—Sí, pero ahora tengo algunos indicios más inquietantes.

—Venga.

Louis abrió su cuaderno.

—Jérôme Lesage, cuarenta y dos años, soltero. La librería pertenecía a su padre, fallecido en 1984. Estudios de letras. Sorbona. Tesis sobre *La oralidad en la novela policiaca*. Matrícula de honor. Familia: una hermana, Christine, cuarenta años. Viven juntos.

—¿Estás de broma?

—En absoluto. Viven en un piso encima de la tienda. Heredaron el paquete. Christine Lesage, casada en 1985 con Alain Froissart. Ceremonia el 11 de abril...

—¡Ve al grano!

—Es que la cosa tiene su importancia: el marido se mató en un accidente de coche el 21, diez días más tarde. Era el heredero de la cuantiosa fortuna de una familia del norte, de un antiguo negocio de lanas reconvertido al *prêt-*

*à-porter* industrial. Era hijo único. El 21 de abril de 1985, su mujer lo hereda todo. Pasa un corto período en un hospital psiquiátrico y, en los años siguientes, otras dos estancias más largas en casas de reposo. En 1988, vuelve definitivamente a París y se instala en casa de su hermano. Allí sigue.

»El tipo que buscamos dispone de medios, y los Lesage tienen mucho dinero. Primer punto. Segundo punto, el calendario. 10 de julio de 2001, asesinato de Grace Hobson en Glasgow. La tienda está cerrada todo el mes de julio. Los hermanos están de vacaciones. Oficialmente en Inglaterra. Lesage tiene un conocido en Londres, pasan allí la primera quincena. De Londres a Glasgow debe de haber, digamos, una hora de avión.

—Cuando menos acrobático...

—Pero no descartable. 21 de noviembre de 2001, muerte de Manuela Constanza. Región parisina. Posible para Lesage. Nada de particular en su horario. 7 de abril último, Courbevoie. Ídem. París, Tremblay, Courbevoie, todo se encuentra en un perímetro circunscrito a la región parisina, nada es imposible.

—De todas formas, algo débil...

—Nos da dos libros de tres... Es él quien llama primero. Tampoco podemos interpretar exactamente la razón por la que descubre el pastel a la prensa. Simula haber caído en una trampa... También podía tener ganas de asegurarse la publicidad...

—Quizás...

—Está suscrito a *Noches Blancas* —dijo Louis exhibiendo un montón de folios.

—¡Vamos, Louis! —dijo Camille mientras se apropiaba del documento y empezaba a hojearlo—. Es un librero especializado. Debe de estar abonado a todo lo que aparece. Anda, mira, libreros abonados, hay decenas. Hay de todo: librerías, escritores, servicios de documentación, periódicos, están todos. Con un poco de suerte, también está mi padre... ¡Bingo! ¡Aquí está! Y todo el mundo tiene acceso a la página de internet, los anuncios pueden consultarse libremente y...

Louis levantó las manos en señal de capitulación.

—Bueno —prosiguió Camille—, ¿qué propones?

—Investigación financiera. Como en todas las tiendas, en la librería entra bastante dinero en efectivo. Habría que estudiar con detenimiento las entradas, las salidas, lo que ha comprado, si hay gastos significativos e inexplicables, etcétera. Esos crímenes cuestan mucho dinero...

Camille pensó un momento.

—Ponme con la jueza.

# Sábado, 19 de abril de 2003

1.

Estación de Lyon. Diez de la mañana.

Viéndola avanzar con sus andares de pato, a Camille le sorprendió que el rostro de Irène pareciera más relleno aún que cuando se fue, y su vientre más voluminoso. Se apresuró a agarrar la maleta de ruedas. La besó torpemente. Parecía agotada.

—¿Qué tal la estancia? —preguntó.

—Ya conoces lo esencial —respondió, sin aliento.

Cogieron un taxi y, en cuanto llegaron a casa, Irène se derrumbó en el sofá con un suspiro de alivio.

—¿Qué te preparo? —preguntó Camille.

—Un té.

Irène habló de su viaje.

—Mi padre habla, habla y habla. De él, de él y de él. Qué quieres, es lo único que sabe hacer.

—Agotador.

—Son amables.

Camille se preguntó qué sentiría al oír un día a su hijo decir que él era amable.

Irène se interesó por el caso. Él le dio a leer una copia de la carta del asesino mientras bajaba a buscar el correo.

—¿Comemos juntos? —preguntó ella cuando regresó.

—No creo... —respondió Camille, repentinamente pálido, sosteniendo en la mano un sobre cerrado.

La carta había sido enviada desde Tremblay-en-France.

*Querido comandante:*
*Me alegra ver que se interesa por mi trabajo.*
*Sé que está investigando en todas direcciones y que representa, para usted y para su equipo, mucho esfuerzo y mucha fatiga. Lo siento sinceramente. Créame que, si pudiese aligerar su tarea, lo haría sin dudarlo. Pero tengo una obra que proseguir y sé también que puede usted entenderlo.*
*Bueno, hablo y hablo y no respondo a su pregunta.*
*La Dalia Negra, pues.*
*Qué maravilla de libro, ¿verdad? Y, modestamente, qué maravilla también mi homenaje a esa obra magnífica. «Mi» Dalia, como usted bien dice, era una puta de lo más vulgar. Nada del encanto, ciertamente algo vulgar pero atractivo, de Évelyne. Desde nuestro primer encuentro comprendí que estaría mejor en su papel en el libro de Ellroy que en la acera. Su físico era, digámoslo así, adecuado. Ellroy lo describe, pero describe más el cuerpo muerto que el cuerpo vivo. Pasé noches enteras repitiendo frases del libro mientras deambulaba como un alma en pena por las calles de burdeles de París. Me desesperaba no encontrar la perla rara. Y un día apareció, sin más, diría que tontamente, en la esquina de la rue Saint-Denis. Iba vestida de la forma más chillona posible, con botas altas rojas y ropa interior bien visible a través de su amplio escote y la abertura delantera de la falda. Me convenció su sonrisa. Manuela tenía una gran boca y cabellos de un negro profundo y auténtico. Le pregunté el precio y subí con ella. Un calvario, Camille, se lo aseguro. El lugar olía a miseria, la habitación exhalaba un olor a sudor que la vela aromática que ardía sobre la cómoda no conseguía enmascarar, la cama*

era un catre en el que nadie más o menos sano hubiera querido tumbarse. Lo hicimos de pie, era lo mejor.

El resto fue un largo juego de estrategia. Esas prostitutas son desconfiadas, y sus guardianes, cuando no aparecen directamente, hacen sentir su presencia tras las puertas entreabiertas. Nos cruzamos con sombras en los pasillos. Tuve que volver varias veces, hacerme pasar por un cliente tranquilo, amable, poco exigente, atractivo.

No me interesaba ir demasiado a menudo a ese burdel, ni a las mismas horas. Temía que se notase mi presencia, que sus compañeras pudieran reconocerme después.

Así que le propuse verla en otro lado «para una noche». El precio lo pondría ella. No pensaba entonces que esa cuestión sería tan difícil de negociar. Había que hablar con su amigo. Hubiese podido cambiar de opinión, empezar a buscar otra cómplice, pero ya había proyectado sobre esa chica todas las imágenes del libro. La veía en el papel de Betty Short con tanta perfección que no tenía el valor de renunciar. Así que hablé con el gordo Lambert. ¡Qué personaje! No sé si lo conoció en vida —ah, sí, está muerto, ya hablaremos de eso—, era alguien muy... novelesco. Caricaturesco más allá de lo razonable. Me miraba por encima del hombro y yo le dejaba hacer. Era su juego. Quería «saber con quién hablaba», me explicó. A ese hombre le gustaba su trabajo, se lo aseguro. Estoy convencido de que debía de dar palizas a sus chicas como los demás, pero mantenía un discurso muy protector, muy paternalista. En fin, le expliqué que quería a «su chica» para una noche. Le aseguro que me timó, Camille..., vergonzoso. Pero ese era el juego. Exigió conocer la dirección de nuestro encuentro. La estrategia se volvía intrincada. Le di una falsa, con las reticencias de un hombre casado. Eso bastó para tranquilizarle. Al menos eso creí. Manuela y yo nos encontramos al día siguiente, algo más lejos en el bulevar. Temía que *no cumpliesen, pero para ellos el asunto era un buen negocio.*

*En el barrio de la rue de Livy, a dos pasos del vertedero, hay varios edificios deshabitados desde hace lustros que esperan ser demolidos. Algunos tienen todas sus puertas y ventanas cegadas con ladrillos, tablas..., es siniestro. Otros dos están simplemente vacíos. Elegí el del 57 bis. Llevé a Manuela de noche. Me di perfecta cuenta de que la joven se inquietaba al llegar a un barrio así. Me mostré amable, torpe, como confuso, lo suficiente para devolver la confianza a la puta más reticente.*

*Todo estaba listo. Apenas entramos, le golpeé la cabeza con un mazo. Se desmayó antes de tener tiempo de decir uy. Después llevé su cuerpo al sótano.*

*Se despertó dos horas más tarde, atada a la silla, bajo la lámpara, desnuda. Temblaba y su mirada era de terror. Le expliqué todo lo que iba a pasar, y durante las primeras horas se retorció mucho para tratar de liberarse, intentaba gritar, pero la cinta adhesiva que le cubría el rostro no le daba oportunidad de hacerlo. Esa excitación me incomodaba. Decidí romperle las piernas desde el principio. Con un bate de béisbol. Después las cosas fueron más sencillas. Incapaz de levantarse, solo podía reptar por el suelo, y no durante mucho tiempo. Ni demasiado lejos. Eso facilitó la tarea tanto de fustigarla, como se dice en el libro, como de quemar sus senos con cigarrillos. Lo más difícil fue evidentemente conseguir, de un primer tajo, la sonrisa de la Dalia Negra. Por supuesto, no tenía derecho al error. De hecho, fue un gran momento, Camille.*

*En mi trabajo, ya lo sabe, todo tiene su importancia.*

*Al igual que un puzle que solo halla la perfección formal cuando todas las piezas encajan, cada una en su lugar. Si faltase una sola pieza, toda la obra sería distinta, ni más ni menos hermosa, diferente. Así pues, mi misión es actuar de forma que la realidad imaginada por los grandes hombres sea reproducida con exactitud. Es esa «exactitud» la que constituye la grandeza de mi labor y por eso el más mínimo detalle debe ser atentamente estudiado, sopesado en todas sus consecuencias. De ahí la extrema importancia de conseguir esa sonrisa, de conseguirla totalmente. Mi arte es la imitación, soy un reproductor, un copista, diría que un monje. Mi abnegación es total; mi devoción, ilimitada. He dedicado mi existencia a los demás.*

*Cuando hundí la hoja bajo su oreja un centímetro largo agarrando su cabeza por el pelo, lo más cerca posible del cráneo, e hice un corte profundo hasta la comisura de la boca, sentí la amplitud de mi gesto, el grito verdaderamente animal que se alzó de lo más hondo de su cuerpo y brotó a la salida de aquella nueva media boca por la que la sangre manaba en abundancia en gruesas y largas lágrimas; sentí que mi obra se realizaba. Me apresuré a ejecutar la segunda parte de mi sonrisa: el corte era ligeramente demasiado profundo quizás, no lo sé... Quedó esa sonrisa de la Dalia que fue para mí, ya se lo imagina, una maravillosa recompensa. Esa sonrisa magnífica era, de golpe, en mi vida, toda la belleza del mundo condensada en una obra. Comprobé de nuevo hasta qué punto mi misión encontraba su sentido en mi escrupuloso esmero.*

*Cuando Manuela murió, la corté, como está escrito, con un cuchillo de carnicero. No soy un especialista en anatomía y necesité en varias ocasiones consultar un libro que no obstante había estudiado durante mucho tiempo para localizar las vísceras que faltaban en la Dalia Negra. Los intestinos fueron sencillos, el hígado y el estómago también, pero ¿sabe usted dónde se encuentra exactamente la vesícula biliar?*

*Para lavar los dos trozos del cuerpo, tuve que subirlo todo al piso, y como esos edificios no tienen ni agua ni electricidad desde hace mucho tiempo, tuve que utilizar el* agua de lluvia contenida en un depósito que los antiguos propietarios habían abandonado en el jardín detrás de la casa. Le lavé el pelo con cuidado y aplicación.

A primera hora de la mañana había demasiada luz para terminar mi obra en el vertedero. Temía que pasase alguien y preferí volver a mi casa. ¡No se imagina lo cansado que estaba! Cansado y feliz. Al día siguiente, en cuanto anocheció, volví para terminar el trabajo dejando las dos mitades del cuerpo en el vertedero, tal y como se dice en el libro.

Mi único error, si puede llamarse así, fue volver a pasar después en coche delante del edificio. Solo al llegar a casa me percaté de que me había seguido una moto. Estaba abriendo la puerta de mi casa cuando pasó por la calle. El motorista, irreconocible bajo el casco integral, giró brevemente la cabeza hacia mí. Comprendí de inmediato que había caído en una trampa. Manuela no había vuelto por la mañana y su amigo no podía estar preocupado, porque solo trabajaba de noche. Pero al no verla la tarde del día siguiente... Deduje que me habían seguido la víspera sin darme cuenta. El motorista había regresado al lugar para ver qué ocurría, se había cruzado conmigo cuando volví a pasar delante del edificio, y me había seguido... El gordo Lambert sabía ahora dónde vivía, estaba a su merced y mi acostumbrada serenidad se había llevado un duro golpe. Abandoné inmediatamente París. Aquello solo duró un día, ¡pero qué día! ¡Qué angustia, Camille! Hay que vivir ese tipo de situación para comprenderlo. Al día siguiente, me tranquilicé. Me enteré por la prensa de que habían detenido a Lambert por su participación en un atraco. Al contrario que los policías que le arrestaron y la jueza que le condenó, yo sabía que Lambert tenía una estrategia bastante más compleja y que no tenía nada que ver con el delito que le conducía a prisión. Dieciocho meses sin fianza. La esperanza razonable de no cumplir más que la tercera parte merecía la pena, a sus ojos, por lo que confiaba en sacar de mí cuando saliese. Le esperé tranquilamente. No hice nada, durante las primeras semanas, para sustraerme a la vigilancia que Lambert, desde su celda, ordenaba ejercer sobre mí. Lo más prudente era vivir con normalidad, no dejar adivinar una eventual inquietud. Mi estrategia dio sus frutos. Se quedó tranquilo. Eso fue lo que le perdió. Cuando me enteré de que con toda seguridad sería liberado bajo fianza, me tomé unos días de vacaciones. Fui a instalarme a la casa familiar que poseo en provincias. Voy raras veces porque nunca me he sentido a gusto. Me gusta mucho el jardín, pero la casa es demasiado grande, lejos de todo, ahora que los pueblos se van quedando desiertos. Le esperé tranquilamente. Debía de estar muy seguro de sí y muy impaciente. Vino enseguida, acompañado por un esbirro. Entraron de noche por la parte trasera de la casa para sorprenderme y murieron los dos por disparos de escopeta en la cabeza. Los enterré en el jardín. Espero que no tenga prisa en encontrarlos... Eso es todo. Estoy convencido, ahora que ve el cuidado que pongo en mi tarea, de que comprenderá mejor y apreciará, al menos usted, mis otras obras en su justo valor.

Cordialmente.

# Lunes, 21 de abril de 2003

### 1.

*Le Matin*

## LA POLICÍA CONTACTA CON EL NOVELISTA
### MEDIANTE ANUNCIOS POR PALABRAS

*Decididamente, el caso del Novelista es excepcional en todos sus matices. Primero por la naturaleza de los crímenes: la policía ya ha encontrado los cuerpos de cuatro mujeres jóvenes, uno de ellos en Escocia, todas asesinadas de maneras espantosas. Excepcional también por la forma en que opera el asesino (está ya probado que reproduce en la realidad crímenes de novelas policiacas). Y por último por las características de la investigación policial.*

*El comandante Verhoeven, encargado del caso bajo la autoridad de la jueza Deschamps, ha intentado entrar en contacto con el asesino en serie por medio... de un anuncio por palabras: «BEE». Se trata, por supuesto, de Bret Easton Ellis, el autor de la obra* American Psycho*, en la que se inspiró el Novelista para el doble crimen de Courbevoie. El anuncio apareció en una revista el lunes pasado. No se sabe si el asesino lo ha leído o ha respondido, pero la iniciativa es más bien original. La cosa no ha quedado ahí, y el comandante Verhoeven ha publicado un segundo anuncio con una redacción tan escueta como el precedente: «¿Su Dalia Negra...?», que hace referencia explícita a otro crimen del Novelista: el asesinato de una* *joven prostituta inspirado en la obra maestra de James Ellroy* La Dalia Negra.

*Hemos intentado ponernos en contacto con el Ministerio de Justicia, así como con el Ministerio del Interior, para saber si este método, poco ortodoxo, tenía el aval de los poderes públicos. Nuestros interlocutores han rehusado hacer declaraciones, es comprensible.*

*Por el momento...*

Camille lanzó el periódico al otro lado de la habitación bajo la mirada falsamente distraída de todo el equipo.

—¡Louis! —gritó girándose—. ¡Ve a buscármelo!

—¿A quién?

—¡A ese gilipollas! ¡Me lo agarras por los cojones y me lo traes aquí! ¡Enseguida!

Louis no se movió. Se contentó con bajar la cabeza con aire pensativo y colocarse el mechón. Fue Armand el que intervino primero.

—Camille, estás haciendo una estupidez, siento decirte...

—¿Qué estupidez? —gritó de nuevo volviéndose.

Caminaba por la habitación con paso irritado, cogiendo objetos, volviéndolos a dejar de golpe con evidentes ganas de romper algo. Cualquier cosa.

—Deberías calmarte, Camille, te lo aseguro.

—Armand, este tipo me saca de mis casillas. Como si le necesitáramos para estar de mierda hasta el cuello... Ni rastro de deontología. Es un crápula. Él publica, y nosotros ¡nos jodemos! ¡Louis, ve a buscármelo!

—Es que me hace falta...

—¡Nada de nada! Vas a buscarlo y me lo traes aquí. ¡Si no quiere venir, le envío la Brigada, lo hago salir de su periódico con las esposas puestas y lo traigo detenido!

Louis prefirió no insistir. El comandante Verhoeven había perdido a todas luces el sentido de la realidad.

En el instante en que Louis salía, Mehdi tendió su teléfono a Camille:

—Jefe, un periodista de *Le Monde*...

—Dile que se vaya a tomar por culo —dijo Camille dando media vuelta—. Y si me llamas «jefe» otra vez, te vas a tomar por culo con él.

2.

Louis era un chico prudente. Decidió actuar como si fuese el superyó de su jefe, situación más común de lo que se cree. Consiguió que Buisson le acompañara espontáneamente ante la «invitación del comandante Verhoeven», lo que el periodista aceptó de buen grado. Camille habría tenido tiempo para calmarse. Pero en cuanto tuvo enfrente a Buisson:

—Es usted un cabrón, Buisson —declaró.

—Sin duda querrá usted decir: un periodista.

La antipatía mutua de su primer encuentro se instaló con la misma naturalidad. Camille había preferido recibir a Buisson en su despacho, por temor a que obtuviera, durante la entrevista, alguna información que no debía conocer. En cuanto a Louis, permaneció cerca de Camille, como dispuesto a intervenir en el caso de que las cosas empezasen a degenerar.

—Necesito saber de dónde saca su información.

—Vamos, comandante, ¡somos demasiado mayores para jugar a ese juego! Me pide que traicione fuentes que están bajo secreto profesional y usted lo sabe perfectamente...

—Ciertos datos pertenecen al secreto de sumario. Tengo medios...

—No tiene usted medio alguno —le cortó Buisson—, ¡y ni siquiera tiene usted derecho!

—Tengo derecho a detenerlo. No me costaría nada.

—Le costaría un escándalo. Es más, ¿por qué motivo? ¿Quiere usted acabar con la libertad de prensa?

—No me cuente historias de deontología, Buisson. Se reiría de usted todo el mundo. Hasta mi padre...

—Entonces, comandante, ¿qué piensa hacer?, ¿detener a toda la prensa parisina? Tiene usted delirios de grandeza...

Camille lo observó un instante como si lo viera por primera vez. Buisson le miraba siempre con la misma sonrisa horrorosa, como si se hubiesen conocido en otro tiempo.

—¿Por qué actúa así, Buisson? Usted sabe lo difícil que es este caso, que necesitamos detener a ese tipo y que todo lo que publica entorpece considerablemente nuestro trabajo.

Buisson pareció relajarse de repente, como si hubiera conducido a Verhoeven hasta el lugar que deseaba.

—Le propuse un trato, comandante. Usted lo rechazó, no es culpa mía. Ahora, si usted...

—Nada de eso, Buisson. La policía no hace tratos con la prensa.

Buisson dibujó una larga sonrisa y se enderezó cuanto pudo, mirando a Camille desde todo lo alto.

—Es usted un hombre eficaz, comandante, pero no es un hombre prudente.

Camille continuó observándole en silencio durante unos segundos.

—Le agradezco que haya venido, señor Buisson.

—Ha sido un placer, comandante. No dude en volver a llamarme.

El auténtico placer fue la prensa vespertina. Desde las cuatro de la tarde *Le Monde* reprodujo la información de Buisson. Cuando Camille llamó a Irène una hora más tarde, para saber qué tal estaba, ella le informó de que la radio estaba diciendo lo mismo. La jueza Deschamps ni siquiera le llamó directamente, lo que con toda seguridad no era buena señal.

Camille tecleó: «Philippe Buisson, periodista».
Louis se inclinó sobre la pantalla.
—¿Por qué hace eso? —preguntó al ver que Camille pinchaba sobre una página que se anunciaba como el «Who's Who del periodismo francés».
—Me gusta saber a quién me enfrento —dijo Camille mientras esperaba el resultado, que no tardó.
Camille silbó.
—Pero bueno, si es un señorito, ¿lo sabías?
—No.
—Philippe Buisson de Chevesne, nada menos. ¿Te dice algo?
Louis se tomó un instante para pensarlo.
—Deben de estar relacionados con los Buisson de la Mortière, ¿no?
—¡Oh, claro! —dijo Camille—, no puede ser otra cosa...
—Nobleza del Périgord. Arruinada por la revolución.
—Viva la igualdad. Aparte de eso, ¿qué encontramos? Estudios en París, Escuela de Periodismo. Primer trabajo en *Ouest-France*, algunas colaboraciones para diarios de provincias, una beca en France 3 Bretaña, y después *Le Matin*. Soltero. Claro... Y la lista de algunos artículos. ¡Fíjate, la tiene bastante actualizada! Estoy bien arriba...
Camille cerró la ventana y apagó el ordenador. Consultó el reloj.
—¿No prefiere volver a casa? —preguntó Louis.
—¡Camille! —dijo Cob, que acababa de asomar la cabeza—. ¿Puedes venir, por favor?

3.

—Primera búsqueda. La lista de Ballanger, era lo más sencillo —empezó Cob.

Había introducido en el registro de casos sin resolver los elementos más significativos de los resúmenes enviados por Ballanger y sus estudiantes, y ampliado la búsqueda a los diez últimos años. La primera lista obtenida solo incluía cinco casos que parecían corresponderse con novelas famosas. Un listado recapitulaba las referencias de cada expediente, sus fechas, el nombre de los investigadores, así como la fecha en que el caso había sido dejado en suspenso por falta de resultados. En la última columna, Cob había añadido el título del correspondiente libro.

Camille se puso las gafas y se fijó solo en lo esencial:

Junio de 1994 – Perrigny (Yonne) – Asesinato de una familia de agricultores (los padres y dos hijos) – Posible fuente: Truman Capote – *A sangre fría*.

Octubre de 1996 – Toulouse – Hombre abatido por un disparo el día de su boda – Posible fuente: William Irish – *La novia vestía de negro*.

Julio de 2000 – Corbeil – Mujer hallada muerta en un río – Posible fuente: Émile Gaboriau – *El crimen de Orcival*.

Febrero de 2001 – París – Policía abatido durante un atraco – Posible fuente: W. R. Burnett – *El pequeño César*.

Septiembre de 2001 – París – Policía se suicida en su coche – Posible fuente: Michael Connelly – *El poeta*.

—Segunda búsqueda —prosiguió Cob—, tu lista de elementos aberrantes. Es algo muy complicado —añadió mientras tecleaba—. He procedido por etapas: modus operandi, pruebas circunstanciales, lugares cruzados con la identidad de las víctimas... Tu idea es un auténtico guirigay...

La página se quedó por fin fija en un cuadro. Treinta y siete líneas.

—Si descartamos los crímenes de carácter espontáneo —comentó Cob mientras pulsaba el ratón— y los crímenes sin premeditación manifiesta, quedan veinticinco. Te he hecho la lista. De esos veinticinco, siete responden a casos que incluyen varios presuntos asesinos. Es la segunda lista. De los dieciocho restantes, nueve presentan móviles claramente económicos, víctimas muy ancianas, mujeres notoriamente sadomasoquistas, etcétera. Quedan nueve.

—Bien.

—Es esta lista, la de abajo.

—¿Interesante?

—Si quieres...

Echó un vistazo.

—¿Cómo que si quieres?

—En ninguno de los casos se encuentran indicios verdaderamente discordantes. En el sentido en que tú lo entiendes, quiero decir. Existen incógnitas, claro, pero no lugares totalmente incoherentes, objetos inesperados, fechas poco habituales, ni utilización de armas originales, nada que coincida en realidad con lo que buscamos.

—Vamos a ver...

Camille se volvió y levantó la mirada hacia Élisabeth.

—¿Qué opina?

—Vamos a sacarlo todo de los archivos; pasamos la noche con ello y recapitulamos a primera hora de la mañana...

—Vale, manos a la obra —dijo Camille cogiendo la lista que acababa de salir de la impresora y entregándosela.

Élisabeth consultó su reloj y le interrogó con la mirada. Camille se masajeó los párpados.

—Mañana por la mañana, Élisabeth. Con las primeras gotas de rocío.

Antes de marcharse a su vez, Camille envió un correo electrónico al doctor Crest proponiéndole un texto para el siguiente anuncio: «¿Y sus otras obras...? C. V.».

# Martes, 22 de abril de 2003

1.

Hacia las ocho de la mañana, Élisabeth entró en la sala donde todo el mundo estaba ya reunido, tirando de un carrito sobre el que había apilado los expedientes que había sacado del archivo. Catorce voluminosos dosieres que ordenó según las listas de Cob, nueve por un lado, cinco por el otro.

—¿Cómo va lo de Lesage?

—La jueza acaba de dar luz verde —respondió Louis—. A primera vista, según ella, disponemos de elementos insuficientes para un arresto provisional, pero la unidad de delitos financieros acaba de dar todas las claves a Cob para registrar las cuentas bancarias de la familia Lesage, sus haberes, hipotecas, etcétera. Ahora depende de él.

Cob estaba ya ocupado y concentrado.

¿Cuánto tiempo llevaba allí? Se había apropiado del ordenador de Fernand —quien, de todas formas, no distinguía la pantalla del teclado a partir de las doce— y lo había unido al suyo. Su silueta quedaba oculta casi por completo detrás de las dos grandes pantallas y se adivinaban sus manos corriendo sobre los dos teclados que había dispuesto frente a él, uno junto al otro, como un organista.

Camille miró pensativamente las pilas de informes, y después a los miembros de su equipo. Para analizar todo aquello era preciso tener mucho ojo y trabajar con rapidez. A Mehdi le faltaba experiencia para un trabajo así. En cuanto a Maleval, había llegado con la cara de los días importantes, la de las noches que apenas acababan de terminar. Falta de atención. Camille no se atrevía siquiera a considerar la ayuda de Fernand. Su aliento exhalaba ya un tufo a Sauvignon mentolado.

—Bueno. Élisabeth, Armand, Louis..., venid conmigo.

Los cuatro se instalaron delante de la gran mesa donde se alineaban las cajas de archivos.

—Estos expedientes corresponden a casos no resueltos. Contienen todos elementos aberrantes, o relativamente aberrantes, elementos que no casan con el contexto de la víctima y que podrían, pues, estar allí por fidelidad al texto de un libro. Se trata de una hipótesis un poco inverosímil, lo confieso. Así que es inútil dedicarle demasiado tiempo. El objetivo es redactar un resumen claro del caso. Más o menos dos páginas... Están destinadas al profesor Ballanger y a algunos de sus alumnos. Deberían poder decirnos si estos casos están o no ligados a libros que conozcan. Esperan los resúmenes al final de la mañana.

Camille se detuvo un instante para reflexionar.

—Louis, envía también el documento a Jérôme Lesage por fax. Veremos cómo reacciona. Si tenemos resumidos estos casos, digamos, a mediodía, estarán en sus manos a primera hora de la tarde y podrán leerlos enseguida.

Se frotó las manos, como un hambriento cuando se sienta a la mesa.

—Vamos, al trabajo. Hay que tenerlo terminado antes del mediodía.

2.

*A la atención del profesor Ballanger*

*Nueve casos criminales, no resueltos al día de hoy, po-
drían inspirarse en novelas policiacas francesas o extranje-
ras. Se refieren a seis mujeres, dos hombres y un niño, y todos se remontan a menos de diez años atrás. La Brigada
Criminal intenta relacionar, con la mayor precisión posible,
los elementos disponibles de la investigación con las novelas
que habrían podido servir como modelo.*

*Caso 1 – 13 de octubre de 1995 – París – Una mu-
jer negra de treinta y seis años encontrada despedazada en su bañera.*
*Elemento sin explicar:*
*Después de cortarlo en pedazos, el cuerpo de la vícti-
ma fue vestido con ropa de hombre.*

*Caso 2 – 16 de mayo de 1996 – Fontainebleau – Un
representante comercial de treinta y ocho años es asesinado
de un balazo en la cabeza en el bosque de Fontainebleau.*
*Elementos sin explicar:*
*1 – Rareza del arma utilizada, una pistola Colt
Woodsman calibre 22.*
*2 – La ropa de la víctima no le pertenecía.*

*Caso 3 – 24 de marzo de 1998 – París – Una mujer
embarazada de treinta y cinco años destripada en un almacén.*
*Elemento sin explicar:*
*Al pie de la víctima, huérfana educada bajo tutela de
Asuntos Sociales, se halló una corona funeraria con el
lema: «A mis queridos padres».*

*Caso 4 – 27 de septiembre de 1998 – Maisons-Alfort – Un hombre de cuarenta y ocho años, muerto de un infarto, hallado en el foso de reparación de un garaje.*

*Elementos sin explicar:*

*1 – La víctima, ayudante de farmacia en Douai, fue visto en su lugar de trabajo por tres testigos independientes el día y a la hora aproximada de su muerte.*

*2 – Su muerte se produjo tres días antes de su traslado al garaje donde fue encontrado el cuerpo.*

*Caso 5 – 24 de diciembre de 1999 – Castelnau – Una niña de nueve años es descubierta colgando de un cerezo en un huerto a 30 kilómetros de distancia de su domicilio.*

*Elemento sin explicar:*

*El ombligo de la víctima fue seccionado con un cúter antes del ahorcamiento.*

*Caso 6 – 4 de febrero de 2000 – Lille – Muerte por hipotermia de una mujer de cuarenta y siete años sin domicilio.*

*Elemento sin explicar:*

*Su cuerpo fue encontrado en la cámara frigorífica en marcha de una carnicería abandonada. La corriente eléctrica procedía de un puente realizado a una farola de la calle.*

*Caso 7 – 24 de agosto de 2000 – París – El cuerpo desnudo de una joven estrangulada fue hallado en la pala de una draga al borde del canal de Ourcq.*

*Elementos sin explicar:*

*1 – La víctima tenía una falsa marca de nacimiento (cara interna del muslo izquierdo) realizada con tinta indeleble.*

*2 – El cuerpo estaba cubierto parcialmente por cieno fresco extraído del canal, pero la máquina no había sido utilizada recientemente.*

*Caso 8 – 4 de mayo de 2001 – Clermont-Ferrand – Una mujer de setenta y un años, viuda, sin hijos, asesinada de dos disparos en el corazón.*
*Elemento sin explicar:*
*El asesinato fue cometido y el cuerpo encontrado en un coche marca Renault de 1987, declarado siniestro total seis años antes.*

*Caso 9 – 8 de noviembre de 2002 – La Baule – Una mujer de veinticuatro años, estrangulada.*
*Elemento sin explicar:*
*El cuerpo de la víctima fue hallado vestido con ropa de calle en la playa y cubierto de nieve carbónica procedente de un extintor industrial.*


3.

A primera hora de la tarde, el equipo se puso a trabajar con la primera lista de Cob. Louis fue encargado de analizar el caso de Perrigny; Élisabeth, el de Toulouse; Maleval, el del policía asesinado en París; Armand, el caso de Corbeil, y Camille, el suicidio del policía parisino.

No tardaron en llegar las buenas noticias. Ningún caso presentaba, según las sinopsis de las novelas enviadas por el profesor Ballanger, suficientes semejanzas. El asesino, ahora estaban seguros, era escrupuloso hasta en los menores detalles, y cada caso comportaba diferencias importantes con el texto en el que podría haberse inspirado. Louis, en primer lugar, entregó su informe menos de tres cuartos de hora más tarde («Imposible...», declaró sobriamente), pronto seguido por Élisabeth, y después por Maleval. Camille añadió el suyo a la pila con cierto alivio.

—¿Ronda de café para todos?

—No para ti... —respondió Armand entrando en el despacho con mirada de desolación.

Camille juntó las manos y se masajeó lentamente los párpados en un silencio religioso.

Todas las miradas estaban fijas en la pálida silueta de Armand.

—Creo que vas a tener que llamar al comisario. Y a la jueza Deschamps...

—¿Qué pasa? —preguntó por fin Camille.

—El asunto se llama *El crimen de Orvical.*

—Orcival —corrigió amablemente Louis.

—Orvical u Orcival, pronúncialo como quieras —continuó Armand—, pero para mí es el caso de Corbeil. Punto por punto.

El profesor Ballanger eligió ese momento para llamar a Camille.

Con la mano libre, Camille empezó de nuevo a masajearse los párpados. Desde donde se encontraba, veía el gran tablero de corcho sobre el que habían clavado las fotos del doble crimen de Courbevoie (dedos de chica cortados y colocados en círculo), del de Tremblay (una foto de conjunto del cuerpo de Manuela seccionado por la cintura), del de Glasgow (el cuerpo de la pequeña Grace Hobson en su patético abandono). Sintió que empezaba a costarle respirar.

—¿Hay noticias? —preguntó prudentemente.

—Nada que se corresponda del todo con algo que conozcamos —dijo Ballanger con voz profesoral—. Uno de mis estudiantes creyó reconocer un caso de marzo de 1998, la historia de esa mujer destripada en un almacén. Es un libro que no conozco. Se llama... *El asesino de la sombra.* El autor sería un tal Philip Chub, o Hub. Ni rastro de él. He mirado en internet y no lo he encontrado. El libro debe de ser muy antiguo, está agotado. Aparte de esto, comandante, en relación con el caso, ese representante comercial del bosque de Fontainebleau..., le confieso que tengo alguna duda. Hay elementos que no cuadran, pero, la verdad, todo se parece mucho a *El fin de la noche,* de John D. MacDonald, ¿sabe?...

4.

Louis trajo a Camille el acuse de recibo del nuevo anuncio que Cob había enviado y que estaría en línea la mañana del día siguiente como muy tarde. En el momento en que el joven se marchaba, Camille le detuvo un instante.

—¡Louis! Me gustaría saber qué pasa entre Maleval y tú.

El rostro de su ayudante se oscureció de golpe. Camille comprendió instantáneamente que no sacaría nada de él.

—¿Un asunto entre hombres...? —aventuró, al menos para intentar hacerle reaccionar.

—No es un asunto. Es... una pequeña discrepancia, eso es todo.

Camille se levantó para acercársele. En esos casos, Louis tenía siempre el mismo reflejo. Parecía encogerse un poco sobre sí mismo, como si hubiera querido abolir su diferencia de altura o manifestar una especie de sumisión que halagaba e incomodaba a la vez a Camille.

—Te lo voy a decir claramente, Louis, y no quiero tener que repetírtelo. Si vuestros asuntos afectan a nuestro trabajo...

Ni siquiera pudo terminar la frase antes de que Louis le interrumpiese:

—¡De ningún modo!

Camille le contempló un segundo, mientras dudaba sobre las medidas a adoptar.

—No me gusta esto, Louis.

—Es personal.

—¿Íntimo?

—Personal.

—Me está esperando Le Guen, tengo que irme —concluyó volviendo a su despacho.

Louis se fue inmediatamente. Camille atisbó su mano colocándose el mechón, pero ya no recordaba cómo descifrarlo. Se quedó pensativo unos instantes, llamó a Cob por la línea interna y se decidió por fin a marcharse.


5.


Al final del día, Le Guen estaba terminando de leer los dos resúmenes que Camille había redactado con prisas. Hundido en su nuevo sillón, sostenía el documento con las dos manos, apoyado en su vientre. Durante la lectura, Camille repasaba en su cabeza la película de los dos casos que acababan de aparecer, al menos tal y como había conseguido reconstruirlos.

El primer memorando hacía referencia a las «semejanzas bastante lejanas» encontradas por Ballanger entre una novela americana de 1960 titulada *El fin de la noche* y el caso de Fontainebleau.

El 16 de mayo de 1996, a última hora de la mañana, Jean-Claude Boniface y Nadège Vermontel se toparon en el bosque de Fontainebleau con el cuerpo de un hombre con una bala en la cabeza.

El hombre fue rápidamente identificado como Roland Souchier, comercial de sanitarios y fontanería. La bala procedía de una automática calibre 22, poco frecuente en esos lares. El arma no figuraba en el registro. La cartera, el dinero y las tarjetas de crédito habían desaparecido. La tesis del robo adquirió peso cuando se comprobó que se había hecho una retirada de efectivo con la tarjeta ese mismo día en una pequeña gasolinera situada treinta kilómetros al sur y que el fugitivo había utilizado el coche de Souchier.

Dos elementos particulares habían llamado la atención de los investigadores. El primero era la pistola del 22, bastante poco común. Balística había determinado que se trataba de una Colt Woodsman, un arma americana de ocio y competición que había dejado de fabricarse en los años sesenta. En Francia había inscritas unas pocas unidades.

El segundo hecho curioso tenía que ver con la ropa de la víctima. Ese día llevaba una camisa sport azul claro y mocasines blancos. Su mujer lo puso de manifiesto durante el reconocimiento del cuerpo. Declaró con convicción que esa ropa no era suya. Su declaración mencionaba incluso que nunca «le habría permitido llevar ropa parecida».

—Esa historia no se sostiene... —exclamó Le Guen.

—Yo tampoco lo creo.

Compararon los elementos del informe con los fragmentos del libro de John D. MacDonald que Ballanger les había enviado por fax. Número 698 de la Serie Negra. Fecha de publicación de la edición francesa: 1962. Página 163.

*Había un desprendimiento de rocas a siete u ocho metros [...]. El hombre, que debía de tener unos treinta y cinco años, estaba de pie al lado de la puerta abierta del coche. Se frotó la nuca e hizo una mueca. [...]*

*Llevaba una camisa sport azul claro, húmeda a la altura de las axilas, un pantalón gris y zapatos en blanco y negro.*

—Algo más abajo —dijo Camille—, el autor habla del asesino.

*Apuntó de nuevo. Un agujerito redondo apareció en la frente de Beecher, arriba del todo, ligeramente a la izquierda. Sus ojos se abrieron. Dio un paso para separar los pies, como si quisiera intentar apoyarse bien sobre las piernas. Después se derrumbó lentamente, como si quisiese amortiguar su caída.*

—Puede ser —dijo Le Guen, con gesto de disgusto. Se quedaron pensativos un instante.

—Bueno —prosiguió Camille—, para mí tampoco encaja mucho. Hay demasiados detalles distintos. El libro precisa que el hombre recibe «navajazos», que lleva «en el dedo meñique de la mano izquierda un grueso sello»: ni rastro de eso en la muerte de Fontainebleau. En la novela, encuentran en el lugar del crimen medio cigarro y una botella de bourbon: ni rastro de eso tampoco. Lo mismo en el caso de la caja de azulejos italianos lanzada contra las rocas. No, no encaja. Un falso amigo.

Le Guen tenía la mirada en otra parte.

El silencio que siguió no se refería ya a ese caso, que ambos consideraban descartado, sino al otro, que conducía inevitablemente hacia aguas menos tranquilas...

—En cuanto a este... —lanzó Le Guen con voz sorda—, estoy bastante de acuerdo contigo. Creo que habrá que avisar a la jueza.

Jean-François Richet no estaba de vacaciones, pero su trabajo de representante le dejaba algún tiempo libre, sobre todo en julio. Propuso a su hijo Laurent, de dieciséis años, salir a pescar en el Sena. Es lo que hicieron el 12 de julio de 2000. Era el hijo quien, tradicionalmente, elegía el sitio. Laurent buscó un buen lugar para ese día pero no tuvo tiempo de encontrarlo. Apenas había dado unos pasos cuando, con voz tensa y ansiosa, llamó a su padre: cerca de la orilla del río flotaba el cadáver de una mujer. El cuerpo yacía sobre el vientre, en aguas poco profundas. Su rostro estaba hundido en el fango. Llevaba un vestido gris cubierto de barro y sangre.

Veinte minutos más tarde, se presentaron los gendarmes de Corbeil. La investigación, dirigida por el teniente coronel Andréani, fue llevada a cabo con rigor. Menos de una semana más tarde, ya se sabía aproximadamente todo lo que se supo después, es decir, casi nada.

La joven, de raza blanca, de unos veinticinco años de edad, tenía marcas de una violenta paliza durante la cual la habían arrastrado por el pelo, como confirmaban la piel de la frente arrancada y mechones enteros de cabello. El asesino había utilizado un martillo para golpearla. La autopsia, practicada por un tal doctor Monier, reveló que la víctima no había muerto a causa de esa violencia sino algo más tarde, tras recibir veintiuna cuchilladas. No se encontró rastro alguno de agresión sexual. La víctima sostenía en la mano izquierda un trozo de tela gris. La muerte debía de remontarse a unas cuarenta y ocho horas antes.

La investigación estableció rápidamente que esa joven era una tal Maryse Perrin, con domicilio en Corbeil, cuya desaparición había sido denunciada cuatro días antes por sus padres y confirmada por sus amigos y jefes. La joven peluquera, de veintitrés años, vivía en el número 16 del boulevard de la République, en un piso alquilado de dos dormitorios que compartía con su prima, Sophie Perrin. Todo lo que se podía decir de ella era banal: se trasladaba cada mañana a su trabajo en transporte público, era apreciada, salía los fines de semana con su prima a los lugares de moda, flirteaba con chicos y se acostaba con algunos, en suma, nada destacable, aparte de que había dejado su domicilio el jueves 7 de julio hacia las siete y media vestida con una falda blanca, una camisa blanca, una chaqueta rosa y zapatos planos, y que la encontraron cinco días más tarde con un vestido gris y la cabeza medio hundida en el fango. El asesinato quedó sin resolver. Ningún indicio permitió saber cómo había desaparecido, cómo había llegado a la orilla del Sena, lo que había hecho durante ese lapso de tiempo entre su desaparición y su descubrimiento, ni quién podría haberla matado.

Los investigadores habían anotado varios elementos extraños en este caso aparentemente banal. El hecho de que la víctima no hubiese sufrido violencia sexual, por ejemplo. En la mayoría de los casos en los que una joven es hallada en condiciones similares, se encuentran rastros. En este, nada. El forense estaba en disposición de afirmar que la última relación sexual de Maryse Perrin se remontaba bastante tiempo atrás. Dicho de otro modo, a una fecha anterior a la que las técnicas científicas de las que disponía podían remontarse. Este plazo se cifraba, pues, en semanas. De hecho, su prima confirmaba, en su segundo interrogatorio, que la víctima no había «salido» desde hacía mucho, tras una ruptura amorosa cuya herida empezaba a cerrarse. El protagonista de dicha ruptura, un tal Joël Vanecker, empleado de correos, fue interrogado e inmediatamente exculpado.

Lo realmente extraño, el hecho inhabitual, era el vestido gris con el que había sido encontrada la víctima. Al haberse perdido su pista durante varios días, podía muy bien haberse cambiado, incluso varias veces, pero lo que los investigadores no se explicaban era la razón por la que la habían hallado ataviada con un vestido largo cuya fabricación se remontaba a la década de 1860. Este hecho fue constatado bastante más tarde. Resultaba llamativo para todos, empezando por los padres y la prima, que llevara puesto un vestido de noche. Ese detalle no encajaba ni con sus costumbres ni con la idea que se podía tener de ella, y lo cierto era que no poseía ropa de ese tipo. Los expertos también se asombraron del estado de deterioro de la prenda, que no se correspondía con el tiempo que el cuerpo había permanecido sumergido. Los investigadores mandaron, pues, analizar el tejido y la confección a especialistas: la conclusión fue unánime, el vestido había sido fabricado sin duda en la región parisina, con hilo y según una técnica que databa de mediados del siglo XIX. Los botones utilizados, así como la pasamanería azul, permitían precisar la fecha de 1863 con un error de más o menos tres años.

Se pidió a los expertos consultados que evaluaran su precio. El crimen, si puede decirse así, no había sido gratuito, porque el asesino no había dudado en tirar al agua, al mismo tiempo que un cadáver, una antigüedad de tres mil euros. La única razón que podía explicarlo era que quizás no conocía el precio.

Se hicieron averiguaciones entre anticuarios y chamarileros. La zona de investigación se había limitado únicamente a la región del crimen por falta de medios y personal, y tras semanas de trabajo las conclusiones no habían avanzado ni un milímetro.

Si se mencionaba que la joven había sido «descubierta vestida así» era porque no había sido asesinada con el vestido puesto. Había sido golpeada y asesinada con otra ropa, y unas treinta y seis horas más tarde la habían vuelto a vestir con el susodicho vestido de baile; de nuevo, aquí, surgía un detalle extraño. El asesino no se había contentado con tirar el cuerpo al agua. Había depositado el cuerpo de la joven con cierta delicadeza, y tanto los pliegues del vestido como la profundidad a la que el rostro había sido sumergido en el fango denotaban cierta aplicación, una especie de lujo de cuidados muy asombrosa por parte de un hombre que le había dado martillazos horas antes.

Los investigadores se quedaron evidentemente perplejos ante el motivo de tanto detalle.

Pero en ese momento, gracias al descubrimiento de *El crimen de Orcival,* una novela de Émile Gaboriau publicada en 1867 y que Ballanger había calificado como una de las novelas fundadoras del género policiaco, ninguno de los extraños detalles del crimen parecía misterioso. La condesa de Trémorel, la víctima de la novela de Gaboriau, era, como la pequeña Perrin, rubia con ojos azules. No había duda alguna de que la forma en que había sido colocado el cuerpo, la manera en que había sido asesinada, su ropa, el trozo de tela gris que todavía guardaba en la mano izquierda, en resumen, cada detalle, correspondía punto por punto a la novela. Y la perfección máxima: el vestido había sido fabricado en la fecha en que transcurría la acción. Para Camille no había sombra de duda, se encontraba frente a un cuarto caso.

—Salvo la huella —exclamó Le Guen—. ¿Por qué ese tipo deja una falsa huella en cada cuerpo y no en este?

—Ese tipo solo empieza a firmar sus crímenes a partir del de Glasgow, no me preguntes por qué. Después, los firma todos. Lo que quiere decir que ya no existe ninguno posterior por descubrir. Es la única buena noticia.

—Ahora solo quedan los casos futuros... —dijo Le Guen como si hablase consigo mismo.

6.

Irène había hecho una tisana.

Sentada en uno de los sillones del salón, miraba la lluvia que había comenzado al caer la noche golpear los cristales con un empecinamiento tranquilo que decía mucho sobre su resolución.

Habían tomado una especie de tentempié. Irène ya no preparaba más que platos fríos. Desde principios de mes, ya no tenía fuerzas para cocinar. Nunca sabía a qué hora podrían sentarse a la mesa.

—Bonito momento para crímenes, mi amor... —exclamó pensativamente sosteniendo su taza con las dos manos, como para calentarse.

—¿Por qué dices eso? —preguntó Camille.

—Oh, por nada...

Verhoeven cogió el libro que estaba ojeando y fue a sentarse a sus pies.

—Cans...

—¿Cansada?

Habían hablado casi al mismo tiempo.

—¿Cómo se llama a eso? —preguntó Camille.

—No lo sé. Comunicación de inconscientes, supongo.

Permanecieron así un buen rato, cada uno sumido en sus pensamientos.

—Te aburres mucho, ¿verdad?

—Ahora sí. El tiempo se me hace muy largo.

—¿Quieres que hagamos algo mañana por la noche? —preguntó Camille sin convicción.

—Me gustaría dar a luz...

—Tendré que buscar mi botiquín de primeros auxilios.

Había dejado el libro cerca de él y pasaba distraídamente las páginas, dejando desfilar las pinturas de Caravaggio. Se detuvo en la reproducción de la *Magdalena en éxtasis*. Irène se inclinó ligeramente para mirar por encima de su hombro. Sobre el lienzo, Magdalena echa la cabeza hacia atrás, la boca abierta, las manos cruzadas sobre el vientre. Sus largos cabellos rojizos caen sobre su hombro derecho hasta subrayar el pecho, el seno izquierdo apenas cubierto. A Camille le gustaba esa imagen de mujer. Pasó algunas páginas hacia atrás y se fijó un instante en la de María, que Caravaggio representaba en el *Descanso en la huida a Egipto.*

—¿Es la misma mujer? —preguntó Irène.

—No lo sé.

María estaba inclinada sobre su hijo. Su cabello era de un rojo tirando a púrpura.

—Me parece que goza —dijo Irène.

—No, creo que era Teresa la que gozaba.

—Gozan las dos.

Magdalena en éxtasis, María y el Niño. No lo dice, pero es así como ve a Irène cuando piensa en ella. La sentía a su espalda, pesada y cálida. Las consecuencias de la llegada de Irène a su vida habían sido incalculables. Tomó su mano por encima del hombro.

# Miércoles, 23 de abril de 2003

## 1.

El tipo de mujer del que no hay nada que decir, ni guapa ni fea, casi sin edad. Un rostro conocido, como si fuera de la familia, como una antigua compañera de clase. Unos cuarenta años imprecisos, ropa de una corrección descorazonadora y un calco, simplemente afeminado, de su hermano. Christine Lesage está sentada frente a Verhoeven, las manos cruzadas de manera sobria encima de las rodillas. Es difícil decir si tiene miedo o está impresionada. Su mirada está firmemente clavada en sus rodillas. Camille cree leer en ella una determinación que podría llegar hasta el absurdo. Si bien su rostro tiene un parecido realmente asombroso con el de su hermano, Christine Lesage deja adivinar una voluntad más fuerte.

Sin embargo, hay en ella algo de turbación; a veces, sus ojos huyen durante un instante, como si perdiese el equilibrio.

—Señora Lesage, ya sabe por qué está usted aquí... —empieza a decir Camille dejando sus gafas.

—A propósito de mi hermano, me han dicho...

Su voz, que oye por vez primera, es fina, un poco demasiado aguda, como si hubiese tenido que responder a una provocación. La forma misma en la que ha pronunciado la palabra «hermano» es muy expresiva. Reflejo de madre, de algún modo.

—Exacto. Tenemos algunas dudas sobre él.

—Pues yo no veo qué podría reprochársele.

—Es lo que intentaremos ver juntos, si es tan amable. Me gustaría que usted me aclarara algunas cosas.

—Ya he dicho a su ayudante todo lo que tenía que decir...

—Sí —contesta Camille señalando el documento que tiene frente a él—, pero, precisamente, lo que tiene usted que decir no es gran cosa.

Christine Lesage vuelve a cruzar las manos sobre sus rodillas. Para ella, la entrevista acaba de terminar.

—Nos interesa en particular su estancia en Gran Bretaña. En... —Camille se pone las gafas un breve instante para consultar sus notas— julio de 2001.

—No estábamos en Gran Bretaña, inspector...

—Comandante.

—Estábamos en Inglaterra.

—¿Está usted segura?

—¿Usted no?

—Pues no, si quiere que le diga la verdad... En todo caso, no todo el tiempo. Llegan ustedes a Londres el 2 de julio... ¿Estamos de acuerdo?

—Quizás...

—Seguro. Su hermano abandona Londres el 9, y se va a Edimburgo. A Escocia, señora Lesage. Gran Bretaña, en cualquier caso. Su billete de regreso confirma su vuelta a Londres el 12. ¿Me equivoco?

—Si usted lo dice...

—¿No se dio cuenta de que su hermano se había ausentado casi cuatro días?

—Dice usted del 9 al 12. Eso hacen tres, no cuatro.

—¿Dónde estaba?

—Acaba de decirlo: en Edimburgo.

—¿Qué estaba haciendo allí?

—Tenemos un representante. Como en Londres. Mi hermano va a visitar a nuestros representantes cada vez que tiene ocasión. Es algo... comercial, si lo prefiere.

—Su representante es el señor Somerville —prosigue Camille.

—Eso es. Mister Somerville.

—Aquí tenemos un pequeño problema, señora Lesage. Mister Somerville ha sido interrogado esta mañana por la policía de Edimburgo. Efectivamente recibió a su hermano, pero solo el día 9. Luego su hermano dejó Edimburgo. ¿Puede decirme lo que hizo entre el 9 y el 12?

Camille tiene inmediatamente la sensación de que ella se acaba de enterar de esa información. La mujer adopta una expresión desconfiada, de rencor.

—Turismo, supongo —exclama por fin.

—Turismo. Claro. Visitó Escocia, sus colinas, sus lagos, sus castillos, sus fantasmas...

—Ahórreme los tópicos, inspector.

—Comandante. En su opinión, ¿piensa que la curiosidad habría podido llevarle a visitar Glasgow?

—No tengo ni idea. De hecho, no veo qué habría podido ir a hacer allí.

—Matar a la pequeña Grace Hobson, por ejemplo.

Verhoeven intenta el golpe. Hay estrategias que han triunfado con menos de eso. Christine Lesage no se muestra afectada en lo más mínimo.

—¿Tiene usted pruebas?

—¿Le suena el nombre de Grace Hobson?

—Lo he leído en los periódicos.

—Recapitulo: su hermano se va de Londres para pasar cuatro días en Edimburgo, solo se queda allí uno, y usted no sabe lo que hizo durante esos tres días.

—Eso es más o menos, sí.

—Más o menos...

—Eso es. Estoy segura de que no le costará nada...

—Ya veremos. Pasemos a noviembre de 2001, si es tan amable.

—Su ayudante ya me ha...

—Lo sé, señora Lesage, lo sé. Solo tiene que confirmarme todo esto y ya no volveremos a mencionarlo. Así pues, el 21 de noviembre...

—¿Recuerda usted lo que hizo el 21 de noviembre de hace dos años?

—Señora Lesage, la pregunta no es para mí ¡sino para usted! Referida a su hermano. Se ausenta mucho, ¿verdad?

—Comandante —responde Christine Lesage con el tono paciente con el que se dirigiría a un niño—, tenemos un negocio. Libros de ocasión, segunda mano, mi hermano compra y vende. Visita bibliotecas privadas para adquirir libros, lotes, realiza peritajes, compra a otros libreros, les vende obras, entenderá que todo eso no se hace quedándose detrás del mostrador de la tienda. Así que, sí, mi hermano se desplaza mucho.

—Como consecuencia no sabe nunca dónde está...

Christine Lesage se toma un buen rato de reflexión, mientras piensa en la estrategia a seguir.

—¿No cree usted que podríamos ahorrar tiempo? Si me dijese claramente...

—Es bastante simple, señora Lesage. Su hermano nos llamó para ponernos tras la pista de un crimen y...

—Eso da ganas de ayudarles...

—No le pedimos su ayuda, fue él quien nos la propuso. Espontáneamente. Generosamente. Nos señaló que el doble crimen de Courbevoie estaba inspirado en una obra de Bret Easton Ellis. Estaba bien informado. Tenía razón.

—Es su profesión.

—¿Matar prostitutas?

Christine Lesage enrojece al instante.

—Si tiene usted pruebas, comandante, le escucho. Por otro lado, si las tuviese, yo no estaría aquí, respondiendo a sus preguntas. ¿Puedo marcharme? —concluye haciendo ademán de levantarse.

Camille se contenta con sostenerle la mirada. Ella renuncia mansamente al gesto que solo había esbozado.

—Hemos decomisado las agendas de su hermano. Es un hombre escrupuloso. Parece muy organizado. Nuestros agentes están comprobando sus movimientos. De los últimos cinco años. Por el momento, nos hemos limitado a efectuar algunos sondeos, pero es sorprendente la de errores que contienen... para alguien tan organizado.

—¿Errores...? —pregunta ella, sorprendida.

—Sí, leemos que está allí... y no está. Anota citas que no existen. Ese tipo de cosas. Dice que está con alguien y no está. Así que, a la fuerza, nos hacemos preguntas.

—¿Qué tipo de preguntas, comandante?

—Pues bien, lo que hace durante ese tiempo. Lo que hace en noviembre de 2001 mientras alguien corta en dos partes iguales a una prostituta de veinticuatro años, lo que hace a principios de este mes mientras descuartizan a dos prostitutas en Courbevoie. ¿Frecuenta su hermano a prostitutas?

—Es usted odioso.

—¿Y él?

—Si eso es todo lo que tiene contra mi hermano...

—Pues bien, precisamente, señora Lesage, no son las únicas preguntas que nos hacemos sobre él. También nos preguntamos adónde va su dinero.

Christine Lesage le dirige a Camille una mirada de asombro.

—¿Su dinero?

—Bueno, el dinero de usted. Porque, por lo que hemos podido averiguar..., es él quien administra su fortuna, ¿no es cierto?

—¡Yo no tengo fortuna!

Pronunció la palabra como si fuese un insulto.

—De todas formas... Posee usted..., vamos a ver...,
una cartera de acciones, dos pisos alquilados en París, una
residencia familiar. A propósito, hemos enviado allí a un
equipo.

—¿A Villeréal? ¿Se puede saber para qué?

—Estamos buscando dos cadáveres, señora Lesage. Uno grande y otro pequeño. Ya volveremos a eso.
Entonces, su fortuna...

—Le confié la gestión a mi hermano.

—Pues bien, señora Lesage, mucho me temo que
su elección no haya sido muy juiciosa...

Christine Lesage mira fijamente a Camille. Sorpresa, cólera, duda... No consigue descifrar lo que hay en
esa mirada. Pronto comprende que solo hay en ella una
sorda determinación:

—Todo lo que mi hermano ha hecho con ese dinero se lo he autorizado yo, comandante. Todo. Sin excepción.

2.

—¿Qué tenemos?

—Honestamente, Jean, no lo sé. Esos dos tienen
una relación muy extraña. No, no sé nada.

Jérôme Lesage está muy recto sobre su silla y hace
alarde de una calma forzada, ostentosa. Quiere dejar ver
que no es un hombre que se deje engañar.

—Acabo de tener una charla con su hermana, señor Lesage.

A pesar de su evidente decisión de no manifestar
turbación alguna, Lesage se estremece imperceptiblemente.

—¿Por qué con ella? —pregunta como si pidiese el menú o los horarios del tren.

—Para comprenderle mejor. Para intentar comprenderle mejor.

—Lo defiende con uñas y dientes. Nos va a costar abrir brecha entre los dos.

—Bueno. En el fondo son una pareja.

—De lo más complicada, sí.

—Una pareja siempre es complicada. Las mías, por lo menos, han sido siempre muy complicadas.

—Su agenda es difícil de entender, ¿sabe usted? Hasta por su hermana, que le conoce muy bien...

—Solo conoce de mí lo que quiero mostrarle.

Cruza las manos ante sí. Para él, el tema está cerrado. Camille opta por el silencio.

—¿Puede decirme de qué se me culpa? —pregunta por fin Lesage.

—No se le culpa de nada. Dirijo una investigación criminal. Y tengo muchos muertos encima de la mesa, señor Lesage.

—No debí ofrecerme a ayudarle, ni siquiera la primera vez.

—Las ganas fueron más fuertes.

—Es cierto.

Lesage parece sorprendido de su propia respuesta.

—Me sentí orgulloso de reconocer el libro de Ellis cuando leí las noticias del crimen —prosiguió pensativamente—. Pero eso no me convierte en asesino.

—Ella le defiende. Él la protege. O a la inversa.

—¿Qué tenemos, Camille? En realidad, ¿qué tenemos?

—Puntos oscuros en su agenda, en primer lugar.

—Para empezar, me gustaría que me explicase su estancia en Escocia.

—¿Qué quiere usted saber?

—Pues bien, lo que hizo usted entre el 9 y el 12 de julio de 2001. Llega usted a Edimburgo el 9. Se marcha esa misma noche y no vuelve a aparecer hasta el 12. Eso significa un agujero de cuatro días. ¿Qué estuvo haciendo durante ese tiempo?

—Turismo.

—¿Ha dado alguna explicación?

—No. Está jugando con el cronómetro. Espera que dispongamos de pruebas. Ha comprendido bien que no tenemos gran cosa contra él. Lo han comprendido los dos.

—Turismo... ¿Dónde?

—Aquí y allá. Deambulé un poco. Como todo el mundo. Cuando se está de vacaciones...

—No todas las personas de vacaciones se dedican a matar jovencitas en la primera capital que visitan, señor Lesage.

—¡Yo no he matado a nadie...!

Por primera vez desde el principio del interrogatorio, el librero demuestra cierta vehemencia. Menospreciar a Verhoeven es una cosa, arriesgarse a pasar por un asesino es otra.

—Yo no he dicho eso...

—No, no lo ha dicho... Pero ya veo que quiere usted convertirme en asesino.

—¿Ha escrito usted libros, señor Lesage? ¿Novelas?

—No. Nunca. Yo soy un lector.

—¡Un gran lector!

—Es mi trabajo. ¿Acaso le reprocho a usted que frecuente a tantos asesinos?

—Es una lástima que no escriba novelas, señor Lesage, porque tiene usted mucha imaginación. ¿Por qué inventa citas fantásticas, citas con nadie? ¿Qué hace en todo ese tiempo? ¿Por qué necesita usted tanto tiempo, señor Lesage?

—Necesito aire.

—¡Toma usted mucho aire! ¿Va usted de putas?

—Lo normal. Como usted, supongo...

—Y agujeros en su presupuesto.

—¿Grandes?

—Cob está echando cuentas. Ascienden a decenas de miles de euros. Casi todos gastos en efectivo. Quinientos por aquí, dos mil por allá... Acaba siendo mucho.

—¿Desde cuándo?

—Por lo menos desde hace cinco años. No tenemos autorización para ir más lejos.

—¿Y la hermanita no se ha dado cuenta de nada?

—Eso parece.

—Estamos comprobando sus cuentas. Su hermana se va a llevar una sorpresa...

—¡Deje a mi hermana fuera de todo esto!

Lesage mira a Camille como si, por primera vez, se dignara a confiarle un elemento de naturaleza algo personal.

—Es una mujer muy frágil.

—A mí me ha parecido bastante sólida.

—Desde la muerte de su marido está muy deprimida. Por eso me la traje a casa. Es una carga pesada, créame.

—Se lo cobra usted generosamente, por lo que parece.

—Eso es algo entre ella y yo, no es asunto suyo.

—¿Conoce usted algo que no sea asunto de la policía, señor Lesage?

—Bueno, ¿dónde estás?

—Pues, precisamente, ahí está el problema, Jean...

—Volveremos sobre todo esto, señor Lesage. Tenemos todo el tiempo del mundo.

—No quiero quedarme aquí.

—No es usted el que decide eso.

—Quiero ver a un abogado.

—Por supuesto, señor Lesage. ¿Piensa usted que puede necesitarlo?

—Frente a gente como usted, todo el mundo necesita un abogado.

—Solo una pregunta. Le hemos enviado una lista de casos no resueltos. Me extrañó su reacción.

—¿Qué reacción?

—Justo eso. No hubo reacción.

—Ya le había avisado de que no le ayudaría más. En su opinión, ¿qué tenía que haber hecho?

—No lo sé... Darse cuenta del parecido entre uno de nuestros casos y *El fin de la noche* de John D. MacDonald, por ejemplo. Pero quizás no conoce usted ese libro...

—¡Lo conozco perfectamente, señor Verhoeven! —exclamó de pronto el librero—. Y puedo decirle que esa historia no se corresponde en absoluto con el libro de MacDonald. Hay demasiados elementos diferentes. Lo he comprobado con el texto.

—¡Así que de todos modos lo comprobó! ¡Anda! Y no creyó necesario informarme, es una pena.

—Ya le informé. Dos veces. Eso es lo que me ha traído aquí. Así que, ahora...

—También informó usted a la prensa. Para compensar, sin duda.

—Ya me justifiqué sobre ese tema. Mi declaración a ese periodista no está fuera de la ley. Exijo marcharme de inmediato.

—Lo más extraño —continuó Camille como si no le hubiese oído—, para un hombre de su cultura, es no reconocer un clásico como *El crimen de Orcival* de Gaboriau.

—¿Me toma usted por imbécil, comandante?

—Por supuesto que no, señor Lesage.

—¿Y quién le dice que no lo reconocí?

—Usted, ya que no me lo mencionó.

—Lo reconocí al primer vistazo. Cualquiera lo hubiese reconocido. Salvo usted, evidentemente. Hubiera podido decirle...

—Un problema... ¿No tenemos ya bastantes problemas?

—Es lo que me digo yo, precisamente. Qué quieres, Jean, no sé adónde llega esto.

—¿Y de qué se trata esta vez?

—¿Y qué hubiese podido decirme, señor Lesage?

—Prefiero callarlo.

—Así redoblará nuestras sospechas. Y su situación ya es bastante incómoda...

—Nuestra lista de casos no resueltos. Se la volví a mencionar. No quería soltar prenda. En fin, ya sabes cómo es esto, todos tenemos nuestro orgullo...

—¿Qué es lo que no ha querido decirme?

—...

—Vamos, se muere usted de ganas —le anima Camille.

Lesage lo mira fríamente. Con un desprecio apenas disimulado.

—Su otro caso..., el de la joven en la draga.

—¿Sí?

—Antes de ser asesinada, ¿había llevado ropa de playa?

—Eso creo, sí, llegamos a esa conclusión por las marcas de bronceado. ¿Qué quiere decirme, Lesage?

—Creo... que se trata de *Roseanna*.

3.

Vías de circunvalación, grandes arterias, avenidas, canales, zonas de mucho tráfico. Se suceden los dramas y las traiciones, los accidentes y los duelos en esos lugares. Pero todo parece desfilar sin pausa, y nada se detiene salvo lo que cae, cuya huella desaparece de inmediato como engullida por las aguas de un río. Es imposible hacer un inventario de lo que se puede encontrar allí: zapatos y coches desguazados, ropa, fortunas, bolígrafos, cajas, escudillas y bidones.

Hasta cuerpos.

24 de agosto de 2000. Los servicios de Equipamiento se disponían a poner en marcha una draga con el fin de explorar los bajos fondos para extraer un cieno sin nombre y verterlo en un contenedor.

Los curiosos no perdían ojo. Pescadores, jubilados, vecinos, paseantes, todos se detenían sobre el puente para observar la maniobra.

Sobre las diez y media, el motor se puso a roncar dificultosamente, lanzando un humo negro como el carbón. La barcaza, tranquila como un pez muerto, esperaba en medio del canal. Minutos más tarde, la grúa estaba en posición a su lado. La pala abierta se situaba frente al puente, donde se había agrupado una docena de personas. Lucien Blanchard, responsable de la maniobra, de pie cerca de la grúa, dio la señal de comienzo con un gesto de la mano al conductor de la máquina, que accionó la palanca de mando. Se oyó un ruido seco y metálico. La gran pala se movió bruscamente. Se orientó frente al puente y comenzó su primer descenso sobre el agua.

No se había movido un metro cuando el revuelo de la gente que observaba desde el puente de la esclusa atrajo la atención de Lucien Blanchard. Hablaban entre ellos señalando la pala. Tres o cuatro personas le gritaban algo y le hacían grandes gestos, con los brazos extendidos por encima de sus cabezas. Cuando la pala se hundió en el agua, la gente se puso a gritar más fuerte y Blanchard comprendió que pasaba algo. Sin siquiera saber por qué, gritó al conductor de la máquina que detuviese la maniobra. La pala se inmovilizó de inmediato, medio hundida en el agua. Blanchard miraba al puente, demasiado lejos para comprender lo que le gritaba la gente. Un hombre, en primera fila, los brazos extendidos, las manos abiertas, hacía gestos de arriba abajo. Blanchard entendió que le pedía que subiese la pala. Molesto, tiró su cigarrillo sobre el puente. Acostumbrado a dirigir solo la operación, llevaba mal verse interrumpido de aquella manera. De hecho, no sabía qué hacer, irritado por su misma indecisión. Como todos sobre el puente de la esclusa imitaban el gesto del hombre y hacían grandes aspavientos sin dejar de gritar, se decidió por fin y ordenó la maniobra de remonte. La pala volvió a salir del agua, hizo un brusco movimiento hacia atrás y se quedó de nuevo inmóvil. Lucien Blanchard avanzó, haciendo una seña al conductor para que bajase la pala y ver qué pasaba. En cuanto la tuvo a la altura de sus ojos, Blanchard comprendió que había problemas. En el fondo de la pala chorreante de agua había un cuerpo desnudo de mujer a medio cubrir por un montón de cieno negruzco.

Los primeros análisis describían el cuerpo como el de una mujer de entre veinticinco y treinta años. Las fotos no hacían honor a una posible belleza. Camille las había dispuesto sobre su mesa, una docena de tomas en gran formato.

En realidad, incluso cuando estaba viva, no debía de ser particularmente hermosa. Caderas anchas, senos muy pequeños, muslos gruesos. Su aspecto parecía un boceto, como si la naturaleza hubiese hecho las cosas de forma distraída, mezclando, en el mismo cuerpo, elementos dispares, gorduras y delgadeces, un trasero imponente con pequeños pies de japonesa. La joven parecía haber tomado varias sesiones de rayos ultravioleta (los análisis de la epidermis desmentían que se tratase de sol). Se distinguían claramente las marcas alrededor del traje de baño que debía de llevar. El cuerpo no presentaba ningún signo evidente de violencia, excepto una especie de arañazo que empezaba en la cadera y terminaba a la altura del hueso iliaco. Restos residuales de cemento hacían pensar que la joven había sido arrastrada por el suelo. En cuanto a su rostro, reblandecido por el contacto con el agua y el fango, presentaba unas cejas negras bastante espesas, una boca más bien grande y media melena de pelo oscuro.

La investigación, confiada al teniente Marette, demostró que la joven había sido estrangulada tras haber sufrido agresiones sexuales de carácter perverso. Aunque el asesino había actuado con violencia y brutalidad, no se había ensañado con el cuerpo. Había habido una violación con sodomía y el posterior estrangulamiento.

Camille avanzaba lentamente en la lectura. Levantó la cabeza en varias ocasiones, como si quisiera empaparse de la información antes de proseguir, como si esperara tener una revelación. No ocurría nada. La investigación era de una tristeza mortal. No se sacaba nada o casi nada en claro.

El informe de la autopsia no permitió a Camille afinar el retrato mental que se había hecho de la víctima. Tenía unos veinticinco años, medía 1,68 metros, pesaba 58 kilos y no conservaba ninguna cicatriz. Las marcas dejadas por los rayos UVA mostraban que había llevado un bikini, gafas y sandalias de playa. La víctima no fumaba y no había tenido ni hijos ni abortos. Se podía adivinar que había sido cuidadosa y limpia, sin una preocupación excesiva por su apariencia. No tenía marcas de eventuales joyas que su asesino hubiese podido quitarle, ni laca de uñas, ni siquiera restos de maquillaje. Su última comida había sido ingerida seis horas antes de la muerte. Estaba compuesta de carne, patatas y fresas. Había bebido una importante cantidad de leche.

El cuerpo parecía haber permanecido una docena de horas en el fango antes de ser descubierto. En los atestados, dos elementos habían llamado la atención de los investigadores, dos elementos extraños sobre los que ningún informe proponía otra conclusión que las propias evidencias, al menos en cuanto al primero de ellos. En primer lugar, la víctima había sido encontrada tumbada en la pala cubierta de cieno.

La presencia de ese cieno era un hecho asombroso. El cuerpo estaba en la pala antes de que la maniobra de dragado comenzara. La pala había empezado ya a hundirse en el agua del canal, pero no había descendido tan profundamente como para recoger todo ese lodo. Cabía deducir, aunque ese detalle pareciese sorprendente, que el asesino había depositado el cieno en la pala después de haber colocado el cadáver. ¿A qué podía responder ese gesto? El teniente Marette no ofrecía ninguna hipótesis, contentándose con destacar el hecho con insistencia. Bien mirado, toda la escena era muy extraña. Camille intentó reconstruirla, consideró todas las soluciones posibles y concluyó que el asesino tuvo que efectuar un curioso trabajo. Tras haber izado el cuerpo en la pala (según el informe, la altura desde el suelo no excedía de 1,30 metros), había debido de sacar el cieno del canal (los análisis eran inapelables sobre ese punto, se trataba del mismo) para echarlo después sobre el cuerpo. La cantidad dispuesta suponía que habría tenido que hacer numerosas recogidas si hubiese utilizado un cubo o algo parecido. En aquel momento, los investigadores fueron incapaces de interpretar el significado de ese detalle.

Camille sintió un curioso pinchazo en la espina dorsal. Ese dato era con toda evidencia turbador. No había razón lógica que hubiera podido justificar un elemento como aquel salvo que se tratase de la reconstrucción de un libro...

El segundo hecho curioso era el que Louis había anotado en su resumen: a saber, una extraña marca en el cuerpo de la víctima. Parecía una mancha de nacimiento como la que se encuentra en numerosos cuerpos, y como tal la registraron los primeros informes. Se había procedido con rapidez. Se hicieron algunas fotos en la escena del crimen, los habituales análisis topográficos y las mediciones de rigor. El examen del cuerpo propiamente dicho había sido realizado en la morgue. Según el informe de la autopsia se trataba en realidad de una marca falsa. De unos cinco centímetros de diámetro y color marrón, había sido trazada con pintura acrílica de uso corriente, aplicada cuidadosamente con un pincel. Su forma evocaba vagamente la silueta de un animal. Los investigadores, según les dictaba a cada uno su subconsciente, imaginaban el perfil de un cerdo o bien de un perro. Incluso había uno lo suficientemente versado en zoología, un tal Vaquier que había participado en la investigación, que llegó a proponer un facóquero. La mancha había sido cubierta de barniz transparente mate, a base de ácido secante, del tipo utilizado en pintura artística. Camille analizó este detalle con atención. Él mismo había usado esa técnica cuando trabajaba con acrílico. Después la había abandonado por el óleo, pero todavía recordaba el olor a éter de esos barnices, un olor embriagador que uno no conseguía saber si era agradable o no y que producía un terrible dolor de cabeza en caso de utilización prolongada. Para Camille, ese gesto solo podía significar una cosa. El asesino había deseado que la marca permaneciese, que la inmersión del cuerpo en el agua mezclada con cieno no la borrase.

La búsqueda efectuada en la época en el registro de personas desaparecidas no produjo resultado alguno. Se comunicó la descripción a todos los departamentos susceptibles de aportar alguna información, en vano. La identidad de la víctima no pudo establecerse. Las investigaciones a partir de los indicios no dieron resultados, a pesar de ser realizadas con cuidado por el teniente Marette. Tanto la pintura como el barniz eran de uso demasiado corriente como para constituir una posible pista. En cuanto a la presencia del cieno en tal cantidad, el hecho permaneció sin explicación. El caso había sido dejado en suspenso, a falta de pruebas suficientes.

4.

—Joder, ¿cómo pronuncias tú esto? —dijo Le Guen entrecerrando los ojos sobre los nombres de los autores suecos: Sjöwall y Wahlöö.

Camille no hizo comentario alguno. Se limitó a abrir el libro, *Roseanna*, y leyó:

—Página 23: «"Extinta por estrangulamiento", pensaba Martin Beck. Estaba repasando un montón de fotografías que Ahlberg había recuperado entre el desorden de su mesa. Las fotos mostraban la presa de la esclusa, la draga, el cucharón en primer plano, el cadáver sobre la lona y sobre la camilla de la morgue. [...] Al cerrar los ojos la vio ante sí con el mismo aspecto que en las fotos. Desnuda y desamparada, con los hombros estrechos y un mechón de pelo negro cayéndole sobre el cuello. [...] Medía 1,66 (como ya sabes), tenía ojos azul grisáceo y el pelo castaño oscuro. Los dientes completamente sanos, sin marcas de cicatrices por intervenciones quirúrgicas ni ningún otro tipo de marcas en el cuerpo, con la excepción de un lunar en la parte alta de la cara interna del muslo izquierdo, a cuatro o cinco centímetros de la ingle. Marrón, del tamaño de una moneda de diez céntimos y con forma oval, parecía un pequeño cerdo...»*.

—De acuerdo... —concedió Le Guen.

—«Había comido —dijo Camille prosiguiendo su lectura— de tres a cinco horas antes de morir: carne, patatas, fresas y leche...». Y aquí: «Era una mujer. Quedó tendida boca arriba sobre una lona doblada en el extremo del rompeolas...». No, esto lo dejo, espera, está aquí, escucha: «Estaba desnuda y no llevaba joyas. La piel del pecho y bajo vientre era más clara, como si hubiera tomado el sol en bikini. Tenía las caderas anchas y los muslos fuertes».

## 5.

Louis y Maleval habían reunido el conjunto de elementos de la investigación del canal de Ourcq. El fracaso se debía principalmente al resultado negativo en la búsqueda de la identidad de la joven víctima. Consulta de todos los archivos disponibles, transmisión a los bancos de datos internacionales. No se habían ahorrado esfuerzos. Adivinando, en un extremo de la sala, la silueta de Cob oculta tras sus pantallas, Verhoeven pensó en la paradoja

---

* M. Sjöwall, P. Wahlöö, *Roseanna*, Barcelona, RBA, 2007, traducción de Cristina Cerezo. *(N. del T.)*

que representaba la desaparición pura y simple de una joven en una sociedad tan bien fichada. A pesar de los repertorios, listas, inventarios, registro de todos los elementos significativos de nuestras vidas, seguimiento de la más banal de nuestras llamadas, de nuestros desplazamientos, de nuestros gastos, algunos elegidos individuales consiguen, por una serie de coincidencias y conjunciones imprevisibles cercanas al milagro, escapar a toda búsqueda. Una joven de veinticinco años que había tenido padres, amigos, amantes, jefes, un estado civil, podía desaparecer pura y simplemente. Podía pasar un mes sin que ninguna amiga se extrañase de que ya no la llamara, podía pasar un año entero sin que algún novio, a pesar de haber estado tan enamorado de ella tiempo atrás, se inquietase al no verla volver de viaje. Padres sin tarjeta postal, llamadas sin respuesta, la joven había desaparecido para ellos antes de estar muerta. A no ser que se tratase de una solitaria, una huérfana, una rebelde en fuga, tan enfadada con el mundo que había dejado de escribir a todos. Quizás, antes de desvanecerse, ya se habían perdido todos para ella.

Sobre la pizarra de papel, Louis había redactado una retrospectiva general para el grupo, como si hubiera sido necesario. En pocos días, los casos se habían ido actualizando a un ritmo que nadie podía seguir:

12 de julio de 2000: Corbeil: *El crimen de Orcival* (Gaboriau)
Víctima: Maryse Perrin (veintitrés años)

24 de agosto de 2000: París: *Roseanna* (Sjöwall y Wahlöö)
Víctima: ?

10 de julio de 2001: Glasgow: *Laidlaw* (McIlvanney)
Víctima: Grace Hobson (diecinueve años)

21 de noviembre de 2001: Tremblay: *La Dalia Negra* (Ellroy)
Víctimas: Manuela Constanza (veinticuatro años) + Henri Lambert (cincuenta y un años)

7 de abril de 2003: Courbevoie: *American Psycho* (B. E. Ellis)
Víctimas: Évelyne Rouvray (veintitrés años) + Josiane Debeuf (veintiún años) + François Cottet (cuarenta años)

—El equipo está ya en Villeréal, la casa familiar de los Lesage, todavía no han encontrado nada —dijo Louis—. Han revisado primero la parcela. Según ellos, necesitarían meses para buscar en una extensión así.

—Christine Lesage ha vuelto a casa, he mandado que la acompañen —añadió Maleval.

—Bien.

La cosa debía de estar muy mal para que Élisabeth renunciase a ir a fumar a la calle. Fernand se había ausentado un minuto, titubeando dignamente. De ordinario, cuando desaparecía a esa hora, ya no se le volvía a ver hasta el día siguiente. Armand no parecía contrariado. Se había apropiado del último paquete de cigarrillos de su compañero y podía esperar con serenidad el próximo avituallamiento.

Mehdi y Maleval por un lado, Louis y Élisabeth por el otro, procedieron a la comparación de los elementos que ya tenían sobre Jérôme Lesage y los elementos de los cinco casos que tenían sobre la mesa. La primera pareja trabajaba en el calendario, los desplazamientos y las citas de Lesage; la segunda, en las cuestiones financieras. Armand, ayudado por Cob, que intentaba satisfacer las demandas de todos los equipos lanzando búsquedas simultáneas, se concentraba de nuevo en los detalles de cada uno de los cinco casos, a la luz de las informaciones que le llegaban de otros grupos. Harían falta varias horas para llevar a buen puerto un trabajo como aquel, que dependía, en gran parte, de los resultados de los primeros interrogatorios del día siguiente. Cuantos más datos fuesen sólidamente contrastados, más esperaba Verhoeven meter en problemas a Lesage, incluso obtener una rápida confesión.

—Desde el punto de vista financiero —le informó Louis colocando las manos abiertas sobre la mesa y señalando cada informe—, hay muchas retiradas y las fechas son caprichosas. Estamos haciendo una estimación de las sumas que se habrían necesitado para organizar cada crimen. Durante ese tiempo, comparamos todas las salidas sospechosas, y también los ingresos. Se está volviendo complicado por el hecho de que las fuentes de dinero son muy diversas. Acciones vendidas o intercambiadas con plusvalías cuyo importe no siempre se conoce, ventas en efectivo en la tienda, compras y reventas de bibliotecas enteras y lotes a otros libreros. En cuanto a los gastos, es todavía más complicado... Si no conseguimos poner todo en claro, habrá que pedir ayuda a un experto de Delitos Financieros.

—Voy a llamar a Le Guen para decirle que se ponga en contacto con la jueza Deschamps y esté listo para transmitirle la petición.

Cob, por su lado, había requisado un tercer ordenador que por falta de espacio no había podido conectar a las otras dos pantallas que ya utilizaba, y se levantaba cada dos o tres minutos para actualizar las búsquedas que efectuaba en el equipo distante.

Maleval y Mehdi eran ambos de la generación informática y no tenían casi notas manuscritas. Camille los encontró, pegados el uno al otro frente a sus pantallas, sosteniendo cada uno un teléfono móvil que les permitía llamar, en cuanto tenían sus datos, a los contactos profesionales de Lesage.

—Algunas citas —comentó Maleval mientras Mehdi dejaba en espera a un interlocutor— son bastante viejas. Pedimos a la gente que las compruebe, y llaman después, es bastante largo. Además de que...

Maleval fue interrumpido por el timbre del teléfono móvil de Camille.

—El comisario acaba de avisarme —dijo la jueza Deschamps—. El caso del canal de Ourcq...

—La identidad de la víctima sigue siendo un misterio —completó Camille—. Eso hace las cosas aún más difíciles.

Hablaron durante unos minutos sobre la estrategia a seguir.

—No creo que el diálogo mediante anuncios por palabras vaya a durar mucho tiempo más —dijo Camille concluyendo—. Por el momento, ese tipo disfruta de la publicidad con la que soñaba. En mi opinión, no irá más allá del último anuncio.

—¿Qué le hace pensar eso, comandante?

—Primero, una intuición. Pero también un hecho. Técnicamente, ya no tiene nada más que decirnos. Además, todo es un poco mecánico. Se cansará, desconfiará. Toda costumbre tiene la perspectiva de un riesgo.

—De cualquier manera se trata de un nuevo caso... ¿Qué es lo siguiente? La prensa de mañana nos va a destripar, comandante.

—Sobre todo a mí.

—Usted tiene a la prensa; yo, al ministro. Cada uno su cruz.

El tono de la jueza Deschamps no era el mismo que el de los primeros días, lo que resultaba paradójico. Cuanto más patinaba la investigación, más cómoda parecía. Evidentemente, aquello no presagiaba nada bueno y

Camille se prometió hablar de ello con Le Guen antes de marcharse.

—¿Cómo va lo del librero?

—Su hermana intentará encontrarle todas las coartadas que necesite. Todo el equipo está trabajando para preparar los interrogatorios de mañana.

—¿Piensa usted agotar el período de arresto provisional?

—Sí. Hasta espero prolongarlo.

—El día ha sido largo, y el de mañana no será más corto.

Camille consultó el reloj. La imagen de Irène se le apareció de inmediato. Dio la señal de volver a casa.

# Jueves, 24 de abril de 2003

## 1.

*Le Matin*

### DOS NUEVAS «OBRAS» DEL NOVELISTA: PÁNICO EN LA BRIGADA CRIMINAL

*El Novelista no deja de sorprendernos...*

*Autor, el pasado 7 de abril, de un doble crimen en Courbevoie, era considerado a su vez el asesino de la joven Manuela Constanza, cuyo cuerpo había sido encontrado, seccionado en dos a la altura de la cintura, en un vertedero público de Tremblay-en-France en noviembre de 2001. Desde hace unos días se le adjudicaba también la autoría de la muerte de una joven, Grace Hobson, salvajemente asesinada en Glasgow conforme el crimen imaginado por un novelista escocés, William McIlvanney, en su novela* Laidlaw. *Con eso, su siniestro palmarés se elevaba a cuatro víctimas, todas jóvenes, todas «ejecutadas» en una puesta en escena tan aterradora como macabra.*

*Dos casos más salen hoy a la luz.*

*La muerte a causa de más de veinte puñaladas en julio de 2000 de una joven peluquera de veintitrés años sería la reconstrucción metódica de un clásico de la novela policiaca:* El crimen de Orcival *de Émile Gaboriau, novela de finales... del siglo XIX.*

*En agosto de 2000, el asesinato de otra joven, estrangulada tras haber sufrido espantosos maltratos sexua-*

*les, estaría basado en una obra policiaca de dos escrito-res suecos, Sjöwall y Wahlöö, titulada* Roseanna.

*Cinco libros en total ya han servido de pretexto para este terrible proyecto. Seis mujeres jóvenes han encontrado la muerte, en su mayoría en condiciones espeluznantes.*

*La policía, literalmente estupefacta por esa cascada de asesinatos en serie, se ha visto obligada, ya lo sabíamos, a entrar en contacto con el asesino por medio de anuncios por palabras... El último aparecido, «¿Y sus otras obras...?», subraya claramente la admiración asombrosa que los investigadores parecen sentir por ese criminal.*

*La novedad: la detención de un librero parisino, Jérôme Lesage, hoy por hoy sospechoso número uno. Su hermana, Christine Lesage, interrogada ayer por la Brigada Criminal, y por completo hundida por el arresto de su hermano, comenta con digna cólera: «Jérôme es el único que ha prestado ayuda a la policía cuando esta no entendía nada del caso... ¡Y así le recompensan! Ante la ausencia total de pruebas, nuestro abogado exigirá la inmediata puesta en libertad».*

*Parece ser, en efecto, que los agentes no disponen de prueba alguna que inculpe a este sospechoso «práctico», de ninguna prueba tangible, y solo justifican este arresto por una serie de coincidencias de las que cualquiera de nosotros podría ser también víctima... ¿Cuántos crímenes más faltan por descubrir? ¿Cuántas jóvenes inocentes serán todavía matadas, golpeadas, violentadas, salvajemente asesinadas antes de que la policía consiga detener a su asesino?*

*Demasiadas preguntas que cada uno de nosotros se hace con ansiedad evidente.*

2.

A pesar del aplomo que había demostrado, Jérôme Lesage sin duda no había pegado ojo en toda la noche. El rostro más pálido, el espinazo más encogido, se mantenía sobre la silla con una rigidez apreciable, mirando fijamente la mesa y apretando las manos una contra la otra para intentar detener el discreto temblor.

Camille se sentó frente a él y dejó sobre la mesa una carpeta y una hoja en la que había garabateado algunas notas con una letra indescifrable.

—Hemos analizado con más detenimiento su agenda de estos últimos meses, señor Lesage.

—Quiero un abogado —respondió este con una voz grave y cortante en la que se percibía sin embargo un temblor nervioso.

—Ya se lo he dicho, todavía no es el momento.

Lesage le miró, como decidido a aceptar un desafío.

—Si nos explica usted todo esto, señor Lesage —prosiguió Camille golpeando la carpeta con la palma de la mano—, le dejaremos volver a su casa.

Se puso las gafas.

—Primero, su calendario. Tomemos simplemente los últimos meses, ¿le importa? Al azar... El 4 de diciembre tenía usted cita con otro librero, el señor Pelissier. Estaba fuera de París y no lo vio en esa fecha. Los días 17, 18 y 19 de diciembre tenía usted que presentarse en una subasta en Mâcon. Nadie le vio allí, ni siquiera se inscribió. El 11 de junio, cita con la señora Bertleman para un peritaje. Ella no le vio hasta el 16. El 24 de enero está usted en el Salón de Colonia, durante cuatro días. No pone usted un pie allí... El...

—Se lo ruego...

—¿Perdón?

Lesage se miraba las manos. Camille había querido crear un efecto de distancia permaneciendo con la nariz hundida en sus notas. Cuando levantó la cabeza, Jérôme Lesage ya no era el mismo. La fachada de seguridad parecía haber dejado sitio a una inmensa fatiga.

—Es por mi hermana... —murmuró.

—¿Por su hermana? Finge usted trabajar por su hermana, ¿no es así?

Lesage se contentó con hacer un leve gesto con la cabeza.

—¿Por qué?

Ante el mutismo de Lesage, Camille dejó pasar un largo instante y decidió sumergirse en la brecha que acababa de abrirse.

—Sus... ausencias son irregulares pero frecuentes. Lo más embarazoso es que a menudo se corresponden con momentos en los que son asesinadas las chicas. Así que no tenemos otra opción que hacernos preguntas.

Camille concedió a Lesage cierto tiempo para reflexionar.

—Más aún —continuó— teniendo en cuenta que desaparecen sumas importantes de sus activos. Veamos..., en febrero y marzo pasados liquida una cartera de acciones pertenecientes a su hermana y que oficialmente gestiona usted. De hecho, es fácil perderse en sus manipulaciones bursátiles. En todo caso, se liquidan no menos de cuatro mil quinientos euros en acciones. ¿Puedo preguntarle qué ha hecho usted con ese dinero?

—¡Es personal! —dijo Lesage levantando bruscamente la cabeza.

—Deja de serlo en el momento en que las sumas importantes que desaparecen de sus cuentas se corresponden con el período en el que un asesino prepara crímenes para los que necesita bastante dinero, no sé si me entiende.

—¡No he sido yo! —gritó el librero golpeando la mesa con el puño.

—Entonces, explíqueme sus ausencias y sus gastos.

—¡Es usted el que debe aportar pruebas, no yo!

—Preguntaremos a la jueza qué piensa.

—No quiero que mi hermana...

—¿Sí...?

Lesage ya había gastado toda la fuerza de la que disponía.

—No quiere que se entere de que no trabaja usted tanto como pretende, de que se gasta usted un dinero que es suyo, eso es.

—Déjela fuera de todo esto. Es muy frágil. Déjela.

—¿Qué es lo que quiere que ella siga ignorando?

Ante su obstinado mutismo, Camille lanzó un largo suspiro.

—Bien, entonces prosigamos. En la fecha en que Grace Hobson es asesinada en Glasgow, desaparece usted mientras está de vacaciones en Londres. De Londres a Glasgow —añadió Camille levantando los ojos por encima de sus gafas— no hay más que un paso. En el momento en que...

Louis entró tan discretamente en la sala de interrogatorios que Camille no tuvo conciencia de su presencia hasta que se acercó a él para murmurarle al oído:

—¿Tiene un segundo? Teléfono. Es urgente.

Camille se levantó despacio, miró a Lesage, que agachaba la cabeza.

—Señor Lesage, o bien puede usted explicar todo esto y cuanto antes mejor, o bien no puede y tendré que hacerle otras preguntas, más íntimas...

3.

Irène se había caído en la rue des Martyrs. Un tropiezo en la acera. Los viandantes la habían socorrido. Irène decía que estaba bien, pero permaneció tumbada en la acera, sosteniéndose el vientre con las dos manos, intentando recuperar el aliento. Un comerciante había llamado a urgencias. Los camilleros del SAMU la habían encontrado minutos más tarde, sentada, con las piernas separadas, en la tienda del charcutero, cuya mujer explicaba a quien quisiera escucharla los detalles del asunto. En cuanto a Irène, no recordaba nada salvo esa inquietud y ese dolor que ya le invadía todo el cuerpo. El comerciante decía sin parar:

—Calla un poco, Yvonne, nos estás mareando...

Le habían ofrecido un vaso de zumo de naranja. Irène lo sostenía intacto entre sus manos, como un objeto de culto.

Al final la habían tumbado sobre una camilla que había recorrido el difícil camino entre la tienda y la ambulancia.

Camille, sin aliento por la carrera, la encontró en una cama, en el segundo piso de la clínica Montambert.

—¿Estás bien? —preguntó.

—Me he caído —respondió simplemente Irène, como si su mente permaneciera anclada en esa evidencia incomprensible.

—¿Te duele? ¿Qué han dicho los médicos?

—Me he caído...

E Irène se echó a llorar muy suavemente sin dejar de mirarle. Camille le estrechaba las manos. Él también habría llorado si ese rostro no se hubiese parecido con tanta precisión al de Irène en su sueño cuando decía: «¿No ves que me hace daño...?».

—¿Te duele? —repetía Camille—. ¿Te duele?

Pero Irène lloraba sujetándose el vientre.

—Me han puesto una inyección...

—Primero tiene que calmarse y recuperar tranquilamente el ánimo.

Camille se volvió. El médico tenía el aspecto de un estudiante de primero. Gafitas, pelo un poco largo, sonrisa postadolescente. Se acercó a la cama y cogió la mano de Irène.

—Todo irá bien, ¿verdad?

—Sí —dijo Irène sonriendo por fin a través de las lágrimas—. Sí, todo irá bien.

—Se ha caído, eso es todo. Y se ha asustado.

Camille, desplazado ahora al pie de la cama, se sintió excluido. Reprimió la pregunta que le vino a la mente y se sintió aliviado al escuchar de nuevo al médico:

—Al bebé no le ha gustado todo ese balanceo. Ahora encuentra bastante incómoda su postura y creo que está deseando ver en qué acaba todo esto.

—¿Usted cree? —preguntó Irène.

—Estoy seguro. En mi opinión, hasta tiene prisa. Dentro de unas horas sabremos más. Espero que su habitación esté lista —añadió sonriendo amablemente.

Irène miraba al médico con inquietud.

—¿Qué va a pasar?

—Un pequeño prematuro tres semanas antes de lo esperado, eso es todo.

Louis llamó a Élisabeth y le pidió que se reuniera con ellos en casa de Camille. Llegaron a la vez, como sincronizados.

—¿Y bien? —preguntó Élisabeth sonriendo—, ¿pronto será papá?

Camille no se había calmado del todo. Deambulaba entre el dormitorio y el salón, intentando recoger, dentro del mayor de los desórdenes, cosas que extraviaría inmediatamente después.

—Le ayudaré —dijo Élisabeth, a la que Louis acababa de animar con un guiño antes de volver a bajar.

Más sistemática, más organizada, ella encontró sin esfuerzo la pequeña maleta que Irène debía de tener preparada desde hacía mucho tiempo y en la que se encontraba todo lo necesario para su llegada a la clínica. Camille se extrañó al comprender que, sin duda, Irène le habría hablado de él, e incluso se lo habría enseñado por si acaso.

Élisabeth comprobó el contenido y, después, preguntando a Camille para orientarse en el piso, añadió dos o tres cosas más.

—Bueno, creo que ya está todo listo.

—Ufff... —resopló Camille, sentado en el sofá.

Miraba a Élisabeth con agradecimiento y sonreía torpemente.

—Qué amable... —dijo por fin—. Voy a llevar todo eso...

—Quizás podría ir Élisabeth —se arriesgó a decir Louis, que acababa de subir con el correo.

Los tres miraron en silencio la carta que llevaba en la mano.


4.


*Querido Camille:*

*¡Qué placer leer de nuevo su anuncio!*

*«Sus otras obras...», pregunta usted. Me esperaba algo más de sutileza por su parte. No se lo reprocho, entiéndame: lo hace usted lo mejor que puede. Nadie lo haría mejor que usted.*

*Pero, en fin, su último anuncio no hila fino precisamente. ¡Qué ingenuidad! Venga, vamos a obviar ese desliz. Le hablaré de los casos que conoce y quizás le dé alguna sorpresa; si no, ¿dónde estaría el placer? ¡Porque todavía tengo sorpresas que darle!*

*Así pues, Glasgow. Todavía no me ha preguntado nada y sé que la pregunta le quema en los labios. Las co-*

*sas aquí se hicieron con toda sencillez. El genial libro de McIlvanney ofrece los detalles esenciales de este caso cuya elegancia apreciará. El libro está inspirado en un suceso real y lo reproduce. Me gustan esos bucles perfectos que enlazan con tanta precisión la literatura y la vida.*

*Vi a la joven Grace Hobson a la entrada de la discoteca ante la que había aparcado mi coche de alquiler. La elegí de inmediato. Con su rostro apenas salido de la infancia, sus caderas aún estrechas pero ya orientadas a las redondeces de la treintena, era como la encarnación de esa ciudad turbadora y nostálgica. Era tarde, la calle estaba solitaria desde hacía varias horas cuando de pronto la vi salir sola del local, agitada y nerviosa. No habría podido imaginar una oportunidad así. Había previsto seguirla, verificar sus trayectos y sus costumbres, y después secuestrarla... No pensaba quedarme mucho en Glasgow, y no esperaba verla ofrecerse a mí tan espontáneamente. Salí enseguida del coche, con mi plano de Glasgow en la mano, y le pedí información sobre una dirección imaginaria en un inglés que fingí torpe y encantador. Sonreí haciéndome el tonto. Estábamos delante de la discoteca y no quería permanecer allí mucho tiempo. Así que, mientras escuchaba sus explicaciones, frunciendo el ceño como para seguir con atención y dificultad su descripción en un inglés demasiado corriente para mí, la dirigí hacia el coche. Colocamos el plano sobre el capó. Pretexté ir a coger un bolígrafo en la guantera. Había dejado la puerta abierta. De pronto, la agarré con firmeza y hundí su cara en un trapo bien impregnado de cloroformo; minutos más tarde rodábamos juntos por la ciudad desierta, yo conduciendo con prudencia, ella durmiendo tranquila y confiadamente. Lo que no tenía previsto hacer, lo hice. La violé en el asiento de atrás del coche. Se despertó de golpe cuando la penetré, como se dice en el libro. Tuve que volver a dor-*

*mirla. En ese momento la estrangulé, mientras estaba
dentro de ella. Comulgamos juntos en el placer y la
muerte, que, como bien sabemos usted y yo, son la misma
cosa.*

*Tuve que volver a pasar por el hotel para recoger el
material que necesitaba. Pensé en llevarme sus bragas
conmigo.*

*Sus colegas escoceses debieron de enseñarle las fotografías de la escena tal y como la compuse en el parque Kelvingrove. No quiero pecar de falsa modestia, pero puedo
esperar que William McIlvanney, que vive en Glasgow,
sienta por mí un orgullo igual a la admiración que le
profeso.*

Laidlaw *es la primera obra que me decidí a firmar.
La razón fue que, hasta entonces, ningún policía había
sido capaz de comprender nada de mi trabajo y me había cansado. Sabía que necesitaba poner a alguien sobre la pista, que me hacía falta una seña distintiva que
permitiese relacionar mi* Laidlaw *con mis otras obras.
Imaginé un número considerable de métodos, todos diferentes. La solución de la huella sobre el cuerpo me pareció la más satisfactoria. De hecho, ya tenía en mente, incluso si no me sentía todavía listo para una misión así,
trabajar sobre el texto de Ellis, en el que aparece una
huella estampada de forma tan visible. Colocando una
señal distintiva, una firma, deseaba que, a pesar de que
los policías, a excepción hecha de usted, Camille, son
una pandilla de brutos, los estetas, los verdaderos aficionados, pudiesen tomar conciencia de la obra que estaba
realizando y apreciarla en su justo valor. Además, esa
huella sobre el dedo del pie de la pequeña Hobson no
desfiguraba en nada el magnífico cuadro que había conseguido obtener en el parque Kelvingrove. Todo estaba
en su lugar a la perfección. Creo que no se pudo hacer
mejor.*

*Sé que también ha descubierto el maravilloso libro de nuestros suecos.* Roseanna *fue un verdadero shock para mí, ¿sabe usted? Me esforcé en leer después las otras obras del dúo. Por desgracia, ninguna me procuró el placer realmente mágico de esta.*

*¿A qué obedece la magia de un libro? Ese es otro gran misterio... Este es inmóvil como las aguas del canal de Ourcq, pasan muy pocas cosas. Es un largo solitario. Martin Beck, el detective, es un hombre que me parece sombrío y atractivo, muy alejado de los miserables detectives privados de muchos autores americanos y de los investigadores llanos y razonables de demasiados autores franceses.*

*Evidentemente, escribir un* Roseanna *a la francesa, como yo he hecho, era un desafío. Era necesario adaptar el decorado de manera creíble, que se reprodujese la atmósfera misma de la obra original en su realización. Sobre ese punto no escatimé medios.*

*Imagine también, Camille, mi alegría, diría incluso mi júbilo, cuando esa mañana del 24 de agosto, apostado en medio de los demás curiosos sobre la esclusa del canal, vi la pala girar hacia nosotros como si se hubiera alzado el telón de un teatro, y oí al hombre acodado en la balaustrada cerca de mí gritar: «¡Mira, dentro hay una mujer...!». La noticia se propagó en el pequeño grupo como un reguero de pólvora. Imagínese mi alegría.*

*Mi joven reclutada... Se habrá dado cuenta, estoy seguro, de cómo su físico es el vivo retrato de Roseanna, el mismo cuerpo algo pesado y sin gracia, las mismas articulaciones finas.*

*Sjöwall y Wahlöö son muy imprecisos sobre la naturaleza de la muerte de Roseanna. Sabemos como mucho que «la víctima ha muerto por estrangulamiento acompañado de violencia sexual». El asesino, nos dicen, «ha actuado con brutalidad. Se aprecian huellas de índole*

*perversa». Eso me dejaba una gran libertad de actua-*
*ción. Los autores, no obstante, eran formales: «No hay*
*tanta sangre derramada». Así que tuve que arreglármé-*
*las con eso. Lo más desconcertante seguía siendo el frag-*
*mento donde se precisa: «No se descarta que haya sufri-*
*do mutilaciones después de su muerte. O, por lo menos,*
*cuando estaba inconsciente. Hay, en el informe de la*
*autopsia, cierto número de detalles que permiten supo-*
*nerlo».*

*Por supuesto, estaba ese «arañazo» que iba desde la*
*cintura hasta el hueso iliaco, pero ¿cómo hubiera inter-*
*pretado usted eso?*

*Opté por un arañazo con un bloque de cemento que*
*fabriqué en mi sótano. Creo en verdad que los autores*
*habrían apreciado la sobriedad de esta solución. En*
*cuanto al resto, la joven fue estrangulada con las manos*
*después de haberla sodomizado violentamente con un*
*calzador. En cuanto a la mención de las mutilaciones, es*
*tan vaga que opté por matar dos pájaros de un tiro eli-*
*giendo ese calzador que, creo, destruyó convenientemen-*
*te las mucosas, y derramó algo de sangre.*

*Lo más delicado era evidentemente realizar esa fal-*
*sa marca de nacimiento. Por sus análisis sabrá que uti-*
*licé un producto de lo más común. A la vez, tuve que*
*buscar mucho para encontrar una silueta de animal*
*que se correspondiese con la mancha de Roseanna. No*
*tengo la suerte de ser, como usted, un dibujante de mé-*
*rito.*

*Transporté el cuerpo en un coche alquilado hasta el*
*canal de Ourcq. ¿Sabe, Camille, que había esperado casi*
*un año antes de que la dirección de Equipamiento se de-*
*cidiese a dragar un segmento del canal que encajase con*
*el lugar de los hechos? ¡Así es como funcionan algunas*
*cosas en la administración! Es broma, Camille, ya me*
*conoce.*

*Supongo que debe de hervir de impaciencia por cono-
cer la respuesta a la pregunta que se está planteando desde
que este caso llegó a sus manos: «¿Quién era Roseanna?».*

*Roseanna se llamaba en realidad Alice Hedges. Debía
de ser algo así como estudiante (le adjunto su documentación para que pueda encontrar, si tiene usted suerte, a su
familia en Arkansas, y agradecerles la cooperación que
demostró su hija). Una parte importante, la mayor diría, de mi trabajo consistía en que la víctima no fuese
identificada rápidamente, como en el libro, cuyo misterio esencial es el de su identidad. Roseanna es ante todo
la historia de esa búsqueda, y habría resultado ridículo,
hasta obsceno, que sus colegas descubriesen su identidad
en dos días. La conocí en la frontera húngara, seis días
antes. La joven estaba haciendo autoestop. En mis primeras conversaciones con Roseanna me di cuenta de
que llevaba casi dos años sin dar señales de vida a sus padres, y de que vivía sola antes de emprender ese viaje a
Europa del que nadie, en su entorno, estaba informado.
Fue lo que me permitió realizar esa pequeña obra maestra de cuyo reconocimiento, al fin, me siento orgulloso.*

*Supongo que pensará que hablo mucho. Es que no
tengo a nadie con quien hablar de mi trabajo. Desde
que comprendí lo que me pedía el mundo, me dedico en
cuerpo y alma a responder a sus deseos sin gran esperanza de diálogo. Hay que ver lo ignorante que es el mundo, Camille. Y qué volátil. Como escasas las obras que
dejan huella de verdad. Nadie entendía lo que quería
ofrecer al mundo, y eso a veces me sacaba de mis casillas,
lo confieso. Sí, me enervaba, más aún de lo que puede
usted imaginar. Me perdonará el tópico, la cólera es
mala consejera. Tuve que releer serenamente los grandes
clásicos, cuya mera compañía puede provocar una eleva-
ción del alma, para que por fin la rabia que se había
apoderado de mí se calmara. Meses y meses para aceptar*

renunciar a no ser más de lo que soy. Fue una dura batalla pero al final vencí, y vea la gran recompensa que obtuve. Pues a las tinieblas de ese período sucedieron las luces de la revelación. La palabra no es demasiado fuerte, Camille, se lo aseguro. Lo recuerdo como si fuese ayer. Mi cólera contra el mundo desapareció de pronto y comprendí por fin qué se me pedía, comprendí por qué estaba allí, comprendí cuál era mi misión. El éxito indescriptible de la literatura policiaca demuestra, con toda evidencia, hasta qué punto el mundo necesita de la muerte. Y del misterio. El mundo persigue esas imágenes no porque necesite imágenes. Porque solo tiene eso. Aparte de los conflictos bélicos y de las increíbles carnicerías gratuitas que la política ofrece a los hombres para calmar la inagotable necesidad de muerte, ¿qué tienen? Imágenes. El hombre se nutre de imágenes de muerte porque tiene hambre de muerte. Y solo los artistas pueden aplacarla. Los escritores escriben sobre la muerte para los hombres a los que les hace falta la muerte, crean dramas para calmar su necesidad de drama. El mundo quiere siempre más. El mundo no quiere solamente papel e historias, quiere sangre, sangre de verdad. La humanidad intenta colmar su deseo transfigurando lo real —¿no es de hecho a esa misión de serenar al mundo ofreciéndole imágenes a la que su madre, una gran artista, consagró su obra?—, pero ese deseo es insaciable, irrefrenable. Quiere lo real, lo verdadero. Quiere sangre. ¿No hay, entre la figuración artística y la realidad, un estrecho camino para quien se compadezca lo suficiente de la humanidad como para sacrificarse un poco por ella? Oh, Camille, no me creo un libertador, no. Ni un santo. Me contento con interpretar mi propia música, modestamente, y si todos los hombres hicieran el mismo esfuerzo que yo, el mundo sería más habitable y menos malvado.

*Recuerde a Gaboriau hablando a través de su inspector Lecoq: «Hay gente —dice— que tiene la rabia del teatro. Esa rabia es en cierto modo la mía. Pero, más difícil y más hastiado que el público, yo necesito comedias auténticas o dramas reales. La sociedad, ese es mi teatro. Mis actores tienen la risa franca o lloran lágrimas verdaderas». Esta frase siempre me ha emocionado profundamente. Mis actores también han llorado lágrimas verdaderas, Camille. Como por la Évelyne de Bret Easton Ellis, conservo una ternura particular por Roseanna porque las dos lloraron magníficamente. Demostraron ser unas actrices perfectas, a la altura del complejo papel para el que las había elegido. Recompensaron con creces la confianza que había depositado en ellas.*

*Quizás ya lo haya usted supuesto. Vamos a tener que detener nuestra correspondencia. Estoy seguro de que, más tarde o más temprano, retomaremos este diálogo, fructífero tanto para usted como para mí. Todavía no ha llegado la hora. Debo terminar mi «obra» y eso me exige una inmensa concentración. Lo conseguiré, lo sé. Puede confiar en mí. Me queda rematar el edificio que tanto esmero he puesto en construir. Juzgará entonces hasta qué punto mi proyecto, llevado a cabo con tanta minuciosidad, tan sabiamente elaborado, será digno de figurar entre las grandes obras maestras de este siglo que comienza.*

*Su humilde servidor.*
*Muy cordialmente.*

5.

—El médico ha vuelto a pasar. Se ha extrañado de que no tenga contracciones.

—Bah —dijo Camille sonriendo—, el pequeñín se aferra. Está muy bien donde está, y lo comprendo.

A través del teléfono, oyó a Irène sonreír.

—¿Y ahora qué?

—Me han hecho una ecografía. El pequeñín te manda saludos. Si no tengo contracciones en una hora o dos, me mandan a casa y esperamos a que salga por sí solo.

—¿Cómo te encuentras?

—Con el corazón encogido. He pasado miedo. Creo que por eso sigo aquí.

A Camille le pareció que su corazón se encogía también. En la ternura con la que Irène pronunciaba sus palabras había tanto anhelo, tanta intensidad, que se sintió desgarrado de arriba abajo.

—Voy para allá.

—No vale la pena, mi amor. Tu Élisabeth ha sido muy amable, ¿sabes? Se lo agradecerás, ¿verdad? Se ha quedado un rato conmigo, hemos estado charlando. Me he dado cuenta de que prefería marcharse. Me ha dicho que habías recibido otra carta. Tampoco debe de ser fácil para ti.

—Es algo difícil... Sabes que estoy contigo, lo sabes, ¿verdad?

—Sé que estás ahí, no me preocupo.


—Por el momento, aguanta bien. Agenda, movimientos financieros, pero hay muchos datos sospechosos.

—¿Y piensa que ha podido enviar esa carta antes de su arresto?

—Es técnicamente posible.

La jueza Deschamps había optado, para esa tarde, por un conjunto de chaqueta y pantalón de una fealdad insoportable, una cosa gris con amplias bocamangas que tenía algo entre el traje de hombre, el peto y el chaleco. La mirada de esa mujer seguía siendo eminentemente inteligente, y Camille comprendió el encanto turbio y paradójico que podía ejercer sobre ciertos hombres.

Sostenía en la mano la carta del Novelista y la ojeaba de nuevo con un vistazo rápido al que nada parecía poder escapar.

—¿Ha preferido poner en libertad a la hermana?

—Lo que cuenta, por el momento, es aislar al uno del otro —dijo Le Guen—. Está dispuesta a confirmarlo todo. La fe del carbonero.

—De todas formas le va a costar hacerlo —dijo Camille—. No bastará con afirmar que él estaba con ella cuando no lo estaba. Tenemos suficientes pruebas tangibles que no serán fáciles de eludir.

—Tal y como le describe, parece bastante angustiado...

—Si se trata de un depravado, podemos esperar cualquier cosa. Si ha jugado desde hace años un doble juego con su hermana, no será fácil: está perfectamente entrenado. Voy a necesitar la ayuda del doctor Crest. Tendremos que habilitar otra sala para que él pueda observarle.

—En todo caso, tenía usted razón. Pasado el período de detención, el contacto estará roto. Incluso se volverá muy peligroso. Si hay que soltarle, ¿tendrá los medios necesarios para asegurar una estrecha vigilancia, señor comisario?

Le Guen enarboló el periódico enrollado que sujetaba en la mano desde el principio de la entrevista.

—Visto el giro de los acontecimientos, no creo que me cueste obtener los efectivos necesarios —exclamó sombríamente.

La jueza se abstuvo de todo comentario.

—Nos amenaza —dijo Le Guen—. Quizás no sea más que una pose... Quizás no sabe realmente adónde va.

—Tse, tse, tse —murmuró la jueza entre dientes sin dejar de mirar la carta—. No me entra en la cabeza —prosiguió— que ese hombre haya podido desplegar una estrategia como esta sin querer llegar hasta el final. No, nos ha demostrado algo fundamental —concluyó mirando con firmeza a los dos hombres—: dice lo que hace y hace lo que dice. Desde el principio. Y lo que me da miedo —añadió mirando directamente a Camille— es que esa estrategia está en marcha desde hace mucho tiempo. Sabe por dónde va desde el principio...

—... y nosotros no —dijo Camille terminando la frase.

## 6.

Louis había retomado el interrogatorio de Lesage, relevado por Maleval y después por Armand. Cada uno de ellos tenía su modo de actuar, y el contraste entre los métodos de los cuatro hombres ya había producido resultados en muchos otros casos. Louis, aplicado, elegante, interrogaba con mucha sutileza, como si tuviese la eternidad por delante, con paciencia de ángel, reflexionando largamente a cada pregunta, escuchando cada respuesta con una atención perturbadora y dejando planear siempre la duda sobre su interpretación. Maleval, fiel en esto a su cultura de yudoca, procedía a través de movimientos repentinos. Hacía que los sospechosos cogieran confianza portándose con ellos de manera cercana. Se comportaba, también allí, como un seductor, hasta que soltaba de pronto una conclusión de una brutalidad extrema, subrayando una incoherencia con la misma fuerza con la que, antaño, debía de realizar una llave decisiva. En cuanto a Armand... Armand era Armand. Inclinado sobre sus notas, sin mirar casi nunca a su interlocutor, hacía preguntas de gran minuciosidad, anotaba escrupulosamente todas las respuestas y volvía sobre el menor de los detalles; podía pasarse una hora diseccionando el más mínimo acontecimiento, acechando cualquier imprecisión, la aproximación más banal, sin soltar el hueso hasta que no estaba completamente pelado. Louis interrogaba sinuosamente, Maleval en línea recta, Armand en espiral.

Cuando llegó Camille, Lesage ya había estado hablando con Louis una hora larga y Maleval acababa de terminar su propia sesión. Los dos hombres, sentados frente a sus notas, intercambiaban conclusiones. Camille se dirigió hacia ellos, pero le detuvo Cob, quien, desde detrás de sus pantallas, le hizo una seña para que se acercase.

De ordinario, Cob se mostraba poco expresivo. Precisamente por eso Camille se sorprendió. Cob se había echado atrás en su sillón, con la espalda bien calada en el respaldo, y miraba a Verhoeven acercarse con un gesto de concentración en el que se podía leer su incomodidad.

—¿Malas noticias? —preguntó Camille.

Cob apoyó los codos sobre la mesa, el mentón sobre sus manos unidas.

—Muy malas, Camille.

Permanecieron un buen rato mirándose, indecisos. Después, Cob alargó la mano hacia la impresora y, sin mirar siquiera la hoja que le tendía, dijo:

—Lo siento, Camille.

Camille ojeó la página. Una larga columna de cifras, fechas y horas. Luego levantó la cabeza y se quedó un rato mirando la pantalla de Cob.

—Lo siento... —repitió Cob cuando lo vio por fin alejarse.

7.

Verhoeven atravesó la sala y, sin detenerse, dio un golpecito en el hombro de Louis mientras decía:

—Te vienes conmigo.

Louis miró de derecha a izquierda sin comprender lo que pasaba, se levantó precipitadamente y siguió a Verhoeven, que caminaba hacia la escalera. Los dos hombres no se dijeron una sola palabra hasta que llegaron, al otro lado de la calle, a la cafetería donde tomaban de vez en cuando una cerveza antes de irse a casa. Camille eligió una mesa en la terraza acristalada y se instaló en el asiento de lona, dejando a Louis la silla de espaldas a la calle. Esperaron en silencio a que el camarero viniese a tomar el pedido.

—Un café —pidió Camille.

Louis se contentó con una señal que significaba «lo mismo». Después, mientras esperaban a que el camarero dejase ante ellos las consumiciones, miró primero a su alrededor y luego a Verhoeven, discretamente.

—¿Maleval te debe mucho dinero, Louis?

Antes incluso de que Louis pudiera esbozar el menor gesto de negación, Camille ya había dado un puñetazo tan fuerte sobre la mesa que los cafés temblaron, haciendo volverse a algunos clientes de las mesas vecinas. No añadió una palabra más.

—Bastante, sí —dijo por fin Louis—. Bueno, tampoco algo excesivo...

—¿Cuánto?

—No lo sé exactamente...

Camille levantó de nuevo un puño furioso por encima de la mesa.

—Unos cinco mil...

Camille nunca había sabido contar muy bien en euros, hizo un pequeño cálculo mental.

—¿Qué es?

—El juego. Ha perdido mucho estos últimos tiempos, debía bastante dinero.

—¿Hace mucho que juegas a los banqueros, Louis?

—Honestamente, no. Ya me había pedido prestadas pequeñas sumas y siempre me lo había devuelto enseguida. Aunque es verdad que, últimamente, todo se ha acelerado. Cuando pasó usted por casa, el domingo pasado, acababa de hacerle un cheque de mil quinientos euros. Le advertí que era la última vez.

Camille no le miraba, una mano en el bolsillo, la otra tocando nerviosamente su teléfono móvil.

—Todo esto es privado... —prosiguió Louis con calma—. No tiene nada que ver con...

No terminó la frase. Se fijó en la hoja que Camille acababa de entregarle y la puso sobre la mesa. Camille tenía lágrimas en los ojos.

—¿Quiere mi dimisión? —preguntó por fin Louis.

—No me puedes fallar ahora, Louis. Tú no...


8.


—Voy a tener que echarte, Jean-Claude...

Maleval, sentado frente a Verhoeven, pestañeó varias veces, buscando desesperadamente un punto de apoyo.

—Me da mucha pena... Ni te imaginas... ¿Por qué no me lo contaste?

En la silueta de Maleval, Camille vio de repente su futuro y le causó un gran dolor. Destituido, sin empleo, endeudado hasta el cuello, Maleval iba a tener que «arreglárselas», terrible palabra, reservada a aquellos que no saben qué hacer.

Camille había colocado, frente a él, la lista de llamadas que había realizado, desde su móvil, al periodista de *Le Matin*.

Cob se había limitado a hacer una relación a partir del 7 de abril, día del descubrimiento del crimen de Courbevoie.

Había una llamada a las 10.34.

No podía estar mejor informado.

—¿A cuándo se remonta?

—A finales del año pasado. Fue él quien se puso en contacto conmigo. Al principio le di cosas pequeñas. Eso bastaba...

—Y después... empiezas a no llegar a fin de mes, ¿verdad?

—He perdido bastante, sí. Louis me ha ayudado, pero no era suficiente, así que...

—Podría ir a buscar a ese Buisson y agarrarlo por el cuello —dijo Camille con una cólera apenas contenida—. Soborno a un funcionario, puedo dejarle en pelotas en medio de su sala de redacción.

—Lo sé.

—Y sabes que si no lo hago es únicamente por ti.

—Lo sé —respondió Maleval agradecido.

—Lo vamos a hacer discretamente, si te parece. Voy a tener que llamar a Le Guen, me las arreglaré para que sea de la manera más sencilla posible...

—Me voy...

—¡Tú te quedas aquí! Te marcharás cuando yo te lo diga, ¿me entiendes?

Maleval se conformó con asentir con la cabeza.

—¿Cuánto necesitas, Jean-Claude?

—No necesito nada.

—¡No me toques las pelotas! ¿Cuánto?

—Once mil.

—Joder...

Pasaron unos segundos.

—Te voy a hacer un cheque.

Y como Maleval iba a intervenir:

—Jean-Claude... —dijo Camille con voz muy suave—. Lo hacemos así, ¿eh? Primero saldas tus deudas. Ya hablaremos después de la devolución. En cuanto a las formalidades administrativas, también trataré de que todo pase deprisa y bien. Si pudiera conseguir que te dejasen renunciar, sabes que lo haría, pero no está en mis manos.

Maleval no le dio las gracias. Asintió con la cabeza mirando al infinito, como si de pronto se diese cuenta de la amplitud del naufragio.

## 9.

Armand dejó por fin la sala de interrogatorios y volvió al despacho, en el que reinaba una atmósfera pesada que notó en cuanto atravesó la puerta.

Cob trabajaba en silencio; Louis, parapetado detrás de su mesa, no había levantado la vista desde que había vuelto. En cuanto a Mehdi y Élisabeth, al sentir la repentina pesadez de la situación y sin saber cómo interpretarla, hablaban en voz más baja de lo normal, como en una iglesia.

Louis se encargó del resumen de Armand y de reunir los elementos de las diferentes sesiones de interrogatorio.

A las cuatro y media, Camille no había salido aún de su despacho cuando Louis llamó a la puerta. Al oír que hablaba por teléfono, entró discretamente. Camille, inmerso en su conversación, no le prestó atención alguna.

—Jean, te estoy pidiendo un favor. Con toda la mierda que tenemos ya con esta historia, imagínate si nos enfrentamos a algo así. Es la gota que colma el vaso. Nos va a estallar en la cara. Nadie sabe hasta dónde va a llegar...

Louis esperó paciente, de espaldas a la puerta, colocándose nerviosamente el mechón.

—Eso es —continuó Camille—, piénsatelo y me vuelves a llamar. Llámame de todas formas antes de hacer nada, ¿vale? Venga, te dejo...

Camille colgó y descolgó de inmediato, marcó el número de casa. Esperó pacientemente y después marcó el número del móvil de Irène.

—Voy a llamar a la clínica. Irène ha debido de salir más tarde de lo previsto.

—¿Puede esperar? —preguntó Louis.

—¿Por qué me dices eso? —respondió descolgando de nuevo el teléfono.

—Por Lesage. Hay novedades.

Camille soltó el auricular.

—Cuenta...


10.

Fabienne Joly. Una treintañera pomposa, emperifollada como para salir un domingo. Pelo corto. Rubia. Gafas. Bastante corriente, pero con un no sé qué que Camille intenta discernir. Un lado sexy. ¿Quizá la blusa discreta, con los tres primeros botones desabrochados que dejan al descubierto el nacimiento de los senos? ¿O las piernas que cruza con excesiva timidez? Tras dejar su bolso cerca de la silla, mira a Camille a los ojos, decidida a no dejarse intimidar. Ha colocado las manos abiertas sobre las rodillas y parece poder sostener el silencio tanto tiempo como haga falta.

—¿Sabe que todo lo que diga aquí será incluido en la declaración que deberá firmar?

—Claro. Por eso estoy aquí.

La voz, un poco ronca, es un añadido a su extraña seducción. El tipo de mujer en la que uno no se fija pero en la que no puede dejar de fijarse cuando por fin repara en ella. Boca muy bonita. Camille resiste las ganas de conservar algo de ella y de esbozar su retrato bajo la mesa.

Louis permanece de pie, cerca del despacho de Camille, tomando algunas notas en su cuaderno.

—Así pues, le voy a pedir que repita lo que acaba de declarar a mi ayudante.

—Me llamo Fabienne Joly. Tengo treinta y cuatro años. Vivo en el número 12 de la rue de la Fraternité, en Malakoff. Soy secretaria bilingüe actualmente en paro. Y soy amante de Jérôme Lesage desde octubre de 1997.

La joven acababa de llegar al final de la frase que llevaba preparada y perdió algo de seguridad.

—¿Y...?

—Jérôme presta mucha atención a la salud de su hermana, Christine. Está convencido de que si se enterase de nuestra relación, recaería en la depresión que sufre desde la muerte de su marido. Jérôme siempre ha querido protegerla. Y yo lo he aceptado.

—No veo bien... —empieza a decir Camille.

—Todo lo que no puede explicar Jérôme se debe a mí. Sé, por los periódicos, que lo tienen detenido desde ayer. Creo que se niega a darles explicaciones... que le parecen comprometedoras. Sé que inventa excusas de trabajo para que podamos vernos. En fin, por su hermana, ya entienden...

—Empiezo a comprender, sí. No estoy totalmente seguro de que esto baste para explicar...

—¿Para explicar qué, señor comisario?

—El señor Lesage se niega a justificar su agenda y...

—¿Qué día? —le corta la joven.

Camille miró a Louis.

—Pues bien, por ejemplo en julio de 2001 el señor Lesage viaja a Edimburgo...

—Efectivamente, sí, el 9 de julio. Nos vemos en Edimburgo y cogemos el último vuelo de la tarde. Pasamos unos días en las Highlands. Después de eso Jérôme vuelve con su hermana a Londres.

—No basta con afirmar eso, señorita Joly. En la situación del señor Lesage, me temo que no va a bastar una declaración jurada.

La joven traga saliva con dificultad.

—Sé muy bien que esto le parecerá un poco ridículo... —empezó a decir ruborizándose.

—Se lo ruego —la animó Camille.

—Es un rasgo de eterna adolescente, si quiere... Llevo un diario —dice abriendo su bolso y hundiendo su mano dentro.

Saca un grueso cuaderno de tapas rosas con flores azules que subrayan su carácter romántico.

—Sí, lo sé, es una idiotez —dice forzándose a sonreír—. Anoto todo lo que es importante. Los días en que veo a Jérôme, los sitios a los que vamos, pego los billetes de tren, de avión, las tarjetas de visita de los hoteles donde nos alojamos, los menús de los restaurantes a los que vamos a cenar.

Tiende el cuaderno a Camille, se da cuenta de inmediato de que es demasiado bajo como para cogerlo por encima de su mesa y se gira para dárselo a Louis.

—Al final del cuaderno anoto también las cuentas. No quiero estar en deuda con él, entiéndalo. El alquiler que paga por mí en Malakoff, los muebles que me ha ayudado a comprar, todo lo que... Este es el cuaderno en curso. Tengo otros tres.


11.

—Acaba de visitarnos la señorita Joly —dice Camille.

Lesage levanta la cabeza. La hostilidad ha dejado paso a la cólera.

—Mete usted sus narices en todo. Es usted un...

—¡Deténgase inmediatamente! —le previene Camille.

Y después, con más calma:

—Iba usted a decir una tontería que le traería problemas legales, prefiero evitárselos. Vamos a verificar los elementos que nos ha aportado la señorita Joly. Si los consideramos prueba suficiente, será liberado de inmediato.

—¿Y en caso contrario? —pregunta Lesage con tono provocativo.

—En caso contrario, le detengo por asesinato y le transfiero a la fiscalía. Y se lo explica todo a la jueza de instrucción.

La cólera de Camille es más fingida que real. Está acostumbrado a que le respeten y la actitud de Lesage le incomoda. «Ya pasé la edad de los cambios y los esfuerzos», se repite al igual que otras veces.

Los dos hombres permanecen en silencio un corto instante.

—En cuanto a mi hermana... —empieza a decir Lesage con tono más conciliador.

—No se preocupe. Si son concluyentes y coherentes, todas esas informaciones permanecerán dentro del ámbito de la instrucción, es decir, protegidas por el secreto de sumario. Podrá usted decir a su hermana lo que le parezca.

Lesage levanta hacia Camille una mirada en la que, por vez primera, se lee algo parecido al agradecimiento. Camille sale y, una vez en el pasillo, da la orden de devolverlo a la celda y darle de comer.

—Le paso con secretaría.

Camille ha decidido volver a llamar a la recepción.

Hasta entonces, se ha aguantado las ganas de llamar a la clínica, conformándose con dejar un nuevo mensaje en el contestador de casa.

—¿Sabe si lleva el móvil consigo? —pregunta a Élisabeth tapando el auricular con la palma de la mano.

—Se lo llevé yo. Con la maleta, no se preocupe.

Es precisamente eso lo que le preocupa. Se limita a dar las gracias.

—No, se lo confirmo —prosigue la voz de mujer—. La señora Verhoeven abandonó la clínica a las cuatro. Tengo el registro de entradas y salidas delante de mí: cuatro y cinco exactamente. ¿Por qué? ¿Hay algún problema?

—No, ninguno, gracias —dice Camille sin colgar. Sus ojos están fijos en el vacío—. Muchas gracias. Louis, consígueme un coche, voy a pasar por casa.


12.


A las seis y veinte, Verhoeven subía rápidamente las escaleras, con el móvil todavía pegado a la oreja. Continuaba esperando a que ella contestara cuando empujó la puerta del piso, que estaba entreabierta. Curiosamente, siguió escuchando el eco del timbre de llamada. Por tonto que pudiese parecer, mantuvo el teléfono en la oreja al entrar en la casa y después al llegar al salón. No se presentó con un «¡Irène! ¿Cariño?» como hacía a veces cuando volvía y ella se encontraba en la cocina o en el cuarto de baño. Escuchaba. Ahora, el timbre había dado paso al contestador. Camille escuchó, de nuevo, ese mensaje del que conocía cada entonación, cada sílaba, y avanzó por el salón. La maleta de Irène, la bonita maleta que había preparado para el hospital, estaba allí, abierta y con todo desparramado por el suelo. Camisón, neceser, ropa...

«Este es el contestador...»

La mesa del salón había sido derribada y todos los objetos, libros, papelera, revistas, yacían, como muertos, sobre la moqueta, extendiéndose hasta las cortinas verdes, una de las cuales había sido arrancada de la barra.

«... de Irène Verhoeven. En este momento no estoy...»

Con el aparato aún pegado a la oreja, invadido por un vértigo contenido, Camille avanzó hasta la habitación, donde la mesilla de noche había sido volcada. La sangre formaba una larga mancha sobre la moqueta que llegaba hasta el cuarto de baño.

«... en esos pequeños detalles se comprende que el destino es una tontería...»

Había allí, a sus pies, un pequeño chorro de sangre, muy pequeño, justo al pie de la bañera. Todo el contenido de la repisa, bajo el espejo, parecía haber sido barrido, y se encontraba en el suelo y dentro de la bañera.

«Puede dejarme un mensaje y en cuanto vuelva...»

Camille atravesó corriendo la habitación, el salón, y se detuvo en el umbral del despacho, donde el móvil de Irène, en el suelo, le aseguraba, en eco: «... en cuanto vuelva, le llamaré».

Apenas consciente, Camille, completamente inmóvil, marcó un número desde allí, paralizado en el umbral de la estancia y con los ojos clavados en el suelo, hipnotizado por el móvil de Irène, por su voz.

«Hasta pronto.»

En su cabeza, se repetía: «Llámame, amor mío... Llámame, te lo suplico...», cuando oyó la voz de Louis:

—Mariani, le escucho.

Entonces Camille se dejó caer brutalmente de rodillas.

—¡LOUIS! —gritó llorando—. Louis, ven rápido. Te lo suplico...


13.

Toda la Brigada llegó seis minutos más tarde. Tres coches, con las sirenas a plena potencia, se detuvieron al pie de la calle. Maleval, Mehdi y Louis subieron las escaleras de cuatro en cuatro agarrándose al pasamanos, seguidos, cada uno a un ritmo tan rápido como podía, de Armand y Élisabeth. Le Guen cerraba el cortejo resoplando, tomando aire en cada descansillo. Maleval dio una violenta patada en la puerta y se precipitó al interior del piso.

En el mismo instante en que entraron, al ver así, ante ellos, la maleta de Irène abierta, abandonada, la cortina arrancada y a Camille, sentado en el sofá, con el móvil todavía entre las manos, mirando a su alrededor como si viese el lugar por primera vez, todo el mundo comprendió lo que pasaba. Todos se pusieron en acción. El primero, Louis, que se arrodilló cerca de Camille y le retiró de las manos el teléfono con la atención lenta y aplicada con la que se retira un juguete a un niño que acaba de dormirse.

—Ha desaparecido —articuló Camille, completamente derrotado.

Luego señaló el cuarto de baño con una mirada de estupor:

—Allí hay sangre...

Los pasos, en el piso, martilleaban el suelo. Maleval había cogido al vuelo un trapo de cocina e iba abriendo todas las puertas, una por una, mientras Élisabeth, teléfono en mano, llamaba a la policía científica.

—¡Que nadie toque nada! —gritó Louis dirigiéndose a Mehdi, que empezaba a abrir armarios sin protección.

—Ten, toma esto —le dijo Maleval al pasar, ofreciéndole otro trapo.

—Necesito un equipo, es urgente... —dijo Élisabeth.

Dictó la dirección.

—Pásame eso —dijo Le Guen, sin aliento, lívido, arrancándole el teléfono—. Le Guen —dijo—. Quiero un equipo dentro de diez minutos. Análisis, fotos, todo. Quiero también al Grupo 3. Al completo. Dile a Morin que me llame inmediatamente.

Después, sacando con dificultad su propio teléfono de un bolsillo interior, marcó un número, con la mirada tensa.

—Comisario Le Guen. Páseme a la jueza Deschamps. Prioridad absoluta.

—Nadie —exclamó Maleval volviendo cerca de Louis.

Se escuchó a Le Guen gritar:

—¡He dicho ahora mismo, me cago en la puta!

Armand se había sentado en el sofá, al lado de Camille, los codos plantados sobre sus rodillas separadas, la mirada en el suelo. Camille, que empezaba a recuperarse, se levantó lentamente y todo el mundo se volvió hacia él. Qué pasó en ese momento en el corazón de Camille, en su cabeza, quizás ni él mismo lo supiese nunca. Miró la habitación un instante, fijó la vista en cada uno de sus colaboradores y una especie de máquina se puso en marcha, hecha de experiencia y de cólera, de técnica y de desesperación, una extraña mezcla que puede impulsar a las mejores almas a los peores actos reflejos pero que, en otras, despierta los sentidos, agudiza la vista, provoca una determinación en cierto modo salvaje. Quizás sea lo que llaman miedo.

—Dejó la clínica a las cuatro y cinco —articuló con voz tan baja que el grupo se acercó imperceptiblemente, aguzando el oído—. Volvió aquí —añadió señalando la maleta que todos habían evitado con cuidado—. Élisabeth, tú te encargas del edificio —dijo de repente cogiendo el trapo que Maleval sostenía aún en sus manos.

Fue hasta el secreter, revolvió unos segundos entre los papeles y sacó una foto reciente de Irène y de él mismo, tomada el pasado verano, durante las vacaciones.

Se la entregó a Maleval:

—En mi despacho, la impresora tiene escáner. Solo tienes que pulsar el botón verde...

Maleval se dirigió con rapidez al despacho.

—Mehdi, vete con Maleval a la calle. La conocen, pero coge de todas formas la foto. Irène está embarazada, no ha podido llevársela sin que nadie haya visto nada. Sobre todo si está... herida, no sé. Armand, llévate una copia de la foto y recorre la clínica, la secretaría, todas las plantas. En cuanto lleguen los compañeros, enviaré refuerzos a todo el mundo. Louis, tú te vuelves a la central, coordinas los equipos y mantienes a Cob al corriente, que tenga siempre una línea libre. Vamos a necesitarle.

Maleval regresó. Había hecho dos copias y devolvió el original a Camille, que se lo metió en el bolsillo. Un momento después, todo el mundo se había marchado. Se oían los ruidos de los pasos en la escalera.

—¿Estás bien? —preguntó Le Guen acercándose a Camille.

—Estaré bien cuando la hayan encontrado, Jean.

Sonó el móvil de Le Guen.

—¿Cuánta gente tienes? —preguntó a su interlocutor—. Los quiero a todos. Sí, a todos. Y ahora mismo. Y tú también. En casa de Camille... Sí, bastante... Te espero, mueve el culo.

Camille había dado unos pasos y se acababa de arrodillar ante la maleta abierta. Con la punta del bolígrafo, levantó ligeramente un vestido, lo dejó caer, se enderezó y avanzó hasta la cortina desgarrada, que contempló un buen rato, de arriba abajo.

—Camille —dijo Le Guen aproximándose a él—. Tengo que decirte...

—Sí —respondió Camille volviéndose con rapidez—. Déjame adivinar...

—Pues sí, lo has pillado... La jueza ha sido también terminante. No puedes conservar el caso. Voy a tener que dárselo a Morin.

Le Guen meneó la cabeza.

—Morin es bueno, lo sabes... Lo conoces... Estás demasiado implicado, Camille, tú no puedes...

En ese instante sonaron las sirenas en la calle.

Camille no se había inmutado, sumergido en una intensa reflexión.

—Tiene que ser otro, ¿es eso? ¿No hay otra solución?

—Eso es, Camille, tiene que ser alguien menos implicado. No puedes ser tú el que...

—Entonces tú, Jean.

—¿Qué?

En las escaleras resonaron los pasos precipitados de varios hombres, se abrió la puerta y Bergeret fue el primero en entrar. Le dio la mano a Camille y se limitó a decir:

—Vamos a hacerlo rápido, Camille, no te preocupes. Pongo a todo el mundo en el caso.

Antes de que Verhoeven pudiese responder, Bergeret ya le había dado la espalda y daba instrucciones mientras pasaba revista a toda la casa. Dos agentes instalaron los focos. El piso se inundó de pronto de una luz cegadora. Dirigieron los reflectores sobre los primeros espacios a analizar, mientras otros tres técnicos, después de haber estrechado la mano de Camille sin decir palabra, se ponían los guantes y abrían sus maletines.

—¿Qué me estás contando? —prosiguió Le Guen.

—Te quiero a ti en esto. Sabes que es posible, no me vengas con cuentos.

—Escucha, Camille, hace mucho tiempo que no estoy en la calle. He perdido los reflejos, lo sabes muy bien. ¡Es una completa estupidez pedirme eso!

—O tú, o nadie. ¿Y bien?

Le Guen se rascó la nuca y se masajeó el mentón. Su mirada desmentía esos gestos de reflexión. Se podía leer en ella una angustia terrible.

—No, Camille, yo no...

—O tú o nadie. Te encargarás, ¿verdad?

La voz de Camille era inapelable.

—Está bien... Te... te juro que es...

—¿Eso es un sí?

—Bueno..., sí..., pero...

—¿Pero qué, joder?

—¡Pero sí, joder! ¡Sí!

—Vale —dijo Camille sin esperar más tiempo—. Está claro, entonces. El problema es que hace mucho que no trabajas sobre el terreno, ya no tienes reflejos, ¡vas a estar perdido!

—Claro... ¡Si es lo que acabo de decirte, Camille! —gritó Le Guen.

—Bien —dijo Camille mirándole fijamente—. Entonces debes delegar en un hombre con experiencia. Acepto. Gracias, Jean.

Le Guen no tuvo tiempo siquiera de sorprenderse. Camille ya le había dado la espalda.

—¡Bergeret! Te voy a decir lo que necesito.

Le Guen se metió la mano en el bolsillo para sacar el móvil y marcó un número.

—Comisario Le Guen. Páseme a la jueza Deschamps. Es urgente.

Y mientras esperaba que le pasaran la llamada, murmuró, viendo cómo Camille hablaba con los técnicos de la científica:

—Cabrón...

14.

El grupo de Morin llegó minutos más tarde. Para no molestar a los especialistas, tuvo lugar una reunión rápida en el descansillo donde solo cabían Le Guen, Camille y Morin; los otros cinco agentes permanecían un poco más abajo, en la escalera.

—Yo me encargo de la investigación sobre la desaparición de Irène Verhoeven. Con el permiso de la jueza Deschamps, he decidido delegar la acción en el comandante Verhoeven, ¿alguna duda?

El tono con el que Le Guen acababa de anunciar la noticia no parecía dejar lugar a réplica. Se hizo un completo silencio que Le Guen prolongó lo suficiente como para mostrar su determinación.

—Tu turno, Camille —añadió.

Verhoeven se disculpó ante Morin, que levantó las dos manos en señal de aprobación. Después, sin tiempo que perder, distribuyó los equipos de acuerdo con su compañero y todo el mundo se marchó corriendo a la calle.

Los técnicos bajaron las escaleras en varias ocasiones y subieron con maletas de aluminio, botes y una caja. Dos agentes montaban guardia en el mismo inmueble, el primero en el piso superior y el segundo en el descansillo situado justo debajo del apartamento, para controlar cualquier entrada y salida de residentes. Le Guen había colocado otros dos agentes en la acera, ante la puerta del edificio.

—Nada. Desde las cuatro hasta ahora solo ha habido gente en cuatro pisos —explicó Élisabeth. Los demás estaban trabajando.

Camille se había sentado en el primer peldaño del rellano, con su móvil entre las manos, y se volvía regularmente hacia la puerta de la casa abierta de par en par. A través de la ventana deslustrada, siempre cerrada, que se suponía debía aportar un poco de luz al descansillo, podía ver el baile espasmódico de las luces de los faros de los coches que bloqueaban la calle.

El edificio que ocupaban Camille e Irène se encontraba a unos veinte metros de la esquina de la rue des Martyrs. Unas obras de canalización que habían comenzado dos meses antes tenían inmovilizado todo el lado de la calle opuesto al inmueble. Hacía bastante tiempo que los obreros habían dejado atrás el edificio y trabajaban ahora a trescientos metros de allí, en el lado que daba al bulevar. Pero las vallas que impedían estacionar frente al edificio seguían allí. Aunque ya no hubiese trabajos en esa zona, las vallas habían permitido aparcar la maquinaria y los volquetes e instalar tres casetas prefabricadas para guardar material y servir de comedor. Dos coches de policía, atravesados en la calzada, bloqueaban el principio y el final de la calle. Los demás vehículos, así como las dos furgonetas de la científica, ni siquiera habían intentado aparcar. Ocupaban el centro de la calle en fila india, llamando la atención de los peatones y de los vecinos, asomados a sus ventanas.

Camille nunca había prestado atención a esos detalles, pero cuando llegó a la acera miró con atención la calle y el vallado de la obra. Cruzó y observó la alineación de las vallas. Se volvió para contemplar la entrada del edificio, examinó la esquina de la calle, después las ventanas de su piso, y de nuevo las vallas.

—Claro... —murmuró.

Luego echó a correr hacia la rue des Martyrs, seguido a duras penas por Élisabeth, que apretaba el bolso contra su pecho.

Conocía a esa mujer pero no recordaba su nombre.

—La señora Antonapoulos —dijo Maleval señalando a la tendera.

—Antanopoulos —corrigió la mujer.

—Cree haberlos visto... —comentó Maleval—. Un coche se detuvo delante del edificio y una mujer subió en él.

El corazón de Camille empezó a latir con fuerza, resonando hasta en su cabeza. Estuvo a punto de agarrarse a Maleval, pero se limitó a cerrar los ojos para alejar toda imagen de su mente.

Hizo que le contasen la escena. Dos veces. Bastaban pocas palabras para relatarla y confirmaba lo que Camille había supuesto minutos antes, al efectuar sus propias observaciones. Poco después de las cuatro y media, un coche de color oscuro se había detenido a la altura del portal. Un hombre, más bien alto, al que la comerciante no había visto más que de espaldas, había bajado de él y había empujado ligeramente una valla para aparcar sin estorbar la circulación. Cuando echó un vistazo de nuevo a la calle, la puerta derecha del asiento trasero estaba completamente abierta. Una mujer de la que solo pudo ver las piernas se estaba introduciendo en el vehículo mientras el hombre la ayudaba a subir antes de cerrar la puerta. Se distrajo un instante. Cuando volvió a mirar, el coche había desaparecido.

—Señora Antanopoulos —dijo Camille señalando a Élisabeth—, le voy a pedir que acompañe a mi compañera. Vamos a necesitar su ayuda. Y su memoria.

La tendera, que creía haber contado todo lo que recordaba, abrió los ojos como platos. Esa tarde iba a darle tema de conversación para el resto del semestre.

—Mira el resto de la calle, sobre todo los bajos cercanos. Encuéntrame también a los obreros al final de la calle. Terminan pronto. Habrá que contactar con la empresa. Mantenme informado.

## 15.

Sin agentes, todos en el caso, la sala de trabajo parecía en suspenso. Cob, detrás de la pantalla, continuaba su investigación, pasando del plano de circulación de París a la lista de empresas de construcción y a la de los nombres del personal de servicio de la clínica Montambert, para informar a los equipos de búsqueda.

Louis, acompañado de un joven agente al que Camille no conocía, ya había reorganizado la sala por completo, los tableros de corcho, las pizarras de papel, las carpetas. Disponía ahora de una inmensa mesa sobre la que había vuelto a clasificar todos los expedientes en curso y pasaba la tercera parte de su tiempo al teléfono para transmitir información a todo el mundo. También había llamado al doctor Crest a su llegada al cuartel general para pedirle que se presentase allí lo antes posible. Sin duda lo hacía con segundas intenciones, preocupado por la ayuda que Camille necesitaría en las próximas horas.

Crest se levantó en cuanto vio llegar a Camille y le estrechó la mano con gran afecto. Camille vio en su mirada como en un espejo. En el rostro atento y tranquilo del doctor Crest vio el suyo, en el que la angustia había comenzado a horadar largos surcos alrededor de los ojos, dando a toda su persona un aire rígido y tenso.

—Lo siento... —dijo Crest con voz mansa.

Camille le entendió más allá de las palabras. Crest volvió a tomar posición en un extremo de la mesa, espacio que Louis le había preparado y donde había colocado las tres cartas del Novelista. Sobre las copias, al margen, Crest había tomado notas, dibujado flechas y efectuado conexiones.

Camille se dio cuenta de que Cob había completado su material de trabajo con unos cascos telefónicos que le permitían hablar con los agentes que le llamaban mientras seguía utilizando los teclados. Louis se acercó para proponer una primera síntesis. Ante el rostro severo de Camille, se contentó con decir:

—Nada por el momento... —y acompañó estas palabras con un gesto hacia el mechón que curiosamente detuvo por el camino—. Élisabeth está en la sala de interrogatorios con la tendera. Solo recuerda lo que nos dijo antes, no parece que haya más. Un hombre, alrededor de un metro ochenta, traje oscuro. No recuerda la marca del coche. Pasó menos de un cuarto de hora entre el momento en que le vio aparcar y el de la partida.

Pensando en la sala de interrogatorios, Camille dijo:

—¿Y Lesage?

—El comisario habló con la jueza Deschamps, recibí orden de ponerlo en libertad. Se marchó hace veinte minutos.

Camille miró la hora. Las ocho y veinte.

Cob imprimió un rápido listado que resumía el trabajo de los equipos en marcha.

En la clínica Montambert, Armand no había obtenido nada. Según todos los indicios, Irène había salido sola y libre. Para quedarse tranquilo, Armand había anotado los datos de dos enfermeras y dos empleadas de mantenimiento que estaban trabajando a esa hora pero a las que no había podido interrogar porque ya no estaban de servicio. Cuatro equipos habían partido a interrogarlas directamente en sus domicilios. Dos habían llamado ya y nadie, por ahora, recordaba nada extraño. La revisión de la calle tampoco había dado mejores resultados. Aparte de la señora Antanopoulos, nadie había visto nada raro. El hombre había actuado tranquilamente, con sangre fría. Cob había encontrado los datos de varios obreros que pertenecían a la empresa que hacía la obra en la calle. Tres equipos se habían presentado en sus domicilios para interrogarles. Los resultados no habían llegado todavía.

Justo antes de las nueve de la noche, Bergeret se presentó en persona para informar de los primeros resultados. El hombre no había utilizado guantes. Además de las innumerables huellas de Irène y de Camille, se encontraron varias de un desconocido.

—Ni guantes ni nada, no tomó precaución alguna. Le da igual. No es buena señal.

Bergeret se dio cuenta instantáneamente de que acababa de pronunciar un juicio desafortunado.

—Lo siento —balbuceó.

—No te preocupes —dijo Camille dándole una palmada en el hombro.

—Lo hemos comprobado de inmediato en el archivo —prosiguió Bergeret con dificultad—. No conocemos a ese tipo.

La escena no había podido ser reconstruida en su totalidad, pero había varias cosas seguras. La reciente muestra de torpeza obligaba a Bergeret a sopesar cada palabra, y a veces cada fonema.

—Sin duda llamó a la puerta y tu mu... Irène fue a abrirle. Debía de haber dejado la maleta en el vestíbulo y creemos... creemos que fue una patada...

—Escúchame —le cortó Camille—, así no vamos a llegar a ningún sitio. Ni tú ni yo. Así que di «Irène» y para lo demás dices las cosas tal y como son. Una patada... ¿Dónde?

Bergeret, aliviado, recobró el aliento y no volvió a levantar la mirada, concentrado en sus notas.

—Debió de golpear a Irène en cuanto ella abrió la puerta.

Camille sintió un vuelco en el corazón y se tapó precipitadamente la boca con la mano, cerrando los ojos.

—Creo que el señor Bergeret —dijo entonces el doctor Crest— debería primero ofrecer esos elementos al señor Mariani. En un primer momento...

Camille no escuchaba. Había cerrado los ojos, los volvió a abrir, dejó caer su mano y se levantó. Avanzó, ante la mirada de los otros, hasta la fuente y bebió, de golpe, dos vasos de agua helada; después volvió a sentarse cerca de Bergeret.

—Llama. Irène abre. Lo primero que hace es golpearla. ¿Sabemos cómo?

Bergeret buscó con la mirada perdida la aprobación de Crest y, ante el gesto de ánimo del doctor, prosiguió:

—Hemos encontrado restos de jugo biliar. Debió de sentir una náusea y agacharse.

—¿No podemos saber dónde la golpeó?

—No, no podemos.

—¿Y después?

—Ella debió de echar a correr por la casa, sin duda primero hasta la ventana. Se agarró a las cortinas y arrancó una. En su carrera, el hombre debió de golpearse con la maleta, que estaba abierta. No parece que la hayan tocado ni uno ni otro antes de dejar el piso. Después, Irène corrió hasta el cuarto de baño, fue sin duda allí donde la atrapó.

—La sangre por el suelo...

—Sí. Un golpe, seguramente en la cabeza. No muy violento, lo suficiente para aturdirla. Sangró un poco al caer. O bien al caer, o bien al levantarse, fue Irène la que derribó la repisa que hay bajo el espejo. De hecho, tuvo que hacerse algún corte: hemos encontrado algo de sangre en el canto. A partir de ese momento, no sabemos exactamente qué pasó. Lo único cierto es que la arrastró hasta la puerta. Las huellas del suelo se corresponden con marcas de sus talones. El hombre dio una vuelta por el piso. Debemos suponer que lo hizo al final, antes de marcharse. El dormitorio, la cocina, tocó dos o tres objetos...

—¿Cuáles?

—En la cocina, abrió el cajón de los cubiertos. También hemos localizado sus huellas en el tirador de la ventana de la cocina y en el del frigorífico.

—¿Por qué hizo eso?

—Estaba esperando a que recobrase el sentido. Mientras tanto husmeó un poco. Hemos encontrado un vaso con sus huellas en la cocina, así como en el grifo.

—La despertó con eso.

—Eso creo, sí. Le lleva un vaso de agua.

—O se lo tira a la cara.

—No, no parece. En ese lugar no hay restos de agua. No, creo que le da de beber. Hay algunos cabellos de Irène ahí, debió de levantarle la cabeza. Después, no se sabe. Hemos intentado analizar la escalera. En vano. Ha pasado demasiada gente, no se puede sacar nada en claro de allí.

Camille, con la mano en la frente, intentaba reconstruir la escena.

—¿Alguna otra cosa? —preguntó por fin levantando la mirada hacia Bergeret.

—Sí. También hay cabellos de él. Pelo corto, castaño. No son muchos. Están analizándolos. Y tenemos su grupo sanguíneo.

—¿Cómo?

—Irène debió de arañarle, creo, en el momento de la lucha. Hemos recogido una pequeña muestra en el cuarto de baño y en una toalla que utilizó para limpiarse. La hemos comparado con tu sangre, por si acaso. Es cero positivo. Uno de los más corrientes.

—Castaño, pelo corto, cero positivo, ¿qué más?

—¡Eso es todo, Camille! No hemos...

—Discúlpame. Gracias.


## 16.

Cuando todos los equipos estuvieron de vuelta, tuvo lugar una larga reunión. Había pocos resultados. No se sabía más a las nueve de la noche que a las seis y media, o casi. Antes, Crest había estudiado la última carta del Novelista y, en gran parte, confirmado lo que sabía Camille y lo que presentía. Le Guen, instalado en el único sillón de verdad de la sala, había escuchado el informe del psiquiatra con expresión de profunda gravedad.

—Disfruta jugando con usted. Pone algo de suspense al inicio de la carta, como si estuvieran jugando. Juntos. Eso confirma lo que habíamos intuido desde el principio.

—¿Lo considera un asunto personal? —preguntó Le Guen.

—Sí —respondió Crest volviéndose hacia él—. Me parece que sé adónde quiere usted llegar... Pero no debe malinterpretar mi respuesta. En principio no se trata de un asunto personal en el sentido de que sea alguien a quien el comandante haya detenido antes, por ejemplo, o algo parecido. No. No es un asunto personal de esa clase. Pero se convierte en ello. Especialmente cuando lee el primer anuncio. El hecho de haber usado una técnica tan poco ortodoxa, de haber firmado con sus propias iniciales, haber dado su dirección personal para la respuesta...

—Qué gilipollez, ¿verdad? —preguntó Camille a Le Guen.

—Cómo haberlo previsto, Camille —respondió Le Guen en lugar del psiquiatra—. De todas formas, tú eres como yo, no es difícil encontrarnos.

Camille pensó un instante en su arrogancia. Qué pretensión haber actuado así, de forma tan personal, como si fuese un asunto entre el asesino y él. Volvió a pensar en la jueza Deschamps, en la conversación en su despacho, donde le había amenazado con apartarle del caso. ¿Por qué había querido mostrarse más fuerte que ella? Pírrica victoria que ahora le costaba más cara que una derrota.

—Sabe adónde va —prosiguió Crest—, lo sabe desde el principio y hacer las cosas de otro modo no habría cambiado nada. De hecho, lo sabemos porque lo dice claramente en esta carta: «Usted no saldrá hasta que yo lo tenga y tal y como lo haya decidido». Pero lo esencial se halla concentrado en la última parte de la carta, en esa larga disertación en la que cita fragmentos enteros del libro de Gaboriau.

—Se siente arrastrado por su misión, lo sé...

—Pues bien, aunque le sorprenda, cada vez lo creo menos.

Camille aguzó el oído, como Louis, que se había decidido por fin a sentarse cerca de Le Guen.

—Mire —dijo Crest—, es demasiado explícito. Grandilocuente. En teatro se diría que sobreactúa. Algunas de sus frases son literalmente pomposas.

—¿Qué quiere usted decir?

—No está delirando, solo es un pervertido. Interpreta, para usted, el papel de psicótico grave, alguien que no distinguiría entre lo real y lo virtual, o más bien, en este caso, entre la realidad y la ficción, pero creo que es una argucia más. No sé por qué lo hace. No es tal y como se describe en sus cartas. Representa el papel para hacérselo creer, que es algo muy distinto.

—¿Con qué fin? —preguntó Louis.

—No tengo ni idea. Su larga reflexión sobre las necesidades de la humanidad, la transfiguración de lo real... ¡Todo está tan estudiado que resulta caricaturesco! No escribe lo que piensa. Finge pensarlo. No sé por qué.

—¿Para borrar pistas? —preguntó Le Guen.

—Quizás, sí. O quizás por una razón más importante.

—¿Qué quiere decir? —preguntó Camille.

—Porque forma parte de su proyecto.

Se repartieron los dosieres de todos los casos en curso. Dos hombres por caso. Misión: retomar todo desde el principio, todos los indicios, todas las comprobaciones. Se redistribuyeron las mesas. A las diez menos cuarto, los servicios técnicos instalaron cuatro nuevas líneas telefónicas y tres puestos informáticos suplementarios que Cob puso inmediatamente en red para que desde cada ordenador pudiese consultarse la base de datos en la que había agrupado todos los elementos disponibles. La sala se inundó de murmullos, con cada equipo interrogando y consultando sin cesar a los ayudantes de Camille cada vez que aparecía un detalle nuevo.

Camille, por su lado, acompañado de Le Guen y de Louis, los tres plantados ante el gran tablero de corcho, volvió a examinar los resúmenes, uno a uno, mirando enfebrecido su reloj. Irène llevaba en ese momento cinco horas desaparecida y no era un misterio para nadie que cada minuto contaba doble, que corría inexorable una cuenta atrás cuyo final nadie conocía.

A petición de Camille, Louis confeccionó, en una pizarra de papel, la lista de todos los lugares (Corbeil, Pa-

rís, Glasgow, Tremblay, Courbevoie), después la de todas
las víctimas (Maryse Perrin, Alice Hedges, Grace Hobson,
Manuela Constanza, Évelyne Rouvray, Josiane Debeuf), y
por último la de todas las fechas (12 de julio de 2000, 24 de
agosto de 2000, 10 de julio de 2001, 21 de noviembre
de 2001, 7 de abril de 2003). Los tres hombres se plantaban
delante de cada nueva línea, buscando coincidencias desesperadamente, intercambiando hipótesis que no conducían
a nada. El doctor Crest, silencioso, sentado aparte, subrayó
que la lógica del Novelista era literaria y que quizás sería
mejor analizar las obras imitadas, cuya lista elaboró inmediatamente Louis (*El crimen de Orcival, Roseanna, Laidlaw,
La Dalia Negra, American Psycho*), sin mejores resultados.

—No puede estar ahí —refutó Le Guen—. Esas
son obras que ya ha llevado a cabo. Ya no está ahí.

—No —confirmó Camille—, está en la siguiente,
pero ¿cuál?

Louis fue a buscar la lista de Ballanger, pasó por la
fotocopiadora, amplió cada página a formato A3 y clavó
todo en la pared.

—Esos son muchos libros... —comentó Crest.

—Demasiados, sí... —dijo Camille—. Pero tiene
que haber uno entre ellos..., o no..., donde...

Camille permaneció un instante concentrado en
esa idea.

—Donde se hable de una mujer embarazada. ¿Louis?

—No hay —respondió Louis revisando la lista de
sinopsis.

—¡Sí, Louis, hay uno!

—No lo veo...

—¡Que sí, joder! —dijo Camille con rabia arrancándole la lista de las manos—. Hay uno.

Consultó rápidamente el documento y se lo dio a
Louis.

—En esta lista no, Louis, en la otra.

Louis miró a Camille fijamente.

—La había olvidado, sí...

Y corrió hasta su mesa a recoger la primera lista de Cob. Louis, con su elegante letra, había esbozado varias notas que revisó de un vistazo.

—Está aquí —dijo por fin tendiéndole la hoja.

Al leer las notas de Louis, Camille recordó con claridad la conversación con el profesor Ballanger: «Uno de mis estudiantes..., un caso de marzo de 1998, la historia de esa mujer destripada en un almacén..., un libro que no conozco... *El asesino de la sombra*... Ni rastro de él».

Mientras tanto, Louis había colgado la tabla en la que había marcado los casos sospechosos cuyos elementos había remitido a Ballanger.

—Sí, sé que es tarde, señor Ballanger...

Se volvió de espaldas discretamente y presentó la situación con rapidez, en voz baja.

—Se lo paso, sí... —dijo por fin tendiendo el teléfono a Camille.

Camille, en pocas palabras, le recordó la conversación.

—Sí, pero ya se lo he dicho, no conozco ese libro. Ni siquiera él mismo estaba seguro, era una idea suelta... Nada demuestra...

—¡Señor Ballanger! Necesito ese libro. Inmediatamente. ¿Dónde vive su estudiante?

—No lo sé... Tendría que consultar el fichero de estudiantes, está en mi despacho.

—¡Maleval! —llamó Camille sin responder a Ballanger—. Coge un coche, ve a buscar al señor Ballanger y lo llevas a la universidad, os espero allí.

Antes incluso de que Camille volviese a hablar por teléfono con el profesor, Maleval corría hacia la puerta de salida.

Cob tenía ya una lista de una treintena de direcciones relevantes que Élisabeth y Armand estaban situando sobre mapas de la región parisina. Cada dirección, cada punto, con los detalles que Cob conseguía obtener sobre cada almacén, era examinado con detalle. En primer lugar, prioritario, los almacenes más aislados, los que parecían abandonados desde hacía mucho tiempo; en segundo, los que presentaban menos características interesantes pero seguían siendo pertinentes para la investigación.

—Armand, Mehdi, seguid con el trabajo de Cob —decidió Camille—. Élisabeth, forma los equipos, visita inmediata a todos los lugares. Empieza por los más cercanos: primero París, si hay; después el extrarradio, por círculos concéntricos. Cob, búscame un libro. Hub, Chub o algo así. *El asesino de la sombra*. Un libro antiguo. No tengo nada más. Me voy a la universidad. Llámame al móvil. Venga, Louis, nos vamos.

## 17.

— Soy Cob. No encuentro nada...

—¡Imposible! —gritó Camille.

—¡Camille! ¡He lanzado una búsqueda que abarca doscientos once buscadores! ¿Estás seguro de la referencia?

—Espera, te paso a Louis, no cuelgues.

Solo dos farolas de cada cinco proyectaban sobre la fachada de la universidad una luz pálida y amarillenta que caía a los pies del profesor Ballanger. Él mismo parecía haber surgido de la noche, y acababa de entregar a Camille el expediente de un tal Sylvain Guignard, con un dedo sobre la casilla donde figuraba su número de teléfono personal. Camille cogió el móvil de Louis y marcó el número. Una voz ronca articuló un sordo «Diga».

—¿Sylvain Guignard?

—No, soy su padre... Oiga, ¿sabe usted la hora que es?

—Comandante Verhoeven, Brigada Criminal. Páseme inmediatamente con su hijo.

—¿Quién ha dicho...?

Camille lo repitió con más calma y añadió:

—Vaya inmediatamente a buscar a su hijo, señor Guignard. ¡Inmediatamente!

—Bueno, vale...

Camille distinguió un ruido de pasos, susurros, y después una voz más joven y clara.

—¿Es usted Sylvain?

—Sí.

—Soy el comandante Verhoeven, de la Brigada Criminal. Estoy con su profesor, el señor Ballanger. Participó usted en una investigación para nosotros, ¿recuerda?...

—Sí..., era sobre...

—Mencionó usted un libro que él no conocía, que le pareció que tenía relación con un caso... Un tal Hub, o Chub, ¿lo recuerda?

—Sí, lo recuerdo.

Camille echó un vistazo a la ficha. El chico vivía en Villeparisis. Incluso dándose prisa... Consultó el reloj.

—¿Tiene usted el libro? —preguntó—. ¿Lo tiene?

—No, es un libro viejo, simplemente creí recordar...

—¿Recordar qué?

—La situación... Yo qué sé, me sonaba algo...

—Escúcheme bien, Sylvain. Han secuestrado a una mujer embarazada. Esta tarde. En París. Debemos encontrarla antes de que... Es posible que esa mujer sea... Quiero decir... Es mi mujer.

Tras pronunciar esas palabras, Camille tragó saliva con dificultad.

—Necesito ese libro. Enseguida.

El joven, al teléfono, dejó pasar un breve instante.

—No lo tengo —dijo por fin con voz tranquila—. Es un libro que leí por lo menos hace diez años. Estoy seguro del título: *El asesino de la sombra,* y también del autor. Philip Chub. No recuerdo el editor. Estoy pensando..., no lo recuerdo. Me viene a la mente la portada, eso es todo.

—¿Y qué es lo que había en la portada?

—Ya sabe, era ese tipo de libro con ilustraciones... grandilocuentes: mujeres aterradas gritando... con la sombra de un hombre con sombrero abalanzándose sobre ellas, ese tipo de cosas...

—¿Y el argumento?

—Un hombre secuestra a una mujer embarazada, de eso estoy seguro. Me llamó la atención porque no cuadraba con lo que leía en aquella época. Era bastante horrible, pero no recuerdo los detalles.

—¿Y el escenario?

—Un almacén, creo, algo parecido.

—¿Un almacén de qué tipo? ¿Dónde?

—Honestamente, no me acuerdo. Un almacén, estoy seguro...

—¿Qué hizo con el libro?

—Nos hemos mudado tres veces en diez años. Soy incapaz de decirle qué fue de él.

—¿Y en cuanto al editor?

—Ni idea.

—Voy a enviar a alguien a su casa enseguida, le dirá todo lo que recuerde, ¿comprende?

—Sí..., creo.

—Mientras declare, quizás le vengan a la memoria otras cosas, detalles que puedan sernos útiles. Todo puede tener importancia. Mientras espera, quédese en casa, cerca del teléfono. Intente recordar el libro, el momento en que lo leyó, el sitio donde estaba, qué hacía en aquella época. A veces eso ayuda. Tome nota, mi colega le dará varios números de teléfono. Si recuerda algo, cualquier cosa, llame sin demora, ¿lo entiende?

—Sí.

—Bien —concluyó Camille, y después, antes de cambiar su teléfono por el que Louis llevaba en la mano, añadió:

—¿Sylvain?

—¿Sí?

—Muchas gracias... Intente acordarse... Es muy importante.

Camille llamó a Crest y le pidió que fuese hasta Villeparisis.

—Ese chico parece inteligente. Y con ganas de cooperar. Necesito que confíe en nosotros para que recuerde. Puede sernos útil. Me gustaría que se ocupase usted.

—Voy enseguida —dijo Crest con calma.

—Louis le llamará desde otra línea para darle la dirección y conseguirle un vehículo con un buen conductor.

Camille marcó otro número nada más colgar.

—Sé, señor Lesage, que no debe de tener muchas ganas de ayudarnos...

—En efecto. Si es para pedir ayuda, tendrá que buscarla en otro lado.

Louis se había vuelto y miraba a Camille inclinando la cabeza, como si intentara discernir un cambio en su rostro.

—Escuche —prosiguió Camille—. Mi mujer está embarazada de ocho meses y medio.

Su voz se rompió. Tragó saliva.

—Ha sido secuestrada, en nuestra casa, esta tarde. Ha sido él, ¿lo entiende? Ha sido él... Tengo que encontrarla.

Hubo un largo silencio.

—Va a matarla —dijo Camille—. Va a matarla...

Y esa evidencia, que sin embargo planeaba sobre él desde hacía horas, le pareció entonces, quizás por primera vez, una realidad tangible, una certeza tan realista que estuvo a punto de soltar el teléfono y tuvo que apoyar una mano en la pared.

Louis seguía sin moverse y miraba fijamente a Camille, como si pudiera ver a través de él, como si fuese transparente. Su mirada estaba congelada, sus labios temblaban.

—Señor Lesage... —articuló por fin Camille.

—¿Qué puedo hacer? —preguntó el librero con voz algo mecánica.

Camille cerró los ojos aliviado.

—Un libro. *El asesino de la sombra,* de Philip Chub.

Mientras tanto, Louis se había vuelto hacia Ballanger.

—¿Tiene usted un diccionario de inglés? —preguntó con voz neutral.

Ballanger se levantó y se dirigió hacia Louis, le sobrepasó dando un rodeo y se plantó ante una estantería.

—Conozco ese libro, sí, es antiguo —dijo por fin Lesage—. Debió de editarse en los años setenta u ochenta, al final de los setenta. En Bilban. Es un editor que desapareció en el 85. Nadie recuperó su catálogo.

Louis había colocado sobre la mesa y abierto el Harrap's que Ballanger acababa de entregarle. Lo giró hacia Camille, lívido.

Camille le miró fijamente y sintió su corazón latir con violencia dentro de su pecho.

Preguntó mecánicamente:

—¿No tendrá ese libro por casualidad?

—No, estoy comprobándolo... No, no creo...

Louis volvió la cabeza hacia el diccionario y después de nuevo hacia Camille. Sus labios pronunciaron una palabra que Camille no comprendió.

—¿Se puede encontrar?

—Ese tipo de obras son de lo más difícil. Se trata de colecciones sin valor, e incluso libros sin valor. No hay mucha gente que quiera conservarlos. Se encuentran casi siempre por casualidad. Hace falta suerte.

Sin dejar de mirar a su ayudante, Camille añadió:

—¿Cree que podrá encontrarlo?

—Echaré un vistazo mañana...

Lesage comprendió al instante hasta qué punto esa frase estaba fuera de lugar.

—Yo... veré lo que puedo hacer.

—Se lo agradezco —concluyó Camille. Y después, mientras colgaba, dijo—: ¿Louis...?

—*Chub...* —articuló Louis—. En inglés, es un pez.

Camille seguía mirándole fijamente.

—¿Y?

—En francés... lo llamamos *chevesne*\*.

Camille abrió la boca y soltó el teléfono, que cayó al suelo con un ruido metálico.

—Philippe Buisson de Chevesne —dijo Louis—. El periodista de *Le Matin*.

Camille se volvió de golpe y miró a Maleval.

—Jean-Claude, ¿qué has hecho...?

Maleval movía la cabeza de un lado a otro, mirando al techo con los ojos llenos de lágrimas.

—No lo sabía... No lo sabía...


18.


Tras detener sus vehículos frente al edificio del boulevard Richard-Lenoir, los tres hombres subieron los

---

\* *Chevesne*, albur. *(N. del T.)*

peldaños de cuatro en cuatro. Maleval, el más alto, llevaba a Louis y a Camille varios escalones de ventaja.

Camille asomó la cabeza por encima de la barandilla pero no vio otra cosa que los descansillos que, desde
el segundo hasta el quinto, se sucedían en espiral hasta
la cima del edificio. Cuando llegó ante la puerta completamente abierta que Maleval había hecho saltar de un disparo, vio un vestíbulo sumergido en la penumbra que
alumbraba de forma difusa una lámpara encendida algo
más lejos a la derecha. Sacando a su vez su arma, Camille
avanzó despacio. A su derecha, en el pasillo, vio la espalda de Louis que caminaba prudentemente de puerta en
puerta, pegado a la pared. A su izquierda, Maleval desapareció en una estancia que debía de ser la cocina y reapare-
ció de inmediato, con la mirada alerta. Camille, en silencio,
le hizo una señal para que cubriese a Louis, que abría, una
por una, cada puerta con un golpe seco y se volvía a colocar de inmediato contra la pared. Maleval avanzó raudo
hacia él. Camille se encontraba en el umbral del salón,
que estaba frente a la puerta de entrada. Avanzó, mirando
rápidamente de derecha a izquierda. Tuvo la repentina
certidumbre de que el piso estaba vacío.

Camille reculó y se colocó de nuevo frente al salón
y a las dos ventanas que daban al bulevar.

Desde donde se encontraba, podía abarcar toda la
sala de un vistazo. Casi vacía. Sin apartar la mirada de las
ventanas, buscó el interruptor con la mano. Un poco más
lejos, a su derecha, oyó acercarse los pasos de Louis y de
Maleval y sintió su presencia tras él. Pulsó el interruptor
y una débil luz se encendió a su izquierda. Los tres hombres entraron juntos en la estancia, que de repente parecía más grande, ahora que estaba iluminada. Sobre las paredes se distinguían marcas de cuadros que habían sido
descolgados; cerca de las ventanas, tres o cuatro cajas,
una de ellas todavía abierta, y una silla de enea. El suelo

era de parqué. Lo único que atraía la mirada, a la izquierda, era una mesa solitaria delante de la cual había una silla similar a la otra.

Bajaron sus armas. Camille se acercó lentamente a la mesa. Se oyeron pasos en el descansillo. Maleval se volvió y alcanzó corriendo la puerta de entrada. Camille le oyó murmurar algunas palabras incomprensibles. Toda la luz procedía de una lamparilla de noche, colocada sobre la mesa, cuyo cable iba por la pared hasta el enchufe encastrado cerca de la chimenea de esquina.

En un ángulo de la mesa había una carpeta cerrada cuyo cartón rojo se había abombado al cerrar la goma.

Y en el centro, bien a la vista, destacaba un folio que Camille cogió.

*Querido Camille:*

*Qué feliz me siento de que esté ahí. Es verdad que el piso está algo vacío y no es demasiado acogedor, lo reconozco. Pero sabe que es por una buena causa. Sin duda debe de estar decepcionado por sentirse tan solo. Quizá esperaba encontrar ahí a su encantadora esposa. Tendrá que aguardar un poco para eso...*

*Va a poder comprobar, en unos instantes, la magnitud de mi proyecto. Por fin todo se aclarará. Me gustaría estar allí para verle, ¿sabe?*

*Ya ha comprendido, y pronto lo comprenderá mejor, que mi «obra» estaba en cierto modo trucada. Desde el principio.*

*Creo poder decir que nuestro éxito está asegurado. Se pelearán por leer «nuestra» historia, lo presiento... Está escrita. Está ahí, sobre la mesa, en la carpeta roja, ante usted. Terminada o casi. He reconstruido, con la paciencia que ya conoce, los crímenes de cinco novelas.*

*Podría haber llevado a cabo más, pero eso no habría mejorado el espectáculo. Cinco no es un gran número, pero si hablamos de crímenes está bien. ¡Y qué crímenes! El último será la apoteosis, créame. Mientras escribo estas palabras, su encantadora Irène está ya lista para interpretar el papel principal. Se porta bien, Irène. Estará perfecta.*

*La perfección de mi obra es haber escrito, por adelantado, el libro del crimen más hermoso... tras haber cometido los crímenes de los libros más hermosos. ¿No es una maravilla? ¿No hay, en ese bucle perfecto, tan perfectamente anticipado, algo de orden ideal?*

*¡Qué victoria, Camille! Una historia tan realista, tan verdadera, precedida de un caso criminal cuya crónica está contenida por completo en el libro que la cuenta... Dentro de poco le quitarán de las manos el libro de alguien completamente ignorado hasta ahora. Se van a dar de tortas, Camille, ya verá... Y usted estará orgulloso de mí, orgulloso de nosotros, y también podrá estar orgulloso de su deliciosa Irène, que, de verdad, se comporta de maravilla.*

*Un saludo muy cordial. Permítame que firme, por esta vez, con el nombre con el que alcanzaré mi gloria... y la suya.*

*Philip Chub*

# Segunda parte

Camille volvió a dejar cuidadosamente la carta sobre la mesa. Echó hacia atrás la silla y se desplomó en ella. Le dolía la cabeza. Se masajeó las sienes y permaneció así un buen rato, en silencio, con los ojos fijos en la carpeta, hasta que por fin se decidió a tirar de ella. Quitó la goma con dificultad. Leyó:

—*Alice...* —*dijo mirando lo que cualquiera, excepto él, habría considerado una chica.*
*Había pronunciado su nombre para ganarse su complicidad, pero no había conseguido que aquello surtiera el menor efecto. Bajó la mirada hacia las notas a vuela pluma que había tomado Armand durante el primer interrogatorio: Alice Vandenbosch, veinticuatro años.*

Pasó algunas páginas:

—*Es horrible* —*exclamó Louis. Su voz sonaba alterada*—. *Es una carnicería. Nada de lo habitual, si entiende lo que quiero decir...*
—*No muy bien, Louis, no muy bien...*
—*No se parece a nada que yo haya visto antes...*

Tomó un pliego de páginas entre el pulgar y el índice y lo pasó:

*Mamá está trabajando en los rojos. Lo aplica en cantidades inusitadas. Rojos sangre, carmines y rojos profundos como la noche.*

Camille saltó más adelante:

*La joven, de raza blanca, de unos veinticinco años de edad, tenía marcas de una violenta paliza durante la cual la habían arrastrado por el pelo, como confirmaban la piel de la frente arrancada y mechones enteros de cabello. El asesino había utilizado un martillo para golpearla.*

Camille dio la vuelta a todo el documento con un gesto repentino y leyó la última página, las últimas palabras:

*Toda la luz procedía de una lamparilla de noche, colocada sobre la mesa, cuyo cable iba por la pared hasta el enchufe encastrado cerca de la chimenea de esquina.*
*En un ángulo de la mesa había una carpeta cerrada cuyo cartón rojo se había abombado al cerrar la goma.*
*Y en el centro, bien a la vista, destacaba un folio que Camille cogió.*

Aturdido, Verhoeven se vuelve hacia el fondo de la estancia, donde espera Maleval.

Louis, de pie tras él, lee las últimas líneas por encima de su hombro. Atrapa un montón de páginas y las hojea rápidamente, saltándose pasajes, deteniéndose aquí y allá, levantando a veces la cabeza para pensar y volviendo después a sumergirse en el texto.

Los pensamientos de Camille se entremezclan, no consigue calmar la furia con la que las imágenes invaden su mente.

Buisson, su «obra», su libro.

Su libro cuenta la historia y la investigación de Camille...

Es para darse de cabezazos.

¿Qué hay de cierto en todo esto?

¿Cómo separar, una vez más, lo verdadero de lo falso?

Pero Camille ha comprendido lo esencial: Buisson ha cometido cinco crímenes.

Cinco auténticos crímenes, inspirados con exactitud en cinco novelas.

Y todos llevan a un único final.

Ese gran final hacia el que todo converge es el sexto crimen, inspirado en su propio libro.

El crimen que está a punto de cometer.

El crimen más hermoso.

En el que Irène debe ser la protagonista.

¿Cómo lo ha escrito?

*La perfección de mi obra es haber escrito, por adelantado, el libro del crimen más hermoso... tras haber cometido los crímenes de los libros más hermosos.*

Encontrarla.

¿Dónde está?

Irène...

Brigada Criminal. Once menos cuarto de la noche.

La carpeta del dosier abierta sobre la mesa. Destripada. Armand lo ha llevado a la fotocopiadora.

Todo el mundo está de pie. Verhoeven, detrás de la mesa, mira a todos uno por uno.

Le Guen es el único sentado. Se ha hecho con un lápiz que mordisquea nervioso. Su vientre le sirve de apoyo.

Ha colocado sobre él un cuaderno en el que va tomando notas dispersas, una palabra por aquí, otra por allá. Más que nada, Le Guen reflexiona. Escucha. Y mira a Camille con atención.

—Philippe Buisson... —comienza Verhoeven.

Se tapa la boca con la mano y se aclara la garganta.

—Buisson —prosigue— está en busca y captura. En este momento tiene a Irène en su poder, secuestrada a media tarde. La cuestión es dónde. Y lo que tiene pensado hacer... Y cuándo... Así que tenemos muchas preguntas. Y poco tiempo para responderlas.

Le Guen ya no ve, en el rostro de su amigo, el pánico que se leía en él unos minutos antes, al entrar en la sala. Verhoeven ha dejado de ser Camille. Se ha vuelto a convertir en el comandante Verhoeven, jefe de grupo en la Brigada Criminal, concentrado, metódico.

—El texto que hemos encontrado en su casa —continúa Verhoeven— es una novela escrita por el mismo Buisson. Cuenta la historia de nuestra investigación tal y como la ha imaginado. Es nuestra primera fuente. Pero en cuanto a... lo que piensa llevar a cabo, existe una segunda fuente que no obra en nuestro poder, el primer libro de Buisson, editado con el pseudónimo de Chub y en el que va a inspirarse...

—¿Estamos seguros? —pregunta Le Guen sin levantar la cabeza.

—Si la información que tenemos sobre el libro es correcta, sí: una mujer embarazada asesinada en un almacén, creo que es más que probable.

Lanza una mirada a Cob, que ha dejado la zona de ordenadores para participar en la reunión. A su lado, el doctor Viguier, con las nalgas apoyadas en una mesa, las piernas estiradas y las manos cruzadas a la altura de las caderas, escucha con atención. No mira a Verhoeven, sino a los miembros del equipo. Cob niega con la cabeza y añade:

—Todavía no tenemos nada por ese lado.

Armand vuelve con cinco juegos de fotocopias. Maleval continúa —lleva ya casi una hora— saltando ligeramente de un pie a otro, como si tuviese ganas de mear.

—Así pues, tres equipos —sigue Verhoeven—. Jean, Maleval y yo nos ponemos con la primera fuente. Junto al doctor Viguier. Un segundo equipo, coordinado por Armand, prosigue la búsqueda entre los almacenes de la región parisina. Es ingrato porque se trata de una pista vaga. Pero por el momento no tenemos otra. Tú, Louis, te encargas de la biografía de Buisson: relaciones, lugares, finanzas, todo lo que puedas averiguar... Cob, tú sigues investigando para intentar encontrar el libro firmado por Philip Chub. ¿Alguna pregunta?

Ninguna pregunta.

Todo se organiza muy deprisa.

Colocan dos mesas una frente a otra y se sientan, a un lado, Camille y Le Guen, y al otro, Maleval y el psiquiatra.

Armand ha ido a buscar a la impresora de Cob el último listado de almacenes, que consulta, lápiz en mano, tachando los lugares ya comprobados por los dos equipos en misión, que parten inmediatamente hacia los nuevos destinos que les indican.

Louis ya está al teléfono, con el aparato entre la cabeza y el hombro y las manos sobre el teclado del ordenador.

Cob dispone ahora de una nueva pista: el nombre del editor del libro de Chub, editorial Bilban. Los motores de búsqueda ya aparecen en pantalla. La sala palpita bajo un silencio tenso, acompañado por el ruido de los teclados y las voces al teléfono.

En el momento de ponerse a trabajar, Le Guen saca su teléfono móvil, ordena que se preparen dos motoristas y alerta al RAID. Verhoeven lo ha oído. Le Guen le dirige un pequeño gesto fatalista.

Verhoeven sabe que el comisario tiene razón.

Si encuentran una buena pista y se impone una intervención rápida, necesitarán profesionales de este tipo de operaciones.

El RAID.

Ya los ha visto actuar. Tipos grandes y silenciosos vestidos de negro, equipados de la cabeza a los pies, como robots, hasta el punto de que uno se pregunta cómo consiguen desplazarse tan deprisa con tanto armatoste. Pero a la vez precisos. Estudian el terreno con mapas vía satélite, construyen con una minuciosidad militar un plan de intervención en el que tienen en cuenta casi todos los datos, se lanzan sobre su objetivo como la cólera de Dios Padre y pueden arrasar una manzana de casas en unos minutos. Auténticas apisonadoras.

En el instante en el que disponga de una dirección, de un lugar, el RAID se encargará de todo. Para lo bueno y para lo malo. Camille tiene dudas sobre la pertinencia de ese tipo de intervención. No le parece adecuada para la mentalidad de la que ha dado prueba Buisson durante toda esta historia. Detalle a detalle. Buisson ha tomado demasiada ventaja. Hace semanas, quizá meses, que prepara su puesta en escena con paciencia de entomólogo. Con sus helicópteros, sus bombas de humo, sus radares, sus fusiles telescópicos, los tiradores de élite de las fuerzas de intervención van a disparar al vacío.

Verhoeven abre la boca para explicárselo a Le Guen, pero no dice nada. ¿Qué otra cosa puede hacer?

¿Acaso va a ser él, Camille Verhoeven, quien salve a Irène con su arma reglamentaria, que usa una vez al año durante el control obligatorio?

Los cuatro hombres han abierto la «novela» de Buisson por la primera página, pero no todos leen a la misma velocidad. Ni de la misma manera.

Viguier, el viejo psiquiatra, planea sobre ella con la atención de un águila; se diría que, más que leer páginas, las observa. Las pasa con vivacidad, como a consecuencia de una decisión firme. No busca lo mismo que los demás. Busca directamente el retrato de Buisson, tal y como se describe a sí mismo. Escruta su estilo narrativo, considera a las personas como personajes de ficción.

Porque todo en ese texto es ficción, excepto las jóvenes muertas.

Para él, el resto es Buisson, la mirada de Buisson, su forma de ver el mundo, de reconstruir la realidad. Intenta comprender el modo en que ha dispuesto los elementos para que se ajusten a su visión del mundo.

El mundo no tal y como es, sino como le gustaría verlo. Una fantasía en estado puro, en trescientas páginas...

En cuanto a Le Guen, es un menesteroso. De rápida comprensión pero lectura lenta, ha optado por un método que se corresponde con su espíritu. Empieza por el final y remonta el texto, capítulo a capítulo. Toma pocas notas.

Nadie parece darse cuenta de que Maleval no pasa las páginas. Su mirada permanece fija en la primera desde hace muchos minutos. Mientras el doctor Viguier ya expone a media voz sus primeros comentarios, él sigue allí, clavado en la sempiterna página. Tiene ganas de levantarse. De acercarse a Camille y decirle... Pero no tiene fuerzas: mientras no pase las páginas, se sentirá seguro. Está al borde del precipicio, lo sabe. Sabe también que, dentro de unos minutos, alguien le dará un empujón por la espalda y empezará la caída. Vertiginosa. Debería anticiparse, armarse de valor, buscar su nombre en las entrañas del texto, verificar que la catástrofe anunciada es inminente. Que la trampa en la que ha caído se va a cerrar. Ahora. Y tomar una decisión. Pero no puede moverse. Tiene miedo.

Verhoeven, con el rostro impasible, pasa las hojas con rapidez, saltándose pasajes enteros, garabatea notas aquí y allá, vuelve atrás para comprobar un detalle, levanta la cabeza para pensar. Lee precipitadamente la escena imaginada por Buisson en la que él conoce a Irène, pero, por supuesto, no es verídica. ¿Qué puede saber Buisson de su encuentro con Irène? Qué estupidez esa historia del programa televisivo... *Era una historia sencilla. Se casó con Irène seis meses más tarde.* Sencilla, claro. Pero puro producto de la fantasía de Buisson.

Como un ahogado, al parecer, revive en una fracción de segundo la película de su vida, Camille ve desfilar las imágenes de la historia real, que su memoria ha conservado intactas. La tienda del museo del Louvre. Esa joven, una mañana de domingo, que busca un libro sobre Tiziano «para hacer un regalo», que duda, mira uno, luego otro, deja los dos para elegir por fin un tercero. El peor. Y él, el pequeño Verhoeven, sin ser muy consciente de ello, que dice simplemente: «Este no, si quiere mi opinión...». La joven le sonríe. Y se convierte de inmediato en Irène, espléndida y sencilla, en su sonrisa. Es ya su Irène la que responde: «Ah, bueno...», con un tono pretendidamente obediente que le obliga a disculparse. Se disculpa, se explica; dice, sobre Tiziano, algunas palabras que no quiere que suenen pretenciosas, pero lo que tiene que decir es pretencioso porque es la opinión de alguien que se cree un conocedor. Balbucea, las palabras se le resisten. Hace mucho tiempo que no se ha ruborizado. Se ruboriza. Ella sonríe: «Entonces, ¿este es bueno?». Él, que desea decir demasiadas cosas al mismo tiempo, intenta un atajo desesperado que condense a la vez el temor de parecer pedante y su incomodidad por aconsejar el libro más caro. Solo acierta a decir:

«Lo sé, es más caro..., pero también es el mejor». Irène lleva un vestido con botones por delante, botones que bajan hasta abajo. «Claro, pasa lo mismo con los zapatos», dice Irène sonriendo. Ahora es ella la que se ruboriza. «Bueno, pero esto es Tiziano.» Ella siente vergüenza por haber rebajado el nivel de la conversación de esa manera. Más tarde le confesará que llevaba diez años sin poner un pie en el Louvre. Camille pasará mucho tiempo sin atreverse a decirle que va casi todas las semanas. Como tampoco le dice, cuando ella se aleja para dirigirse a la caja, que desde luego no quiere saber a quién está destinado el regalo, que va allí sobre todo los domingos por la mañana y que sabe que no hay ni una posibilidad entre un millón de volver a verla. Irène paga, marca el código de su tarjeta con la intensa mirada de los miopes, inclinada sobre el mostrador. Y desaparece. Camille se vuelve hacia las estanterías, pero su corazón ya no está allí. Minutos después, cansado, invadido por una inexplicable tristeza, se decidirá a salir. Con asombro, la verá de nuevo, de pie bajo la pirámide de cristal, leyendo con atención un folleto desplegable y girando sobre sí misma para buscar el camino, en las alturas, entre los innumerables carteles indicadores. Pasa cerca de ella. Le ve, le sonríe, él se detiene. «Y sobre navegación a través del museo, ¿conoce usted algo?», pregunta sonriendo.

Verhoeven se concentra en el pasaje siguiente.

Nada más entrar en su despacho, Verhoeven levanta los ojos y ve a Maleval, con las manos abiertas y apoyadas sobre su dosier, y la mirada fija en Le Guen, que le observa meneando la cabeza.

—Camille —dice Le Guen sin mirarle—. Creo que vamos a tener una pequeña conversación con nuestro amigo Maleval...

Verhoeven termina su lectura:

*—Voy a tener que echarte, Jean-Claude...*

*Maleval, sentado frente a Verhoeven, pestañeó varias veces buscando desesperadamente un punto de apoyo.*

*—Me da mucha pena... Ni te imaginas... ¿Por qué no me lo contaste?*

*[...]*

*—¿A cuándo se remonta?*

*—A finales del año pasado. Fue él quien se puso en contacto conmigo. Al principio le di cosas pequeñas. Eso bastaba...*

Camille deja las gafas sobre la mesa. Aprieta los puños. Cuando mira a Maleval, su furia fría es tan evidente que aquel recula imperceptiblemente en la silla y Le Guen cree oportuno intervenir.

—Bueno, Camille, vamos a hacer las cosas por orden. Maleval —prosigue volviéndose hacia el joven—, esto que está escrito, ¿es verdad o no?

Maleval dice que no sabe, que no lo ha leído todo, que habría que ver...

—¿Ver qué? —pregunta Le Guen—. Tú eres su informador, ¿sí o no?

Maleval asiente con la cabeza.

—Bueno, entonces, por el momento, evidentemente, estás detenido...

Maleval se queda con la boca abierta, como un pez fuera del agua.

—Complicidad con un tipo que tiene ocho asesinatos a su espalda, ¿qué te esperabas? —pregunta Verhoeven.

—No lo sabía... —articula Maleval—. Les juro que...

—Eso, amigo mío, se lo cuentas al juez. ¡Pero ahora estás hablando conmigo!

—¡Camille...! —intenta decir Le Guen.

Pero Verhoeven no escucha.

—¡El tipo al que llevas meses informando ha secuestrado a mi mujer, Irène! ¡Tú conoces a Irène, Maleval! Te cae bien Irène, ¿verdad?

Silencio. Ni siquiera Le Guen sabe cómo romperlo.

—Es buena chica, Irène —prosigue Camille—. Embarazada de ocho meses. ¿Habías previsto regalarle algo o ya te has gastado el dinero?

Le Guen cierra los ojos. Camille, cuando empieza así...

—Camille...

Pero Verhoeven entra en espiral, de una palabra a otra, de una frase a la siguiente, se envuelve en su propio discurso y la cólera invade todo lo que tiene que decir.

—Los jefes de unidad con lágrimas en los ojos salen solo en las novelas, Maleval. Yo tendería más bien a partirte la cara de un puñetazo. Por el momento te vamos a dejar con los «servicios especializados», ya me entiendes. Y después, la fiscalía, el juez de instrucción, el trullo, el proceso, y yo de estrella protagonista. Ruega a Dios que encontremos a Irène rápidamente y entera, Maleval. ¡Porque si no vas a ser tú el que llore lágrimas de sangre, cabrón!

Le Guen golpea la mesa con el puño. Y al mismo tiempo, de repente, la idea que estaba buscando le viene a la cabeza.

—Camille, estamos perdiendo mucho tiempo...

Verhoeven se detiene de inmediato y le mira.

—Vamos a tomarnos el tiempo de interrogar a Maleval. Yo mismo me ocupo. Tú deberías volver al trabajo. Voy a pedir refuerzos a Asuntos Internos.

Y añade:

—Es lo mejor, Camille, créeme.

Ya se ha levantado. Para intentar tomar la decisión que permanece sin embargo en suspenso. Camille sigue mirando fijamente a Maleval.

Por fin se levanta y sale dando un portazo.

—¿Dónde está Maleval? —pregunta Louis.

Camille se contenta con decir lo mínimo.

—Con Le Guen. No tardará mucho.

No sabe por qué ha dicho eso. Es como un lapsus. Las horas transcurren, y ellos siguen dando vueltas en círculo; el tiempo pasa, y no tienen nada a lo que hincar el diente.

Después del anuncio del secuestro de Irène, todo el mundo esperaba encontrarse a un Camille destrozado, y en cambio es el comandante Verhoeven el que está al frente.

Al retomar el texto, se cruza de nuevo con el nombre de Irène.

¿Cómo pudo saber Buisson, con tanta exactitud, cuánto le reprochaba Irène sentirse tan sola, no recibir suficiente atención?

Quizás les ocurra lo mismo a todas las parejas de los policías. Y de los periodistas.

Son más de las once de la noche. Louis conserva su sangre fría. Siempre impecable. Su camisa no tiene una arruga. A pesar de sus idas y venidas, los zapatos continúan perfectamente encerados. Se podría pensar que entra en el baño con regularidad para darles un poco de brillo.

—Philippe Buisson de Chevesne. Nacido el 16 de septiembre de 1962, en Périgueux. Hay un Léopold Buisson de Chevesne, general del Imperio con veintiocho años. Presente en Jena. Un decreto napoleónico devuelve a la familia la propiedad de sus bienes. Bastante considerables.

Camille no le está escuchando en realidad. Si puede haber algo tangible en lo que ha aflorado ya a la superficie, debería comenzar por ahí.

—¿Sabías lo de Maleval? —suelta de pronto.

Louis le mira. Está a punto de preguntarle pero se muerde los labios. Por fin se decide.

—¿Saber qué?

—Que hace meses que informa a Buisson. Que ha sido él quien le ha tenido perfectamente al día de los avances de la investigación. Que es gracias a Maleval como Buisson va siempre un paso por delante de nosotros.

Louis está pálido como un muerto. Verhoeven comprende enseguida que no lo sabía. Louis se sienta, abrumado por el peso de la noticia.

—Está en el libro —completa Verhoeven—. Le Guen lo vio con bastante rapidez. Está interrogando a Maleval en este momento.

Inútil explicárselo. En la mente avispada de Louis todo cobra sentido de inmediato. Sus ojos se mueven veloces de un objeto a otro, traduciendo su reflexión, sus labios se entreabren:

—¿Es cierto que le has prestado dinero?

—¿Cómo sabes...?

—Está también en el libro, Louis, todo está en el libro. Maleval debió de hacerle algunas confidencias sobre el asunto. Tú también eres un personaje. Todos somos personajes, Louis. ¿No es maravilloso?

Louis se vuelve instintivamente hacia la sala de interrogatorios.

—No nos ayudará mucho —dice Camille anticipándose a sus pensamientos—. En mi opinión, Maleval solo sabe de Buisson lo que Buisson ha querido contarle. Ha sido manipulado desde el principio. Mucho antes del caso de Courbevoie. Buisson había trazado el camino, pacientemente. A Maleval se la han metido doblada hasta el fondo. Y a nosotros con él.

Louis permanece sentado, con la mirada en el suelo.

—Vamos —dice Camille—, te escucho, ¿por dónde ibas?

El joven retoma sus notas, pero su voz es más débil.

—El padre de Buisson...

—Más alto —exclama Camille mientras se aleja en dirección al dispensador de agua fría.

Louis levanta la voz. Se diría que él también va a gritar. Se contiene. Su voz se limita a temblar.

—El padre de Buisson era empresario industrial. La madre, nacida en Pradeau de Lanquais, aporta a la familia bienes principalmente inmobiliarios. Estudios caprichosos en Périgueux. Destaca una corta estancia en un sanatorio, en 1978. He puesto a alguien en eso, a ver qué sale... La crisis afecta a los Buisson como a todo el mundo a principios de los ochenta. Buisson empieza la carrera de Letras en 1982, pero no la termina, opta por la Escuela de Periodismo, de la que sale en 1985 con un expediente mediocre. Su padre ha muerto el año anterior. En 1991 trabaja como *free lance*. Entra en *Le Matin* en 1998. Nada de particular hasta el caso de Tremblay-en-France. Sus artículos destacan; asciende y se convierte en redactor jefe adjunto de la sección de sucesos. Su madre ha muerto hace dos años. Buisson es hijo único y soltero. Por lo demás, la fortuna de la familia ya no es lo que era. Buisson vendió casi todo, excepto la propiedad familiar, y concentró el dinero en una cartera de acciones confiada a Gamblin & Chaussard y en rentas inmobiliarias que representan seis veces su sueldo en *Le Matin*. Toda la cartera ha sido liquidada durante los dos últimos años.

—¿Eso qué quiere decir?

—Que lo previó todo con mucha antelación. Salvo su propiedad familiar, Buisson lo liquidó todo. Su fortuna está ahora en una cuenta en Suiza.

Verhoeven aprieta los dientes.

—¿Qué más? —pregunta.

—Por lo demás: relaciones, amigos, vida cotidiana, habría que interrogar a su entorno, lo que no me parece pertinente por ahora. La prensa se va a lanzar sobre el tema de inmediato, tendremos periodistas en cada esquina que nos harán perder muchísimo tiempo.

Verhoeven sabe que Louis tiene razón.

Han llegado al final de la lista de almacenes susceptibles de ser utilizados por Buisson.

Lesage llama a las once y veinticinco de la noche.

—No he conseguido contactar con todos los compañeros que tenía en mente —dice a Camille—. En algunos casos solo tengo sus datos profesionales. A esos les he dejado mensajes. Pero, por el momento, ni rastro de ese libro. Lo siento.

Camille le da las gracias.

Las puertas se cierran una por una.

Le Guen sigue con Maleval. Todos empiezan a sentirse agotados.

Viguier es el que permanece más tiempo con el manuscrito. Camille le ha visto contener un bostezo. Se podría pensar que, a pocos meses de la jubilación, tras una jornada que roza las quince horas, ese hombre bajo y rechoncho, inclinado como un colegial estudioso sobre el escrito de Buisson, se va a derrumbar de golpe, pero conserva una mirada clara y, a pesar de que bajo sus ojos empiezan a dibujarse ojeras de cansancio, habla sin un ápice de debilidad.

—Por supuesto, hay muchos desvíos con respecto a la realidad —dice Viguier—. Supongo que Buisson llamará a esto la parte de la creación. En su libro yo me llamo Crest y tengo veinte años menos. También aparecen tres de sus agentes con los nombres de Fernand, Mehdi y Élisabeth, pero sin apellido. El primero es alcohólico; el segundo, un advenedizo; el tercero, una mujer de unos cincuenta años. Bonito espectro sociológico, para seducir a todos los públicos... Y además un estudiante llamado Sylvain Guignard, que supuestamente le pone bajo la pista de Chub, en lugar del profesor Didier, quien aquí se llama Ballanger.

Así pues, Viguier, como sin duda Le Guen y él mismo, no ha podido evitar comprobar cómo se presenta su personaje. Allí están todos ante el gran espejo deformante de la literatura. ¿Qué verdad se dice sobre cada uno de ellos?

—El retrato que hace de usted es bastante asombroso —prosigue Viguier como si hubiera oído pensar a Camille—. Es un retrato más bien complaciente. Quizás le gustaría a usted ser el hombre que describe, no lo sé. Se le muestra inteligente y bondadoso. ¿No es el sueño de todo hombre que le vean de esa forma? Advierto un gran deseo de admiración, del todo coherente con sus cartas y sus gustos literarios. Sabemos desde hace tiempo que Buisson está ajustando cuentas asesinas con la autoridad, sin duda con la imagen del padre. Por un lado, desprecia la autoridad; por el otro, la admira. Ese hombre es una contradicción de pies a cabeza. Le ha elegido a usted para encarnar su combate. Es por eso por lo que, a través de Irène, intenta hacerle daño. Es un giro clásico. Le convierte a usted en objeto de admiración para después intentar destruirle. De esa forma espera reconstruirse a sus propios ojos.

—¿Por qué Irène? —pregunta Camille.

—Porque está ahí. Porque Irène es usted.

Pálido, Verhoeven baja los ojos hacia el manuscrito, sin decir palabra.

—Las cartas que cita en su libro —prosigue Viguier— son las mismas que ha recibido usted. Hasta la última coma. Solo su retrato en *Le Matin* es completamente inventado. En cuanto al resto del manuscrito, evidentemente habría que hacer un análisis del texto muy preciso. Pero bueno..., desde el primer vistazo es posible esbozar algunas líneas maestras.

Verhoeven se echa hacia atrás en la silla. Su mirada se cruza con el reloj de pared que fingía ignorar.

—Va a cometer punto por punto el crimen de su libro, ¿verdad?

Viguier no parece mostrar desasosiego ante su observación. Deposita con cuidado sus papeles ante él y mira a Camille. Sopesa sus palabras, articula con precisión. Quiere que Camille comprenda todo lo que quiere decir. Con claridad.

—Buscábamos su lógica. Ahora la conocemos. Quiere reproducir en la realidad el crimen que escribió antaño en un libro y terminar de escribir este relatándolo. Hay que detenerlo porque tiene la firme intención de hacerlo.

Decir la verdad. De inmediato. No ocultar nada a Camille. Confirmarle lo que ya sabe. Verhoeven ha entendido la maniobra. Está de acuerdo. Era necesario.

—Algunas incógnitas son, en cambio..., tranquilizadoras —añade Viguier—. Mientras no encontremos ese libro, el que va a intentar trasladar a la realidad, no sabremos ni en qué tipo de sitio ni a qué hora tiene lugar el asesinato. No hay ninguna razón objetiva para pensar que será ahora o en las próximas horas. Quizás el guion prevé tener retenida a su rehén durante un día, dos o más, no sabemos nada. Hay ya bastantes certezas difíciles de asumir sin necesidad de añadir otras nuevas que no son más que especulaciones.

Viguier deja pasar un silencio bastante largo durante el cual no mira a Verhoeven. Parece esperar a que esas palabras tengan su efecto. Después, de golpe, cuando estima según su escala que el tiempo de comprensión ha pasado, retoma el discurso:

—Hay dos tipos de hechos. Los que ha previsto y los que ha inventado.

—¿Cómo ha podido prever tantas cosas?

—Eso es algo que verá usted con él, cuando le haya detenido.

Viguier señala imperceptiblemente con el mentón la puerta que lleva a la sala de interrogatorios.

—Me ha parecido entender que tenía buenas fuentes...

Viguier se pasa el índice por el cuello de la camisa con aire reflexivo.

—Es evidente que ha modificado el texto en función de los acontecimientos. Una especie de reportaje en directo, de alguna forma. Ha querido que su historia se parezca lo más posible a la realidad. Tanto más cuanto que ha debido usted de sorprenderle en varias ocasiones. Pero hasta esas sorpresas estaban, si se puede decir así, previstas. Tenía que saber que necesitaría adaptar la historia a sus reacciones, a sus iniciativas, y es lo que ha hecho.

—¿A qué se refiere?

—Por ejemplo, puede pensarse que él nunca habría imaginado que usted intentaría ponerse en contacto mediante anuncios por palabras. Fue un golpe maestro por su parte. Para él debió de ser muy excitante. De hecho, le considera en cierta forma el coguionista de su historia. «Estará orgulloso de mí, orgulloso de nosotros», le escribe, ¿lo recuerda? Pero lo que más sorprende, evidentemente, es la calidad de sus anticipaciones. Sabía que era usted capaz de hallar la relación entre uno de sus crímenes y un libro en el que se había inspirado. Y que se agarraría a esa pista, en algún momento incluso en contra de la opinión general. No es usted un hombre testarudo, comandante, pero él le conoce lo bastante como para saber que tiene... ciertas rigideces. Cree usted firmemente en sus intuiciones. Y él sabía que podían serle útiles. También sabía que uno de ustedes relacionaría, más tarde o más temprano, su pseudónimo, Chub, y su apellido. Puede decirse incluso que su estrategia reposaba en cosas como esta. Le conoce mejor de lo que pensamos, comandante.

Le Guen ha salido unos minutos de la sala de interrogatorios, dejando solo a Maleval. La confusión es una técnica probada. Dejar al sospechoso solo, proseguir, pasar el testigo a un compañero, volver después, dejarle de nuevo solo, hacer imprevisible el curso de los acontecimientos... Es eficaz hasta en los sospechosos más duchos en esta técnica —incluidos los policías—, por mucho que la conozcan.

—Vamos a apretarle las tuercas, pero...

—Pero ¿qué? —le corta Verhoeven.

—Sabe menos de lo que se podría esperar. Buisson sabe más gracias a él de lo que él sabe de Buisson. Ha dado mucha información, primero sobre casos menores. Buisson se sirvió de ellos para darle confianza. Desde hace tiempo, progresivamente. Pequeñas informaciones, pagos pequeños. Lo convirtió en una especie de sobresueldo fijo. Cuando llegó el crimen de Courbevoie, Maleval estaba maduro. No vio llegar el golpe. Un novato, tu Maleval.

—No es mi Maleval —responde Verhoeven retomando sus notas.

—Como quieras.

—La editorial Bilban —explica Cob— fue fundada en 1981 y desapareció en mayo de 1985. En aquella época los editores no tenían página en internet. De todas formas, he encontrado partes de su catálogo aquí y allá. Lo he recompuesto a pedazos. ¿Quieres verlo?

Sin esperar respuesta, Cob imprime una lista.

Un centenar de novelas editadas entre 1982 y 1985. Literatura barata. Verhoeven recorre los títulos con la mirada. Espionaje —*Sin noticias del Agente TX, El agente TX frente a la Abwehr, Maldonne y compañía, La sonrisa del espía, Nombre en clave: «Océano»...*—, policiaca —*Asunto en Malibú, Balas de día para bellas de noche, En la piel de otro...*— y novela rosa —*Adorada Christelle, Un corazón tan puro, Para acabar con el amor...*

—La especialidad de Bilban consistió en recomprar los derechos de algunos libros y comercializarlos con nuevos títulos.

Cob habla, como siempre, sin mirar a Camille, mientras continúa tecleando.

—¿Tienes nombres?

—Solo el del gerente, Paul-Henry Vaysse. Tenía participaciones en varias sociedades pero gestionaba personalmente Bilban. La declaró en quiebra y no hay rastro de él en el sector editorial desde 1985 hasta 2001, cuando murió. En cuanto al resto, estoy en ello.

—¡Lo tengo!

Camille corre. Es el primero en llegar.

—En fin, eso creo... Espera...

Cob continúa tecleando en varios teclados, las páginas se suceden en las dos pantallas.

—¿Qué es? —pregunta Camille impaciente.

Le Guen y Louis se han acercado, y a los otros, que se han aproximado unos pasos, Verhoeven les espeta con gesto de irritación:

—Ya nos ocupamos nosotros, volved al trabajo.

—Un registro de empleados de Bilban. No los tengo todos. He encontrado seis.

En la pantalla aparece una ficha. Una lista de seis columnas con nombre, dirección, fecha de nacimiento, número de la seguridad social, fecha de alta en la empresa y fecha de baja. Seis líneas.

—Ahora —exclama Cob echándose hacia atrás en la silla y masajeando sus riñones—, no sé cómo quieres hacerlo.

—Imprímeme eso.

Cob se limita a señalar la máquina en la que se están imprimiendo cuatro copias de la lista.

—¿Cómo lo has encontrado? —pregunta Louis.

—Es largo de explicar. No contaba con todos los permisos. He tenido que dar varias vueltas, si entiendes lo que quiero decir.

Cob lanza una mirada de resignación al comisario Le Guen, que se contenta con coger una de las copias como si no hubiese oído nada.

De pie cerca del ordenador, leen atentamente la lista.

—Ahora sale el resto —dice Cob pulsando de nuevo y escrutando sus pantallas.

—¿Qué resto? —pregunta Camille.

—Su pedigrí.

La impresora se pone de nuevo a trabajar. El complemento. Una de las empleadas ha fallecido a primeros de año. Otro parece haberse volatilizado.

—¿Y este? —pregunta Louis.

—No lo encuentro por ninguna parte —dice Cob—. Desaparecido en cuerpo y alma. Imposible saber qué ha sido de él. Isabelle Russel, nacida en 1958. Entra en Bilban en 1982 pero solo se queda cinco meses —Camille pone una cruz sobre su nombre—. Jacinthe Lefebvre, nacida en 1939. Trabaja desde 1982 hasta el final. Nicolas Brieuc, nacido en 1953. Entra el año de la creación de Bilban, sale en 1984. Théodore Sabin, nacido en 1924. Entra en 1982, sale cuando cierra la empresa. Ya jubilado.

Camille hace un rápido cálculo mental: setenta y nueve años. Domicilio, residencia de ancianos en Jouy-en-Josas. Marca con una cruz.

—Estos dos —dice Camille señalando los dos nombres que ha rodeado con un círculo: Lefebvre y Brieuc.

—Allá vamos —dice Cob.

—¿Es posible saber de qué se encargaba cada uno? —pregunta Louis.

—No, eso no lo tengo. Ya está. Jacinthe Lefebvre, jubilada, avenue du Bel-Air, 124, Vincennes.

Pasa un momento.

—Y Nicolas Brieuc, rue Louis-Blanc, 36, París, distrito X, en paro.

—Tú te encargas de la primera, yo del otro —dice a Louis precipitándose hacia el teléfono.

—Siento molestarla a una hora tan intempestiva... Sí, lo comprendo... Pero le ruego que no cuelgue. Soy Louis Mariani, de la Brigada Criminal...

En casa de Brieuc, el teléfono suena y suena.

—¿Con quién hablo...? ¿Y su madre no está?

Verhoeven cuenta instintivamente, siete, ocho, nueve...

—Si es tan amable..., ¿en qué hospital?... Sí, lo entiendo...

Once, doce. Verhoeven va a colgar cuando se oye un clic. Han descolgado el teléfono al otro lado de la línea, pero nadie responde.

—¿Oiga? ¿Señor Brieuc? ¿Oiga? —grita Camille—. ¿Me oye?

Louis ha colgado y desliza una nota sobre la mesa de Camille: hospital Saint-Louis. En cuidados paliativos.

—¡Me cago en la...! ¿Hay alguien? ¿Me oye?
Nuevos clics y vuelve a comunicar. Han colgado.
—Te vienes conmigo —dice levantándose.
Le Guen hace una señal a dos agentes para que los acompañen. Se levantan inmediatamente, cogiendo sus chaquetas al vuelo. Verhoeven ya se ha precipitado hacia la salida, pero vuelve corriendo a su mesa, abre el cajón, saca su arma reglamentaria y vuelve a salir.
Son las doce y media de la noche.

Los dos motoristas conducen mucho más deprisa que Camille, quien sin embargo hace lo que puede. A su lado, Louis no deja de colocarse el mechón en silencio. Sentados detrás, los dos agentes guardan un mutismo concentrado. Aúllan las sirenas, entrecortadas por los silbidos imperativos de los motoristas. La circulación a esa hora se ha vuelto tranquila por fin. 120 kilómetros por hora por la avenue de Flandres, 115 en la rue du Faubourg-Saint-Martin. Menos de siete minutos más tarde, se detienen en la rue Louis-Blanc. Los motoristas, delante y detrás, ya han bloqueado la calle. Los cuatro hombres salen del coche y se meten en el edificio del número 36. Camille ni siquiera se ha dado cuenta, al dejar la Brigada, de quiénes eran los agentes que le había asignado Le Guen. Se percata enseguida de que son jóvenes. Más jóvenes que él. El primero se ha detenido frente a los buzones un instante, y musita sobriamente: tercero izquierda. Cuando Camille llega al descansillo, los dos agentes ya están golpeando la puerta mientras gritan: «¡Policía, abran!». Y, de hecho, abren. Pero no la puerta correcta, sino la de la derecha del descansillo. Se ve la cabeza de una mujer apenas unos segundos, la puerta vuelve a cerrarse. Arriba se oye el ruido de otra puerta, pero el edificio permanece tranquilo. Un agente ha sacado su arma y mira a Camille a los ojos, luego la cerradura de la puerta y después otra vez a Camille. El otro vuelve a llamar. Verhoeven mira fijamente la puerta, aparta al joven agente y se planta de lado en el descansillo, estudiando el ángulo que puede tomar una bala disparada a quemarropa sobre la cerradura de un piso cuya topografía se desconoce.

—¿Cómo te llamas? —pregunta al joven.

—Fabrice Pou...

—¿Y tú? —le corta mirando al otro agente.

—Yo soy Bernard.

El primero debe de tener unos veinticinco años, el segundo algo más. Verhoeven mira de nuevo la puerta, se agacha ligeramente, luego se pone de puntillas, estira el brazo derecho hacia lo alto y, con la mano izquierda, el índice extendido, señala el ángulo de entrada. Comprueba con la mirada que le han comprendido y se aparta señalando al más alto, el tal Bernard.

El joven se coloca en su lugar, alarga el brazo sosteniendo firmemente su arma con las dos manos cuando en la puerta se oye el ruido de una llave, después un cerrojo, y por fin la cerradura gira lentamente sobre sí misma. Camille abre la puerta de un solo gesto. Un hombre de unos cincuenta años está de pie en la entrada. Lleva calzoncillos y una camiseta ajada, antaño blanca. Parece muy aturdido.

—¿Qué demonios...? —articula, con los ojos como platos ante el revólver que le apunta.

Camille se vuelve y hace una seña al agente para que guarde su arma.

—¿El señor Brieuc? ¿Nicolas Brieuc? —pregunta con repentina precaución.

Ante él, el hombre se tambalea. Exhala un olor a alcohol que marea.

—Lo que faltaba... —exclama Camille empuján-
dole suavemente hacia el interior.

Tras haber encendido todas las luces del salón,
Louis ha abierto la ventana de par en par.

—Fabrice, haz café —dice Camille mientras lleva
al hombre hacia un sofá reventado—. Tú —dice al otro
agente—, acuéstale aquí.

Louis ya ha alcanzado la cocina. Con una mano
bajo el grifo, deja correr el agua, que tarda en salir fría.
Durante ese tiempo, Camille abre las puertas de los armarios buscando un recipiente. Encuentra una ensaladera de
vidrio que entrega a Louis y vuelve al salón. El piso no está
devastado, solo abandonado. Da la impresión de no estar
dirigido por ninguna voluntad. Paredes desnudas y linóleo verde agua sobre el suelo salpicado de ropa esparcida.
Una silla, una mesa con un hule, manchas de comida y
una televisión encendida con el sonido quitado, y que Fabrice apaga con gesto decidido.

Sobre el sofá, el hombre ha cerrado los ojos. Tiene
la tez terrosa, barba de unos días, maculada de gris, pómulos prominentes, piernas delgadas y rodillas marcadas.

Suena el móvil de Camille.

—¿Y bien? —pregunta Le Guen.

—El tipo está como una cuba —exclama Verhoeven mirando a Brieuc, que balancea pesadamente la cabeza.

—¿Quieres un equipo?

—No hay tiempo. Ya te volveré a llamar.

—Espera...

—¿Qué?

—La brigada de Périgueux acaba de llamar. La
casa familiar de Buisson está limpia y a conciencia. Ni un
mueble, nada.

—¿Cuerpos? —pregunta Camille.

—Dos. Pero no se preocupó mucho. Los enterró en el jardín, justo detrás de la casa. Un equipo va a proceder a la exhumación. Te mantendré al corriente.

Louis le tiende la ensaladera llena de agua y un trapo descolorido. Verhoeven lo sumerge en el agua y pega el trapo a la cara del hombre, que apenas reacciona.

—Señor Brieuc..., ¿me oye?

Brieuc respira a sacudidas. Camille repite su gesto y le pone el trapo escurrido en la cara. Después inclina la cabeza. A un lado del sofá, en un ángulo muerto, latas de cerveza. Cuenta una docena.

Le coge el brazo y le toma el pulso.

—Vale —dice tras contar—. ¿Hay una ducha ahí dentro?

El tipo no ha gritado. Mientras los dos hombres lo sostienen en la bañera, Verhoeven, con una mano en el grifo, busca la temperatura adecuada del agua, ni demasiado fría ni demasiado caliente.

—Vamos —dice entregando el grifo de la ducha al más alto.

—¡Oh, joder! —se lamenta Brieuc mientras el agua, derramada por encima de su cráneo, empapa la ropa sobre su delgado cuerpo.

—Señor Brieuc —pregunta Camille—, ¿me escucha ahora?

—Sí, joder, le escucho, coño...

Verhoeven hace una seña. El joven deja en su sitio el mango de la ducha sin cortar el agua, que cae ahora sobre los pies de Brieuc. El hombre, inundado, levanta un pie y luego otro, como si avanzase en el mar. Louis ha cogido una toalla y se la ofrece a Brieuc, que se vuelve y se sienta con dificultad en el borde de la bañera. De su espalda, el agua gotea hasta el suelo. Mea con profu-

sión en la bañera, por entre los pliegues de sus calzoncillos.

—Traedlo para acá —dice Verhoeven dirigiéndose al salón.

Louis ha inspeccionado el piso por completo, toda
la cocina, el dormitorio, los armarios. Ahora está abriendo
los cajones y puertas del aparador Henri II.

Han sentado a Brieuc en el sofá. Tirita. Fabrice ha
ido al dormitorio a buscar la manta de la cama y se la pone
sobre los hombros. Camille acerca una silla y se sienta
frente a él. Es la primera vez que los dos hombres se miran.
Brieuc recupera lentamente la consciencia. Por fin se da
cuenta de que le rodean cuatro hombres, dos están de pie
mirándole con una expresión que encuentra amenazado-
ra, otro registra los cajones, y, ante él, un hombrecillo sentado le mira fija y fríamente. Brieuc se frota los ojos. Y de
pronto, siente pánico y se incorpora. Camille no ha tenido
tiempo de reaccionar, Brieuc le empuja y Verhoeven cae
pesadamente al suelo. Apenas ha dado un paso en el cuarto cuando los dos agentes lo agarran y lo derriban, con los
brazos doblados a su espalda. Fabrice coloca un pie sobre
su nuca mientras Bernard le mantiene los brazos detrás
con fuerza.

Louis se abalanza sobre Camille.

—¡Déjame en paz! —exclama Camille haciendo un
vasto gesto de rabia, como si quisiera apartar una avispa.

Se levanta sujetándose la cabeza y se pone de rodillas delante de Brieuc, a quien, con la cara aplastada en el
suelo, le cuesta respirar.

—Ahora —dice Camille con una voz que contiene apenas su cólera—, te voy a explicar...

—¡No... no he... hecho nada...! —consigue articular Brieuc.

Camille coloca una mano sobre la mejilla del hombre. Levanta los ojos hacia Fabrice y le hace una seña con

la cabeza. El joven acentúa la presión de su pie, lo que arranca un grito a Brieuc.

—Escúchame bien, no puedo perder más tiempo...

—Camille... —dice Louis.

—Te lo voy a explicar —prosigue Camille—. Soy el comandante Verhoeven. Hay una mujer a punto de morir.

Retira su mano y se inclina lentamente.

—Si no me ayudas —le susurra al oído—, te mataré...

—Camille... —repite Louis en voz más alta.

—Podrás emborracharte lo que quieras —continúa Verhoeven en un tono muy suave pero de tal densidad que se sienten sus vibraciones por toda la estancia—. Pero después. Cuando me haya marchado. Por el momento me vas a escuchar y, sobre todo, me vas a responder. ¿Ha quedado claro?

Camille no se ha dado cuenta, pero Louis ha hecho una señal a Fabrice, quien ha liberado poco a poco la presión del pie. Sin embargo, Brieuc no se mueve. Se queda así, tumbado en el suelo, la mejilla contra el linóleo. Mira a los ojos al hombrecillo y lee en su mirada una determinación que le da miedo. Asiente con la cabeza.

—Lo destruyeron todo...

Han vuelto a poner a Brieuc en el sofá. Verhoeven le ha concedido una cerveza que ha vaciado hasta la mitad de un solo trago. Repuesto, ha escuchado la breve explicación de Camille. No lo ha entendido todo, pero ha asentido con la cabeza como si comprendiese, y para Verhoeven es más que suficiente. Buscan un libro, piensa. Es todo lo que ha entendido. Bilban. Fue mozo de almacén durante... ¿cuánto? Ya no tiene demasiada noción del tiempo. Eso fue hace muchos años. ¿Cuándo cerró la empresa? ¿Qué hicieron con el stock? En la cara de Brieuc se lee que se está preguntando qué importancia puede tener el stock de esos libros de mierda. Y qué urgencia, sobre todo. Y qué coño tiene que ver él en esto... Por mucho que intenta concentrarse, no consigue poner las cosas en claro.

Verhoeven no explica nada. Permanece centrado en los hechos. No dejar que la mente de Brieuc se eche a volar hacia nuevos horizontes brumosos. «Si intenta comprender, nos hará perder el tiempo», piensa. Los hechos. ¿Dónde están ahora esos libros?

—Destruyeron todo el stock, se lo juro. ¿Qué quería que hiciesen? Eran todos una mierda.

Brieuc levanta el brazo para terminar su cerveza, pero Verhoeven le detiene con un gesto preciso.

—¡Después!

Brieuc, con la mirada, busca consuelo, pero encuentra la expresión cerrada de los otros tres. Siente miedo de nuevo y empieza a temblar.

—Cálmate —dice Verhoeven sin moverse—. No me hagas perder el tiempo...

—Pero ya le he dicho que...

—Sí, lo he comprendido. Pero nunca se destruye todo. Nunca. Queda el stock repartido por ahí, los libros en depósito que son devueltos después... Intenta hacer memoria.

—Lo destruyeron todo... —repite Brieuc estúpidamente, mirando la lata de cerveza que tiembla en su mano.

—Bueno —dice Verhoeven, repentinamente harto.

Mira el reloj. La una y veinte de la madrugada. De pronto hace frío en la habitación y observa las ventanas, que permanecen abiertas de par en par. Apoya las manos en las rodillas y se levanta.

—No le sacaremos nada más. Venga, nos vamos.

Louis inclina la cabeza, una forma de decir que efectivamente es lo mejor que se puede hacer. Todo el mundo sale al descansillo. Fabrice y Bernard bajan en primer lugar, apartando con calma a algunos vecinos que han subido a ver qué pasa. Verhoeven se frota de nuevo la cabeza. Le parece que en pocos minutos el hematoma se ha hinchado. Vuelve al piso, cuya puerta se ha quedado abierta. Brieuc sigue sentado en la misma posición con la lata entre las manos, los codos en las rodillas y una expresión alelada. Camille entra en el cuarto de baño, se sube a la papelera para mirarse en el espejo. Es un buen golpe, en un lado del cráneo, redondo, y empieza a ponerse morado. Se toca con el dedo, abre el grifo de agua fría y se moja la cabeza.

—Ya no estoy seguro...

Verhoeven se vuelve bruscamente. Brieuc está en el umbral de la puerta, lamentable con sus calzoncillos mojados y su manta escocesa sobre los hombros, como un refugiado de una catástrofe.

—Creo que cogí algunas cajas para mi hijo. Nunca se las llevó. Deben de estar en el sótano, si quieren echar un vistazo...

El coche va demasiado deprisa. Esta vez es Louis quien conduce. Entre bandazos incesantes, acelerones, frenazos, sin contar con el ruido ensordecedor de las sirenas, Verhoeven no consigue leer. Se agarra a la puerta con la mano derecha, intenta una y otra vez soltarla para pasar las páginas, pero en cada intento termina proyectado hacia delante o hacia un lado. Atrapa algunas palabras, el texto baila bajo sus ojos. No ha tenido tiempo de ponerse las gafas y todo le parece borroso. Le haría falta tenerlo a cierta distancia para poder leer. Tras unos minutos de combate sin esperanza, renuncia. Sostiene entonces el libro entre las rodillas. La cubierta muestra a una mujer, joven, rubia. Está tumbada en lo que parece una cama. Su blusa entreabierta deja ver el nacimiento de sus voluminosos senos y el principio de un vientre redondo. Sus brazos están estirados a la altura de su cuello como si estuviese atada. Aterrada, con la boca abierta, grita con una mirada de locura. Verhoeven suelta la manilla un instante y da la vuelta al libro. La contracubierta está impresa en blanco y negro.

No consigue distinguir los caracteres, demasiado pequeños. El coche hace un brusco viraje hacia la derecha y entra en el patio de la comisaría. Louis echa el freno de mano con un gesto violento, arranca el libro de las manos de Verhoeven y corre delante, hacia la escalera.

La fotocopiadora escupe centenares de páginas durante unos minutos muy largos y Louis vuelve por fin a la sala con cuatro copias, guardadas en carpetas verdes, todas idénticas, mientras Camille da vueltas por la sala.

—Son... —empieza a decir Verhoeven abriendo el dosier por detrás— doscientas cincuenta páginas. Si podemos encontrar algo aquí, será al final. Digamos a partir de la página 130. Armand, tú empiezas ahí. Louis, Jean y yo nos dedicamos al final. Doctor, usted eche un vistazo al principio, nunca se sabe. No sabemos qué estamos buscando. Cualquier detalle puede ser importante. ¡Cob! Déjalo todo. En cuanto encontremos algún indicio se pasa a Cob, en voz alta, para que todo el mundo lo oiga, ¿entendido? ¡Vamos!

Verhoeven abre el dosier. Recorriendo las últimas páginas, algunos párrafos llaman su atención; devora un fragmento de unas pocas líneas, resiste las ganas de leer, de comprender, ante todo hay que buscar. Se coloca las gafas, que resbalan en su nariz.

*Descendiendo casi hasta el suelo, Matthéo consiguió distinguir el cuerpo de Corey tendido en él. El humo se le metía en la garganta y había empezado a toser violentamente. A pesar de todo, se tumbó y empezó a reptar. Su arma le molestaba. A tientas, volvió a echar el seguro y, contorsionándose, consiguió guardar el arma en su funda.*

Pasó algunas páginas.

*Le era imposible ver si Corey seguía vivo. Parecía no moverse, pero la visión de Matthéo era borrosa. Sus ojos le picaban horriblemente. En un...*

Verhoeven mira el número de la página y pasa de golpe a la 181.

—Tengo a un tal Corey —exclama Louis sin levantar la cabeza, en dirección a Cob.
Deletrea el nombre.
—Pero todavía no tengo el nombre de pila.
—La chica se llama Nadine Lefranc —dice Le Guen.
—Debe de haber unas tres mil —murmura Cob.

Página 71:

*Nadine salió de la clínica hacia las cuatro de la tarde y se dirigió a su coche, aparcado en el parking del supermercado. Desde la noticia de la ecografía, se sentía en una nube. En aquel instante, todo era bello a sus ojos. El tiempo, aunque fuera gris, el aire, aunque fuera frío, la ciudad, aunque fuera...*

«Más adelante», se dice Verhoeven. Hojea rápidamente las páginas siguientes, atrapando a su paso algunas palabras, pero nada le llama la atención.

—Tengo un comisario Matthéo. Francis Matthéo —dice Armand.

—Una empresa de pompas fúnebres de Lens, en Pas-de-Calais —anuncia Le Guen—. Dubois e hijos.

—Tranquilos, tíos —gruñe Cob tecleando a toda velocidad en sus teclados—. Tengo ochenta y siete Coreys. Si alguien tiene el nombre de pila...

Página 211:

*Corey se había instalado detrás de la ventana. Por precaución, sin querer arriesgarse a atraer la atención de ningún viandante, ni siquiera en esa zona tan poco frecuentada, había evitado limpiar las ventanas, grises de un polvo que debía de remontarse a la última visita, diez años atrás. Ante él, a la luz de dos farolas aún encendidas, veía...*

Verhoeven vuelve hacia atrás de nuevo.
Página 207:

*Corey se queda un rato dentro del coche, escrutando los edificios desiertos. Consulta el reloj: las diez. Repite, una vez más, su cálculo, y llega a la misma conclusión. El tiempo de vestirse, bajar, venir, con el miedo inevitable en el cuerpo, y contando con unos pocos minutos para hallar el camino..., Nadine llegará en menos de veinte minutos. Baja ligeramente la ventanilla y enciende un cigarrillo. Todo está listo. Si todo...*

Antes. Un poco antes.
Página 205:

*Era un edificio alargado, situado en el extremo de una callejuela que, dos kilómetros más allá, llevaba al fondo de Parency. Corey tenía...*

—La población se llama Parency —anuncia Camille—. Es un pueblo.

—No hay ninguna funeraria Dubois en Lens —dice Cob—. Tengo otras cuatro empresas Dubois: fontanería, contabilidad, toldos y jardinería. Imprimo la lista.

Le Guen se levanta para ir a buscar las hojas a la impresora.

Página 221:

*—Sigue hablando —repitió el comisario Matthéo.*
*Christian no pareció escucharle.*
*—Si lo hubiese sabido... —murmuró—. En los...*

—La chica trabaja para un abogado llamado Pernaud —dice Armand—. En Lille, rue Saint-Christophe.

Verhoeven deja de leer. Nadine Lefranc, Corey, Matthéo, Christian, pompas fúnebres, Dubois..., repite mentalmente, pero esas palabras no llevan a nada.

Página 227:

*La joven acababa, por fin, de volver en sí. Giró la cabeza a un lado, después al otro, y descubrió a Corey, de pie cerca de ella, con una sonrisa extraña.*

Verhoeven siente un brusco acceso de sudor, sus manos empiezan a temblar.

*—¿Es usted? —dijo ella.*
*Presa del pánico, intentó levantarse, pero sus brazos y sus piernas estaban sólidamente atados. Los nudos que la sujetaban eran tan fuertes que sus extremidades estaban entumecidas. ¿Cuánto tiempo llevo aquí?, se preguntó.*

*—¿Has dormido bien? —preguntó Corey encendiendo un cigarrillo.*

*Nadine, histérica, se puso a gritar moviendo la cabeza en todos los sentidos. Gritó hasta que le faltó el aire y por fin se detuvo, afónica y sin aliento. Corey no había movido una pestaña.*

*—Eres muy hermosa, Nadine. De veras... Muy hermosa cuando lloras.*

*Sin dejar de fumar, puso su mano libre sobre el enorme vientre de la joven, que se estremeció instintivamente ante el contacto.*

*—Y estoy seguro de que también eres muy hermosa al morirte —exclamó sonriendo.*

—No hay ninguna rue Saint-Christophe en Lille —dice Cob—. Tampoco un abogado Pernaud.

—Joder... —exclama Le Guen.

Camille le dirige una mirada y después la posa sobre el dosier abierto ante él. También él está leyendo las últimas páginas. Verhoeven baja los ojos hacia su propia carpeta.

Página 237:

*—Bonito, ¿no? —preguntó Corey.*

*Nadine consiguió girar la cabeza. Su rostro estaba entumecido, sus ojos hinchados ya no podían dejar pasar más que un rayo de luz, los hematomas en las cejas empezaban a mostrar un color preocupante. Aunque la herida en la mejilla había dejado de sangrar, del labio inferior continuaba brotando una sangre espesa y de un rojo profundo, que chorreaba hasta el cuello. Le costaba respirar y su pecho se levantaba con dificultad, a sacudidas.*

*Corey, con la camisa remangada hasta los codos, avanzó hacia ella.*

—¿Qué ocurre, Nadine? ¿No te parece bonito? —preguntó señalando un objeto situado al pie de la cama.

Nadine, con los ojos anegados en lágrimas, consiguió distinguir una especie de cruz de madera colocada en un caballete. Debía de medir unos cincuenta centímetros de ancho. Era como una cruz de iglesia, pero en miniatura.

—Esto es para el bebé, Nadine —dijo con una voz muy suave.

Hundió la uña del pulgar tan profundamente bajo los senos de Nadine que ella lanzó un grito de dolor. La uña bajó despacio, a lo largo del cuerpo, hasta el pubis, fingiendo excavar un surco en la piel tensa de su vientre, y arrancó a la joven un grito lúgubre y ronco.

—Vamos a hacerle salir de ahí —decía suavemente Corey acompañando sus movimientos—. Una especie de cesárea, si quieres. Después, ya no estarás lo bastante viva para verlo, pero será muy bonito..., ese bebé, crucificado. Te lo aseguro. Christian estará contento. Su Jesusito...

Verhoeven se levanta bruscamente, coge el manuscrito de Buisson y pasa las páginas con furia.

La cruz... —murmura—. Sobre el caballete...

Por fin lo encuentra. Página 205, no, la siguiente. Nada, página 207. De pronto se detiene, petrificado ante el texto. Y ahora está ahí, delante de él:

Corey había elegido el lugar con cuidado. El edificio, que había servido durante una década de almacén de una fábrica de zapatos, era el lugar ideal. El antiguo taller de un ceramista que lo había abandonado tras quebrar...

Verhoeven se vuelve con violencia. Se da de bruces con Louis.

Vuelve al texto de Buisson y pasa las páginas hacia atrás, febrilmente.

—¿Qué buscas? —pregunta Le Guen.

Sin mirarle siquiera:

—Si habla de...

Las páginas se suceden, Camille se siente de pronto por completo lúcido.

—Su almacén —dice sacudiendo el montón de páginas— es como un... viejo taller. El estudio de un artista... La ha llevado a Monfort. Al taller de mi madre.

Le Guen se precipita hacia el teléfono para llamar al RAID, pero Camille ya ha cogido su chaqueta. Agarra unas llaves y corre hacia la escalera. Louis reúne a todo el mundo y, antes de seguir a Camille, procede a dar las instrucciones. Solo Armand permanece en su mesa, con el dosier abierto ante él. Los equipos se organizan, Le Guen habla con el agente de las fuerzas especiales y le explica la situación.

Cuando se dispone a correr hacia la escalera para alcanzar a Verhoeven, un punto fijo atrae de pronto la atención de Louis. Hay algo que no se mueve, en medio de la agitación. Es Armand, atónito, plantado ante su carpeta. Louis frunce el ceño y le interroga con la mirada.

Armand pone el dedo en una línea, y dice:

—La mata exactamente a las dos de la mañana.

Todos los ojos se clavan en el reloj de pared. Son las dos menos cuarto.

Verhoeven da marcha atrás a toda velocidad y Louis se introduce en el coche, que arranca enseguida.

Mientras desfilan por el boulevard Saint-Germain, en la mente de los dos hombres está grabada esta imagen:

la joven atada, tumefacta, gritando, y ese dedo a lo largo del vientre.

Al tiempo que Camille acelera, Louis, con el cinturón de seguridad abrochado, le mira de reojo. ¿Qué pasa, en aquel preciso instante, en la mente del comandante Verhoeven? Quizás, detrás de su máscara de determinación, oye a Irène llamarle, diciendo «Camille, ven pronto, ven a buscarme», mientras el coche da un bandazo para evitar un vehículo detenido en un semáforo de la avenue Denfert-Rochereau; sin duda la oye, y sus manos aprietan el volante como si quisieran estrujarlo.

Louis, en su mente, ve de pronto a Irène gritando de horror cuando comprende que va a morir, así, allí, impotente, atada, ofrecida a la muerte.

Toda la vida de Camille debe de condensarse, también, en esa imagen del rostro de Irène en la que la sangre cae hasta el cuello, mientras el coche atraviesa como un relámpago el cruce para abordar la avenue du Général Leclerc, en la que invade toda la calzada, deprisa, muy deprisa. «No es el momento de matarse», piensa Louis. Pero no es por su vida por lo que teme.

«Camille, no vayas a matarte —dice la voz de Irène—, llega vivo, encuéntrame viva, sálvame porque sin ti voy a morir aquí, ahora, y no quiero morir, porque han pasado horas que me han parecido años, te espero».

Las calles desfilan también furiosas, vacías, rápidas, tan rápidas en esa noche que podría ser tan hermosa si las cosas fueran de otra forma. El estridente vehículo atraviesa la Porte de Paris, se hunde como una exhalación en el extrarradio dormido, zigzaguea entre los coches, rodea a toda velocidad el cruce a punto de bascular sobre dos ruedas, de rozar la calzada, de golpear la acera. «No es más que una impresión», piensa Louis. Sin embargo, el coche parece levantarse en el aire, despegarse del suelo. «¿Ha llegado la hora de nuestra muerte? ¿El diablo nos está esperando también?» Camille pisa convulsivamente el freno, haciendo chirriar las ruedas, los vehículos desfilan a su derecha mientras los pasa rozando, golpea uno, luego otro, el coche enloquecido lanza, en medio de los destellos de las luces de emergencia, chispas metálicas, los neumáticos gritan y el coche se encabrita, proyectado de un lado al otro de la calle, lanzado en tromba, frenando al máximo, a través de la calzada.

El vehículo ha empezado a pasar peligrosamente cerca de los coches aparcados a lo largo de la acera, toca uno, después otro, rebota una y otra vez de lado a lado de la calzada, golpea puertas, arranca retrovisores, mientras Verhoeven, que pisa el freno a fondo, intenta recuperar la trayectoria, convertida en una desenfrenada carrera. Hasta que por fin se detiene en la esquina del cruce que hay a la entrada de Plessis-Robinson, con dos ruedas encima de la acera.

De pronto, el silencio es ensordecedor. La sirena se ha extinguido. El faro giratorio se ha soltado durante el trayecto y cuelga sobre la carrocería. Verhoeven, propulsado hacia la puerta, se ha dado un buen golpe en la cabeza y sangra con profusión. Un coche se cruza con ellos, a poca velocidad, ojos que los miran y desaparecen. Camille se incorpora, se pasa la mano por la cara y la retira llena de sangre.

Le duelen la espalda y las piernas, está atontado por el impacto; le cuesta mantenerse erguido, renuncia a ello y cae con dificultad. Permanece así unos segundos y hace un esfuerzo desesperado por levantarse. A su lado, Louis está conmocionado. Inclina la cabeza a un lado y a otro.

Verhoeven resopla. Pone una mano en el hombro de Louis y le sacude ligeramente.

—Está bien... —exclama el joven recuperando la consciencia—. Está bien.

Verhoeven busca su teléfono. Ha debido de caerse en el choque. Lo busca a tientas, hasta debajo de los asientos, pero hay poca luz. Nada. Sus dedos encuentran por fin algo, su arma, que consigue agarrar tras soltar el cinturón de seguridad. Sabe que los ruidos de chapa que han resonado en plena noche van a atraer curiosos, los hombres bajarán a la calle, las mujeres observarán desde las ventanas. Se apoya en la puerta y con un fuerte empujón consigue abrirla entre un chirrido de la chapa, que parece ceder de un golpe. Saca las piernas al exterior y por fin se pone de pie. Sangra mucho, pero no consigue saber por dónde exactamente.

Da la vuelta al coche tambaleándose, abre la puerta y agarra a Louis por los hombros. El joven le hace una seña con la mano. Verhoeven le deja recuperar la consciencia, va a abrir el maletero y, entre el desorden reinante, encuentra un trapo sucio que se aplica en la frente. Mira después el trapo, busca la herida con la punta del índice y encuentra un corte en la base del cuero cabelludo. Las cuatro puertas están abolladas, así como los dos alerones traseros. Se da cuenta en ese momento de que el motor no se ha detenido. Vuelve a poner el faro giratorio, que continúa encendido, sobre el techo, constatando de paso que una de las luces delanteras está rota. Después retoma su lugar al volante, mira a Louis, que asiente con la cabeza, y da marcha atrás lentamente. Sentir el coche en marcha los relaja por un momento, como si hubiesen evitado el accidente en lugar de sufrirlo. Camille mete primera, acelera, pasa a segunda. Y el coche se interna de nuevo en el extrarradio ganando velocidad con rapidez.

El reloj del salpicadero marca las dos y cuarto cuando, por fin, Verhoeven aborda las calles dormidas que conducen a las lindes del bosque. Una calle a la derecha, otra a la izquierda, y acelera violentamente en la línea recta que parece querer hundirse entre los altos árboles que se yerguen a lo lejos. Tira tras él el trapo que, bien que mal, ha conseguido, hasta ahora, mantener sobre su frente, y saca su arma, que se coloca entre los muslos, imitado por Louis, quien, adelantado sobre el asiento, se sostiene con las dos manos sobre el salpicadero. La aguja del cuentakilómetros marca 120 cuando empieza a frenar, a un centenar de metros de la calle que conduce al taller. Es una calle mal conservada, salpicada de baches, en la que generalmente se conduce muy despacio. El coche zigzaguea para evitar los agujeros más profundos, pero da peligrosos tumbos al golpear con violencia los que no consigue esquivar. Louis se agarra con fuerza. Camille apaga la sirena y frena bruscamente en cuanto percibe el perfil del edificio sumergido en la penumbra.

No hay ningún vehículo aparcado delante. Es posible que Buisson haya preferido aparcar detrás del taller, al abrigo de las miradas. Verhoeven apaga los faros y sus ojos tardan unos segundos en adaptarse de nuevo. El edificio solo tiene una planta y toda la parte derecha de la fachada está cubierta por una cristalera. El conjunto parece más desolado que de costumbre. De pronto le invade una duda. ¿Se ha equivocado al venir aquí? ¿Es aquí donde Buisson ha traído a Irène? Quizás sea la noche, el silencio que se extiende desde el bosque, oscuro tras el edificio, pero el lugar tiene un aspecto terriblemente amenazador. ¿Por qué no hay ninguna luz?, se preguntan los dos hombres sin hablar. Se encuentran a unos treinta metros de la entrada. Verhoeven ha apagado el motor y deja el coche terminar silenciosamente el recorrido. Frena con delicadeza, como si tuviese miedo al ruido, localiza su arma a tientas, sin dejar de mirar al frente, abre la puerta despacio y baja del coche. Louis ha intentado hacer lo mismo, pero su puerta abollada se resiste. Cuando por fin consigue abrirla de un empujón con el hombro, emite un sonido tétrico. Los dos hombres se miran y van a dirigirse la palabra cuando perciben un ruido apagado y regular, rítmico. De hecho, son dos ruidos. Camille avanza lentamente hacia el taller, con su arma apuntando hacia delante. Louis, en la misma postura, permanece unos pasos tras él. La puerta del edificio está cerrada, nada parece denotar la menor presencia en aquel lugar. Camille levanta la cabeza, la inclina para concentrarse en los ruidos, que aumentan y que percibe ahora con más claridad. Mira a Louis interrogante, pero el joven mira al suelo, concentrado en ese ruido que también escucha pero que no consigue localizar.

Y, mientras intentan comprender, poner palabras a lo que oyen, el helicóptero aparece por encima de la copa de los árboles. Efectúa un viraje brusco para situarse sobre el edificio y, de pronto, potentes focos iluminan el tejado del taller como si fuese de día, inundando de luz blanca el patio de tierra batida. El ruido es ensordecedor y un viento feroz llega de golpe, levantando el polvo, que empieza a girar como en un huracán. Los altos árboles, alrededor del patio, se estremecen violentamente. El helicóptero realiza una serie de rotaciones cortas y rápidas. De manera instintiva, los dos hombres se agachan, hasta quedar arrodillados en el suelo a unos cuarenta metros de la casa.

El rugido del aparato, cuyos patines de aterrizaje pasan a pocos metros del tejado del taller, les impide incluso pensar.

El desplazamiento de aire es tal que no pueden levantar los ojos y se vuelven para intentar protegerse. Y lo que hasta entonces han oído vagamente, ahora lo ven. Al otro extremo de la carretera, tres enormes vehículos negros con los cristales tintados ruedan a toda velocidad, en fila india, en su dirección. Avanzan en una perfecta línea recta, indiferentes al caos, saltando sobre los baches sin modificar su trayectoria. El primero está equipado con un potente foco que los ciega.

El helicóptero cambia inmediatamente de rumbo y planta sus focos sobre la parte trasera del edificio y el bosque circundante.

Electrizado de pronto ante el desembarco forzado del grupo de intervención, atontado por el ruido, el viento, el polvo, la luz, Camille se vuelve de repente hacia el taller y empieza a correr a toda prisa. Ante él, su sombra, proyectada por los faros del primer vehículo, unos diez metros tras él, disminuye rápidamente, excitando las últimas fuerzas que le quedan. Louis, que le ha seguido durante unos metros, ha desaparecido de pronto a su derecha. En pocos segundos, Camille alcanza la entrada, salta los cuatro escalones de madera y llega ante la puerta, sin dudar un segundo. Dispara dos balas a la cerradura, haciendo estallar una gran parte del batiente y el marco. Da un colosal empujón a la puerta y se precipita al interior.

Apenas ha dado dos pasos, sus pies resbalan en un líquido viscoso y cae pesadamente de espaldas sin tener tiempo de reaccionar. Con la fuerza del rebote, la puerta del taller se ha vuelto a cerrar tras él. Todo queda en la oscuridad durante un instante, pero la puerta golpea violentamente el marco y se vuelve a abrir, más lentamente. El foco del primer vehículo, ya a la altura de la entrada, alumbra de golpe, ante Camille, una larga tabla colocada sobre dos caballetes, sobre la que yace el cuerpo de Irène con las manos atadas. Su cabeza está vuelta hacia él, los ojos abiertos, la expresión fija, los labios entreabiertos. Su vientre plano presenta, desde allí, grandes surcos, como si hubiese sido marcado por las ruedas de un tractor.

En el instante en que oye las vibraciones violentas de las botas aplastando los escalones, en el instante en que la sombra de los agentes de las fuerzas especiales oscurece la entrada, Camille gira la cabeza a su derecha.

Allí, en la penumbra iluminada intermitentemente por la luz azul de un faro giratorio, una cruz parece suspendida por encima del suelo, y sobre ella se distingue una minúscula silueta oscura, casi informe, con los brazos completamente abiertos.

## Epílogo
## Lunes, 26 de abril de 2004

*Mi querido Camille:*

*Un año. Un año ya. Aquí, ya lo adivinará, el tiempo no es ni corto ni largo. Es un tiempo sin espesor que nos llega del exterior tan amortiguado que a veces dudamos de si continúa pasando para nosotros como lo hace para los demás. Sobre todo si tenemos en cuenta que mi posición ha sido incómoda durante una larga temporada.*

*Desde que su ayudante, persiguiéndome por el bosque de Clamart, me disparó cobardemente por la espalda y me provocó daños irreversibles en la médula espinal, vivo en esta silla de ruedas desde la que hoy le escribo.*

*Me he acostumbrado. A veces llego hasta a bendecir esta situación, ya que me procura una comodidad de la que la mayoría de mis compañeros carece. Recibo más atención que los demás. No se me imponen las mismas obligaciones. Magro beneficio, pero, ya sabe, aquí todo cuenta.*

*En realidad, estoy mejor que al principio. Me he hecho al lugar, como suele decirse. Mis piernas se niegan definitivamente a servirme, pero el resto funciona a la perfección. Leo, escribo. En una palabra, vivo.*

*Y además, aquí, poco a poco, me he hecho un hueco. Puedo incluso confesarle que, a pesar de las apariencias, soy envidiado. Después de todos esos meses en el hospital, aterricé finalmente en este establecimiento, adonde llegué precedido de una reputación que me ha granjeado cierta admiración. Y eso no es todo.*

Tardaré bastante tiempo en ser juzgado. Poco importa, por otra parte, ya que el veredicto está escrito. En realidad no, no es cierto. Espero mucho de ese proceso. A pesar de las incesantes molestias de la administración, tengo la esperanza de que mis abogados —esas rapaces me están asfixiando, ¡no puede usted imaginarse!— obtengan por fin el permiso para publicar mi libro, del que, con la ayuda de todo lo que se ha escrito sobre mí, se hablará mucho. Ya tiene asegurada una gloria internacional que el juicio relanzará aún más. Como dice mi editor —ese bandido—, será bueno para los negocios. Ya se ha puesto en contacto con nosotros gente del cine, así que...

He pensado que, justo antes del inminente aluvión de noticias de todo tipo, artículos, reportajes, debía dedicarle a usted unas palabras.

A pesar de las precauciones que había tomado, no todo se desarrolló tan perfectamente como había esperado. Resulta más lamentable aún teniendo en cuenta que me faltó bien poco. Si hubiera respetado los horarios (que yo mismo había fijado, lo reconozco), si hubiese tenido menos confianza en el caso que había construido, tras la muerte de su esposa habría desaparecido de inmediato, como pensaba hacer, y hoy le estaría escribiendo desde el pequeño paraíso que había planeado, donde podría caminar sobre mis dos piernas. Al final existe la justicia. Debe de ser reconfortante para usted.

Se habrá dado cuenta de que hablo de «mi caso» y no de mi obra.

Es porque puedo, ahora, deshacerme de esa jerga pretenciosa que tan útil me fue para la realización de mi proyecto y en la que no había creído un solo instante. Pasar, a sus ojos, por un hombre investido de una misión, empujado por una obra más grande que él, no era más que una fórmula novelesca, nada más. Y no de las mejores. Afortunadamente no soy así. Hasta me sorprendió *su adhesión a esa tesis. No hay duda de que sus psicólogos han demostrado de nuevo su gran capacidad... No, soy un hombre eminentemente práctico. Y modesto. A pesar del deseo que tenía, nunca me hice ilusiones sobre mi talento de escritor. Pero, arrastrado por el escándalo, propulsado por el horror que ejerce sobre todo hombre el suceso trágico, se venderán millones de ejemplares de mi libro, será traducido, adaptado, figurará de forma duradera en los anales de la literatura. Cosas que no podía esperar únicamente de mi talento. He salvado el obstáculo, eso es todo. No habré robado mi gloria.*

*En cuanto a usted, Camille, no lo tengo tan claro, perdóneme que se lo diga. Los que le conocen de cerca saben qué clase de hombre es. Muy alejado del Verhoeven que he descrito. Necesitaba, para satisfacer las leyes del género, hacer de usted un retrato algo... hagiográfico, algo mitigado. Los lectores obligan. Pero, en su fuero interno, sabe que es usted mucho menos acorde a ese retrato que al que le dediqué anteriormente en* Le Matin.

*No somos, ni usted ni yo, esos que los demás creían. Quizás, al final, somos más parecidos, usted y yo, de lo que creemos. En cierta forma, ¿no hemos asesinado ambos a su mujer?*

*Le dejo meditar esta cuestión.*

*Muy cordialmente,*

*Ph. Buisson*

Homenaje a la literatura, este libro no existiría sin ella.

En el curso de las páginas, el lector quizás haya reconocido algunas citas, a veces ligeramente modificadas.

En orden, como se suele decir, de aparición: Louis Althusser; Georges Perec; Choderlos de Laclos; Maurice Pons; Jacques Lacan; Alexandre Dumas; Honoré de Balzac; Paul Valéry; Homero; Pierre Bost; Paul Claudel; Victor Hugo; Marcel Proust; Danton; Michel Audiard; Louis Guilloux; George Sand; Javier Marías; William Gaddis; William Shakespeare.

# Sobre el autor

**Pierre Lemaitre** nació en París en 1951. Antes de ganar el Premio Goncourt 2013 con su novela *Nos vemos allá arriba,* ya era un escritor de renombre en el género de la novela policiaca. Con *Irène* (2006), su primer *thriller,* recibió el Premio a la Primera Novela Policiaca del Festival de Cine Policiaco de Cognac, e inició la serie protagonizada por el inspector Camille Verhoeven, que incluye *Alex* (2011, ganadora del Crime Writers Association International Dagger Award 2013 junto a Fred Vargas y del Premio de Lectores de Novela Negra de Livre de Poche 2012, seleccionada para el RUSA Reading List Horror Award y uno de los libros del año según el *Financial Times,* que se halla en curso de adaptación al cine por James B. Harris, con guion del propio Lemaitre), *Rosy & John* (2012) y *Camille* (2012) —todas ellas de próxima publicación en Alfaguara—. Fuera de la serie llegaron, con una extraordinaria recepción por parte del público y de la crítica, *Vestido de novia* (Alfaguara, 2014) —Premio del Salon du Polar 2009, que está siendo adaptada al cine— y *Ejecutivos negros* (2010). Pierre Lemaitre es también guionista de ficción y de series de televisión y ha sido profesor de literatura francesa y norteamericana. Además del Goncourt y del Dagger Award, ha obtenido el Premio de Novela Negra Europea, el Premio a la Mejor Novela Francesa 2013 de la revista *Lire,* el Premio Roman France Télévisions y el Premio de los Libreros de Nancy-Le Point, y su obra, con más de medio millón de lectores, está siendo traducida a dieciocho idiomas.

# PIERRE LEMAITRE
## *Vestido de novia*

### NO DEJES QUE NADIE TE DESVELE NADA DE ESTA HISTORIA

Sophie Duguet no entiende qué le sucede: pierde objetos,
olvida situaciones, es detenida en un supermercado por pequeños
robos que no recuerda haber cometido. Y los cadáveres comienzan
a acumularse a su alrededor.

No podemos desvelar nada más de este *thriller* para así mantener
intacto el escalofriante placer de la lectura y la adictiva búsqueda
de la verdad por parte del lector.

«Para gozar de una buena historia inmensamente narrada.
Si el objetivo del *thriller* es crear tensión, esta novela lo consigue
a raudales. Puro entretenimiento.»
GUILLERMO RODRÍGUEZ, *El Huffington Post*,
«*Vestido de novia* de Pierre Lemaitre: agárrense al sofá»

«Un *thriller* de escritura perfecta. Una auténtica obra maestra que
eleva a Lemaitre a la altura de los más grandes autores.»
*L'Humanité*

*Irène,* de Pierre Lemaitre
se terminó de imprimir en agosto de 2015
en los talleres de Litográfica Ingramex, S.A. de C.V.
Centeno 162-1, Col. Granjas Esmeralda,
C.P. 09810 México, D.F.